BASTEI
LÜBBE
TASCHENBUCH

Über die Autorin:

Kimberly Killion liebt schon seit Schulzeiten alles Tragische, Leidenschaftliche und Historische. Sie war mehr als fünfzehn Jahre lang Grafikdesignerin, bis sie den Farbpinsel gegen den Schreibstift eintauschte. Neben ihrer Schriftstellerei arbeitet sie als College-Dozentin in St. Louis. Sie lebt gemeinsam mit ihrem Ehemann und zwei Kindern in Illinois, USA.

Wenn Sie mehr über die Autorin erfahren möchten, besuchen Sie sie auf ihrer englischsprachigen Website *www.kimberlykillion.com.*

Kimberly Killion

ZAUBER DER HIGHLANDS

Roman

Aus dem amerikanischen Englisch von
Susanne Kregeloh

BASTEI LÜBBE
TASCHENBUCH

BASTEI LÜBBE TASCHENBUCH
Band 16571

1. Auflage: Juni 2011

Vollständige Taschenbuchausgabe

Bastei Lübbe Taschenbuch in der Bastei Lübbe GmbH & Co. KG

Deutsche Erstausgabe

Für die Originalausgabe:

Titel der amerikanischen Originalausgabe: »Highland Dragon«
Originalverlag: KENSINGTON PUBLISHING CORP.
Published by Arrangement with KENSINGTON PUBLISHING CORP.,
New York, NY, USA
Dieses Werk wurde vermittelt durch die Literarische Agentur
Thomas Schlück GmbH, 30827 Garbsen

Für die deutschsprachige Ausgabe:

Textredaktion: Kerstin Fuchs, Frankfurt am Main
Titelillustration: © Franco Acconero via Agentur Schlück
Umschlaggestaltung: Rainer Schäfer
Satz: Urban SatzKonzept, Düsseldorf
Gesetzt aus der New Caledonian
Druck und Verarbeitung: GGP Media GmbH, Pößneck
Printed in Germany
ISBN 978-3-404-16571-1

Für Myah und Hayden.

Lebt eure Träume,
strebt nach Großem
und trefft die richtigen Entscheidungen!

Danksagungen

Mein Dank gilt all jenen, die mich beim Schreiben begleitet haben:

Meiner Familie – weil Ihr Euch mit Müsli zum Abendbrot begnügt und Socken getragen habt, die nicht zueinander passen. Die Opfer, die Ihr gebracht habt, haben es mir möglich gemacht, einen Traum zu verwirklichen.

Meiner Mom und meinem Dad – für Eure innere Kraft und Stärke. Danke dafür, dass Ihr mich stets darin bestärkt habt, kreativ zu sein, auch wenn diese Kreativität dunkle Augenringe mit sich brachte.

Meiner Schwester Jill – weil Du mich ermutigt hast, stark, entschlossen und rebellisch zu sein.

Sug, meiner ersten Leserin, und Wanda, die meinen Sinn fürs künstlerische Schaffen so früh entdeckt hat. Euer Beispiel hat mich gelehrt, wie wichtig eine Familie ist.

Meinem Freund Jeff – dafür, dass er der erste Mann ist, der meine Geschichten liest und sich um mich kümmert, wenn ich mit meinen Gedanken wieder sonst wo bin. Emily kann sich sehr glücklich schätzen.

Den Frauen von MORWA – für die Kameradschaft und die unerschütterliche Unterstützung. Ich werde diese Freundschaften immer aufrechterhalten.

Dem Leser – vergessen Sie nicht, sich jeden Tag zu verlieben!

Und schließlich Hilary Sares: Danke, dass Du es mit mir gewagt hast! Ich werde Dich sehr vermissen.

Prolog

In den schottischen Highlands, 1484

Calin MacLeod stand verborgen hinter der Wandtäfelung und hielt sich mit schweißnassen Händen die Ohren zu. Die Schreie, die durch Brycen Castle gellten, waren so schrill, dass dem Zehnjährigen die Zähne wehtaten.

Lena Kinnon flehte bei jeder schmerzhaften Wehe um Gnade, aber die Männer zeigten nicht das geringste Mitleid mit ihr. Wie ein Opferlamm lag sie in entwürdigender Stellung auf dem großen Tisch, an dem sich sonst der Rat zu seinen Sitzungen versammelte. Das blutgetränkte Wollhemd, das ihre angewinkelten, gespreizten Beine bedeckte, schützte sie kaum vor den Blicken der Anwesenden. Niemand trocknete ihr die Stirn, niemand spendete ihr ein Wort des Trostes.

Eine Frau musste während der Entbindung leiden, um für die Sünden Evas zu sühnen. So jung Calin auch war, er kannte die Gesetze der Kirche. Er wusste aber auch, dass Lena schon mehr erlitten hatte als jede andere Frau des Kinnon-Clans. Die Narben, die ihre blasse Haut übersäten, waren der Beweis für die ständigen Misshandlungen, die sie durch die Hand ihres brutalen Ehemannes erfuhr.

Der schmale Spalt zwischen zwei Brettern der Wandtäfelung, hinter der sich Calin verbarg, war nicht breiter als der Stamm eines jungen Bäumchens. Dennoch ermöglichte er ihm den Blick auf seinen Vater, den Laird der MacLeods. Er stand, an eine Steinsäule gelehnt, Laird Kinnon gegenüber. In den vergangenen Monaten war das dunkle Haar von Calins Vater an den Schläfen grau geworden, sein Gesicht wirkte müde. Doch seine starre Haltung zeugte auch von seiner nur mühsam gebändigten Wut. Er strich über seinen goldenen Siegelring, in den der Kopf eines Stieres graviert war, während er seinen Feind aus zusammengekniffenen Augen anstarrte.

Je zwei Krieger der MacLeods standen rechts und links von Calins Vater; auch Laird Baen Kinnon umringten vier seiner Männer. Alle waren unbewaffnet, wie es von den beiden Lairds zuvor vereinbart worden war.

»Schrei nur, Weib! Das wird deine schwarze englische Seele reinigen.« Laird Kinnon durchquerte das Ratszimmer, und ein höhnisches Grinsen verzerrte sein Gesicht.

Calin hasste den Chieftain des Kinnon-Clans ebenso sehr wie Da, sein Vater. Laird Kinnon war ein kaltherziger Dämon. In den Adern eines jeden Mannes auf dieser Erde, der seine Frau schlug, während sie mit einem Kind schwanger ging, floss das schwarze Blut des Teufels.

»Bring mir noch einmal eine Hexe zur Welt, und es wird deine letzte sein!«

»Bitte, Baen, hast du kein Erbarmen? Schick nach der Hebamme, bitte!« Lena krallte die Hände in ihren Leib und bäumte sich auf.

Laird Kinnon schlug ihr mit der flachen Hand ins Gesicht. Schweiß spritzte über die Tischplatte. »Halt den Mund, Weib, oder ich schneide dir die Zunge heraus!« Er breitete die Arme aus und zeigte auf die anwesenden Männer. »Hier sind genug Hände, die darauf warten, meinen Sohn zu nehmen, sobald dein verdorbener Schoß ihn freigibt.«

Calin biss sich auf die Zunge, um zu verhindern, dass er den Mann ebenso laut verfluchte, wie Da es immer tat. Calin war ohne Mutter aufgewachsen, die ihn auf die Wange küsste oder ihn lobte, aber in den vergangenen Monaten hatte Lena diesen Platz für ihn eingenommen. Sie war freundlich und sanft, und Laird Kinnon sollte im tiefsten Höllenschlund dafür schmoren, dass er sie quälte. Calin musste kein erfahrener Krieger sein, um zu wissen, dass das falsch war. Lenas Kind war für Laird Kinnon nicht mehr als ein Ding, das der Erfüllung eines Vertrages diente.

Eines Vertrages, der Auswirkungen auf Calins Zukunft hatte. Und aus genau diesem Grund hatte er den unmissverständlichen Befehl seines Vaters missachtet, ihm nicht in die Burg der Kinnons zu folgen, nachdem die Nachricht von Lenas bevorstehender Niederkunft überbracht worden war. Sollte Lena eine Tochter zur Welt bringen, würde das Mädchen Calins zukünftige Braut sein.

Calin MacLeod und sein Freund Kendrick Neish, der zum Clan der Kinnons gehörte, hatten die geheime Nische vor zwei Monaten entdeckt, als sie durch die pechschwarzen Gewölbe unter der Burg gestreift waren. Seitdem hatten sie heimlich jedes Ratstreffen ihrer beiden Clans mitangehört. Sie wussten vom Krieg und davon, dass die Engländer über Schottland bestimmen wollten. Beide Jungen hatten den grausamen Berichten gelauscht, denen zufolge ganze Dörfer ausgelöscht und deren Bewohner abgeschlachtet worden waren. Weder Calin noch Kendrick wollten, dass ihren Clans ein solches Schicksal widerfuhr. Calin wusste, dass Kendrick eigentlich sein Feind sein sollte, aber sie beide wollten dasselbe – eine Allianz ihrer Clans.

Seit fünf Stunden verharrte Calin nun schon eingezwängt in der schmalen Nische, während Lena in den Wehen lag. Sein Po tat ihm weh, und die Zehen in den dünnen Lederschuhen waren schon vor einiger Zeit taub geworden. Bis in sein Versteck war der dumpfe Modergeruch der verschimmelten Bodenbinsen zu riechen. Ein Gebet drang an sein Ohr.

»*Fàilte dhut a Mhoire, tha thu lan de na gràsan …*« Auf Gälisch betete Father Harrald zur Muttergottes, während er auf einer Seite des Zimmers hin und her ging. Die Perlen seines Rosenkranzes klirrten bei jedem Schritt leise. Der junge Geistliche war gerufen worden, um entweder die Taufe vorzunehmen oder dem Kind, sollte es nicht überleben, die Letzte Ölung zu geben – wie es bei den drei Säuglingen gewesen war, die Lena ihrem Mann bisher geboren hatte.

Lena presste wieder, und auch Calin hielt die Luft an.

Er atmete erst wieder aus, als sie ausatmete. Ihr ganzer Körper zuckte, seiner zitterte. Das schwarze Haar klebte ihr in nassen Strähnen an Gesicht und Hals. Sie hatte sich auf die Ellbogen gestützt und den Kopf in den Nacken zurückfallen lassen. Sie öffnete den Mund und schrie vor Schmerz.

Einer der Männer fing das Baby auf, als es aus Lena herausglitt. Calin hielt den Atem an.

»Ein Mädchen, Laird Kinnon!«, verkündete der alte Mann grimmig, während er das Neugeborene an den Knöcheln hochhielt und ihm auf den Rücken schlug. Dann legte er das Kind auf Lenas zitternden Bauch.

Lena zog das schreiende Kind an ihre Brust und streichelte es. Erleichterung war auf ihrem Gesicht zu sehen, und Tränen liefen ihr über die Wangen, als sie Da anlächelte. Jetzt würde alles gut werden.

»Verschließt die Halle und bringt mir das andere Kind!« Die Nabelschnur verband seine neugeborene Tochter noch mit seiner Frau, als Laird Kinnon seinem Seneschall diesen Befehl gab. Seine dunklen Augen sprühten vor Verachtung, als er Da anfunkelte. »Du wirst niemals wieder Anspruch auf mein Land erheben, MacLeod, noch wirst du jemals wieder meine Frau anrühren!«

»Ich habe dein Land nie gewollt.« Da trat näher zu Lena.

»Aber du leugnest nicht, meine Frau berührt zu haben?«

Da sah Lena an.

Ein Dutzend breitschultriger Männer tauchte aus den dunklen Winkeln Brycen Castles auf. Ihre Waffen funkelten im goldenen Licht der Wandfackeln. Eine grobschlächtige Amme betrat, geführt von einem weiteren Krieger, das Zimmer. In ihren eingesunkenen großen Augen spiegelte sich Angst wider. Sie trug ein Baby in den Armen, das in ein Wolltuch eingewickelt war und seine Fäuste in die Luft streckte. Mit zitternden Händen legte die Amme das Kind Laird Kinnon in den Arm.

Verwirrt beobachtete Calin, was dort vor sich ging. Laird Kinnon hatte zugestimmt, seinen Clan mit dem der MacLeods zu einer Allianz zu einen, wenn Lena eine Tochter zur Welt brachte.

Laird Kinnon wandte sich an seine Kriegsmannen. »Schickt ihre elenden Seelen zum Teufel! Alle!« In seiner Stimme lag kein Erbarmen. Kein Mitleid. Keine Regung außer Verachtung.

Er ging zur Tür und trat hinaus auf das Bollwerk. »Ich habe einen Sohn!«, rief er.

Die Bewohner von Dalkirth jubelten ihre Begeisterung heraus, während die Worte in Calins Ohren nachhallten.

Nein! Das ist eine Lüge! Er riss vor Entsetzen den Mund auf, als die Krieger aus dem Schatten hervortraten und seinen Vater und dessen Männer angriffen. Der treue Seneschall der MacLeods griff nach einer brennenden Fackel, um den Angriff abzuwehren, doch seine Bemühungen waren zwecklos. Mit einem Streich seiner Hellebarde schlug ihm der Krieger der Kinnons den Kopf ab. Ein anderer schlitzte einem MacLeod den Leib vom Hals bis zum Nabel auf. Fäuste krallten sich in den Plaid des Feindes, als er vor ihm zusammenbrach.

Calins Herz verkrampfte sich. Er presste die Hände flach gegen die Holzwand. *O ihr Heiligen, helft ihnen!*

Doch die Heiligen konnten seinen Clanangehörigen ebenso wenig helfen wie das Holz, das sie als Schild und Schwert benutzten. Die Krieger der Kinnons bohrten ihre Waffen in die Leiber der MacLeods, vergossen Seen aus dunklem Blut über deren Plaids. Vor Calins Augen wurde der treueste Gefolgsmann seines Vaters niedergemetzelt. Calins Magen krampfte sich zusammen, und in seinem Mund sammelte sich der Speichel. Er wollte davonlaufen, damit seine Augen diesen Albtraum nicht sehen mussten.

Da stand inmitten seiner vier gefallenen Getreuen. Er saß in der Falle. Seine Hand glitt an seine Hüfte, doch da war keine Waffe. Kein Schwert, um sich gegen diesen hinterhältigen Angriff zu verteidigen. Sechs Kinnons umringten ihn jetzt. Er wandte sich zu Lena.

Calin lief ein eiskalter Schauer über den Rücken. Tränen traten in seine Augen, trübten seinen Blick. *Lauf, Da!*, schrie er im Stillen, doch stattdessen beugte sich sein Vater über Lena. Er strich ihr die Tränen von den Wangen und presste seine Lippen auf ihren Mund.

Eingehüllt in schwarzen Nebel warf sich der Schatten eines Kinnon-Kriegers wie ein Dämon über Da. Hände umschlossen den Stiel einer Streitaxt, hoben die tödliche Waffe über seinen Kopf. Mit einem Hieb trieb er den Stahl zwischen Das Schulterblätter.

Lena schrie auf. Sein Körper glitt von ihr und sackte auf dem Boden zusammen.

Calin würgte, während sich das Bild des blutigen Massakers für immer in sein Gedächtnis einbrannte. Das Herz schlug ihm bis zum Hals. Starr vor Angst presste er seine heftig zitternden Fäuste auf die Augen klagte sich dabei selbst der

Feigheit an. Seine Welt wurde schwarz, zusammen mit seinem Bewusstsein, mit seiner Seele.

Das ersterbende Stöhnen der Leidenden dröhnte in seinen Ohren, aber der Schrei, der die Luft durchstach, brachte ihn dazu, die Augen wieder zu öffnen.

Lena.

Namenloser Schrecken durchströmte Calin, als er beobachtete, wie derselbe Krieger, der seinen Vater getötet hatte, einen schwarzen *sgian dubh* aus seinem Strumpf zog. Er hielt mit einer Hand Lenas Kinn fest, während er ihr mit dem scharfen Dolch die Kehle durchschnitt. Im Arm die neugeborene Tochter, die an ihrer Brust saugte, fiel Lenas Kopf zur Seite, und Calin schaute zum letzten Mal in ihre kristallblauen Augen, ehe das Entsetzen zusammen mit allem Leben aus ihrem Gesicht verschwand.

Die Hand des Kriegers schwebte über dem Nacken des neugeborenen Mädchens. In der anderen hielt er die Waffe, die ihr kurzes Leben beenden würde. Der kupfrige Geschmack von Blut sammelte sich auf Calins Zunge, als er sich in die Wange biss.

Father Harrald sank zu Füßen des Kriegers auf die Knie. »Rettet Eure Seele und haltet ein! Bitte, haltet ein, ich flehe Euch an! Die anderen Kinder waren getauft. Sie muss noch die Taufe empfangen!«

Der Kinnon-Krieger packte den Priester an der Kapuze und zeigte mit dem Dolch auf einen der anderen Krieger. »Los, beichte!« Die Männer legten einer nach dem anderen die Beichte ab und banden Father Harrald damit an seine Schweigepflicht. Nachdem der letzte Krieger seine Sünden bereut hatte, drängte er den Priester an den Tisch, auf dem die Tote lag. »Du kannst dem Kind jetzt die Letzte Ölung geben. Jemand wird kommen und es holen.«

Die Männer verschwanden im Schatten, aus dem sie gekommen waren.

Die grausame Wendung der Ereignisse machte Calin fast würgen. Er presste die verkrampften Finger auf seinen brennenden Magen und starrte auf das Baby, das noch immer an der Brust seiner toten Mutter lag – die Tochter des Dämons, der seinen Vater ermordet hatte, zugleich aber auch das Mädchen, das ihm als Braut versprochen war. Er wusste nicht, ob er sie hassen oder beschützen sollte. Er bezweifelte keinen Moment lang, dass ihr kurzes Leben tragisch enden würde – auf eine ähnliche Weise wie das von Lenas drei erstgeborenen Töchtern.

Der Widerschein des Kaminfeuers funkelte auf der Klinge, mit der Father Harrald die Nabelschnur durchtrennte, die das Baby mit seiner Mutter verband. Der Priester wusch dem Kind die Spuren der Geburt von der Haut und legte es neben Lena in einen Stapel Leinentücher. Seine Stimme bebte, als er die heiligen Sakramente spendete. *»An tAhair, An Mac, An Spiorad Naomh.«* Er schlug das Kreuzeszeichen über dem Kind, hauchte es an und taufte es mit dem heiligen Öl.

Calin kroch aus seinem Versteck und wischte sich die Tränen von den Wangen. Er strich sich die Haarsträhne zurück, die ihm in die Stirn gefallen war, während er über das Gemetzel schritt. Unfähig, den Blick von seinem Vater loszureißen, atmete er den übelkeiterregend süßlichen Geruch des Todes ein. Sein Geist schrie nach Rache. Der metallische Geschmack in seiner Kehle verstärkte sich, aber er schluckte seine Angst herunter, seinen Schmerz, seinen neu erwachten Hass. Für ihn gab es jetzt nur noch ein Ziel – den Tod seines Vaters zu rächen. Um das zu können, brauchte er das Kind.

Father Harrald zuckte zusammen. »Du solltest nicht hier sein, mein Junge!«

Calin ignorierte den Priester und kniete sich neben seinen Vater. Er strich ihm das graue Haar aus der feuchten Stirn und richtete den Leichnam auf. Blut quoll aus der Wunde hervor. Blass beugte sich Calin an das Ohr seines Vaters. »Blut meines Blutes. Ich werde dich niemals vergessen, Da! Das schwöre ich.«

Father Harrald legte Calin die Hand auf die Schulter. »Sie werden dich töten, so sicher wie sie das Kind töten werden. Du musst gehen!«

»Father Harrald, Ihr werdet dafür sorgen, dass mein Vater und seine Männer auf MacLeod-Boden zurückgebracht werden. Schickt eine Nachricht an Onkel Kerk! Sagt ihm, dass es mir gut geht und dass ich bald nach Hause kommen werde.« Calin wünschte, seine Stimme würde nicht versagen. Er musste jetzt ein Mann sein, ein Krieger. Er schluckte angestrengt und zog den Siegelring von Das erschlaffter Hand. Dann legte er den Ring mit dem gravierten MacLeod-Wappen in die Glut im Kamin.

Calin konnte dem Priester nicht in die Augen sehen. »Auge um Auge! Sie ist der Schlüssel zu einer Allianz, und sie gehört mir!« Er sprach voller Trotz, während er das schreiende Kind hochnahm. Er trug es an den Kamin und legte es in ein hölzernes Becken. Er benutzte einen Streifen aus dickem Wollstoff, um den glühend heißen Siegelring aus dem Kamin zu nehmen. Er rollte das neugeborene Mädchen auf die Seite und brannte ihr das Wappen der MacLeods in den Po. Sie stieß einen schrillen Schrei aus, gefolgt von tiefen Schluchzern. Er wickelte den Säugling in Leinentücher und schlug ihn in Lenas gestreiften *arisaid* ein, den der mit ihrer Familienbrosche zusammensteckte. Er hielt die Kleine an sich gedrückt und versuchte, sie zu beruhigen. Eines Tages würde er ihr von ihrer Mutter erzählen und davon, wie freundlich Lena zu ihm gewesen war.

Calin gingen so viele Fragen durch den bedrückten Sinn, aber eine davon hatte Vorrang. »Ich weiß, dass Ihr meinem Vater vor einer Woche die Beichte abgenommen habt. Ich weiß auch, dass Ihr durch das Beichtgeheimnis gebunden seid ...«

»Wie lautet deine Frage, mein Sohn?« Father Harralds sorgenvoller Blick wanderte zur Tür.

»Mein Vater hat Lena geliebt.« Calin schwieg und starrte auf das Neugeborene. »Ist dieses Kind von meinem Blut?«

Der Priester lächelte schwach. »Nein, mein Junge. Lena war bereits mit ihrem vierten Kind schwanger, als sie deinem Vater begegnete. Sei versichert, dass deine junge Braut nicht deine Schwester ist. Aber jetzt musst du fort, rasch!«

Calin nahm eine Fackel aus ihrer Halterung und trat zurück in sein Versteck hinter der Wandtäfelung. Das Kind auf seinem Arm wimmerte. Eine winzige Hand streifte sein Kinn. Sie war warm und roch nach Unschuld. Calin schaute über die Schulter zurück auf den Leichnam seines Vaters und senkte den Blick. Er hätte etwas tun müssen. Er hätte wenigstens versuchen müssen, die Mörder aufzuhalten. Er war schwach gewesen, ohne Rückgrat. Ein Feigling.

Calins Blick fand Father Harralds, er war grau vor Kummer. »Was werdet Ihr den Männern sagen, wenn sie kommen, um das Kind zu holen?«

»Ich werde sagen, dass ein Krieger es geholt hat. Und das wird keine Lüge sein.«

Kapitel 1

August 1502

Wie kann es in der Hölle nur so kalt sein?

Akira Neish atmete hastig die eiskalte Luft ein, als sie darum kämpfte, mit den weit ausholenden Schritten des Mannes mitzuhalten. Sie umklammerte das Seil, das sie an ihn fesselte, um den Schmerz an ihren wundgescheuerten Handgelenken zu lindern. Während sie hinter dem Mann die Stufen einer steinernen Treppe hinunterstolperte, betete sie, dass ihre müden Beine nicht unter ihr nachgeben würden. Akira war überzeugt, dass dieser Weg direkt in das Reich Satans führte.

Sie erreichten das Ende des Ganges, an dem der Schein einer einsamen Fackel auf eine Tür fiel. Die aus dem Fels gehauenen Wände glänzten von Feuchtigkeit, und der Geruch von Ruß brannte Akira in der Kehle.

Ihr Bewacher blieb so abrupt stehen, dass Akira nur mit Mühe verhindern konnte, gegen seinen Rücken zu prallen. Das kreischende Eisen jagte ihr einen Angstschauer über den Rücken, als er den Riegel zur Seite schob und die Tür öffnete. Akirab schluckte mühsam und fragte sich voller Angst, welches Schicksal sie auf der anderen Seite der Tür erwarten mochte. Der Mann duckte sich unter dem Türsturz hindurch und zog Akira in ein von Feuerschein erhelltes Gewölbe.

Flüsternde Stimmen schwirrten durch die Luft.

Akira stockte der Atem, als sie die Frauen sah. Alte und junge, mit Ketten an den Boden gefesselt, hockten in Gruppen beieinander. Ihre gehetzten Blicke glühten im Fackellicht, und alle trugen gelbe Hemden, die so dünn waren, dass man durch sie hindurchsehen konnte. Wer waren diese Frauen? An was für einen Ort hatte man sie gebracht?

Ehe sie sich die Frauen genauer ansehen konnte, zerrte der Wächter sie grob an seine Seite. Bei der abrupten Bewegung fiel ihr das Haar in das Gesicht.

Er beugte sich zu ihr herunter. »Hältst du die MacLeods, die dich hierhergebracht haben, für böse? Dann warte nur ab, bis du die MacLeods von den Hebriden kennenlernst!« Damit leckte er über Akiras Wange. Sein widerlicher Geruch ließ Übelkeit in ihrer Kehle aufsteigen, aber sie weigerte sich, ihn ihre Angst merken zu lassen. Seine dunklen Augenbrauen hoben sich, und seine Lippen verzogen sich zu einem hässlichen Grinsen. »Jetzt wirst du dafür bezahlen, dass du mir in die Eier getreten hast, Mädchen.«

Er stellte den Fuß auf eine Tonne, dann zwang er Akira, sich über sein Bein zu beugen. Sie musste sich auf die Zehenspitzen stellen, um den Druck seines Oberschenkels gegen ihre Rippen aushalten zu können. Seine Finger griffen ihr ins Genick, hielten sie fest. Akira wusste, was geschehen würde, und wappnete sich gegen die Demütigung.

»Ich rate euch allen, euch von ihr fernzuhalten! Sie ist eine Hexe«, rief er den Gefangenen zu. Der Hohn in seiner Stimme machte, dass Akira die nur allzu vertrauten Tränen in die Augen schossen. Man hatte sie hinter dem stinkenden Pferd ihres Entführers hergezerrt, und jetzt quälte man sie damit, dass ihr Geheimnis enthüllt wurde.

Kalte Luft kroch ihre Beine hinauf, als der Mann den Rock ihres Kleides hochschob, um allen das Mal auf ihrem Po zu zeigen. Das Mal des Teufels. Ein Keuchen hallte durch die Höhle und warnte Akira. Sie würde hier kein Mitleid finden, weder Freunde noch Verbündete.

Scham erhitzte ihre Haut und ein jahrealter Zorn explodierte in ihr, genauso wie früher, wenn die Kinder ihres Clans ihr Steine und höhnische Sticheleien nachgeworfen hatten. Akira weigerte sich, wie ein Tier zur Schau gestellt zu werden, egal, was es sie kosten würde. Sie hob den Kopf, öffnete den Mund und biss diesem Heiden, der sie festhielt, mit aller Kraft in den Schenkel.

»Verdammt! Du Hexe!« Er packte Akira an den Haaren und zerrte sie hoch. Die Spitze seines Dolches bohrte sich schmerzhaft in die Vertiefung unterhalb ihrer Kehle. »Du hast Glück, dass es gegen den Kodex verstößt, die Gefangenen zu verletzen.«

Er führte sie in den dunkelsten Winkel des Gewölbes. Ihre Versuche, sich zu wehren, waren gegen die Kraft des Kriegers sinnlos. Er schloss eine eiserne Fessel um ihr Fußgelenk und kettete sie an einen in den Steinboden eingelassenen Ring. Dann legte er seine schmutzigen Finger um ihr Kinn. »Vielleicht komme ich wieder, und dann zieh ich dich aus, nicht die alte Nattie.«

Er war Abschaum, ein widerlicher Blutegel. Akira wünschte zutiefst, ihn noch einmal beißen oder, noch besser, ihm seinen eigenen Dolch in den Bauch stoßen zu können. Doch er wandte sich ab und ging zurück zur Tür. Der Riegel kreischte, und die Schritte des Mannes verhallten und ließen sie in willkommener Stille zurück.

Ihr Körper schmerzte. Sie war tagelang gefesselt gewesen, und der Steinboden war hart und kalt. Sie legte die kältestarren Hände vor den Mund und blies hinein. Akira musste sich nicht in der Höhle umschauen, um die Anklagen der Frauen zu fühlen. Es war nicht das erste Mal, dass sie wie eine Aussätzige behandelt wurde, und, so vermutete sie, es würde auch nicht das letzte Mal sein.

Warum widerfuhr ihr dieser Albtraum? Warum hatten die

MacLeods sie von ihrem Clan fortgeholt? Sie senkte den Kopf und betete, dass Kendrick ihr zu Hilfe kommen würde. Aber in den drei Tagen, die sie und ihre Entführer bis zu diesem Ort gebraucht hatten, war von ihrem Bruder nichts zu sehen gewesen. Akiras einziger Trost war, dass die MacLeod-Krieger nicht auch ihre Schwester mitgenommen hatten. Isobel hätte diese Reise durch das Land der MacLeods niemals überlebt.

Kendrick würde kommen. Er *musste* kommen.

Aus dem dichten Grün des Dickichts betrachtete Calin die hochgewachsene Gestalt seines Freundes aus Kindertagen. Der schmächtige Zwerg von damals war inzwischen bullenstark geworden.

Es würde einen Mann von großer Kraft brauchen, Kendrick Neish niederzuringen – er war gut über einen Meter achtzig groß und bepackt mit kraftstrotzenden Muskeln. Als Junge war Calin ihm um einiges an Gewicht überlegen gewesen, aber jetzt glich Kendrick ihm in Größe und Statur. Er könnte ihn besiegen.

Calin trat aus dem Dickicht heraus und schlang seinen Arm um den Nacken des alten Freundes.

Kendrick zuckte zusammen, doch kaum dass er den ersten Schrecken überwunden hatte, umklammerten seine Hände schon Calins Kopf. Blauer Himmel und grüne Kiefernzweige tauchten in dessen Blickfeld auf, als Kendrick ihn über seine Schulter gegen den Stamm einer jungen Birke warf. Der Stamm zerbrach. Zumindest hatte Calin die Schlacht gegen den Baum gewonnen; die Kraft seines alten Freundes jedoch hatte er gründlich unterschätzt.

Er sprang auf die Füße und fuhr herum. Kendricks Aufmerksamkeit war auf seine Schwestern gerichtet, die sich unter dem

Sprühnebel eines herabdonnernden Wasserfalls vergnügten. Sobald Kendrick seine Niederlage eingestanden haben würde, wollte Calin herausfinden, welches der Mädchen seine Braut war.

Er hieb seine Faust in Kendricks Magengrube, und Kendrick ging stöhnend zu Boden. Bevor Calin erneut handeln konnte, wurden ihm die Beine weggerissen, und er landete auf seinem Allerwertesten. Die Luft wich aus seinen Lungen. Gerade noch rechtzeitig riss er die Augen auf, um zu sehen, dass Kendrick auf ihn zusprang. Calin duckte sich, rollte sich auf dem Waldboden zur Seite und richtete sich wieder auf. Nur einmal wollte er einen Kampf gegen Kendrick gewinnen! Aber für Calin war dieser Zweikampf ein Spiel, während der Bruder seiner Braut glaubte, seine Schwestern beschützen zu müssen. Laut ihren Briefen waren es insgesamt sechs.

Kendricks Gesicht färbte sich rot, seine Nasenflügel blähten sich. Seine Haltung war jetzt die eines wütenden Kriegers. Wie einen Schild streckte Calin eine Hand aus, aber Kendrick packte sie und drehte ihm den Arm auf den Rücken. Einen Wimpernschlag lang hielt Kendrick Calins Kopf in seiner Armbeuge gefangen und schnürte ihm die Luft ab.

»Du bist auf Kinnon-Land, Freundchen, und es wäre mir ein Leichtes, dir deinen zarten Hals zu brechen!«

Er hatte die Worte so angestrengt hervorgestoßen, dass Calin nicht anders konnte, als den Mann anzulachen.

Kendrick beugte sich zur Seite und starrte ihn an. »Bist du wahnsinnig? Oder ein bisschen verrückt im Kopf?« Kendrick ließ ihn los und schickte ihn mit einem kräftigen Stoß in ein Bett aus pieksenden Kiefernnadeln.

Aus einer hockenden Position grinste Calin ihn schief an. »Du hast mir wehgetan, Kendrick. Hast du etwa das Gesicht eines alten Freundes vergessen?«

»Eher verrotte ich in der Hölle, als einen Mann, der mich angreift, einen Freund zu nennen.« Kendricks Stimme klang angespannt vor Zorn, während er trotzig die Arme über seiner breiten Brust verschränkte.

Calin war aufgestanden und klopfte sich die Kiefernnadeln von den nackten Beinen, dann rümpfte er die Nase und sog schnüffelnd die Luft ein. »Du stinkst wie zwei Tage alter Haggis!«

Kendrick starrte ihn misstrauisch an.

Calin konnte nichts gegen das selbstgefällige Grinsen auf seinem Gesicht tun, während er darauf wartete, dass Kendrick ihn erkennen würde. Schließlich war ein Jahrzehnt vergangen, seit sie sich das letzte Mal gesehen hatten.

Nur Sekunden später warf Kendrick ihn unter Freudengebrüll zu Boden. »Calin MacLeod! Du störrischer kleiner Bastard!«

Calin rang mit dem Riesen, es war ein Durcheinander aus Fäusten und Füßen. Er kassierte drei Schläge. Einen auf die Nase, die anderen beiden in die Rippen. Dabei befand er sich mit seinen achtundzwanzig Jahren eigentlich in einem zu fortgeschrittenen Alter für eine solch alberne Balgerei – besonders an seinem Hochzeitstag.

Kendrick hielt ihn am Boden fest. »Ergibst du dich, mein Freund?«, fragte er, bevor Calin ihn mit den Beinen in die Zange nahm.

»Nein«, keuchte der. »Ich bin damit dran, zu gewinnen!«

Aber Kendrick akzeptierte Niederlagen nicht. Sie wälzten sich auf dem Boden, beiden bluteten die Nasen, ihre Fingerknöchel waren zerschunden und abgeschürft, und die nackten Knie befanden sich in dem gleichen Zustand. Auf dem Rücken liegend hielt Calin sich die lädierten Rippen, die ihm dieses Mal vor Lachen wehtaten.

»Es ist lange her, MacLeod«, sagte Kendrick mit leichtem Unmut in der Stimme. »Viel zu lange!«

»Ich hätte es noch einmal zehn Jahre aushalten können, deine hässliche Visage nicht zu sehen.« Calin ließ ein Lächeln aufblitzen, während er sich erhob und dem Freund dann die Hand hinstreckte.

»Es ist soweit?«, fragte Kendrick.

»Aye. Ich habe mich am Sonntag mit den Donalds getroffen, und wir sind uns einig. Laird Kinnons räuberische Horde hat das letzte Mal mein Hab und Gut gestohlen. Er hat sich im Laufe der Jahre viele Feinde gemacht. Niemand wird ihn dabei unterstützen, seine Grenzen zu schützen, sollten die Engländer unsere Küsten angreifen.«

»Dann werden wir den Rat der Inseln zusammenrufen! Laird Kinnon wird nicht länger herrschen, und der Clan der Kinnons wird von seinen blutbefleckten Händen befreit werden. Bei Einbruch der Dämmerung werde ich einen Reiter mit einer Fackel losschicken, um die Rebellen zusammenzurufen. Wann soll das Treffen sein?«

»Bald, Kendrick. Dein Laird wird schon bald für die Verbrechen bezahlen, die er an uns beiden begangen hat.« Calin schlug Kendrick auf den Rücken. Er war dankbar, dass sein Freund ihrer Sache treu geblieben war. So viele Jahre waren vergangen, seit sie durch die finsteren Gewölbe unter Brycen Castle gestreift waren. Sie hatten ihre Freundschaft immer geheim gehalten; eigentlich hätten sie Feinde sein müssen. Aber damals wie heute hatten sie beide dasselbe gewollt – eine Allianz.

Calin drückte einen Kiefernzweig zur Seite und schaute auf die Schar der Schönheiten, die ausgelassen um den Wasserfall herumtollten. Sie hüpften und tanzten, und es kümmerte sie nicht, dass ihre Röcke dabei nass wurden. Calin konnte sein

Hochgefühl kaum beherrschen. Achtzehn Jahre waren vergangen, seit er Kendrick seine damals winzige Braut anvertraut hatte. Und heute, bei Einsetzen der Dämmerung, würde er das Mädchen mit sich nehmen nach Cànwyck Castle und es zu seiner Frau machen. Er betete darum, dass er ihr ins Gesicht sehen konnte und nur seine zukünftige Frau sehen würde, und nicht die Tochter des Mannes, der seinen Vater ermordet hatte. Doch ungeachtet dessen, was er in ihr sehen würde, hatte er einen Schwur zu erfüllen und einen Clan zu beschützen.

Einen Clan, der zu dieser Stunde seine Hochzeit vorbereitete.

In der Burg hatte geschäftiges Treiben geherrscht, als er früh am Tag das Land der MacLeods verlassen hatte. Die alten Frauen des Clans hatten den Morgen damit verbracht, die Kapelle mit Blumen zu schmücken. Und seit zwei Tagen trafen immer mehr MacLeods auf Cànwyck Castle ein, um den Hochzeitsfeierlichkeiten beizuwohnen. Eine Hand voll Draufgänger hatte sich nach dem überreichen Genuss von Whisky mit den Mädchen des Dorfes vergnügt. In neun Monaten würde es eine Baby-Schwemme geben, und Calin hoffte, dass eines davon von ihm und seiner Braut sein würde.

Wildschweinkeulen, Wildbret und Lämmer wurden über großen Feuern geröstet, und das Fett, das von den Spießen tropfte, erfüllte die Hallen von Cànwyck Castle mit einem Duft, der jedem das Wasser im Munde zusammenlaufen ließ. Währenddesen arbeitete Father Harrald fieberhaft daran, den Segensspruch zu verfassen, den er am Abend im Anschluss an die Zeremonie sprechen wollte.

Das Einzige, was noch fehlte, war die Braut. Seine Braut. Akira Neish.

Calin hatte seine Absicht, sie ein oder zwei Tage vor der

Hochzeit zu holen, aufgeben müssen, doch er hatte sich mit dem Gedanken beruhigt, dass sie willfährig sein und keine Probleme machen würde. Bis heute hatte sich ihm noch keine Frau verweigert, und er war davon überzeugt, dass seine zukünftige Frau seinem Charme ebenfalls nicht würde widerstehen können. Vielleicht würde sich auf ihrem Rückweg nach Cànwyck Castle die Möglichkeit ergeben, sie ein wenig zu umwerben, bevor er sie zu seiner Ehefrau machte.

»Welches der Mädchen ist Akira?« Calin schaute zu den Schönheiten hinüber, die um den See herumsprangen. »Bitte sag mir, dass nicht sie das ist.« Er zeigte auf eines der Mädchen. »Sie scheint einen gesunden Appetit zu haben.«

Kendrick runzelte verwirrt die Stirn, während er antwortete. *»Das«*, er zeigte auf die mollige Rothaarige, »ist Maggie. Sie und ihr Mann Logan Donald bekommen im Spätherbst ein Kind.«

»Dann ist es jene dort drüben? Die Hochgewachsene?« Calin zog beide Augenbrauen hoch und hoffte, er hatte die Richtige ausgewählt.

»Das ist Neala. Sie ist die Frau des Bruders unseres Schmieds. Hat Akira …«

»He!« Aus dem Nichts hatte ein Schwall eiskalten Wassers Calins Rücken getroffen. Er schnappte nach Luft. Die Augustwärme hatte nur wenig dazu beigetragen, dem Wasser seine Eiseskälte zu nehmen. Er fuhr herum, um sich den Angreifer zu schnappen. Das Rauschen des Wasserfalls mochte ihre Schritte verschluckt haben, aber die beiden lachenden Nymphen, die, zwei leere Eimer in den Händen, hinter ihm standen, hatten keine Chance, zu entkommen. Kendrick packte die eine am Handgelenk, während Calin den Arm um die Taille der anderen schlang. Die Mädchen befreiten sich aus dem Griff der Männer und steckten kichernd die Köpfe zusammen.

Calin schüttelte verwirrt den Kopf. Die beiden Mädchen sahen absolut gleich aus – von den rotblonden Locken bis zu den schmalen Nasen und den moosgrünen Augen. Hätte er die Zeit gehabt nachzuzählen, so hätte er vermutlich auch dieselbe Zahl von Sommersprossen auf ihren Nasenrücken gefunden. Er erinnerte sich dunkel daran, dass Akira in ihren Briefen von Zwillingen berichtet hatte, aber das lag wenigstens acht Jahre zurück. Er hatte nie erfahren, warum sie aufgehört hatte, ihm zu schreiben.

»Und diese zwei sind Riona und Fiona«, stellte Kendrick die Mädchen vor. »Alle nennen beide einfach Iona, weil keiner die eine von der anderen unterscheiden kann.«

»Es ist mir ein Vergnügen, zwei so schöne Mädchen kennenzulernen!« Calin verbeugte sich tief vor den beiden, bevor er jeder einen keuschen Handkuss gab. Das Kichern steigerte sich, und sie erröten auf dieselbe Weise. Als Calin seine Aufmerksamkeit wieder dem Wasserfall zuwandte, blieb sein Blick an der jungen Frau hängen, die still unter dem schützenden Laubdach einer alten Esche saß. Ihre Knöchel waren sittsam unter ihrem Rock verborgen, und sie las in einem Buch.

Calin zeigte auf sie. »Das ist sie! Ich wusste, dass meine Braut schön und klug ist.«

Kendricks Lächeln verschwand, und er richtete sich auf. »Genug jetzt, MacLeod! Mädchen, holt eure Schwestern! Wir gehen sofort zurück.« Kendricks Stimme klang grimmig. »Warum bist du hergekommen, MacLeod?«

Calin konnte sich Kendricks Stimmungsumschwung nicht erklären. Er hatte gedacht, der Grund seines Kommens wäre bekannt. »Ich habe dir vor einem Monat geschrieben und dir mitgeteilt, dass ich kommen werde, um Akira zu holen.«

»Und vor einem Jahr hast du das schon einmal geschrieben.

Ich hatte angefangen, den Aufstand zu organisieren, nachdem du das erste Schreiben geschickt hattest. Laird Kinnons Argwohn ist in der Zwischenzeit noch größer geworden; er vermutet wohl, dass ein Aufstand droht. Hast du eine Ahnung, wie es ist, diesem Bastard etwas vorspielen zu müssen? Wo, bei allen Schotten, hast du im letzten Jahr gesteckt?«

Calin hatte sein erstes Jahr als Chieftain mit Müßiggang verbracht. Er wandte den Blick von Kendrick ab, während er sich an die betrügerische Frau erinnerte, die ihn getäuscht und davon abgehalten hatte, früher nach Hause zurückzukommen. Bitterkeit schwang in seiner Stimme mit. »Ich wurde aufgehalten, aber jetzt bin ich hier und bereit zu unserem Bündnis, wie wir es uns versprochen haben.« Er zeigte noch einmal auf das Mädchen unter dem Baum und fragte mit mehr Nachdruck: »Ist das Akira?«

»Nein. Ihr Name ist Isobel, und sie ist auch nicht deine kostbare Braut, wie du sehr gut weißt. Warum treibst du dein Spiel mit uns, MacLeod?«

Calin versuchte zu begreifen, warum Kendrick noch wütender geworden zu sein schien. »Ich weiß, alter Freund, es war eine lange Zeit, aber ...«

»Schluss jetzt damit!«, schnitt Kendrick ihm das Wort ab und sah Calin vorwurfsvoll an. »Vor einer Woche waren zwei MacLeods hier. Ich war draußen bei der Herde, während die Mädchen Beeren gesammelt haben. Deine Männer haben Isobel bedrängt, und als Akira dazugekommen ist, ist sie einem von ihnen auf den Rücken gesprungen. Die Mädchen sagen, sie hat mit einem Stock auf den Mann eingeschlagen wie ein wildes Tier. Der eine hat sie daraufhin an der Taille gepackt und ihr den Rock zerrissen. Als sie das Geburtsmal auf ihrem Po gesehen haben, haben sie sie als Hexe beschimpft, und dann haben sie sie bäuchlings über eines der Pferde geworfen.

Isobel sollte mir von ihnen ausrichten, die Zeit sei gekommen.« Kendrick klang bitter. »Du hättest wenigstens ihre Familie zur Hochzeit einladen können!«

Calin starrte den Freund empört an und stieß ihn nicht allzu sanft gegen einen klebrigen Kiefernast. »Du Dummkopf! Es hat keine Hochzeit gegeben. Ich habe sie nicht holen lassen, Hölle und Teufel!«

Kendrick kniff die Augen zusammen und hob das Kinn. Er stieß Calin so heftig von sich weg, dass dieser fast das Gleichgewicht verlor. »Aber es waren MacLeods! Wenn du sie nicht geschickt hast, wer hat dann Akira geholt? Und wohin hat man sie gebracht?«

»Die MacLeods sind mir treu ergeben. Sie würden mich weder verraten noch würde einer von ihnen meine Braut rauben.« Calin verteidigte seine Stammesleute, aber er vertraute auch Kendrick so wie einem der seinen. Was würde ein MacLeod gewinnen, wenn er Akira raubte? Er zermarterte sich den Kopf, fand darauf jedoch weder eine Antwort noch hatte er die Zeit, länger über diese Frage nachzudenken. Akiras Entführer hatten eine Woche Vorsprung, was hieß, dass ihre Spur sich nicht mehr verfolgen ließ. Ein Gefühl von Übelkeit breitete sich in seinem Magen aus, als er an den Ort dachte, an den die Männer sie verschleppt haben könnten. Wie zur Hölle sollte er sie dort jemals finden? Er würde Akira ja nicht einmal erkennen, wenn er sie sah.

Calin hob den Arm und machte eine rasche Handbewegung. Drei seiner Krieger zu Pferde tauchten aus dem Wäldchen auf. Sirius blieb bei Calin stehen, genau wie es dem schwarzen Hengst beigebracht worden war. »Wir müssen sofort aufbrechen. Können deine Schwestern ohne Begleitung nach Hause gehen?«, fragte er und stieg auf das Kriegsross.

»Nein. Das können sie nicht.« Kendrick warf einen Blick

auf die Mädchen, die sich um Isobel geschart hatten. Die Älteste hielt die Zügel eines Rotschimmels und wartete.

»Wenn ich richtig informiert bin, dann ist das Haus, in das du gezogen bist, nicht weit von hier. Sie scheinen mir sehr gut in der Lage zu sein, allein dorthin zu finden.«

Kendrick wandte sich ab und ging davon.

Mit wachsender Verärgerung fragte Calin sich, wie Kendrick so gleichgültig gegenüber der Schwester sein konnte, die er seit ihrer Geburt in seiner Obhut hatte. »Interessiert dich das Wohlergehen deiner *anderen* Schwester gar nicht? Geht sie dich jetzt nichts mehr an?«

Kendrick fuhr herum und sah Calin voller Missbilligung an. »Ich bin kein Idiot! Akiras Wohlergehen kümmert dich doch gar nicht. Für dich hat die Allianz Vorrang, und ohne Akira können wir die Clans nicht zusammenführen. Du kannst also aufhören, mir etwas vorzumachen und es einfach zugeben. Du würdest das Mädchen ja nicht einmal erkennen, wenn sie dir in den Hintern beißen würde!«

Calin ignorierte ihn, auch wenn er sich darüber ärgerte, dass Kendrick im Prinzip nur die Wahrheit ausgesprochen hatte. Er beruhigte Sirius. Das Tier musste gespürt haben, wie gereizt er war.

»Ich werde nur mit dir reiten, weil ich Akira kenne«, brummte Kendrick jetzt. »Außerdem würde sie nicht freiwillig mit dir mitgehen.«

Warum nicht, zur Hölle? Schließlich hatte er in all den Jahren für sie gesorgt und dem Abt des Klosters von Beauly Geld für ihre Erziehung geschickt. Er hatte dafür gesorgt, dass das Geheimnis ihrer Abstammung gewahrt blieb. Außer Onkel Kerk und Tante Wanda wussten nur Kendrick und Akiras Pflegemutter, dass Laird Kinnon ihr leiblicher Vater war. Er hatte gehofft, Akira würde die Ehe mit ihm ohne Protest eingehen.

Doch diese Fakten jetzt mit Kendrick zu diskutieren hielt Calin für vergebliche Mühe. »Wir haben nicht die Zeit, herumzutrödeln. Wir reiten sofort los.«

Kendricks Gesicht lief rot an, und er ballte die Fäuste. »Akiras Sicherheit kümmert mich sehr wohl, aber ich muss mich zuerst um die fünf anderen kümmern. Isobel kann nicht gehen. Sie ist schon fast ihr ganzes Leben lang ein Krüppel. Seit Vater tot ist, gibt es niemanden außer mir, der stark genug ist, sie zu tragen.«

Calin kam sich vor wie der absolute Ignorant. Jetzt war ihm klar, warum Isobel nicht mit ihren Schwestern um den See herumgesprungen war. »Dann kümmere dich um deine Schwestern. Ich muss zurück zur Burg und den Rat um Geld bitten. Wir treffen uns bei Einbruch der Dämmerung dort, wo unser Land an das der Donalds grenzt. Aber komm allein. Akira befindet sich auf MacLeod-Land.«

Kendricks harte Gesichtszüge wurden weicher. »Du weißt, wohin man sie gebracht hat?«, fragte er voller Hoffnung.

»Aye. Wenn es stimmt, was du sagst, dann gibt es nur einen Ort, an den ein MacLeod eine Frau bringen würde, die er für eine Hexe hält – *Tigh Diabhail*.« Calin gab seinem Hengst die Sporen, und das Pferd fiel sofort in einen schnellen Galopp. Calin betete im Stillen darum, dass er nicht zu spät kommen würde. *Tigh Diabhail* war ein Höllenort und wurde zu Recht das Teufelshaus genannt. Er war erst einmal dort gewesen, und nun trieb ihn das Tun seiner Waffenbrüder zurück an den Ort, an den er nie hatte zurückkehren wollen. In früherer Zeit hatte der geschützt gelegene Hafen den Vorgängern King James' als Umschlagplatz für Waffen gedient, aber jetzt wurden dort nur noch weibliche Gefangene verschachert.

Und was man den Jungfrauen unter ihnen dort antat, war so entsetzlich, dass es alles Vorstellbare überstieg.

Kapitel 2

Wie viele Männer habe ich in Drumchatt getötet? Was denkst du, Cousin?«

»Ich weiß es nicht, Jaime. Aber ich bin sicher, du glaubst, mehr als ich.« Calin verdrehte resigniert die Augen. Nachdem er sich die zehnte Schilderung der Schlacht von Drumchatt angehört hatte, bereute er es, seinen Cousin gebeten zu haben, ihm bei der Rettung seiner Braut zu helfen.

Jaime war für Calin wie ein Bruder, auch wenn es dem drei Jahre Jüngeren noch an jeglicher Disziplin mangelte. Er versuchte ständig, Calin zu übertrumpfen. Erlegte Calin auf der Jagd einen Sechsender, dann musste Jaime einen Zehnender zur Strecke bringen. Das Bestreben, Calin auszustechen, machte Jaime andererseits aber auch zu einem entschlossenen Kämpfer, und Calin gab gern zu, dass er auf diese Qualität seines Cousins stolz war.

»Meinst du, es waren mehr als fünfzig?«, fragte Jaime jetzt und fuhr fort, die ausgeschmückte Geschichte seiner tapferen Heldentaten zu erzählen, während er neben Calin zur Kuppe des Hügels hinaufritt.

Bläulicher Morgennebel bedeckte die kleine Insel Bania. Etliche MacLeod-Männer tummelten sich im Landstrich, der vor ihnen lag, aber diese Sorte von MacLeods zählte Calin nicht zu seiner Sippe. Er parierte sein Kriegsross. Nach dem Drei-Tage-Ritt, der hinter ihm lag, schmerzte jeder Muskel im Leib. Da er an den breiteren Sattel nicht gewöhnt war, fühlte sich sein Hintern an wie taub. Die drei MacLeod-Krieger und Kendrick zügelten neben Calin ihre Pferde, um auf die Zelte hinunterzusehen.

»Ich verwette meine Schneidezähne darauf, dass es fast hundert Männer sind«, sagte Jaime, unbeeindruckt von der Tatsache, dass sie ihr Ziel erreicht hatten. »Glaubst du, dass es mehr sind, als ich bei …«

»Jaime«, schnitt Kendrick ihm das Wort ab und sah ihn ärgerlich an. »Noch ein Wort von dir, und ich schlage dir die Schneidezähne aus, auf die du eben gewettet hast.«

Calin grinste, und Jaime fühlte sich veranlasst, die Stirn zu runzeln. In friedlichem Schweigen legten sie den Weg den Hügel hinunter zurück.

Calin hatte keine Probleme, Zutritt zu den Zelten zu bekommen. Mehr Ermunterung als sein Gold brauchten diese Bastarde nicht, um ihm, seinen drei Stammesangehörigen und Kendrick zu gestatten, sich den Schweinen anzuschließen, die sich in den Zelten eingefunden hatten.

Am späten Nachmittag gingen viele Besucher im Hauptzelt ein und aus. Die meisten von ihnen trugen dicke Highland-Plaids, einige waren aber auch gekleidet, wie es die Mode derzeit in Frankreich und Deutschland verlangte. Waffenröcke, die mit den Farben des Heimatlandes bestickt waren, ließen die Nationalität jedes Mannes erkennen, der keinen Plaid trug. Sie trugen mit Goldborten gesäumte schwere Tuniken über eng sitzenden Hosen.

Obwohl noch Sommer war, stach der salzige Wind, der von der See her wehte, wie Eissplitter unter die Zeltwände. Die Zuschauer fröstelten von Zeit zu Zeit, während sie auf eine Frau nach der anderen boten, die auf das Versteigerungspodest geführt wurde, aber Calin hatte nicht einmal eine Gänsehaut. Die Verderbtheit, die ihn umgab, erhitzte sein Blut und schickte Wellen des Zorns durch seine Seele.

Bei Einbruch der Dämmerung wurde die Versteigerung beendet. Um diese Zeit hatten die Prasser ihr Geld für große

Mengen Bier ausgegeben und sich Geschichten über den Krieg erzählt. Mit jedem Fass, das auf das Podium gerollt wurde, wurden ihre Aufschneidereien größer. Calin hätte alles darum gegeben, wieder auf seinem Pferd zu sitzen, seine Braut sicher im Schlepptau, und einer von Jaimes Geschichten zuzuhören. Stattdessen stand er eingezwängt in einer Menge ranzig riechender Highlander und fragte sich, ob deren Gestank ihm wohl in jede seiner Poren kriechen würde.

Bei Tagesanbruch griff der Auktionator wieder zu seinem Hammer und setzte die Versteigerung fort. Nachdem eine Gruppe Frauen mit olivfarbener Haut verkauft worden war, wurde ein blondes Mädchen auf die hölzerne Plattform gezerrt. Sie war die jüngste Frau, die auf das Podest gebracht worden war, seit Calin und seine Begleiter hergekommen waren. Das Mädchen hatte noch Milchzähne und war, wie deutlich durch den dünnen Stoff ihres Hemdes zu sehen war, noch nicht entwickelt. Sie konnte nicht älter als zehn sein. Die Hände hatte man ihr vor dem Bauch zusammengebunden, und ihr Kopf war in Gehorsam gesenkt, während Tränen der Scham ihr über das Gesicht liefen. Calin konnte es nicht ertragen. Er würde für sie einen Platz auf Cànwyck Castle finden, vielleicht als Wäscherin. Er machte seinem Mann im Hintergrund ein Zeichen, das Geld bereitzuhalten.

Das dumpfe Stimmengewirr im Zelt wurde weniger, als der Auktionator mit schriller Stimme die Versteigerung begann. »Wie viel wird geboten? Nun, ihr braven Männer. Was für ein Anblick wird dieses Mädchen in Eurem Bett sein! Wie viel wird mir geboten? Beeilt euch mit eurem Gebot, denn sie wird bestimmt verkauft.« Der Auktionator, der hinter einer Art Pult stand, strich sich die grauen Haarsträhnen über seinen zur Glatze neigenden Schädel, während er auf die Gebote wartete.

»Ist sie Jungfrau?«, fragte einer der Zuschauer derb.

»Antworte dem Herrn, Mädchen«, befahl der Versteigerer.

Dem Mädchen stieg die Röte in die Wangen, und Calin verdammte jeden Einzelnen dieser Männer in die Feuergruben der Hölle.

»Nein.« Ihre Antwort war kaum zu hören.

Enttäuschtes Raunen erfüllte die Luft, was Calin noch weiter abstieß. Die Hälfte dieser Männer waren nicht hergekommen, um sich eine Braut oder ein Dienstmädchen zu kaufen, sondern um Zeuge der Unterhaltung zu sein, die *Tigh Diabhail* bot.

Wie wohl die meisten der Zuschauer vermutete Calin, dass das Mädchen log. Aber die Statuten verlangten es, dass jede Gefangene diese Frage vor dem Verkauf beantworten musste.

Ein Mann zu Calins Linken schluchzte und erregte damit seine Aufmerksamkeit; das faltige Gesicht des Mannes war nass von Tränen. Mit einer Hand hielt er eine Tasche umklammert, während er mit nassen Augen auf das Mädchen starrte.

Drei Männer boten noch auf die Kleine, und der Auktionator rasselte eine Reihe von Zahlen herunter. Der Mann neben Calin hatte schon früher ein nur geringes Gebot abgegeben.

»Ist sie eine Verwandte?«, fragte Calin, ohne den Mann anzusehen.

»Sie ist meine Tochter«, erwiderte der nach einer langen Pause.

»Bietet, was nötig ist. Ich werde den Rest übernehmen.«

»Ich kann es nicht zurückzahlen.«

»Ihr schuldet mir nichts.«

Binnen Sekunden war die Versteigerung zu Ende, und der

Mann hatte das Mädchen für dreißig Groats gekauft, von denen zwanzig von Calin kamen.

»Seid gesegnet, Sir!«, bedankte sich der Mann und schob sich durch die Menge nach vorne. Die Wachen stießen das Mädchen vom Podium, ohne sich um ihre Unversehrtheit zu kümmern, und Calin wollte nichts mehr, als diese Männer am höchsten Baum der Highlands hängen zu sehen. Der Gedanke, dass Akira von diesen üblen Heiden so grob behandelt wurde, machte ihn rasend. Seine Handflächen wurden feucht; Verzweiflung griff nach ihm.

Was, wenn sie schon verkauft worden war? Was, wenn man sie gar nicht hierhergebracht hatte?

Noch während ihm diese Gedanken durch den Kopf gingen, durchdrang das wilde Fluchen der nächsten Gefangenen das Stimmengewirr der Zuschauer. Haar so schwarz wie die Mitternacht umrahmte ihr porzellanzartes Gesicht – ein Gesicht, das jetzt zu einem wütenden Ausdruck des Ekels verzogen war. Flüche in Englisch, Französisch, Gälisch und einer anderen Sprache, die Calin nicht kannte, kamen aus ihrem Mund. Zwei Wachen in Gewändern mit schwarzen Kapuzen hielten sie fest. Anders als bei den Frauen zuvor, waren ihr die Hände auf den Rücken gebunden worden.

»Himmel, das ist Akira!«, flüsterte Kendrick und wollte schon auf das Podest zugehen.

»Nein!« Calin legte die Hand fest auf Kendricks Brust. »Lenk keine Aufmerksamkeit auf uns oder unser Interesse an ihr.« Calin hatte ruhig gesprochen, aber im Innern explodierte er. Er war ganz darauf eingestellt, einen Krieg zu beginnen, wenn die Wachen es wagen würden, Akira zu schlagen.

Sie stürzte sich auf die Männer, die sie auf dem Podest festhielten. Dieser Frau mangelte es gewiss nicht an Feuer und Temperament. Sie war eine Kämpferin. Obwohl Calin erleichtert war, sie unversehrt zu finden, machte er sich Gedanken über ihre erste Begegnung. Sich seiner Braut unter diesen Umständen vorzustellen könnte sich als schwierige Aufgabe erweisen.

Als sie einem der Wächter das Knie in den Unterleib rammte, zuckte Calin zusammen und hielt seine Hände instinktiv vor seine Männlichkeit. Der so angegriffene Wächter packte sie an den Haaren, riss sie zur Seite und zwang sie auf die Knie. Verzweiflung stand in ihren Augen, als sie gellend losschrie. Der schrille Ton hallte von den Zeltwänden wider.

Calin ballte seine Hände zu Fäusten. Wäre es ihm erlaubt gewesen, eine Waffe zu tragen, hätte er diese beiden Männer mit der Spitze seines Schwertes aufgespießt. Er gab seinen Begleitern, die in der Menge verteilt standen, ein Zeichen. Nach diesem stummen Befehl begaben sich die drei Männer zum Ausgang. »Nimm deine Kapuze ab«, sagte er zu Kendrick. »Wenn möglich, will ich, dass Akira dich sieht. Vielleicht beruhigt sie das ein wenig.«

»Habe ich erwähnt, dass Akira recht temperamentvoll ist?«

»Recht?« Calin runzelte die Stirn, aber jetzt war nicht die Zeit für Scherze. »Wir werden Akira auf jeden Fall hier herausholen, auf welchem Wege auch immer. Wenn wir sie haben, wird sie mit mir reiten, und *ich* werde mich um ihr *Temperament* kümmern.«

Dieselbe derbe Stimme wie bei dem Mädchen zuvor erklang aus der Menge. »Ist sie Jungfrau?«

Calin hoffte, Akira würde genug Verstand besitzen, die gleiche Antwort zu geben wie alle anderen. Der Atem stockte ihm, während er auf die Antwort wartete. *Sag Nein. Sag, dass du keine Jungfrau bist.* Er versuchte, sie mit seinen Gedanken zu dieser Antwort zu zwingen.

Die Wachen hielten sie noch fester als zuvor, um sie dazu zu bringen, die Frage zu beantworten. Ihre Augen wurden schmal. Sie hob ihr zierliches Kinn und starrte den Barbaren an, der die Frage gestellt hatte. »Aye, ich bin Jungfrau! Und ich habe vor, das auch zu bleiben.«

Calin stöhnte innerlich.

Über die Zuschauer hatte sich Schweigen gesenkt. Ein Schweigen, das so absolut war, dass man die Wellen hören konnte, die hinter dem Zelt gegen das Kliff schlugen.

Die Stille dauerte zwei Herzschläge lang, dann wurden einige Rufe laut, bevor alle anfingen, laut durcheinander zu schreien. In den Augen eines jeden Mannes flammte Lust auf.

Dieses verdammte dumme Frauenzimmer! Hätte sie nicht einfach lügen können? Wie schwer von Begriff musste diese Frau sein, dass sie nicht die gleiche Antwort gegeben hatte wie alle anderen? Das Geld, das er in ihre Erziehung investiert hatte, war nicht klug angelegt. Um seinen Groll unter Kontrolle zu bekommen, drehte Calin einige Male seinen Kopf hin und her, bis es in seinem Nacken knackte.

Der Auktionator fasste seinen Hammer fester. Schmierig grinste er die alte Frau an, die hinter ihm stand. »Nattie, hol das Öl!«

Die Zuschauer johlten und schrien noch lauter und, auch wenn es unmöglich schien, verdreifachte sich die Menge in der Enge des Zeltes, so, als könnten die Bastarde draußen eine Jungfrau riechen. Die Lautstärke der Zwischenrufe wuchs mit jeder Sekunde, die verging. Zwei weitere Wächter bahnten sich ihren Weg durch die Menge und sammelten Geld ein.

Auf Kendricks Gesicht lag ein Ausdruck des Unbehagens. »Was ist los? Was bedeutet das?«

»Diese Männer zahlen extra, um Zeuge des Verkaufs einer

Jungfrau sein zu können. Das Geld geht an den Chieftain, der angesichts einer solchen Gräueltat ein Auge zudrückt. Ich fürchte, meine Braut wird mich nicht nur sehr viel mehr kosten, als ich für sie zahlen wollte, sondern sie wird auch für die Unterhaltung dieser Meute sorgen.« Der dunkle Klang seiner Stimme spiegelte seine Empörung wider. »Deine Schwester hat vermutlich keine Ahnung, was ihr Stolz sie kosten wird.«

Calin sandte ein Stoßgebet an den heiligen Bonifaz, ihm zu helfen, dann rief er laut: »Zwanzig Silberstücke.«

»Zwanzig Silberlinge werden geboten!«, rief der Auktionator. »Wer bietet mehr?«

»Fünfunddreißig«, hielt ein anderer Bieter dagegen.

»Fünfzig.«

»Fünfundsiebzig.«

Die Gebote stiegen sehr schnell und erreichten den Betrag von dreihundert Silberstücken. Calin hatte vor, den Zuschlag zu bekommen, und sollte ihn das jede Münze kosten, die er mitgebracht hatte. Eher würden die Feuer des Hades erlöschen, als dass er zuließ, dass ein anderer Mann seine Frau anfasste. Er hatte viel zu lange darauf gewartet, die Allianz der Clans zu sichern und den Tod seines Vaters zu rächen.

»Ich biete fünfhundert Silberlinge«, rief er laut.

Neugieriges Flüstern zischelte durch die Menge, während Hunderte Augen ihn anstarrten. Das Gebot schockierte nicht nur die Menge, sondern auch Kendrick. »Hast du überhaupt so viel bei dir?«

»Aye«, erwiderte Calin knapp und wartete auf ein Gegengebot. Das Herz hämmerte ihm in der Brust. Er war nie jemand gewesen, der das Geld der MacLeods vergeudet oder verschwendet hatte, aber das Überleben seines Clans hing von der Rettung dieser Frau ab. *Seiner* Frau.

»Wer bietet mehr als fünfhundert Silberstücke?«, rief der Versteigerer, aber niemand antwortete ihm. Der Schlag seines Hammers beendete die Versteigerung. »Verkauft!«

Calins Männer warteten mit den mit Silberstücken gefüllten Beuteln. Mit einem knappen Kopfnicken wies Calin seinen Seneschall an, das Geschäft mit dem Vogt abzuschließen. Dann drängte er sich durch die Zuschauermenge und stellte sich vor das Podium, wie alle Ersteigerer vor ihm es getan hatten. Doch anstatt ihm Akira über die Schulter zu werfen, führten die Wachen sie an die hintere Ecke der Plattform.

Eine heiße Flamme der Kraft durchströmte ihn – ein überwältigendes Verlangen zu beschützen, zu fordern, zu töten. Die Hände zu Fäusten geballt, war er bereit für eine Schlacht.

»Bringt das Bett! Bringt das Bett!«, skandierte die Menge.

Der Auktionator gab das Zeichen, mit den Vorbereitungen zu beginnen. Die Wachen zogen einen mottenzerfressenen Vorhang beiseite, hinter dem ein rostiger Bettrahmen stand, auf dem eine strohgefüllte Matratze lag. Die Frau, die der Auktionator mit Nattie angesprochen hatte, kehrte auf das Podium zurück. Sie trug einen kleinen Eimer mit dampfendem Öl.

Calin erwiderte den starren Blick des Auktionators, während er voller Verachtung sagte: »Mein Seneschall hat den Handel abgeschlossen. Ich verlange, dass Ihr mir die Frau übergebt!«

»Sie wird so übergeben werden, wie es in den Bedingungen Eurer Kaufurkunde festgehalten steht. Keine Frau verlässt *Tigh Diabhail* als Jungfrau.«

Akira holte hörbar Luft und zog damit Calins Aufmerksamkeit auf sich. Die heiße Röte der Wut war aus ihrem Gesicht gewichen und hatte einer tödlichen Blässe des Entsetzens

Platz gemacht. Sie wankte leicht, ehe sie den Mund wieder schloss und so viel von ihrer Fassung wiedergewann, ihn anzustarren. Obwohl er sich nicht fühlte, als verdiente er einen so wütenden Blick, sah Calin sie unverwandt an, als man ihn auf das Podium zog.

Die Zahl ihrer Wächter wurde verdoppelt, um sie an den Beinen festzuhalten, als Nattie unter Akiras dünnes Hemd fasste, und sie mit einem kleinen ölgetränkten Schwamm zwischen den Beinen wusch. Akira war dem schamlosen Tun der Frau wehrlos ausgeliefert; ihre Hände waren noch immer auf den Rücken gebunden.

Zwei weitere Schergen trugen das Bett in die Mitte des Podiums. Trotz Akiras Widerstand legten die Wachen sie auf die Matratze. Sie versuchte, sich aufzubäumen, aber sie drückten sie zurück auf die schmutzige Matratze, legten einen Ledergurt über ihre Brust und banden sie fest.

Calins Muskeln zogen sich zusammen. Er wollte jeden einzelnen dieser Hundesöhne umbringen. Er könnte enthüllen, wer er war, aber sein Status als Laird würde bei diesen Schweinen nichts nützen. Er würde nur eine Auseinandersetzung provozieren. Calin wusste, dass er kaum eine andere Wahl hatte, als bei dem Geschehen mitzumachen. Er streckte die Arme aus und ließ zu, dass die Wächter ihm seinen Plaid abnahmen und ihm das Hemd auszogen. Zu ihrer offensichtlichen Enttäuschung lehnte er es ab, sich von Nattie ebenfalls mit Öl einreiben zu lassen, und nahm nur das weiße Tuch von ihr entgegen, als er sich dem Bett näherte.

Er stieg auf das Bett und legte sich auf Akira. Er bedeckte sie von Kopf bis Fuß. Wie um ihre Privatheit zu verhöhnen, ließen die Wachen rings um das Bett einen Vorhang aus Gaze herunter – der sie wie Zuchttiere zu öffentlichen Zurschaustellung einsperrte. Akira schlug mit dem Kopf hin und her, und ihr schwarzes Haar verhüllte ihr Gesicht wie ein dunkles Netz.

»*Imigh sa diabhail, bastún*«, verfluchte sie Calin auf Gälisch. Und dann auf Französisch. »*Focal leat! Retournez à la pute qui t'a accouchée!*«

»Ich bin kein Bastard, und meine Mutter war keine Hure.« Ruhig berichtigte Calin ihre Kraftausdrücke. Ihr obszönes Vokabular schockierte und beeindruckte ihn gleichermaßen.

»Zum Teufel mit deinem schwarzen Blut! Du sollst neben der *bitseach* verrotten, die dich geboren hat.«

»Meine Mutter war auch keine Hexe.« Obwohl Calin nur wenig über die Frau wusste, die bei seiner Geburt gestorben war, war es für ihn eine Frage der Ehre, sie vor derart abscheulichen Namen zu schützen. Er schüttelte den Kopf. »Wie können so hässliche Worte aus einem so schönen Mund kommen?«

Als Antwort spuckte Akira ihm ins Gesicht. Dann stieß sie ihm die Stirn gegen das Nasenbein. Er spürte den Stoß gegen seinen Schädel bis in seine Zähne.

Hölle und Verdammnis, seine Braut war ein Wildfang! Calin schüttelte den Kopf, richtete den Blick wieder auf sie und stellte fest, dass sie von dem Stoß völlig unbeeindruckt geblieben war.

»Du bist ein Ochse, und solltest du vorhaben, mich anzufassen, dann wirst du es dein Leben lang bereuen. Gibt es dir ein Gefühl von Macht, dass ich dir zu Willen sein muss, obwohl du doch weißt, dass du doppelt so groß bist wie ich und vermutlich fünfmal so viel wiegst? Ich kenne Männer wie dich! Männer des Teufels. Mein Beschützer wird dich bestrafen und dich zu deinem Vater in die Hölle schicken!« Akira fuhr fort, ihre Drohungen auf Gälisch auszustoßen, wobei ihre Obszönitäten mit jedem Ausspruch der Verdammnis farbiger wurden.

Sie war hysterisch. Er musste etwas tun, damit sie ihm ein wenig vertraute, aber sie schrie, als wäre sie besessen.

»Akira!«, sagte er leise.

Sie erstarrte. Ihre Augen zuckten, und sie sah ihm ins Gesicht, als suche sie nach einem Zeichen von Vertrautheit. »Woher kennst du meinen Namen?«

Sanft strich Calin ihr die wilden schwarzen Strähnen aus dem versteinerten Gesicht. Der johlende Tumult der Zuschauer in seinen Ohren verstummte, als er seine wunderschöne Braut ansah. Ihre Augen die wie Saphire unter einem Fächer pechschwarzer Wimpern funkelten, waren von einem strahlenden Blau. Ihre herzförmigen Lippen waren rosig und voll, und ihr Kinn zeugte von ihrem unbeirrbaren Stolz. Sie war ein Spiegelbild Lenas. Calin gab zu, dass er eine gewisse Erleichterung empfand. Trotzdem hätte er Akira auch geheiratet, hätte sie behaarte Leberflecken und ein drittes Auge gehabt. Die Sicherheit seines Clans hing von ihrer Verbindung ab.

Ihre Abwehr schien nachzulassen, als er ihre Beine unter sich festhielt, aber sie zitterte am ganzen Leib. Er beugte sich zu ihrem Ohr herunter und atmete ihren verlockend weiblichen Duft ein, salzig und feucht. »Dein Name ist Akira Neish vom Clan der Kinnons. Deine Schwestern heißen Neala, Maggie, Isobel, Riona und Fiona. Du bist die Tochter von Murrdock und Vanora Neish. Ich bin mit deinem Bruder Kendrick hier, um dich nach Hause zu holen. Ich werde dir weder wehtun noch werde ich dir deine Jungfräulichkeit nehmen. Du hast keinen Grund, mir zu vertrauen, aber ich habe keine Zeit, darum zu betteln, dass du tust, was ich sage. Du weißt, was sie erwarten, dass ich es mit dir mache?«

Akira nickte, und in ihren weit aufgerissenen Augen flackerte die Angst. »Kenne ich dich?«

»Nein. Aber du wirst mich noch kennenlernen.« Calin

grinste leicht und wünschte, er hätte die Zeit, ihre bebenden Lippen zu küssen und ihr zu versichern, alles würde gut werden. Seine Knie spreizten jetzt ihre Beine, und sein Blick richtete sich auf ihre üppigen Brüste. Wenn Akira nicht aufhörte, sich unter ihm zu winden, würden sie noch die Bänder ihres Hemdes sprengen.

Die Wachen standen nicht weiter als drei Armlängen entfernt. Calin wusste, dass er mehr Mitwirkung von Akira fordern musste, wenn das Publikum ihnen glauben sollte, dass die Vereinigung stattgefunden hatte. »Du musst deine Beine für mich öffnen.«

Sie wurde blass. »Das werde ich nicht tun! Mir ist egal, was du über mich weißt. Ich werde nicht tun, was du sagst!«

Der Ausdruck der Rebellion auf ihrem Gesicht sagte Calin, dass sie nicht die Absicht hatte, ihm zu gehorchen. »Bei allen Heiligen, Weib! Du wirst deine Beine spreizen oder die da werden es für dich tun.« Er schaute zu den Wachen hinüber, die es gar nicht abwarten zu können schienen, ihm zu Hilfe zu kommen.

Akira wünschte, sie würde wie ihre Schwestern zu Ohnmachten neigen. Aber so sehr sie es auch versuchte – ihr Bewusstsein weigerte sich, ihr zu helfen. Sie kniff die Augen zusammen, biss sich auf die Unterlippe, und tat dann, was der Heide von ihr verlangt hatte. Er veränderte seine Stellung, dann glitt seine Hand zwischen ihre Körper. Sie bedauerte sofort, ihm vertraut zu haben. Überzeugt, dass er sie auf unzüchtige Weise berühren würde, bäumte sie sich unter ihm auf.

»Wenn du nicht aufhörst zu zappeln, wird mein Körper meine ritterliche Absicht ignorieren, deine Jungfräulichkeit zu beschützen.«

Sein Handrücken strich über ihr Schamhaar, und stechende Angst schnitt durch Akiras Bauch. Sollte sie auf diese Weise ihre Jungfräulichkeit verlieren? An ein Tier, das den höchsten Preis für sie geboten hatte? Würde ihr Wohltäter sie noch haben wollen, wenn sie auf diese Weise verdorben zu ihm käme?

Die obszönen Zurufe der Menge dröhnten ihr ebenso in den Ohren wie der betäubende Schlag ihres Herzens. Sie betete stumm zu Gott, er möge sie retten. In diesem Moment war sie mehr denn je überzeugt, dass der Teufel sie gezeichnet hatte.

Sie war verflucht.

Der Mann schaute sich kurz um, ehe er ein kleines Messer aus seinem Lederarmband zog. »Ich werde mein Blut über deine Beine spritzen«, erklärte er ruhig, als würde er so etwas tagtäglich tun.

Wollte er sich damit etwa selbst verletzen? Würde er sie damit schneiden? »Nein! Bitte.« Der Schraubstock ihrer Knie schloss sich fest um seine Hüften, was ihm nur wenig Raum ließ, zu agieren. Demütigung erfüllte ihre Brust und brannte in ihren Ohren, während der Heide seine Hand auf intime Weise zwischen ihre Körper schob. Leise betete sie um Erlösung.

Er zuckte zusammen, zog Luft durch seine Nase und fuhr damit fort, warmes Blut auf ihre Schenkel zu reiben. Tränen machten ihre Augen blind. Ein unterdrücktes Keuchen war Ausdruck der Furcht, die ihr in die Kehle stieg. Ihr Körper wurde von einem beginnenden Schluchzen geschüttelt.

Sie wandte den Kopf ab.

Der Mann sagte ihren Namen, aber sein Tun stieß sie so sehr ab, dass sie die Augen nicht öffnen konnte.

»Sieh mich an!«, drängte er.

Endlich tat sie es. Und erblickte in seinen bernsteinfarbenen Augen Bedauern und Mitgefühl.

»Schrei, Mädchen!«, befahl er dann und verfluchte die Heiligen. »Schrei so laut, wie du kannst, damit diese Bastarde dich hören!«

Es fiel ihr nicht schwer, diese Forderung zu erfüllen. Akira öffnete den Mund und schrie. Der schrille Ton veranlasste den brutalen Kerl, die Augen zusammenzukneifen. Er wischte mit dem Tuch über ihre Oberschenkel, danach stieg er von ihr herunter und hielt das blutbefleckte Tuch hoch, damit alle es sehen konnten. Der Beweis für die abscheuliche Tat.

Er zog sich rasch an und griff nach dem wollenen Plaid, das ihm aus der Menge zugeworfen wurde. Akira hob ein wenig den Kopf und sah direkt in die Augen ihres Bruders, der sie anlächelte. Der kurze Moment der Erleichterung wurde ihr gestohlen, als der Mann sie von ihren Fesseln befreite, sie in eine karierte Decke wickelte und sie sich dann über die Schulter warf.

Dass sie mit Füßen nach ihm trat, tat wenig, ihre Lage zu verbessern, deshalb schlug sie ihm zusätzlich die Fäuste in seine harten Seiten. »Lass mich runter, du riesiger Ochse!«

Aus ihrem Blickwinkel konnte Akira sehen, dass die Männer seines Clans ihm auf dem Fuße folgten, als er das Zelt verließ. Sie wurde von ihm auf ein Pferd gesetzt, dann stieg er hinter ihr in den Sattel. Er ließ seinen Hengst antraben, stürmte kurz darauf über das Moor, und ließ *Tigh Diabhail* hinter sich zurück.

Obwohl Akira glücklich war, diesem schrecklichen Ort entkommen zu sein, fürchtete sie sich vor dem Mann, der sie so besitzergreifend um die Taille fasste.

Wer, um alles in der Welt, war er?

Kapitel 3

Akira stieß dem Mann hinter ihr den Ellbogen in die Rippen. Er stöhnte, ignorierte sie jedoch. Es kam ihr vor, als säßen sie jetzt schon seit Stunden im Sattel, und Akira wünschte sich nichts sehnlicher, als mit ihrem Bruder zu sprechen. Sie musste wissen, ob Isobel in Sicherheit war und ob gut für sie gesorgt wurde.

Sie versetzte dem Mann einen weiteren Stoß, härter dieses Mal. »Können wir kurz anhalten?«

Es verging noch ein Moment, ehe das Pferd an einem nahen Bach stehen blieb. Akiras Bruder kam im Galopp zu ihnen geritten, doch nach einer befehlenden Geste ihres Leibwächters ritten Kendrick und die anderen Krieger weiter.

Akira sprang vom Pferd. »Kendrick, warte!«, rief sie ihrem davonreitenden Bruder nach. Er schaute über die Schulter zurück, ritt aber weiter und war schon bald hinter einer kleinen Anhöhe verschwunden. Was war denn nur los mit ihm? Warum, bei allen Schotten, war er einfach weitergeritten?

Sie wandte sich um und musterte den Mann, der hoch auf seinem Kriegsross saß. Das Muster seines Plaids bestand aus graublauen und olivfarbenen Karos. Das wollene Tuch bedeckte seine bronzefarbenen Oberschenkel. Ein zweischneidiges Claymore hing an seiner Hüfte, und der schwarze Schaft eines *sgian dubh* ragte aus einem Hirschlederstiefel hervor. Ungebändigtes rotbraunes Haar reichte ihm bis auf die Schultern; die schmalen Zöpfe an den Seiten fielen ihm über die Schläfen. Seine Gestalt strahlte Autorität aus. Welche Macht besaß dieser Mann, dass er Kendrick mit einem Blick etwas befehlen konnte?

»Wer seid Ihr? Zu welchem Clan gehört Ihr?«

»Ich bin ein MacLeod.«

Er war ein MacLeod? Er war mit diesem bösartigen Gewürm verwandt, das sie ihrer Familie geraubt hatte? Es kümmerte sie nicht, wie viele Silberstücke er für sie gezahlt hatte. Sie war einem anderen versprochen, und das Letzte, was sie wollte, war, mit einem MacLeod über die Inseln zu reiten.

»Erledige dein Bedürfnis, Mädchen. Wir müssen zusehen, noch mehr Distanz zwischen uns und *Tigh Diabhail* zu bringen.«

Sie starrte ihn an, und die spitze Bemerkung, die sie sich zurechtgelegt hatte, lag ihr schon auf der Zunge, aber sie musste zugeben, dass es ihr nur recht war, so weit wie möglich von diesem schrecklichen Ort entfernt zu sein. Sie lief zum Bach und spritzte sich kaltes Wasser ins Gesicht, dann schöpfte sie mit den Händen Wasser und trank es gierig. Sie hatte sich schon gefragt, ob ihre Kehle sich je wieder feucht anfühlen würde. Ein silbriger Dunst verhüllte die Sonne, und der Duft eines Sommerregens erfüllte die Luft.

Tigh Diabhail hatte wie eine Jauchegrube gestunken, ein übelkeiterregender Geruch, den sie nie wieder riechen wollte. Aber heute lag der vage Geruch von Freiheit in der Luft. Einer Freiheit, die sie genießen wollte, sobald sie ihren Begleiter losgeworden war.

Sie schnürte die Bänder ihrer abgetragenen Lederschuhe fester und strich das grob gewebte Plaid glatt, das sie um die Taille trug. Sie befestigte es an ihren Schultern mit seiner silbernen Brosche, die das Wappen des Clans MacLeod trug – den Kopf eines Stieres. Jeder Angehörige eines Clans der Inseln kannte dieses Wappen. In einer andauernden Fehde mit den Bewohnern der Lowlands versuchten die MacLeod-Bastarde seit Jahren, Anspruch auf Kinnon-Land zu erheben, um den Titel Lord of the Isles von der Krone zurückzugewinnen. Akira hatte vor einigen Monaten ihren Bruder mit einem Kinnon-Krieger über die Schlacht bei Ross reden hören. Vielleicht kannte dieser MacLeod ihren Wohltäter und spekulierte darauf, sie gegen ein Stück Kinnon-Land eintauschen zu können. Das würde erklären, warum er ihr nicht die Jungfräulichkeit genommen hatte. Ein Moment der Dankbarkeit durchzuckte sie, als sie sich vorstellte, wie groß seine Enttäuschung sein würde, wenn er herausfand, dass sie kein Land besaß.

Während sie den Hügel hinauf zu ihm zurückging, schienen ihre Schritte schwerer und schwerer zu werden. Der MacLeod schaute auf sie herunter, sein Gesicht wirkte beherrscht, wie eine starre Maske. Ihr Herz raste. Sie fürchtete sich vor diesem Krieger, aber Kendrick hätte sie nicht mit jemandem allein gelassen, der vorhatte, ihr etwas anzutun. Sobald wie möglich wollte sie herausfinden, wer dieser Ochse von Kerl war und warum Kendrick sie seiner Begleitung überlassen hatte.

Er zog den Fuß aus dem Steigbügel und reichte ihr die Hand herunter. Akira ignorierte sein Angebot und stemmte die Fäuste in die Hüften – so, wie ihre Mutter es immer tat, wenn sie beunruhigt war. »Ich wünsche mit meinem Bruder zu reiten.«

»Du reitest mit mir.« Sein Ton ließ keinen Raum für Kompromisse.

»Nach allem, was Ihr mir angetan habt?«

»Was *ich* dir angetan habe? Du undankbares Frauenzimmer.«

»Undankbar?« Wenn er glaubte, seine Vorstellung in *Tigh Diabhail* sei ritterlich gewesen, dann belog er sich selbst. »Ihr habt mich praktisch vor den Augen Eurer Brüder vergewaltigt.«

»Ich habe dir dort deinen Hintern gerettet. Und diese Männer sind nicht meine Brüder. Hättest du einfach ein klein wenig gelogen, was deine Jungfräulichkeit angeht, hätte ich mir nicht ins Bein schneiden müssen, um zu beweisen, dass der Akt vollzogen wurde.«

»Vielleicht habe ich ja gelogen. Was sagt Euch, dass ich das nicht getan habe?«

Er antwortete mit einem finsteren Stirnrunzeln. Einige Augenblicke des Schweigens verstärkten die Spannung zwischen ihnen. »Du reitest mit mir«, wiederholte er seinen Befehl.

Akira wippte mit dem Fuß und schaute sich um. Blaugrauer Dunst waberte um die alten Steine, und sie wusste, wie trügerisch das hügelige Land war. Da es noch früh am Morgen war, konnte sie nur vermuten, dass er vorhatte, den größten Teil des Tages, also bis zum Einbruch der Dämmerung, zu reiten, die jetzt im Sommer erst spät einsetzte. Da sie schon jetzt bis auf die Knochen fror, ganz zu schweigen von ihrem Hunger und ihrer Müdigkeit, gab sie nach. Wenn sie ehrlich mit sich war, dann musste sie zugeben, dass dieser MacLeod sie tatsächlich gerettet hatte und sie ihm dafür Dankbarkeit schuldete, aber sie konnte eben nicht ganz den Befehlston ignorieren, der in jedem seiner Worte mitschwang.

Sie stellte den Fuß in den Steigbügel und streckte die Hand hoch. Er hob sie vor sich in den Sattel. Sie machte ihren Rücken stocksteif und brachte damit zum Ausdruck, wie wenig ihr dieses Arrangement gefiel. Als er das Pferd nicht antrieb, wandte sie den Kopf und sah ihn finster an.

Eine seiner Augenbrauen war ein wenig höher geschwungen als die andere was ihm einen permanent fragenden Ausdruck verlieh. Seine bernsteinfarbenen Augen waren überraschend sanft, und seine gerade Nase schien niemals gebrochen gewesen zu sein. Schlecht gestutzte Barthaare, in denen der Morgentau saß, bedeckten den größten Teil seines Gesichts und betonten zugleich die schönsten Lippen, die sie je bei einem Mann gesehen hatte.

»Kannst du weiterreiten?«, fragte er, und lenkte ihre Aufmerksamkeit wieder auf seine Augen.

»Gleich. Zuerst möchte ich wissen, ob der MacLeod, der mich auf so galante Weise *gerettet* hat, auch einen Vornamen hat.«

»Calin«, erwiderte er in gleichmütigem Ton, als berührte ihn ihr Spott nicht.

»Calin«, wiederholte sie. »Das ist ein vernünftiger Name.«

Die Augenbraue des MacLeods hob sich bei diesem seltsamen Kompliment noch höher. »Es freut mich, dass er deine Zustimmung findet.«

Die Wärme seines Atems strich über ihre kalten Wangen, und sein kleines Grinsen machte ihr plötzlich bewusst, dass die Nähe zu diesem Mann ihrem Wohltäter nicht gefallen würde. Der MacLeod war unbestritten schön. Sie konnte sich nicht vorstellen, mit einem Mann verheiratet zu sein, der so gut aussah wie er. Ohne Zweifel umschwärmten die Frauen sein Bett wie Bienen den Honigtopf.

Aus irgendeinem verrückten Grund empfand sie einen Stich der Eifersucht. Wie, bei allen Schotten, konnte das sein? Solange sie denken konnte, war sie einem anderen versprochen gewesen, und niemals war ihre Loyalität ihrem Wohltäter gegenüber ins Wanken geraten. Nicht einmal, als Hugh Og versucht hatte, sie zu küssen, als sie zwölf gewesen war. Natürlich hatte der Junge ausgesehen wie eine Kröte, was es ihr leichtgemacht hatte, seinen Annäherungsversuch abzuweisen.

Weil sie dem MacLeod nicht länger in die Augen sehen wollte, wandte Akira ihre Aufmerksamkeit seinem Pferd zu. »Hat Euer Pferd einen Namen?« Sie strich mit der Hand über den schlanken Hals des Tieres. Dessen Nüstern blähten sich daraufhin leicht. »Oder nennt Ihr es einfach Pferd?«

»Er heißt Sirius.« Das Pferd tänzelte einen Schritt vor und stampfte in prahlendem Stolz mit den weißen Vorderhufen auf. Das Biest war genauso arrogant wie sein Besitzer.

Statt kundzutun, welche Charaktereigenschaft Ross und Reiter nach ihrer Einschätzung teilten, entschied Akira sich dazu, das Thema zu wechseln. »Wie lange werden wir noch unterwegs sein, bevor die Nacht hereinbricht?«

»Ich will bis zum Minch kommen, aber wenn du Ruhe brauchst, können wir auch früher Rast machen.«

Gekränkt richtete sich Akira auf, wobei sie darauf achtete, ihn nicht zu berühren. Was in Anbetracht der Größe des Sattels ein schwieriges Unterfangen war. »Ich brauche keine Rast.«

»Bist du müde, Mädchen?«

»Nein, ich bin mehr als das. Ich fühle mich, als wären meine Knochen zu Asche geworden. Ganz zu schweigen davon, dass ich friere und noch nie in meinem Leben hungriger gewesen bin.«

Der MacLeod öffnete den Mund, um etwas zu erwidern, aber sie war noch nicht fertig.

»Ich habe mehr als eine Woche in einer pechschwarzen Höhle verbracht mit kaum mehr am Leib als einem Spinnweb von Hemd und einem kalten Boden aus Kalkstein als Matratze. Und wäre mein Magen nicht so leer gewesen, hätte ich mich in den letzten Minuten, die ich in diesem Teufelshaus verbracht habe, vermutlich auf Euch erbrochen. Aber was ich am ermüdendsten von allem finde, ist die Tatsache, dass Ihr mich nicht mit meinem Bruder habt sprechen lassen. Ich habe eine Schwester, die auf mich angewiesen ist, und ich wollte ihn nur fragen, ob …«

Der MacLeod legte ihr einen Finger auf den Mund. »Man kümmert sich um Isobel, ebenso wie um deine Mutter. Deine Schwester …« Er verstummte nachdenklich, und Akira wartete ungeduldig darauf, dass er weitersprach. »Die, die mit einem Donald verheiratet ist. Maggie, richtig?«

Akira nickte heftig, weil sein Finger sie noch immer am Reden hinderte.

»Maggie ist mit ihrem Mann im Cottage. Du musst dir ihretwegen keine Sorgen machen.«

Sie schob seine Hand weg. »Massiert jemand Isobels Beine? Morgens und abends?«

Seine Augenbrauen hoben sich fragend. Niemand in ihrer Familie hatte je verstanden, warum sie darauf bestand, Isobels Beine und Füße zweimal am Tag zu bewegen. Akira klammerte sich noch immer an die Hoffnung, dass Isobel eines Tages ihre Beine würde wieder gebrauchen können, und sie wollte, dass sie kräftig genug waren, wenn dieser Tag kam.

»Ich kann dir deine Frage nicht beantworten, Mädchen, aber ich kann versprechen, dass du was zu essen bekommst, wenn wir den Minch erreicht haben.« Er hob sie hoch und setzte sie auf seinen Schoß, sodass ihre Beine über seinem rechten Oberschenkel lagen. Ihren Protest beachtete er gar nicht erst. Dann löste er sein Plaid von den Schultern und wickelte sie darin ein. Er schob ihren Kopf unter sein Kinn, zog sie an seine Brust und ließ Sirius weitertraben.

Die Erschöpfung machte Akiras Absicht zunichte, gegen ihre Lage zu protestieren. Unter dem Plaid war sein Körper so warm wie ein heißer Ziegelstein, und sie war es müde, zu frieren. Sie schmiegte sich an ihn, gähnte und entspannte sich in dem Wissen um das, was er ihr über ihre Familie gesagt hatte. Sie würde bald zu Hause sein. Allein schon dieser Gedanke genügte, damit sie ihre Abwehr aufgab.

»Danke«, murmelte sie an seiner Brust, nicht sicher, ob er es überhaupt hörte.

»Schon gut. Du bist ein mutiges Mädchen.«

Als sie den Minch erreichten, folgte Sirius den anderen langsam. Calin atmete die salzige Luft ein und ließ den Blick über das Tal schweifen. Tau benetzte bereits das kurze Gras, und grauer Nebel lag am Fuß der Hügel. Seine Schenkel schmerzten von den vielen strapaziösen Stunden im Sattel, und sein Arm war taub davon, Akira zu halten, während sie schlief. Ihre Wange ruhte an seiner Brust, das Gesicht ihm leicht zugeneigt, und ihr Arm lag um seine Taille. Ihre Finger zeichneten unbewusst kleine Kreise auf seinen Rücken. Niemals hatte es sich perfekter angefühlt, eine Frau in seinen Armen zu halten.

Ein zufriedenes Lächeln lag um ihren Mund und machte Calins körperliches Leiden erträglicher. Sie war wirklich ein schönes Mädchen. Schwarze Wimpern, glänzend wie das Gefieder eines Raben, lagen wie ein Fächer auf ihrer glatten cremefarbenen Haut. Er hob den Finger, weil es ihn reizte, ihre herzförmigen Lippen zu berühren. Die Wärme ihres Atems streifte seine Finger und berührte ihn so sehr, dass er Akira – trotz seines starken Willens als Krieger – kaum widerstehen konnte.

Ihre Unterlippe war weich und voll und ließ sie immer aussehen, als machte sie einen Schmollmund. Er dachte an die Nacht zurück, in der er seinem Freund ein weinendes Baby in die Arme gelegt hatte. Er hatte sie zu seiner Tante Wanda und damit auch auf MacLeod-Land bringen wollen, aber er hatte gewusst, dass der Säugling die Reise dorthin nicht überleben würde. Sein Hengst war zusammen mit den übrigen Pferden von den Kinnon-Kriegern geraubt worden, und der Weg zurück zur Feste der MacLeods hätte zu Fuß ein oder zwei Tage gedauert. Sie war so winzig gewesen! Ihre zierliche Lippe hatte bei ihren Schreien gezittert; Calin hatte gefürchtet, mit ihr zusammen gefangen zu werden.

Sanft strich er mit der Fingerspitze über ihre Unterlippe.

Akira öffnete die Augen, was Calin aus seinen Gedanken riss. Sie richtete sich abrupt aus ihrer friedlichen Lage auf. Für die nächsten Minuten saß sie stocksteif da und hielt sich am Sattelknauf fest. Kaum dass Sirius stehen blieb, sprang sie herunter und – fiel hin. Sie stand flugs wieder auf und ging, während sie sich mit beiden Händen ihren hübschen, runden, schmerzenden Po rieb, auf Kendrick zu.

Fünfhundert Silberstücke hatte Calin ausgegegeben, um sie zu retten, und dennoch sah sie offensichtlich nur in Kendrick ihren Heilsbringer.

Sie schlang die Arme um ihren Bruder und begrüßte ihn stürmisch. Doch die freudvolle Wiedervereinigung war nur von kurzer Dauer. Schon nach wenigen Augenblicken stieß sie mit dem Zeigefinger immer wieder gegen seine Brust. »Ist dir eigentlich bewusst, was mir an diesem verfluchten Ort alles hätte passieren können? Warum bist du nicht früher gekommen?«

»Vergib mir. Ich dachte …«

»Nicht jetzt, Kendrick!«, unterbrach Calin ihn. »Jetzt ist weder die Zeit noch das hier der Ort. Wir müssen jagen und das Lager herrichten, solange es hell ist.«

Ehe Akira weiter protestieren konnte, wies Calin jedem

außer ihr eine Arbeit zu, dann nahm er seinen Bogen und ging in Richtung des Moors. Zwei seiner Männer und Kendrick folgten ihm, während sein treuester Krieger bei Akira blieb. Er wollte, dass sie sicher war, aber dennoch weit genug entfernt von Kendrick, um zu verhindern, dass die beiden miteinander redeten.

Im Unterholz verborgen belauerten Kendrick und Calin eine Schar Raufußhühner. Bei dem Anblick knurrte Calins Magen, und das Wasser lief ihm im Mund zusammen. Die Hafermehlkuchen, die sie während der letzten Woche gegessen hatten, hatten wenig getan, seinen Hunger zu stillen. Gott allein wusste, welche Art von Nahrung Akiras Magen gefüllt hatte, während sie in *Tigh Diabhail* gefangen gehalten worden war. Er hoffte, sie lächeln zu sehen, wenn er ihr einen der wohlgenährten kleinen Vögel präsentierte.

»Warum grinst du?«, wisperte Kendrick.

»Ich habe an deine Schwester gedacht.

»Ihr habt euch also unterhalten?«

Calin zuckte mit den Schultern. »Sie hat nach meinem Namen gefragt. Ich habe ihn ihr gesagt. Dann wollte sie den Namen meines Pferdes wissen. Ich habe ihr auch den gesagt. Dann hat sie einige Dinge gesagt, die nicht so angenehm waren, und danach hat sie sich erkundigt, ob es ihrer Schwester gut geht, dann ist sie eingeschlafen. Ich habe ihr versprochen, ihr etwas zu essen zu jagen, und das versuche ich jetzt gerade. Ich würde mein Versprechen gern halten – wenn du jetzt also den Mund halten und stattdessen zielen würdest?«

Mit diesen Worten spannte Calin den Bogen und zielte. Kendrick tat das Gleiche. Sie schossen gleichzeitig. Die Pfeile pfiffen und zischten durch die Luft, ehe sie sich zwei fetten Raufußhühnern durch den Hals bohrten. Der Schwarm flog auf, aber schon bald landeten die Vögel wieder auf dem feuchten Boden, um dort nach Fressbarem zu picken. Calin und Kendrick wiederholten ihr Tun, was ihnen zwei weitere Vögel für den Bratspieß einbrachte. Die beiden Männer gingen schweigend zu einem kleinen Teich, wo sie begannen, die zuerst geschossenen zwei Raufußhühner zu rupfen. Calin fühlte Kendricks Frage, noch bevor sie diesem über die Lippen gekommen war.

»Du hast Akira nicht gesagt, dass du ihr Wohltäter bist, richtig?«

»Nein. Noch nicht.«

»Und wann wirst du es tun?«

Calin kniff die Augen zusammen. »Denkst du, ich gebe ihr was zu essen und sage dann zu ihr: ›Dein Vater ist der grausamste Mensch, den ich je gekannt habe. Er hat meinen Vater getötet, und ich will mich an deinem Vater rächen, indem ich mich mit dir verbinde. Bist du damit einverstanden?‹«

Kendrick schüttelte den Kopf und hob die Hände, wodurch Calin ein Federgestöber um die Nase flog. »Nun, ich kann dir versichern, dass das nicht gut gehen wird, aber du musst dem Mädchen vertrauen. Akira ist klug und kümmert sich sehr um ihre Leute. Sie weiß, wie wichtig es ist, starke Verbündete zum Schutz zu haben. Wir haben Verwandte in den Lowlands, die im letzten Jahr von den englischen Hunden abgeschlachtet worden sind. Sie hasst die Engländer genauso sehr wie jeder andere heißblütige Schotte und würde niemanden in unserem Clan dieses Schicksal wünschen. Du solltest ihr zumindest sagen, dass du die Absicht hast, sie zu heiraten.«

»Lass mir Zeit.« Calin drückte Kendrick einen weiteren

Vogel in die Hand und forderte ihn mit einer Handbewegung auf, diesen zu rupfen.

»Du hast achtzehn Jahre Zeit gehabt. Sie wird dich als ihren Wohltäter sehen, den sie schon ihr ganzes Leben lang verehrt. In ihren Augen bist du ein König. Sie war immer loyal und hat sich vor dich gestellt, wenn ihre Schwestern sie geneckt haben. Bei aller Liebe, aber das Mädchen hat jeden Brief aufgehoben, den du ihr je geschickt hast.«

Calin grinste, weil er das Gleiche mit ihren Briefen getan hatte. Jeder Stein, jede Feder, jedes Stöckchen und jede Zeichnung lag sicher verwahrt in seiner Kammer auf Cànwyck Castle.

»Du kannst sie nicht davon abhalten, mit mir zu reden! Und ich werde sie nicht anlügen, wenn sie fragt, warum du ihr zu Hilfe gekommen bist.«

Calin hielt mit dem Rupfen gerade lange genug inne, um Kendrick einen drohenden Blick zuzuwerfen. »Du wirst gar nichts tun! *Ich* werde es ihr sagen, wenn sie was gegessen und sich ein wenig von ihrem Martyrium erholt hat.«

Kendrick schnaubte. »Glaubst du, das funktioniert bei Akira? Das Mädchen weiß nicht, was Ruhe ist.« Kendrick hörte auf, das Huhn zu rupfen, und sah Calin an, als müsste er ein Rätsel lösen. »Fürchtest du, sie wird dich zurückweisen?«

Mich zurückweisen? Calin zögerte einen Moment, bevor er diesen Gedanken mit aller Entschlossenheit verdrängte. Er zeigte mit der scharfen Spitze seines Messers auf Kendricks Nase, was seinen Worten Nachdruck verleihen sollte. »Ich fürchte gar nichts. Ich bin Laird, ich bin Krieger. Mir macht keine Frau Angst, besonders keine, die mir seit ihrer Geburt gehört.«

Kendrick schnaubte wieder, und Calin hätte ihm am liebsten die Hühnerinnereien ins feixende Gesicht geworfen.

»Sei nicht so überheblich, MacLeod! Du weißt so gut wie ich, dass sie die Heirat mit dir wegen ihrer Blutsverwandtschaft mit Laird Kinnon ablehnen kann. Sie hat genauso viel Entschlossenheit wie du, mein Freund. Sie ist die Erbin des Kinnon-Clans und die Einzige, der der Rang des Chieftains gebührt.«

»Sie ist zu klug, um das zu tun. Deshalb musst du mir Zeit lassen. Wenn ich ihr sage, dass Lord Kinnon ihr Vater ist, wird sie nicht lange brauchen, um darauf zu kommen, dass sie sich ihren Ehemann selbst aussuchen kann. Dann wird sie wissen, dass sie mich nicht heiraten muss. Es wäre dumm von dir, ihr jetzt die Wahrheit zu sagen, wo wir so lange gewartet haben.«

»Sag ihr die Wahrheit und lasse sie dich wählen.«

Calin schüttelte den Kopf. Er würde Akira weder die Gelegenheit geben, ihn zurückzuweisen, noch würde er sich je wieder von einer anderen Frau zum Narren halten lassen. »Wenn sie erst meine Frau ist, kann ich sie kontrollieren. Ich werde ihr die Wahrheit sagen, nachdem unsere Ehe vollzogen worden ist. Wenn sie mit meinem Erben schwanger ist, wird sie einsehen, wie notwendig es ist, unsere Clans zu schützen.«

»Das ist dein Plan?« Kendrick sah Calin an, als hätte er zwei Köpfe. »Sie umwerben, mit ihr schlafen und ihr dann sagen, dass sie die Tochter des grausamsten Mannes ist, von dem sie je gehört hat? Du bist verrückt. Eure Verbindung wird auf Lügen aufgebaut sein. Sie wird dir danach nie wieder vertrauen.«

»Aye, aber sie vertraut dir. Du bist ihr Bruder, und sie wird auf das hören, was du sagst.« Calin zog die Augenbrauen hoch und strich sich mit dem Unterarm eine Feder von der Nase. Er reichte Kendrick das ausgenommene Huhn, damit dieser es wusch, dann wischte er sich Blut und Schmutz von den Händen.

»Sie vertraut mir jetzt, aber ich fürchte, das Vertrauen des Mädchens in mich wird vergehen, wenn sie erfährt, dass sie ihr Leben lang von mir belogen worden ist – auch wenn das nur geschehen ist, um sie zu schützen.«

»Ich weiß, dass du deinen Laird für das verabscheust, was er Vanora und Neala angetan hat. Die Verbrechen dieses Mannes eitern seit zehn Jahren in dir wie eine offene Wunde. Ich habe meinen Hass auf ihn fast doppelt so lange genährt. Sollte ich gezwungen sein, Akira etwas über die geplante Allianz zwischen den Clans zu sagen, bevor das Ehegelübde abgelegt wurde, werde ich ihr sagen, was dieser Bastard deinen Leuten angetan hat. Dann wird sie ebenso auf Rache sinnen wie du und ich. Meine einzige Sorge ist, wie sie darauf reagieren wird, dass wir ihn bislang ungeschoren davonkommen gelassen haben.«

Kendrick nickte schweigend. Calin kämpfte mit denselben Gefühlen wie der Freund. Feigheit war etwas, das schwer auf dem Stolz eines Kriegers lastete.

Doch es stand zu viel auf dem Spiel, um Akira schon jetzt die Wahrheit über ihre Abstammung zu enthüllen. Er würde ihr nicht die Gelegenheit geben, jene zu gefährden, die in seinem Clan lebten, oder zu verhindern, dass er das erfüllte, was er seinem toten Vater geschworen hatte. »Ich bitte dich zu schweigen, bis ich das Gefühl habe, die Zeit, es ihr zu sagen, ist gekommen. Mein Vater hat Lena versprochen, ihre Tochter zu beschützen. Ich will dieses Versprechen einlösen. Ich werde Akira nicht erlauben, sich in Gefahr zu bringen, indem ich sie mit diesem Ungeheuer konfrontiere. Er hat keine Seele, und er würde sie töten, so, wie er es schon vor achtzehn Jahren tun wollte. Doch dann wird niemand da sein, der dir den Titel des Lairds überträgt, Kendrick. Und deshalb muss sie beschützt werden.«

Kendrick hob die gerupften Vögel auf. »Ich gebe dir heute Abend Zeit, ihr von eurer Verbindung zu erzählen – sonst tue ich es, mit oder ohne dein Einverständnis. Denn das brauche ich nicht.«

Kapitel 4

Akira massierte sich von Zeit zu Zeit den schmerzenden Nacken, während sie dem MacLeod-Krieger, der zu ihrem Schutz bei ihr geblieben war, dabei half, Feuerholz zu sammeln. Sie war dankbar, diesen Calin für eine Weile los zu sein, diesen Mann, der so sehr von ihr Besitz ergriffen hatte. Sie wusste nichts über ihn, nur, dass er sich dringend waschen musste. Natürlich konnte sie ihm das nicht vorwerfen. Sie selbst hätte ein gründliches Bad ebenso gut vertragen können.

In der Gesellschaft des finster dreinblickenden MacLeod-Kriegers war es jedoch auch nicht angenehmer. Nachdem er die Pferde versorgt hatte und das Feuer brannte, unternahm Akira den Versuch, freundlich zu sein. »Habt Ihr einen Namen, Sir?« Als er nicht antwortete, versuchte sie es noch einmal. »Es ist gut, dass der Regen aufgehört hat.«

Nicht einmal ein Grunzen.

»Wie lange brauchen wir noch bis zur Grenze?«

Nichts. Kein Schulterzucken, kein neugieriger Blick, kein abweisendes Schnauben. Stattdessen kniete er sich vor das Feuer und streckte die Hände in die Wärme. Akira wagte einen erneuten Vorstoß, dieses Mal wieder auf Gälisch. Dann auf Französisch. Doch was sie auch versuchte, der Mann verweigerte jede höfliche Unterhaltung. War er stumm? Taub? Begriffsstutzig?

Der Mann hockte mit untergeschlagenen Beinen am Feuer, seine Hände lagen auf seinen Knien, und er ignorierte Akiras Fragen völlig. Enttäuschung zerrte an ihrer Geduld, und sie beugte sich zu ihm. »Habt Ihr keine Zunge?«

Sein starrer Gesichtsausdruck fiel in sich zusammen, und er

sah sie an – es war ein feindseliger Blick. Er war also nicht taub, sondern grob. Sie weigerte sich, noch mehr Zeit an ihn zu verschwenden, und überließ ihn seinen Pflichten. In Kendricks Satteltasche fand sie Olivenölseife und einen Kamm. Als sie sich umwandte, stand der Mann direkt vor ihr. Die Arme vor der Brust verschränkt, sah er Akira von oben herab an.

»Ich gehe an den Bach«, sagte sie und ging an ihm vorbei, aber er folgte ihr, wie sie an seinen knarrenden Schritten hörte. Sie drehte sich zu ihm um und stieß ihm den Finger gegen die Brust. »Ich weiß nicht, was man Euch befohlen hat, aber ich kann Euch versichern, dass ich keinen Wächter brauche, wenn ich mich wasche.«

Sie wartete, bis er davongegangen war – was länger dauerte, als sie erwartet hatte –, dann ging sie allein weiter zum Bach.

Akira badete in dem kalten Wasser und wusch sich Zentimeter für Zentimeter die schrecklichen Erinnerungen an *Tigh Diabhail* ab. Nachdem sie auch ihr Haar gewaschen hatte, war sie zufrieden mit ihrer Reinlichkeit, wünschte aber, sie hätte auch ein sauberes Kleid. Sie zupfte an den Bändern ihres Hemdes herum und schloss sie, so gut es möglich war. Der Stoff war so dünn, dass er eher ein gutes Fischernetz abgegeben hätte als ein Untergewand. Noch nie zuvor in ihrem Leben hatte sie etwas so Schamloses getragen. Ein Dutzend Bänder schloss das Hemd von der Brust bis zum Bauchnabel, und nur je drei Bänder hielten das Kleidungsstück an den Seiten zusammen. Sie legte sich das MacLeod-Plaid um die Taille und schlug eines der Enden über ihre Schulter, wo sie es mit der Clan-Brosche zusammenhielt. Als ihr auffiel, wie kunstvoll der Stierkopf des Wappens gearbeitet war, strich sie leicht über das Gold.

Solche glanzvollen Dinge gab es in ihrer Familie nicht. Die

Wolle des MacLeod-Plaids fühlte sich so weich wie Rehleder an und war zweifellos schwerer als ihre beiden abgetragenen Kleider zusammen. Die MacLeods waren ein reicher Clan. Warum hatte Kendrick die Männer dieses Clans gebeten, Akira zu Hilfe zu kommen? Warum nicht die Krieger seines eigenen Clans? Aber möglicherweise hatte er es versucht, aber keinen Erfolg gehabt. *Tigh Diabhail* lag auf dem Land der MacLeods. Vermutlich war Kendrick deshalb keine andere Wahl geblieben. Aber warum sollte sich ein MacLeod auch nur einen Penny darum scheren, wie es einer Kinnon erging? Sie hatte gehört, dass der MacLeod-Clan seit Kurzem von einem neuen Chieftain geführt wurde. Diese Nachricht hatte sich so schnell verbreitet, wie der Wind über die Highlands wehte. Vielleicht versuchte der neue Clanchef, den Streit zwischen ihren beiden Clans beizulegen.

Entschlossen, Kendrick nach ihrer Rückkehr ins Lager danach zu fragen, entwirrte Akira ihre schwarzen Locken mit einem Kamm, bis die Haarflut trocknete. Sie fühlte sich wie neugeboren und pflückte einige Zweige Geißblatt und einen Rock voll roter Johannisbeeren, die am Wegesrand wuchsen. Die Männer würden nicht die Einzigen sein, die Nahrung beschafften! Sie ignorierte den messerscharfen Hungerschmerz in ihrem Magen und schwor sich, nicht eine der Beeren zu essen, bis sie zurück im Lager war.

Doch ihr Magen knurrte – ein gemeines vibrierendes Geräusch, das sie bis fast in die Zehen spürte. Wen wollte sie eigentlich zum Narren halten? Eine Hand voll säuerlicher Johannisbeeren glitt Akiras Kehle hinunter, während sie den Hügel hinauflief.

Als sie sich dem Lager näherte, drang der rauchige Duft von frisch gebratenem Fleisch an ihre Nase. Ihre Knie zitterten, als sie die fünf Männer sah, die sich an gebratenen Raufußhühnern gütlich taten. Akira leckte sich die Lippen und starrte auf das Geflügel, das über dem Feuer röstete. Wenigstens ein Monat war vergangen, seit sie das letzte Mal Fleisch gegessen hatte. Sie schüttete die Beeren und die Blüten des Geißblatts in den Schoß des Mannes, der ihre Freundlichkeit zuvor ignoriert hatte, und starrte mit offenem Mund auf den gerösteten Vogel wie ein ausgehungerter Wolf auf ein einsames Schaf.

Calin hob den Spieß vom Feuer. Fett tropfte in die Flammen und verdampfte zischend. »Hast du Hunger, Mädchen?«

»Das wisst Ihr doch!« Akira ballte die Fäuste, konnte aber nicht mehr tun, als vor ihm zu stehen wie ein hungriger Hund, der darauf wartete, dass man ihm einen Happen zuwarf. Würde er auch nur ein Stück von ihrem Vogel essen, dann, so fürchtete sie, würde sie nach seiner Hand schnappen und sie verschlingen. »Ihr habt gesagt, Ihr würdet mir zu essen geben. Ist das mein Anteil, den Ihr da haltet?«

»Aye. Komm, setz dich und füll dir den leeren Magen.«

Er musste ihr das nicht zweimal sagen. Sie setzte sich mit der Absicht neben ihn, jeden saftigen Bissen bis auf die Knochen zu vertilgen. Die Fragen an Kendrick konnten bis später warten. Der erste Bissen zerging ihr auf der Zunge; sie schloss die Augen und seufzte auf. Vielleicht war dieser MacLeod doch nicht so schrecklich.

Calin beobachtete, wie gierig sich Akira über ihr Essen hermachte. Dieses Mädchen brachte seine Gefühle in Aufruhr. Seine Augen fixierten den fettigen Glanz, den das Fleisch auf ihren Lippen hinterließ. Ihr süßer und schwindelig machender Duft reizte seine Nase, und das entzückte Stöhnen, das bei jedem saftigen Bissen aus ihrer Kehle kam, ließ ihn wünschen, sie würde sich an ihm gütlich tun.

Das Blut strömte ihm in die Lenden.

Diese wachsende Anziehungskraft beeinträchtigte seine Wachsamkeit. Er hatte den größten Teil seines Lebens damit verbracht, zu wissen, dass er heiraten würde, um seinen Clan zu schützen. Die Tatsache, dass er seine Braut äußerst begehrenswert fand, war dabei eine angenehme Überraschung. Er hatte sich hin und wieder gefragt, ob er fähig sein würde, mit der Frau einen Erben zu zeugen, deren Vater den seinen getötet hatte. Aber Akira war nicht Laird Kinnon. Sie war weder von diesem großgezogen noch beeinflusst worden. Sie trug keine Schuld an den Sünden ihres Vaters. Calin vermochte nicht zu zählen, wie viele Male in den vergangenen Jahren er sich das im Stillen immer wieder gesagt hatte, um sich selbst davon zu überzeugen, dass es die Wahrheit war.

Er hatte vor, die Verbindung mit den Kinnons rasch herbeizuführen, aber trotzdem brauchte er ein wenig mehr Zeit, um seiner Braut den Hof zu machen. Ihre blauen Augen musterten ihn zwischen den Bissen, und er erkannte darin eine Spur von Dickköpfigkeit. Ohne Zweifel würde ein Abend nicht reichen, um sie mit dem Gedanken vertraut zu machen, seine Frau zu sein, aber ein Abend war alles, was Kendrick bereit war, ihm zuzugestehen.

Nachdem die Knochen ihres Hühnchens abgenagt waren, heftete sich Akiras Blick auf den saftigen Hühnerschenkel, in den Calin soeben beißen wollte. Er brachte es plötzlich nicht mehr übers Herz. Sie hatte das Fleisch hinuntergeschlungen wie jemand, der seit Tagen nichts in den Magen bekommen hatte, und offensichtlich hatte sie noch immer Hunger. Doch als er ihr das Fleisch anbot, schüttelte sie den Kopf und senkte den Blick.

»Nun nimm es schon, Mädchen!« Er legte das Hühnerbein in ihre Hand.

»Danke. Es ist sehr gut«, war alles, was sie sagte, ehe sie ins Fleisch biss. Calin konnte den Blick nicht von ihren Lippen abwenden, und es traf ihn wie ein Schlag, als diese Lippen sich zu einem beschämten Lächeln verzogen.

»Ich nehme an, wir werden morgen bei Tagesanbruch getrennte Wege gehen. Ich sage vielen Dank für Eure Hilfe bei meiner Rettung. Ich muss schnell zu meiner Familie zurück.«

»Es wird noch zwei Tage dauern, bis wir Heimatboden erreichen, und du und Kendrick werdet sicherer sein, wenn ihr mit den Männern der MacLeods reitet.«

Akira fuhr sich mit dem Handrücken über die Lippen. »Ihr habt sehr viel Geld für meine Rettung ausgegeben, und dafür bin ich Euch sehr dankbar. Aber ich bin nicht so dumm zu glauben, Ihr würdet keine Gegenleistung dafür erwarten. Ich will hier und jetzt klären, welche Forderungen Ihr dafür an mich stellt. Wir werden uns morgen früh trennen, und Kendrick wird dafür sorgen, dass Ihr Euer Geld zurückbekommt.«

Kendrick verschluckte sich fast an einem Knochen. Calin war demnach nicht der Einzige, den diese Worte schockiert hatten. Da er nicht bereit war, ihrem Bruder bei diesem Gespräch einen Spielraum zu lassen, beeilte sich Calin, ihr zu antworten. »Seid Ihr finanziell so gut gestellt, dass Ihr fünfhundert Silberstücke zur Verfügung habt?«

Stolz stieg in ihre blauen Augen, und sie streckte das Kinn vor. »Die Beschaffung könnte eine Zeit dauern, aber ich habe einen Wohltäter, der voller Freude hören wird, dass ich gerettet wurde. Ich bin zuversichtlich, dass er am Ende des Monats eine großzügige Summe schicken wird.«

Calin biss die Zähne zusammen, um nicht in Lachen auszubrechen. Kendrick öffnete den Mund, aber Calin schnitt ihm das Wort ab, noch ehe Kendrick seine Schwester über den Fehler in ihrer Bemerkung aufklären konnte. »Wenn unsere Wege sich also morgen früh trennen werden, können wir dann nicht heute Nacht noch das Vergnügen angenehmer Gesellschaft haben?«

Akira sah erst ihn voller Argwohn, dann ihren Bruder voller Neugier an. »Auch wenn ich es wahrscheinlich bereuen werde, sehe ich keinen Grund, warum ich mich Euch nicht entgegenkommend zeigen sollte. Ihr habt mir zu essen und einen warmen Plaid gegeben. Aber wie dem auch sei – ich bin sicher, dass man Eure Männer nicht gerade als ›angenehme Gesellschaft‹ bezeichnen würde. Um die Wahrheit zu sagen – ich fürchte, ihr neuer Laird hat ihnen die Zungen herausgeschnitten.« Akira lachte laut und achtete nicht auf die finsteren Blicke der MacLeod-Männer.

»Warum sagt Ihr etwas so Lächerliches?«

»Ich habe sie bis jetzt noch kein einziges Wort sagen hören. Ist das nicht Grund genug?«

Calin grinste breit. »Sie reden, wenn sie angesprochen werden.«

»Aber ich habe vorhin mit dem dort gesprochen und ...« Akira deutete auf den hochgewachsenen, schweigsamen Rotschopf, der auf einem umgestürzten Baumstamm saß. »... und er hat mir in keiner der Sprachen geantwortet, in denen ich ihn angesprochen habe. Also ist er entweder grob oder er hat keine Zunge. Oder vielleicht beides.« Sie warf dem Mann einen durchdringenden Blick der Geringschätzung zu.

Calin hatte seine Männer gebeten, in Akiras Gegenwart zu schweigen, bis er sie über seine Absicht informiert hatte, dass er heiraten werde. Die Männer hatten seine Bitte befolgt.

Selbst Jaimes Zunge hatte stillgestanden, was für seinen Cousin eine sehr schwere Aufgabe gewesen war. Überaus stolz auf das Verhalten seiner Männer verschränkte Calin die Arme vor der breiten Brust. »Ich kann Euch versichern, dass er eine Zunge hat, aber er benutzt sie nicht, es sei denn, man gibt ihm die Erlaubnis, zu reden.«

»Erlaubnis? Seid Ihr verrückt? Erlaubnis von wem?«

»Von seinem Laird.«

»Welcher Barbar würde seine Männer auf einen Kriegszug aussenden, ohne ihnen zu erlauben zu reden? Hat Euer neuer Laird so wenig Verstand, dass er es seinen Männern aus irgendeiner dummen Loyalität heraus verbietet?« Akira schüttelte den Kopf und stieß leise noch weitere Beleidigungen aus. Beleidigungen gegen Calin – immerhin war er der neue Chieftain des MacLeod-Clans. Er sah keinen Grund, diese Tatsache vor ihr zu verbergen. Vielleicht würde sie ihm ein wenig Respekt entgegenbringen, wenn er seinen Rang preisgab.

Eine Spur von Sarkasmus begleitete seine nächsten Worte. »Gordon, ist dein Laird ein schwachsinniger Barbar?«

»Nein.«

Er lachte über den süßen und unschuldigen Schrecken, der sich auf ihrem Gesicht zeigte. Bis sie eine geschwungene Augenbraue hochzog. »Ihr seid der neue Laird der MacLeods?«, fragte sie und sah Calin von der Seite an.

»Aye«, bestätigte er gelassen.

Akira presste die Fingerspitzen an ihre Schläfen. »Vergebt mir, M'laird! Das wusste ich nicht.« Sie starrte ihren Bruder an, der aus einer silbernen Flasche einen Schluck Whisky nahm.

Calin fing Kendricks mitfühlenden Blick auf und fürchtete, er könnte den Grund dafür eines Tages verstehen. Es würde schwer werden, Akira Neish den Hof zu machen.

Calin nahm eine Hand voll von den Hagebutten, die Gordon gesammelt hatte, und zupfte eine Blüte vom Geißblattzweig ab. Er saugte den Nektar heraus und steckte Akira die gelbe Blüte hinter das Ohr. Sie zuckte zurück, als sein Finger ihr Ohrläppchen berührte, dann färbte eine zarte Röte ihre Wangen. Er griff nach ihrer kleinen Hand und ließ einige Hagebutten hineinfallen. »Genug über mich geredet. Erzähl mir mehr über deinen Wohltäter.«

»Ihr meint, in Bezug darauf, ob er Euch Euer Geld zurückgeben wird?«

»Ja. Ist er vertrauenswürdig?«

»Das ist er.«

»Und behandelt er dich gut?«

»Sehr gut. Er ist sehr großzügig mit seinem Geld, aber, um die Wahrheit zu sagen, ich habe ihn noch nie gesehen. Kendrick sagt, er wird gut zu mir sein, und ich vertraue meinem Bruder.«

Calin neigte den Kopf zustimmend in Richtung Kendricks. »Dein ... Wohltäter – was, denkst du, sind seine Pläne für dich?«

»Ich denke, er will eine Frau, die ihm den Haushalt führt und sparsam ist. Ihm ist es wichtig, dass ich gut erzogen worden bin. Das veranlasst mich zu glauben, dass er zufrieden mit mir sein wird, weil ich Verstand habe. Was nur zu meinem Segen ist, weil ich nicht hübsch bin. Um ehrlich zu sein, ich bin mir nicht sicher, warum er mich meinen Schwestern vorgezogen hat. Er wird sicherlich enttäuscht sein, wenn er sieht, dass er eine Räbin bekommt, obwohl er eine Taube hätte haben können.« Akira senkte den Kopf, und ihr Blick fiel auf die roten Hagebutten in ihrer Hand.

Eine Räbin? War die Frau denn blind? Wie konnte sie denken, weniger schön zu sein als ihre Schwestern? »Ich bin sicher, er wird nicht enttäuscht sein.«

Akira zuckte mit den Schultern.

Weil Kendrick jede seiner Bewegungen so kritisch verfolgte, als sei er ein englischer Spion, entschied Calin, sich Erklärungen über Akiras Schönheit für einen privateren Augenblick aufzuheben. Für den Moment wandte er sich dem Thema ihrer Erziehung zu. »Du hältst dich für gut erzogen?«

Ihr Kopf fuhr in die Höhe, und sie antwortete strahlend. »Sogar für sehr gut. Ich spreche drei Sprachen, und Mam hat gesagt, ich sei ein wandelnder Abakus.«

»Ich habe vier Sprachen gezählt.«

Akira lachte. Es klang unbeschwert, und die Art, wie ihr Lächeln die Saphire ihrer Augen zum Funkeln brachte, reizte Calins Sinne. Er rückte näher zu ihr, wobei er den drohenden Blick ihres Bruders ignorierte. Kendrick sah aus, als wollte er der Farce ein Ende setzen, doch dann ergriff Akira wieder das Wort.

»Die vierte Sprache, die Ihr gehört habt, haben meine Schwestern und ich uns ausgedacht, als wir klein waren. Nur meine Familie versteht sie.«

»Wann hat deine Erziehung begonnen?«, fragte Calin, auch wenn er die Antwort bereits kannte.

»Als ich acht war, schickte mich Kendrick nach Beauly Priory.«

»Nein«, korrigierte Kendrick sie. »Es war dein *Wohltäter*, der dich dorthin geschickt hat. Nicht ich.«

Erst nachdem sie Kendrick einen säuerlichen Blick des Missfallens zugeworfen hatte, wandte Akira ihre Aufmerksamkeit wieder Calin zu. »Wie ich bereits sagte, schickte mein Wohltäter mich in das Kloster in Inverness. Schwester Esa lehrte mich lesen und schreiben, als ich gerade acht Jahre alt war. Nachdem die Priorin mich von meinen Pflichten in der

Küche befreit hatte, studierte ich in der Bibliothek. Nach fast zwei Jahren meinte der Abt, ich verdiente nicht länger dieselbe Erziehung wie jene, die ihr Gelübde abgelegt hatten, und er schickte mich in die Ställe. Ich lieh mir einige Bücher aus und ging zurück nach Hause.«

»Einige Bücher?«, unterbrach Kendrick sie in anklagendem Ton. »Der alte Klepper, auf dem du nach Hause gekommen bist, hat einen ganzen Karren voller Bücher hinter sich hergezogen.«

»Vielleicht waren es ein paar mehr als einige«, räumte sie ein. »Du solltest dich nicht beklagen. Ich habe dir mithilfe dieser Bücher das Lesen und Schreiben beigebracht. Außerdem hat man sie im Kloster nicht benutzt, und mein Wohltäter hat genügend Geld für meine Erziehung dorthin geschickt, das der Abt für sich und für überflüssigen Luxus ausgegeben hat. Kein Mann Gottes braucht an jedem Finger einen goldenen Ring oder Whisky, um seine Schränke damit zu füllen.«

»Bücher waren nicht alles, was du gestohlen hast.«

»Ich habe *gar nichts* gestohlen«, korrigierte Akira ihren Bruder ernst und bewarf ihn mit einer Beere. »Mein Wohltäter hat dieses Geld für meine Erziehung geschickt, nicht für den Abt, damit dieser sich dafür ein mit Diamanten und Rubinen besetztes Kreuz kauft. Ich denke, dass dieses Kruzifix meiner Familie gehört, die, wenn du dich erinnerst, besonders in jenem Jahr gehungert hat.«

»Als Akira nach Hause kam, funkelte das Kruzifix des Abts an ihrem Hals.«

»Du hast den Abt bestohlen?«, fragte Calin, nicht sicher, ob er empört oder stolz sein sollte.

»Ich habe sie veranlasst, das Kreuz zurückzugeben, als ich sie wieder ins Kloster brachte«, erklärte Kendrick. »Aber ...«

»… zwei Monate später bin ich wieder nach Hause gekommen – mit einer Herde Schafe, zwei Hütehunden und noch ein paar Büchern.«

»Als du ein Mädchen von zehn Jahren warst?«, fragte Calin, der seinen Ohren nicht traute. Der Abt hatte das alles nie erwähnt, und Calin hatte noch fünf weitere Jahre Geld nach Beauly Priory geschickt.

»Ich hatte Hilfe von zwei Ordensmännern. Wir haben sechs Wochen gebraucht, um die Herde nach Hause zu treiben.«

Die Erinnerung daran war sogar Kendrick ein Schmunzeln wert. »Es war ein Anblick, über den man einfach lachen musste. Akira, hoch zu Ross, die eine blökende, glöckchenklingelnde Herde von wenigstens hundert Schafen auf dem kleinen Weg von Dalkirth her anführte. Das Dorf klang wie der englische Königshof voller Narren.«

»Der Abt hat das Geld verschleudert, und ich habe Schwester Esa mehr beigebracht als sie mir«, verteidigte Akira sich und wandte sich dann erklärend an Calin. »Als Bestrafung dafür, dass ich das Kruzifix genommen hatte, hatte der Abt den Schwestern verboten, mich zu unterrichten. Und währenddessen hatte meine Familie nichts zu essen und musste versuchen, aus einer Rübe eine Suppe zu kochen. Die Zwillinge waren so dünn, dass ihnen die Rippen durch die Haut stachen. Das war, als Kendrick mich gezwungen hat, in das Kloster zurückzugehen. In jenem Jahr sind Viehdiebe über die Grenze gekommen, denn die Hälfte unserer Männer war fort, um durch irgendeine dumme Großtat das Earldom of Ross von King James zurückzugewinnen. Die Männer waren nicht da und unsere Grenzen ungeschützt. Nach vier Überfällen haben die Bewohner von Dalkirth und auch meine Familie gehungert.«

»Also hast du den Abt bestohlen, damit deine Familie zu

essen hat.« Calin sollte zornig auf sie sein. Aber die Tatsache, dass sie ein solches Mitgefühl für ihre Leute hatte, gefiel ihm nicht nur, sondern es erfüllte ihn auch mit Stolz. Diese Eigenschaft würde bei den MacLeods gut ankommen.

»So wäre es gekommen, wenn das Ungeheuer die Herde nicht nach vierzehn Tagen abgeschlachtet hätte.«

»Das *Ungeheuer?*«, fragte Calin, obwohl er bereits ahnte, wer damit gemeint war.

»Unser Chieftain – das Ungeheuer von Brycen Castle. Er hat die ganze Herde für seine Krieger abschlachten lassen, weil niemand verraten wollte, woher sie stammte. Der Bastard hat sogar ihre Wolle verschwendet!« Akiras Augen funkelten vor Verachtung und verrieten ihren offensichtlichen Hass auf Laird Kinnon. Die Zeit war demnach nicht günstig, sie darüber zu informieren, dass der Mann, von dem sie mit solcher Abscheu sprach, ihr Vater war.

»Akira!«, rief Kendrick. »Du tätest gut daran, deine Zunge im Zaum zu halten!«

Bei dieser Ermahnung verschwand jeglicher Mut aus ihrem Gesicht. »Warum stützt du seinen Status als Laird? Er ist nicht geeignet, diesen Platz einzunehmen, und das weißt du sehr gut. Er ist ein schrecklicher Mann, der die Abgaben so lange erhöht hat, bis die Dorfbewohner nichts mehr hatten. Und die Frauen sind ihm ausgeliefert, wenn er sie haben will.«

Akira rieb sich die Arme, als machte es sie schon frösteln, wenn von diesem Mann auch nur gesprochen wurde. »Und seinen schrecklichen Sohn formt er genau nach seinem Vorbild. Darach hat die Mauern von Brycen Castle seit fast acht Jahren nicht verlassen. Die Dorfbewohner haben dem Sohn unseres Lairds den Namen ›des Teufels Brut‹ gegeben. Ein Name, den er zu Recht trägt, so wie ich es sehe.« Akira starrte ihren Bruder an, und Calin fragte sich, welche Geheimnisse die beiden teilten.

Eine düstere Stimmung drängte an die Oberfläche, als Kendrick einen großen Schluck Whisky nahm und dann aufstand. »Du plapperst dummes Zeug! Niemand nennt den Sohn des Lairds bei diesem Namen, außer dir. Die Leute im Dorf wissen nicht einmal, dass der Junge noch lebt.« Er ging auf den Wald zu, bis er nur noch als Schatten zu sehen war.

»Verdammt! Ich liebe meinen Bruder sehr, aber er kann ein solcher Dummkopf sein.«

Calin schenkte ihr ein halbherziges Lächeln und holte tief Luft, um seinen Mut zu sammeln. Er wusste, dass ihm nur noch wenig Zeit blieb, und er musste die Situation für sich ausnutzen. Ein kurzer Blick zu seinen Männern reichte, und sie zogen sich für die Nacht auf ihre Plaids zurück. Er holte eine Felldecke aus seiner Satteltasche und breitete sie am Feuer aus. Jaimes Schnarchen war zu hören, noch bevor Calin den Pelz glatt gestrichen hatte. Sein Cousin hatte niemals so viele Sorgen, als dass diese ihn vom Schlafen hätten abhalten können.

Calin streckte sich auf der Decke aus, legte sich auf die Seite, schlug die Beine übereinander und streckte Akira die Hand hin, damit sie zu ihm kam.

Akira machte große Augen. »Denkt Ihr etwa, ich werde das Lager mit Euch teilen?«

»Nein.« Er grinste über ihre direkte Frage. »Ich habe dich in *Tigh Diabhail* nicht bedrängt, und ich habe nicht vor, mir das zu nehmen, was deinem … Wohltäter gehört. Ich dachte nur, wir könnten am Feuer noch ein wenig miteinander reden.«

Sie zögerte und schaute hinüber zum Wald, in dem Kendrick verschwunden war. Als Calin keinen Versuch machte, sie zu bedrängen, nahm sie sein Angebot an, saß aber so steif da, dass er fürchtete, ihr Rücken könnte entzweibrechen. Seine Nähe bereitete ihr offensichtlich Unbehagen, was sein Vorhaben umso schwieriger machte.

»Nun … was weißt du über diesen … Mann, den du heiraten wirst?« Er strich mit dem Finger über ihre Hand.

Akira zog die Hand schnell zurück und legte sie auf ihren Schoß. Wieder schaute sie hinüber zum Waldrand. »Kendrick hat mir nur wenig über ihn erzählt, aber ich kann sagen, dass er gut zu meiner Familie war. Als wir vom Außenhof der Burg in die Hütte gezogen sind, hat mein Wohltäter Geld geschickt, um uns den Umzug zu erleichtern. Kurz danach ist Papa in den Krieg gezogen und im Kampf für die Royalisten gestorben. Er hat Kendrick mit der Verantwortung für sechs halbwüchsige Mädchen zurückgelassen.«

Ihr Ton verriet ihre politische Einstellung. Calin hatte an der Seite Sir Alexanders of Lochalsh gekämpft, um die Herrschaft über die Inseln von der Krone zurückzugewinnen, aber seine Motive waren andere gewesen. Er unterstützte den Chief des Donald-Clans; er wollte ein Bündnis schließen, das ihre beiden Clans schützen sollte. Darüber mit dieser starrköpfigen Frau zu streiten, hätte ihn kostbare Zeit gekostet, deshalb mied er dieses Thema. »Kendrick hat euch alle großgezogen. Er hat seine Aufgabe gut gemeistert.«

»Er hat sein Bestes getan, aber ich denke, diese Last wird erst von seinen Schultern abfallen, wenn er Ehemänner für die Zwillinge gefunden hat.« Sie lachte, was die nervöse Anspannung von ihrer Stirn vertrieb.

»Und der Ehemann, den er für dich gefunden hat – wie soll er sein? Was hoffst du?«

»Ich hoffe, er ist wie Papa.« Ihre Antwort kam ohne Zögern,

und Calin fragte sich, ob er dieses Wunschbild jemals würde erfüllen können. Murrdock Neish war ein guter Mann gewesen.

»Was noch? Hoffst du, dass er ein gut aussehender Mann ist?«

Sie legte den Kopf schief, als wollte sie ihn einen Narren schimpfen. »Ehrlich gesagt hoffe ich, dass er schon ein wenig älter ist und auch nicht zu schön. Vielleicht sogar mit einer Schar gut erzogener Kinder, die Fürsorge brauchen.«

Calin lachte leise. »Warum solltest du dir ein solches Los wünschen?«

»Wenn er älter ist, dann wird er sich die Hörner schon abgestoßen haben, und wenn er häuslich ist, werde ich keine anderen Frauen aus unserem Ehebett verjagen müssen.«

Calin saß neben ihr und dachte über diese kühne Erklärung nach. Ihr Kinn reckte sich, während sie auf seine Erwiderung wartete. *Sag nichts*, ermahnte er sich. Ihr auf diese Weise derart persönliche Dinge zu entlocken war falsch. Er strich ihr eine schwarze Locke hinter das Ohr, und dieses Mal zuckte sie nicht zurück. Er beugte sich vor, absolut dazu entschlossen, ihr zu sagen, dass er ihr Wohltäter war, aber die Worte wollten ihm nicht über die Lippen kommen. Sie öffnete den Mund, als wollte sie etwas sagen, aber sie atmete nur, und er fühlte die Wärme auf seinem Gesicht. Ihre Augen versanken ineinander, und das Schweigen schien nicht mehr aufhören zu wollen. Er hob die Hand, um ihre Wange zu streicheln, aber seine Finger berührten sie nicht. »Ich denke, du solltest dir über solche Dinge keine Sorgen machen. Ich wette, jeder Mann würde seinen Augapfel hergeben, könnte er dafür auf deine Loyalität zählen.«

Ein Ast knackte laut im Feuer, und dieses Geräusch ließ Akira zusammenzucken. Was tat sie nur? Sie hatte dem Laird in die bernsteinfarbenen Augen gestarrt, während er gesprochen hatte, und sie konnte es ganz und gar nicht gebrauchen, sich darin zu verlieren. Sie schaute zum Waldrand. *Wo um alles in der Welt war Kendrick?* Ihr Bruder hatte sie nicht mit einem Mann allein gelassen, seit ... nun, er hatte sie noch nie mit einem Mann allein gelassen.

Als der Laird sich eine ihrer ebenholzschwarzen Locken um den Finger wickelte, erstarrte sie. Er hätte sie ebenso gut in Ketten legen können, denn sie war außerstande, sich von ihm zu entfernen. Sie spürte ein heftiges Prickeln unter der Haut und beeilte sich, das Gespräch fortzusetzen. »Tatsächlich erwarte ich meinen Wohltäter schon sehr bald. Ich bin drei Jahre über das Heiratsalter hinaus. Ich sollte schon längst ein Kind an meiner Brust haben und ein anderes, das an meinem Rockzipfel hängt.«

»Du bist noch nicht zu alt. Ich denke, der Mann wird voller Ungeduld sein, dich mit seinem Kind schwanger zu sehen.« Er streichelte ihren Unterarm mit dem Rücken eines Fingers. Wie ein Blitz überzog unter seiner zarten Berührung ein Brennen ihre Haut. Sie kicherte wie ein dummes Mädchen und kämpfte mit einem losen Band an ihrem Rock. Sie benahm sich wie eine Närrin. Kendrick würde ihr den Hintern dafür versohlen, dass sie auf diese Weise mit dem Laird gesprochen hatte.

Sie atmete erleichtert auf, als sie die schweren Schritte ihres Bruders hörte, der aus dem Wald zurückkehrte.

»Habt ihr geredet?«, fragte Kendrick grimmig.

»Akira hat mir erzählt, welche Erwartungen sie an ihren Wohltäter hat. Sie hofft, dass er alt und häuslich ist und einen Haufen wohlerzogener Kinder in seinem Schlepptau hat.«

Laird MacLeod lächelte ihren Bruder an, und sie bedauerte, dass sie ihm diese Einzelheiten anvertraut hatte. Der Ausdruck der Missbilligung auf Kendricks Gesicht gab ihr das Gefühl, ihren Wohltäter verraten zu haben. Ihr Körper hatte das getan, genau genommen. Aber der mürrische Zug um den Mund ihres Bruders galt dem Laird, nicht ihr.

Kendrick trat näher, schüttelte den Kopf und starrte Laird MacLeod an. »Du hast es nicht gesagt, richtig?«

»Du warst doch nur pinkeln! Das war wohl kaum Zeit genug, die Sache anzusprechen.«

»Du hattest genug Zeit, MacLeod«, knurrte Kendrick. »Du wirst es ihr jetzt sagen, oder ich tue es! Sie verdient die Wahrheit. Los jetzt!«

»Mir *was* sagen?« Akira spürte Kendricks Wut. Sie hatte dieses Stirnrunzeln schon zuvor gesehen. Schon hundertmal hatte er sie mit diesem enttäuschten Blick angesehen, wenn er sie für ihren Ungehorsam gescholten hatte. »Mir was sagen, Kendrick?«, fragte sie wieder, als beide Männer schwiegen.

Ihr Bruder starrte Laird MacLeod an und gab ihm reichlich Gelegenheit zu antworten. Als dieser schwieg, ergriff Kendrick das Wort. »Calin MacLeod, der neue Chieftain des MacLeod-Clans, ist dein Wohltäter, und er ist gekommen, um dich zur Frau zu nehmen.«

»Was?« Akira schlug die Hände vor das Gesicht, um die heiße Scham zu kühlen, die ihre Wangen rötete. Dieser hinterlistige, arrogante Mann, der ihr gerade ein Dutzend Fragen über sich gestellt hatte, war ihr Wohltäter? »Nein! Das ist nicht wahr.«

Sie dachte an die Dinge, die sie ihm anvertraut hatte, und ihre Verlegenheit wuchs. Er hatte sie getäuscht, und das verriet ihr mehr über seinen Charakter, als sie wissen wollte. Und das unschuldige Lächeln, mit dem er sie ansah, biss sich in das wenige, das ihr von ihrem Stolz geblieben war. Die Luft wurde zu dick zum Atmen. Sie stand auf und warf Kendrick einen Blick zu, von dem sie hoffte, er würde ihm ihre tiefe Empörung zeigen. »Wie konntest du das tun? Er ist nicht das, was du mir versprochen hast.«

»Er ist, was er ist«, erwiderte Kendrick emotionslos.

Akira lief davon und flüchtete sich in den Wald. Ein voller Mond spiegelte sich auf dem Wasser des Minch und wies ihr den Weg zum größten Baum des Waldes. Sie grub ihre Finger in seine Rinde und begann, hinaufzuklettern.

Kapitel 5

Bei allen Heiligen! Warum hast du das getan?« Calin sprang auf. Er war wütend auf Kendrick. Er hatte so viel über seine Braut erfahren. Fast wäre es ihm sogar gelungen, einen Kuss von ihren süßen Lippen zu rauben.

»Weil du sie zum Narren gehalten hast.« Kendrick holte sich einen Plaid aus seiner Satteltasche. »Du solltest ihr nachgehen. Ich kann dir versichern, dass sie von selbst nicht zurückkommen wird.«

»Warum soll *ich* ihr hinterherlaufen? *Du* bist es doch gewesen, der sie in die Flucht geschlagen hat.« Er spähte zum Waldrand und suchte nach Anzeichen einer Bewegung.

»Und du bist derjenige, der sie gekränkt hat. In zwei Tagen wird sie mit dir in deine Burg reiten. Ich rate dir ernsthaft, deinen Fehler wiedergutzumachen. Sie ist dickköpfig. Wenn du ihr die Wahrheit vorenthältst, wird sie deinen Verrat ahnen. Und dann ist vielleicht nicht mehr möglich, worauf wir so lange gewartet haben: Rache zu nehmen.« Kendrick schob Erde in das Feuer und erstickte die noch kurz auflodernden Flammen zu einem orangefarbenen Glühen. »Und ich gebe dir noch einen Rat, ehe du weiter um sie wirbst: Sag ihr nicht, dass sie schön ist. Sie wird denken, dass du lügst.«

»Warum?«

»Sie glaubt, dass sie verflucht ist. Es ist mir nie gelungen, ihr das auszureden.«

»Verflucht? Ist sie etwa so blind, wie du verrückt bist? Wovon redest du?«

»Sie glaubt, sie wurde vom Teufel gezeichnet und sei dazu verdammt, unter jenen zu leben, die von Engeln gesegnet sind. Als Akira ein kleines Mädchen war, habe ich sie in einer Höhle dabei erwischt, wie sie Ziegenhaare und tote Frösche verbrannt hat. Sie hat gesagt, sie wolle einen Zauber wirken, der ihr Gesicht richten werde. Sie zeigte mir ein handgeschriebenes Buch, das sie von einem alten Weib auf dem Markt in Retterseils bekommen hatte. So ein Buch hatte ich noch nie zuvor gesehen. Es war in einer Sprache geschrieben, die ich nicht kannte. Akira hat geschrien wie eine alte hungrige Katze, als ich das Buch verbrannt habe. Aber ich vermute, sie hat sich sowieso jedes Wort daraus gemerkt.«

Calin zuckte zusammen. Sie zu brandmarken war die Tat eines dummen Jungen gewesen, der geglaubt hatte, das Mädchen wäre nicht mehr als ein weiterer Besitz. Eine Tat, die sie dazu gebracht hatte, schlecht von sich zu denken. Er würde das schnell wieder in Ordnung bringen. Er spuckte in die ersterbende Glut und hörte das Zischen. »Sie ist nicht vom Teufel gezeichnet.«

»Denkst du, das weiß ich nicht? Aber selbst ich würde dem Mädchen nicht sagen, dass du sie nach ihrer Geburt wie ein Stück Vieh gebrandmarkt hast.« Kendrick streckte sich neben einem hohlen Baumstamm aus. »Du solltest dich zu allererst entschuldigen, und wenn du sie suchen gehst, dann schau nach oben.«

»Warum soll ich nach oben sehen?«

»Weil sie auf einem Baum sitzt. Wahrscheinlich auf dem größten im ganzen Wald.«

Calin fand gelbe Blütenblätter, die verstreut zwischen den Wurzeln einer dicken Eiche lagen – einer Eiche, die gut hundert Jahre alt sein mochte. Er schaute hinauf und sah nichts als eine wirre Masse schwarzer Zweige vor hellem Mondlicht.

Das Knarren der Äste verriet jedoch, dass Akira hier Zuflucht gesucht hatte.

Er musste auf jeden Fall etwas unternehmen, damit sie ihre Einstellung ihm gegenüber änderte, bevor er sie seinem Clan als die neue Lady von Cànwyck Castle präsentierte. Die Frau des Lairds konnte nicht einfach jedes Mal einen Wutanfall bekommen, wenn etwas nicht nach ihrer Nase ging. Niemals wieder würde er es zulassen, dass eine Frau ihn blamierte.

Calin war bewusst, dass Akira sich verraten fühlte. Deshalb würde er ihr dieses eine Mal nachgeben und versuchen, sie um ihre Bereitschaft zu bitten, eine Heirat zu akzeptieren. Calin holte tief Luft. »Akira Neish, du kommst sofort herunter!«

Schweigen schnitt durch die kühle Luft.

»Wenn du vorhast, die Nacht auf diesem Baum zu verbringen, wirst du bis morgen früh erfroren sein.«

Calin erwartete keine Antwort, aber er hatte auch nicht damit gerechnet, mit Eicheln beworfen zu werden. Er unterdrückte eine Menge von Flüchen, während er auf die Eiche kletterte, bis er ihren Schuh von einem der Äste baumeln sah. Ehe er danach greifen konnte, war sie noch weiter hinaufgeklettert. Je höher sie kletterte, desto ärgerlicher wurde er.

»Das ist lächerlich!«, knurrte er. »Der Chieftain jagt doch keine Frauen auf die Bäume.«

»Dann geht zurück und schickt Kendrick.«

»Warum sollte ich jemanden schicken? Komm einfach herunter.«

»Ich kann nicht.«

»Warum nicht?«

»Ich kann wie eine Katze hinaufklettern, aber heruntersteigen ist eine ganz andere Sache«, bekannte sie, entfernte sich aber trotzdem immer weiter von ihm.

»Warum bist du dann so dumm, immer höher zu klettern?«

»Weil weit oben der einzige Ort ist, wo ich Euch loswerden kann.«

Calin streckte die Hand aus, packte Akira am Fußgelenk und beendete so ihre Flucht. Er sicherte sein Gleichgewicht und hievte sich über einen dicken Ast, der fast waagerecht aus dem Stamm herauswuchs. Während er seine Meinung über ihr unangebrachtes Benehmen vor sich hin murmelte, stemmte Calin beide Füße fest gegen zwei tiefere Äste und zog Akira am Bein zu sich herunter. Sie rührte sich nicht. Das hier war doch Wahnwitz! Er saß auf einem Baum und zog an seiner Braut wie ein schwächlicher Jüngling, der an den Rockschößen seiner Mutter hing.

Angestachelt von ihrem Trotz, riss er sie herunter und packte sie um die Taille, als sie vor ihm auf dem Rücken landete.

»Autsch!«, beklagte sie sich, während der Ast auf und nieder wippte, um gegen das Gewicht zu protestieren, das jetzt auf ihm lastete. Blätter raschelten, und das angstvolle Krächzen von Vögeln erfüllte die Luft. Akira kämpfte darum, Abstand von Calin zu bekommen.

»Halt doch still! Sonst landen wir beide noch auf unserem Hintern.« Calin lehnte sich gegen den Stamm und zwang sie, sich ihm auf dem Ast rittlings gegenüber zu setzen. Ihre Knie stießen aneinander, und die leichte Krümmung des Astes zwang sie, sich gegen Calin zu lehnen.

»Denkt Ihr, mich kümmert es, ob Ihr zu Tode stürzt?« Sie spreizte ihre Hände um den Ast, auf dem sie saß, und richtete sich auf.

»Halte deine Zunge in Zaum, Mädchen! Ich will nur mit dir reden.«

»Ich denke, ich habe genug geredet für eine Nacht. Ihr hattet Euren Spaß, M'laird«, stieß sie zwischen zusammengebissenen Zähnen hervor.

Sie zuckte zurück in dem offensichtlichen Versuch, vor ihm zu fliehen, und wäre fast vom Baum gefallen. Er packte sie um die Taille und zog sie näher an sich. »Ich werde reden, und du wirst still sein und zuhören«. sagte er rau.

Er schwieg einen Moment, in dem er nach den passenden Worten suchte. Ihre Feindseligkeit hatte ihn überrascht. Er war gut zu ihr gewesen, hatte sich um ihre Erziehung gekümmert und dafür gesorgt, dass sie ohne allzu große Entbehrungen in einer liebevollen Familie aufgewachsen war. Fand sie ihn wirklich so abstoßend? Warum reagierte sie auf den Gedanken, ihn zu heiraten, so feindselig?

Kendrick hatte ihm vorgeschlagen, sich bei ihr zu entschuldigen, aber so etwas zu tun, war er nicht gewöhnt. Andererseits hatte er sie zum Narren gehalten und schuldete ihr vielleicht genau das. »Vergib mir, dass ich dich getäuscht habe. Ich war einfach neugierig zu erfahren, welche Meinung meine Frau über mich hat.«

»Ich bin nicht Eure Frau.« Akira sprach jede Silbe mit übermäßiger Deutlichkeit aus.

»In zwei Tagen wirst du es sein.«

»In zwei Tagen!«, rief die entsetzte Akira, die sogleich begann, über einen Weg nachzusinnen, diese Frist zu verlängern. »Aber das Aufgebot! Das Aufgebot muss in der Kirche drei Wochen lang jeden Sonntag zur Kenntnis gebracht werden.«

»Aye. Der Kaplan macht diese Ankündigung seit mehr als einem Monat. Und kein Mitglied der Gemeinde hat Einspruch erhoben.«

Doch weder sein vorausschauendes Handeln noch sein reuiges Lächeln beeindruckten Akira.

»Ich habe für dich gesorgt und dich gut behandelt. Es ist Zeit, dass du heiratest.«

Dagegen konnte Akira nichts einwenden. Sie hatte fast ihr ganzes Leben lang gewusst, dass ihr Wohltäter eines Tages kommen und sie holen würde. Aber Laird MacLeod war nicht der Mann, den sie sich in all den Jahren tausendmal und mehr vorgestellt hatte. Sie hatte vermutet, ihr Wohltäter wäre älter, väterlicher, weniger vom Schicksal begünstigt. Sie hatte nicht die Schönheit, einen Mann wie Calin MacLeod so zu fesseln, dass er ihr treu blieb. Sie hatte keinen Zweifel daran, dass er mit anderen Frauen herumschäkern würde, nur Augenblicke, nachdem sie geheiratet hatten.

Calin hob ihre Hand an seine Lippen und drückte einen zarten Kuss auf die Wunden an ihrem Handgelenk. »Wäre das denn so schlimm? Die Frau des Lairds zu sein?«

»Aye, das wäre schlimm. Es wäre schrecklich. Ich eigne mich nicht dazu, die Frau eines Lairds zu sein. Ich spreche oft zu unbedacht und fühle mich manchmal veranlasst, mich auf eine Weise zu benehmen, die manch einer bei einer Frau für unangemessen halten könnte, und noch mehr bei einer Lady. Das solltet Ihr bedenken. Ich würde Euch keine gute Ehefrau sein.« Ihre Entschuldigungen waren vergebens, aber sie waren alles, was sie hatte. Akira entzog ihm die Hand, aber seinem Blick konnte sie nicht entkommen. Diese Augen! Sie waren so sanft und liebevoll und erinnerten sie an die Farben des Herbstlaubes. Wie konnte jemand, der solche Wärme in den Augen hatte, ein solcher Verräter sein?

»Du bist enttäuscht, weil ich nicht alt und hausbacken bin und eine Schar Kinder habe?«

Sie ließ ihn über ihre Meinung über sein gutes Aussehen im Unklaren und richtete ihre Aufmerksamkeit auf den konkreteren Teil seiner Frage. »Ihr habt also keine Kinder?«

»Bis jetzt nicht. Ich hatte gehofft, du könntest mir dabei helfen, das zu ändern«, sagte er mit einem verschmitzten Lächeln, das ihr Gesicht zum Glühen brachte. Wieder ergriff er ihre Hand und seufzte erleichtert, als sie ihn gewähren ließ.

Seine offensichtlichen Annäherungsversuche bereiteten Akira Unbehagen. Niemand hatte je Interesse an ihr gezeigt, denn sie hatte immer im Schatten ihrer schönen Schwestern gestanden. Selbst wenn jemand Interesse gezeigt hätte, hätte er zuerst Kendricks Zustimmung einholen müssen. Nur zwei Männer hatten bisher den Mut besessen, sich mit Kendrick anzulegen, und diese beiden waren jetzt mit Neala und Maggie verheiratet. Aber Calin war ein Mann von Rang, der Kendrick mit einem Blick auf seinen Platz verwies. Seine ständige Arroganz ließ vermuten, dass es ihm noch nie schwergefallen war, die Aufmerksamkeit einer Frau zu gewinnen. Ohne Zweifel würde eine vorteilhaftere Heirat als die Verbindung mit ihr seinem Clan sehr viel mehr nützen. Sie besaß weder eine Mitgift noch einen Titel oder Land. Alles, was sie besaß, waren zwei Kleider.

Welchen Nutzen brachte die Ehe mit ihr dem Laird der MacLeods?

Ein Windstoß strich durch das Laub und ließ Akira frösteln. Sie schlang die Arme um sich und starrte in den bernsteinfarbenen Dunst, der wie ein zarter Schleier um den Vollmond lag, und dachte über die Antwort auf diese Frage nach.

Calins warme Hand glitt über ihre Wange. So stark, so sanft.

Als sie ihm ihre Aufmerksamkeit wieder zuwandte, war sein Mund nur eine Handbreit von ihrem entfernt. Hatte er vor, sie zu küssen? Sollte sie es zulassen? Bevor sie sich auch nur eine dieser Fragen beantworten konnte, beugte er sich über sie.

Das Mondlicht spiegelte sich in seinen goldenen Augen, bevor er sie schloss und sanft ihre Unterlippe zwischen seine Lippen nahm. Er wiederholte dies mit ihrer Oberlippe, dann zog er sich wieder zurück.

Himmel! »Warum tut Ihr das?«, fragte sie, während ihr Herz mit einer Wildheit schlug wie noch nie zuvor.

»Es hat dir nicht gefallen?«

»Ist es notwendig, dass es mir gefällt?«

»Falls du meine Frau sein wirst, würde es mir gefallen, wenn du es genießt.«

»Falls?«, fragte sie mit ein wenig zu viel Begeisterung. »Dann habe ich also doch eine Wahl?«

Calin streckte wieder die Hand nach ihr aus, und was immer sie vorgehabt hatte zu sagen, verlor sich an seinen Lippen. Sie breitete die Arme aus, um nach einem Halt zu suchen. Die Suche war zu Ende, als ihre Hände als einzigen Anker seine sehr starke Brust mit den harten Muskeln fanden, die unter dem Hemd aus feinstem Wollstoff spielten.

Er legte eine Hand auf ihren Rücken, zog sie näher zu sich und hob sie auf seinen Schoß. Sein Finger glitten über den Schwung ihrer Lippen, als wollte er damit erreichen, dass sie sich ihm öffneten. Die Stimme in ihrem Kopf flehte sie an, ihm zu erlauben, hereinzukommen, um all die Dinge zu erfahren, die sie sich versagt hatte, während sie darauf gewartet hatte, dass dieser Mann zu ihr kam und sie holte.

Sie tat es nicht. Sie stieß ihn zurück. »M'laird, bitte! Wie sollen wir über etwas reden, wenn Ihr fortfahrt, mich am Reden zu hindern?«

»Und worüber möchtest du gern reden?« Seine Lippen fanden den Weg ihren Nacken hinauf. »Vielleicht darüber, wie deine zarte Haut unter den farbigen Lichtern des Sommers schimmert, oder über den Duft der Geißblattblüten hinter deinem Ohr?«

Calins Bart kitzelte sie am Hals, als er an ihrem Ohrläppchen knabberte. Ihre Haut begann zu prickeln. »M'laird, wir sollten über unseren Ehevertrag reden.« Der Mann war ein Heide – mit einer besonderen Vorliebe fürs Küssen. Sie konnte nicht leugnen, dass sie es aufregend fand, von ihm berührt zu werden. Die neue Erfahrung, geküsst zu werden, beschwingte Akira, aber sie würde ihre fünf Sinne beieinander halten und sich auf keinen Vertrag einlassen, auf den sie keinen Einfluss hatte. Da es ihr an Liebreiz fehlte, musste sie ihren Verstand benutzen, damit er gewissen Bedingungen, die sie zu stellen gedachte, zustimmte. »Ich möchte, dass Ihr mir einen oder zwei Gefallen tut, bevor ich dieser Ehe mit Euch zustimme.« Sie hielt ihn auf Armeslänge von sich fern und war überzeugt, seine Aufmerksamkeit gewonnen zu haben.

»Wenn sie vernünftig sind, werde ich über deine Forderungen nachdenken.« Kaum hatte er das gesagt, drehte er ihre Hand herum und strich mit den Lippen über die Haut ihres Unterarms.

»Ich möchte, dass es meiner Familie erlaubt ist, während der Hochzeitsfeierlichkeiten Euren Besitz zu betreten.«

Er sagte nichts dazu.

»M'laird, stimmt Ihr dem zu?«, hakte sie nach und runzelte die Stirn. »Dass meine Schwestern und meine Mutter die Erlaubnis haben, an der Hochzeit teilzunehmen.«

»In Ordnung. Vielleicht bist du doch nicht so fordernd, wie ich dachte.«

Vielleicht werde ich das noch. Akira beschloss, den Laird ein wenig zu drängen. Er war all die Jahre sehr großzügig mit seinem Geld gewesen, und sie hatte vor herauszufinden, wie weit diese Großzügigkeit ging. »Ihr werdet mir gestatten, ins

Cottage zurückzukehren, wenn Maggies schwere Stunde bevorsteht.«

»Wer ist Maggie und welche schwere Stunde?«

Akira runzelte erneut die Stirn. Sicherlich machte er Spaß. Sie musste Maggie in den Briefen, die sie ihm als Kind geschrieben hatte, ein Dutzend Mal erwähnt haben. »Maggie ist meine Schwester. Und sie wird bald ihr erstes Kind bekommen.«

Calin schüttelte den Kopf, als wollte er sich von dem Nebel befreien, der sich auf seine Erinnerung gelegt hatte. »Aye. Vergib mir, ich war mit meinen Gedanken woanders.« Er setzte sie sich auf seinem Schoß zurecht. Ihre Stellung, auch wenn sie einen sicheren Halt bot, war höchst unanständig. Seine Nähe ließ Akiras Innerstes zittern und ihren Puls flattern.

Dann spürte sie, wie er unter ihr wuchs.

Sie hatte erst ein einziges Mal das Geschlecht eines Mannes gesehen – als sie Kendrick mit einem der Mädchen aus dem Dorf überrascht hatte. Natürlich war er kleiner geworden, nachdem sie ihn ertappt hatte. Aber das hier fühlte sich nicht an, als würde es schrumpfen. Akira fühlte sich geschmeichelt, weil sie diesen Zustand der Erregung bei ihm hervorrief.

Calin strich ihr das Haar über die Schulter und drückte köstliche Küsse auf ihren Hals. Ihr Körper spannte sich an, als eine kühle Brise ihre feuchte Haut kühlte, und er zog sich für einen Augenblick zurück. »Für wie lange möchtest du zurückkehren?«

»Wohin zurückkehren?« Akira kämpfte darum, ihre fünf Sinne beisammenzuhalten. Wovon sprach er?

Er lächelte listiges Lächeln, als er sie an ihre Bedingung erinnerte. »Du hattest dir ausbedungen, nach Hause zurückzugehen, wenn deine Schwester ihr Kind bekommt. Ich habe gefragt, wie lange du fortzubleiben wünschst.«

»Aye. Natürlich. Ich würde gern zurückgehen für … einen oder zwei Monate. Bis Maggie allein zurechtkommt.«

Dieser Mann machte sie schamlos! Seine Lippen brachten jede Faser ihres Körpers zum Glühen, und die Spur heißer Küsse, die sein kratziger Bart auf ihrer Haut zurückließ, ließ sie erschauern. Sie hätte sich nie träumen lassen, dass Küssen so … so schmerzvoll erregend war. Ein Prickeln breitete sich in ihrem Schoß aus.

Aber sie musste konzentriert bleiben – eine Aufgabe, die in seinen Armen äußerst schwer zu bewältigen war.

»Eine Woche. Du kannst für eine Woche zurückgehen«, wies er ihre Bedingung zurück.

»Zwei Wochen«, entgegnete sie.

»Abgemacht! Sonst noch was?«, fragte er, während er ihre Hände um seinen kräftigen Nacken legte, als könnte sie Gefahr laufen, vom Baum zu fallen. Seine vagabundierende Hand öffnete die drei Bänder ihres Hemdes und suchte sich zügig den Weg unter ihr Plaid. Seine Schnelligkeit verwirrte Akira ebenso sehr wie seine Finger auf ihrer nackten Haut, die jetzt sanft ihren Rücken streichelten. Sie fragte sich, ob er sich wirklich von ihr angezogen fühlte, oder ob er sich allen Frauen so kühn und mit dieser Selbstverständlichkeit näherte. Schließlich war Calin der Laird und noch dazu ein sehr reicher. Sie beschloss, ihm genügend Freiheiten zuzugestehen, um ihn dazu zu bekommen, ihren weiteren Bedingungen zuzustimmen.

Als Nächstes stellte sie seine Milde auf die Probe. »Ich möchte, dass meine Schwester Isobel immer in unserem Heim willkommen ist und dass sie bleiben kann, so lange sie es möchte.« Als die Härchen auf seinem Handrücken ihre Taille kitzelten, holte sie hörbar Luft. »Und ich möchte, dass Ihr für ihre weitere Erziehung aufkommt.«

Calins warme Hand verharrte auf ihrer Hüfte. »Du möchtest, dass ich sie wie dich damals in das Kloster schicke?«

»Nein. Ich würde es meinem ärgsten Feind nicht wünschen, dort sein zu müssen.« Hätte sie gewusst, dass Calin ihr Wohltäter war, hätte sie nicht so viele Informationen enthüllt. Doch wie dem auch sei, er hatte sie getäuscht, und sie hatte niemals auch nur eine Spur von Reue darüber empfunden, dem Abt Calins Geld gestohlen zu haben. Doch noch wollte sie dieses Versprechen von ihm haben. »Isobel ist sehr erfahren in der Anwendung von Kräutern und Salben. Ich möchte, dass Ihr die nötigen Mittel aufbringt, damit sie Unterricht bei jemandem nehmen kann, der sich in der Medizin auskennt.«

Sie spielte die Kokette und sah ihn unter niedergeschlagenen Lidern an. Sie verschränkte die Hände in seinem Nacken und hoffte, er würde ihr sein Einverständnis geben.

Während er nachdachte, malte er kleine Kreise auf ihren Rücken. Die Spannung in ihrem Inneren steigerte sich bei jeder seiner Berührungen. Tiefer ... noch tiefer. Ein Prickeln durchströmte sie, und ihre Knospen wurden hart.

Er war gefährlich nah daran, sich Freiheiten herauszunehmen, die ihm noch nicht zustanden.

»Sehr gut. Ich werde wegen der Kosten mit meinem Seneschall sprechen.« Calin zog Akira das Plaid von den Schultern und strich mit den Fingerspitzen über ihr Schlüsselbein. Dann folgten seine Lippen dieser federleichten Spur. »Ist das alles?«

»Nein«, sagte Akira rasch. Da war noch mehr gewesen. Viel mehr. Ihr Kopf fühlte sich plötzlich leer an. Verdammt, um was hatte sie ihn noch bitten wollen? Und ... oh, was machte er mit ihr? Der Mann war ein Dieb und ein Heide, er raubte ihr den Verstand und ihre Grundsätze. Und was noch viel schlimmer war: Sie wünschte sich ihn noch näher bei sich. Sie schmiegte sich an ihn und empfand Sehnsucht und wusste nicht, warum, aber seine Intimität ließ etwas zwischen ihren Beinen pulsieren. Ein winziges Piepsen entrang sich ihrer Kehle, als sie ausatmete. Hätte sie es nicht mit eigenen Ohren gehört, sie hätte nicht geglaubt, dass sie diesen Laut von sich gegeben hatte.

Ihre Entschlossenheit war ins Wanken geraten. Calin wusste das. Ihr runder Po rutschte unruhig hin und her. Ihr Atem kam in kurzen Zügen. Das gefiel ihm. Noch ein paar Küsse mehr würden ihre Beharrlichkeit endgültig bezwingen. Schließlich war es das, was er wollte: eine gehorsame Braut. Eine, die noch von keinem anderen berührt worden war. Eine, die ohne irgendwelche Zweifel die Ehe mit ihm eingehen und ihm sein Bett wärmen würde. Eine, die ihm Söhne schenken und ihm treu sein würde.

Während er die glatte Haut ihres Rückens und ihrer Hüften streichelte, war er froh, dass er ihr kein Hemd gegeben hatte. Unglücklicherweise und im Bewusstsein, dass sie praktisch nackt unter seinem Plaid war, steigerte sich sein Begehren noch. Die Lust, die durch sein Blut rauschte, bedrohte seine Selbstbeherrschung. Er musste behutsam vorgehen, oder er würde ihr jeden Grashalm vom Boden der MacLeods versprechen müssen, ehe sie mit der Liste ihrer Bedingungen fertig war.

Auch wenn es nie seine Art gewesen war, aber er hätte seine Bedürfnisse bei einem der Dorfmädchen befriedigen sollen, ehe er aufgebrochen war, Akira zu befreien. Er gehörte zu denen, die ihr Bett mit nur einer Frau teilten. Ein flüchtiger Moment der Abscheu huschte durch seinen Körper, als er an die Frau dachte, die als letzte diese Stellung innegehabt hatte.

Er verdrängte dieses Bild und presste Akiras wohlgeformte Hüften hart an sein Becken.

»Nicht so fest, Calin! Himmel, ich kann ja kaum noch atmen, geschweige denn denken.«

»Ich will nicht, dass du denkst.« Er beugte sie zurück und saugte wieder an ihren weichen Lippen. Die Hand, die fast den ganzen Weg ihren Rücken hinuntergewandert war, streichelte jetzt den Ansatz ihrer vollen Brust.

Eine schöne Brust, in der Tat. Schwer füllte sie seine Hand, die Brustwarze aufgerichtet zu einer harten Spitze. Akira war so rein und frisch und weich! Und sie machte ihn völlig verrückt mit ihrem unablässigen Reden.

»Verdammt, Calin! Halt!« Akira schob ihn von sich weg und zog seine vorwitzigen Hände aus ihrem Plaid. Ihre dunklen Augenbrauen hatten sich finster zusammengezogen. »Wollt Ihr mich auf diese Weise haben? Auf einem Baum wie brünstige Tiere? Bevor wir verheiratet sind? Sollte das Eure Absicht sein, hättet Ihr mir meine Jungfräulichkeit ebenso gut in *Tigh Diabhail* nehmen können.«

»Ah, dann bist du also noch Jungfrau!«

»Natürlich bin ich das! Beleidigt mich nicht. Ich bin meinem Wohltä… Euch versprochen, solange ich denken kann. Bis zu diesem Moment habe ich noch nie einen Mann geküsst. Da ich meine Tugend gehütet habe, während andere Mädchen ihre Röcke gehoben haben, denke ich nicht, dass es zu viel verlangt ist, Euch zu bitten, mir einen Gefallen oder auch zwei zu tun. Das ist das Mindeste, was Ihr tun könnt.«

Erleichterung erfüllte ihn. Er hatte gehofft, sie würde

unberührt zu ihm kommen. Eine Jungfrau hatte noch nie den Weg in sein Bett gefunden. Eine Frau wie Akira im meilenweitem Umkreis von Cànwyck Castle zu finden war, wie einen Diamanten in einem Misthaufen aufzuspüren. Die Tatsache, dass er eine jungfräuliche Ehefrau in sein Bett brachte, steigerte sein Verlangen ins Unermessliche. Er atmete tief durch, während er versuchte, sich anders hinzusetzen. Ihm war bewusst, dass sie seine harte Erektion spüren musste – immerhin saß sie auf ihm. *Es wäre so einfach, sie jetzt ... Nein! Hör auf damit! Sie ist keine Hure, sie ist deine Verlobte. Behandle sie mit Respekt!*

Calin musste kämpfen, aber er bekam wieder die Kontrolle über seine Gedanken. »Um was wolltest du mich noch bitten?«

»Ich möchte die Erlaubnis haben, die Kinder des Clans zusammen mit Eurem Kaplan zu unterrichten, sowohl Mädchen als auch Jungen. Vorausgesetzt, der Rat und die Ältesten stimmen zu.«

»Die Jungen auch?«

»Aye. Bis sie alt genug sind, um unter Eurem Kommando an den Waffen ausgebildet zu werden.«

»Wenn der Rat zustimmt, werde ich sehen, was ich tun kann. Noch etwas?«

Akira lächelte verlegen. »Ich möchte Kinder, viele Kinder. Dutzende. Und Ihr werdet mich so viele haben lassen, wie ich möchte. Maggie sagt, ich werde eine sehr gute Mutter sein.«

Calins Herz machte einen Sprung. Er konnte es nicht verhindern, dass seine Mundwinkel sich zu einem breiten Lächeln nach oben bogen. Er hatte immer davon geträumt, Cànwyck Castle mit einer ganzen Schar von Nachkommen zu füllen. Er wollte so schnell wie möglich damit anfangen, diesen Wunsch in die Tat umzusetzen. »Wir können so viele Kinder haben, wie du willst. Ist das jetzt alles?«

Akira griff nach seiner Hand und schloss seine Finger zu einer festen Faust. Obwohl diese Geste ihn verwirrte, überließ er ihr die Herrschaft über seine Hand.

»Mein Bruder hat mir einen rücksichtsvollen Ehemann versprochen, aber meine Schwestern haben immer gesagt, ich bräuchte einen starken Mann, der meinen Willen bricht. Ich stimme nicht mit ihnen überein, ebenso wenig wie ich will, dass mein Wille gebrochen wird. Ich will Euer Wort, dass Ihr niemals im Zorn die Hand gegen mich erheben werdet. Ganz egal, wie sehr Ihr Euch von meinen Worten provoziert fühlen mögt.«

Calin entzog ihr abrupt die Hand und schüttelte seine Faust aus. »Du bist kühn, und du beleidigst mich, wenn du unterstellst, ich würde dich misshandeln. Ich habe noch nie eine Frau geschlagen, und ich habe auch nicht vor, bei meiner Ehefrau damit anzufangen.« Verstört über diese letzte Bitte musste er die Frage stellen, die ihm jetzt auf der Zunge lag. »Bist du geschlagen worden, Mädchen?«

»Die Priorin hat mich einmal geschlagen; an dem Abend habe ich das Kloster verlassen. Und ich habe solche Frauen gesehen. Ihre Gesichter, nachdem sie von ihrem Mann geschlagen worden waren. Ich kann von Glück sagen, bis jetzt einen solchen Schmerz nicht kennengelernt zu haben. Allerdings habe ich reichlich Hiebe von Papa und Kendrick bekommen. Die meisten davon waren verdient. Sie haben mir den Hintern versohlt, und diese Demütigung hat mir schon Albträume bereitet.«

Akiras vorgeschobene Lippen gaben Calin einen kleinen Hinweis darauf, wie rebellisch sie als Kind gewesen sein musste. Dass sie starrköpfig war, hatte sie bereits unter Beweis gestellt. Er konnte nur vermuten, dass Murrdock und Vanora Neish es nicht leicht mit ihrer Erziehung gehabt hatten. Doch Akira würde nicht in der Angst leben müssen, von ihm geschlagen zu werden. »Als meine Frau wird dir das niemals widerfahren.«

»Egal, wie sehr Ihr herausgefordert werdet?«

»Ich schwöre es. Ich werde dich niemals schlagen.«

Akira legte die Hände um sein Gesicht und gewann damit seine volle Aufmerksamkeit. Sie schaute ihn so ernst an, dass er sich fragte, wie ihre nächste Bedingung lauten würde. Bis jetzt hatte sie um nichts gebeten, was er ihr nicht bereitwillig geben konnte.

»Ich bin noch nicht fertig«, sagte sie. »Diese Bedingung ist mir besonders wichtig, M'laird. Ihr mögt mich für dumm halten, aber ich ...«

»Was ist es?«

Sie holte Luft. »Ihr werdet Euch keine Geliebte nehmen, bis ich Euer erstes Kind geboren habe ... ja sogar Euer zweites ... Euer drittes. Ihr werdet Euch keine Geliebte nehmen, bis ich Euch fünf Kinder geboren habe. Und selbst dann werdet Ihr Eurer Pflicht als Ehemann nachkommen, wenn ich noch mehr Kinder haben möchte.« Akira senkte den Blick, nachdem sie diese Bedingung genannt hatte. Ihre tiefschwarzen Wimpern ruhten auf ihren geröteten Wangen und verbargen jedes Gefühl, nach dem er in ihren Augen gesucht haben mochte. Ihre Hände ruhten auf ihrem Schoß und spielten mit einem Band. »Ich weiß, dass die meisten Männer Eures Ranges sich eine Geliebte halten, aber mein Vater hat das nie getan.«

Machte sie Witze? Sie erwartete tatsächlich von ihm, sich eine Geliebte zu nehmen? Sie musste noch sehr viel über ihn lernen. Er war kein Mönch, aber er hatte alle seine Beziehungen beendet, und er hatte vor, seine Verantwortung als Laird ernst zu nehmen. Sie wollte offensichtlich Kinder. Warum stellte sie diese Bedingung?

Dann schoss ihm ein Gedanke durch den Kopf. Hatte sie vor, ihn zurückzuweisen, nachdem sie ihm ein Kind geboren hatte? Ihm gefiel der Gedanke, seine Frau könnte ihn im Ehebett abweisen, ganz und gar nicht. Er musste das klären. »Ich habe kein Verlangen nach einer Geliebten in meinem Bett, wenn ... solange du dich nicht weigerst, deine ehelichen Pflichten zu erfüllen.«

Selbst im fahlen Mondlicht sah er die Röte, die in ihre Wangen kroch und sich um ihre großen, erschrocken dreinblickenden Augen legte. Ihr Mund öffnete sich, dann schloss sie ihn wieder. Sie kaute auf der Unterlippe und dachte konzentriert nach. Oh, das Mädchen suchte nach Worten. Heiße, bissige, dessen war er sich sicher.

»Ich würde meinen Gemahl niemals zurückweisen.«

Wie gezwungen diese Worte klangen! Calin küsste sie auf die fest zusammengepressten Lippen. »Dann hast du mein Wort: Ich werde mir keine Geliebte nehmen.« Er hob ihr Kinn. »Ist das alles?« Er lächelte sie geduldig an und wartete auf ihre nächste Bedingung. Er wusste, dass sie ihm noch eine stellen wollte. Vielleicht würde sie um Kleider bitten, um Gold und kostbaren Schmuck und Duftwasser.

»Für den Moment ist das alles. Aber denkt daran, dass Ihr mich davon abgelenkt habt, alles zu bedenken. Ich behalte mir das Recht vor, einen Gefallen oder auch zwei hinzuzufügen, wenn ich das möchte.«

Ihr Lächeln brachte sein Herz zum Schmelzen, und ihre Bedingungen gefielen ihm. Aber eindeutig am besten gefiel ihm die Tatsache, dass er sie vom Denken ablenkte.

»Ich bin bereit, jetzt vom Baum herunterzusteigen. Wenn Ihr so freundlich wärt, mich zum Feuer zurückzubringen.«

Er legte die Hand unter ihr Kinn, damit sie ihn ansah. Für einen kurzen Moment bedachte er die Umstände ihrer Verlobung. Wenn Akira wüsste, wer ihr leiblicher Vater war, würde sie sich vermutlich weigern, ihn zu heiraten. Ihm blieben zwei Tage, um dieser Frau den Hof zu machen und ihre rebellische Natur zu zähmen. Kendrick hatte ihr in all diesen Jahren die Wahrheit verschwiegen, und er konnte darauf vertrauen, dass seine Männer Stillschweigen bewahrten. Es war erforderlich, dass Akira glaubte, keine andere Wahl zu haben als die Ehe mit ihm. Die Schuld, die er empfand, weil er sie belog, wurde von seinem Gefühl unterdrückt, seinen Clan beschützen zu müssen. Er gab aber auch zu, dass es ihm Freude machte, sie zu umwerben.

Er zeichnete mit dem Daumen ihre Lippen nach. »Ich habe auch ein, zwei Dinge, von denen ich möchte, dass du ihnen zustimmst, bevor ich dich zur Frau nehme.«

Akira schwieg.

»Du wirst mir erlauben, dich jeden Morgen zu küssen …« Er küsste sie auf die Unterlippe. »Und jeden Abend …« Er küsste ihre Oberlippe. »Und jedes Mal, wenn ich deine süßen Lippen auf meinen spüren möchte.« Bei diesen Worten neigte er den Kopf und ließ seine Zunge in ihren Mund gleiten. Akira zuckte zusammen, aber er hielt sie fest, bis sie den Kuss mit gleicher Leidenschaft erwiderte. Ihre Zungen umkreisten sich, verfolgten sich, bis Calin ein heiseres Stöhnen ausstieß. Der Nektar ihres Mundes schmeckte so süß und köstlich wie der Honig einer Geißblattblüte.

Er zwang sich, sich von ihr zu lösen, verweilte aber bei dem Pulsschlag an ihrer Kehle, der wild gegen seine Lippen schlug. »Wirst du meinen Bedingungen zustimmen, wie ich deinen zugestimmt habe?«, flüsterte er in ihr Ohr, als er darauf wartete, dass sie Atem schöpfte.

»Das ist alles, um das Ihr mich bittet?«

»Für den Moment.«

»Muss ich Eure Küsse erwidern?«

»Aye.« Calin schmunzelte.

»Ich werde mein Bestes tun, Eure Bitte zu beachten, M'laird ...«

Dieses Mal lachte er leise bei ihrem Versuch, nicht allzu begeistert zu klingen, aber er sah einen Hauch von Koketterie hinter ihren gesenkten Wimpern. Er hielt sie fest, als seine Zunge in ihren Mund glitt, um sich noch mehr von ihren süßen Küssen zu holen, bis sein Körper drohte, seinen Kopf wieder mit schamlosen Gedanken zu füllen. Er zog sich von ihr zurück. »Ich werde dich jetzt hinuntertragen und dich für den Rest der Nacht wärmen.«

»Ich bin sicher, das Feuer wird mich ausreichend wärmen.«

Calin ignorierte ihre Bemerkung. Er wusste, dass das Feuer gelöscht worden war, um keine Räuber auf das Lager hinzuweisen, und konzentrierte sich stattdessen auf die Aufgabe des Herunterkletterns. Als er sein Gewicht auf die unteren Äste verlagerte, hielt sich Akira an ihm fest. »Gibt es eine besondere Weise, wie ich das hier anfangen sollte, Mädchen?«

»Nein. Kendrick hat immer nur gesagt, dass ich mich gut festhalten solle, und hat dann den ganzen Weg herunter geflucht. Ich würde es vorziehen, Ihr würdet nicht über mich fluchen, aber wenn es Eurem Abstieg dienlich ist, würde ich Euch dennoch verzeihen.«

Calin lachte, doch als er sich auf dem unteren Ast zurechtstellte, festigte sich ihr Griff. Ihre Arme drückten sich so fest um seinen Hals, dass sie ihn fast erdrückte, und ihre Beine schlangen sich um seine Taille. Zu jeder anderen Zeit hätte er eine solche Umarmung genossen, aber diese Frau hatte das

Gewicht eines Kriegers. »Ich werde dich nicht fallen lassen.«

»Bitte geht einfach.«

Er rutschte den Stamm herunter, stieß ihren Kopf dabei gegen einen Ast und stöhnte erleichtert auf, als er schließlich auf den Boden sprang. Akira glitt auf die Füße, strich ihren Rock glatt und rieb sich ihr Haupt.

»Entschuldige, Mädchen! Der Ast dort hat nachgegeben.«

»Es ist nichts passiert. Ich weiß zu schätzen, dass Ihr nicht über mich geflucht habt.« Sie wandte sich ab und schlug den Weg zum Lager ein.

Ihr das angemessene »Danke« zu entlocken könnte sich als schwieriger erweisen als Zähneziehen. Doch statt jetzt diese Schlacht zu schlagen, folgte er ihren leisen Schritten durch den Wald. Als sie das Lager erreichten, fanden sie die anderen in ihre wollenen Plaids gehüllt und laut schnarchend vor. Calin breitete eine zweite Pelzdecke für Akira neben der aus, die er zuvor für sich zurechtgelegt hatte, und zwang seinen schmerzenden Körper dazu, Ruhe zu finden.

Eine Stunde später war seine stille Bitte noch immer nicht erfüllt worden. Seine Ohren erlaubten es ihm nicht zu schlafen. Die Männer schnarchten wie die Dudelsackpfeifer, und der Nordwind hatte sich zu einem Heulen gesteigert. Offensichtlich aus Unbehagen über die Nähte ihrer beider Schlafstätten hatte sich Akira zu einer Kugel am Rande ihrer Decke zusammengerollt. Ihre Zähne klapperten eine Melodie, die Calins Knochen schmerzen ließ.

Er streckte den Arm nach ihr aus, schlang ihn um ihre Taille und zog Akira an sich. Er legte die Felldecke um ihren zitternden Körper und wisperte in ihr Haar. »Dein Zähneklappern bringt mich um den Schlaf.«

»V-v-vergebt mir, M'laird! Ich b-b-bin es gewöhnt, bei meinen Schwestern zu schlafen. Könnt Ihr nicht das Feuer wieder anzünden?«

»Nein. Wir müssen erst noch den Minch überqueren, bevor wir wieder auf meinem Land sind. Ein Feuer könnte Räubern unser Lager verraten. Ich will dich nicht in Gefahr bringen.« Er hätte einen seiner Männer dazu abstellen können, Wache zu stehen, aber wie er hatten auch die anderen seit Tagen nicht geschlafen.

»Haltet Ihr mich für sehr unverschämt, wenn ich mich heute Nacht an Euch wärme?«, fragte sie.

»Nein. Du kannst meinen Körper benutzen, wie immer du willst«, entgegnete Calin mit einem anzüglichen Grinsen. Aber die Zweideutigkeit seiner Bemerkung und sein Lächeln waren an ihre Unschuld und an die Dunkelheit verschwendet.

Akira drehte sich zu ihm und legte seinen starken Arm um sich, dann schmiegte sie sich an seine Brust. Ihr war kalt. Sie war so durchgefroren wie das Eis auf dem Loch Lomond im Winter.

»Ihr seid wärmer als meine Schwestern«, flüsterte sie gegen seine Brust, während ihr Körper sich entspannte und dann in den Schlaf fiel. Obwohl das Flattern ihres friedlichen Atmens seine Ohren besänftigte, verursachten ihre weichen Kurven einen Aufruhr in ihm. Ein wollbedeckter Schenkel hatte sich seinen Weg zwischen seine gesucht, während ihr Busen sich sanft an seine Brust drängte. Ihr weiblicher Duft konnte einen Mann zum Mord treiben! Und gerade, als er dachte, seine Erektion könnte nicht noch härter werden, ließ sie eine Hand zwischen sich und ihn gleiten, während sie mit der anderen unbewusst mit seinem Ohrläppchen spielte.

Sie würde eine gute Ehefrau sein – wenn er erst ihr Temperament gezähmt hatte.

Er wünschte, sein Vater könnte sehen, was für ein Mann aus ihm geworden war. Er war überzeugt, Da wäre stolz über seinen Einsatz für die Allianz der Clans. Calin hatte in den vergangenen Jahren kaum an etwas anderes gedacht. Er war von seinem Onkel Kerk ausgebildet worden und hatte sich mit den meisten Männern, die jetzt seinem Befehl unterstanden, im Kampf mit den Waffen geübt. Diese Männer waren loyal und dem Clan ergeben. Und er würde alles für den Clan tun. Seine Verbindung mit Akira würde sie und ihr Land schützen.

Calin schloss die Augen und wünschte, er würde ihr nie die Wahrheit sagen müssen.

Kapitel 6

Laird Baen Kinnon saß am Tisch und hielt sich den schmerzenden Kopf. Jeder Morgen brachte den gleichen verdammten Schmerz. Die gleiche verdammte Kälte. Das Licht der Morgendämmerung hatte sich schon durch den Nebel geschnitten und kroch die Mauern des Turmes hoch. Graues Licht warf einen Schatten über das junge Mädchen, das in einer Ecke der Kammer kauerte. Er zeigte auf die Tasche, die auf einem Schemel lag. »Bring mir den Beutel mit den Kräutern und füll mir meinen Krug mit Bier, du Flittchen.«

Das Mädchen schlurfte über die schimmeligen Bodenbinsen, um zu tun, was er befohlen hatte. Sie hatte die Nacht zusammengerollt vor einem kalten Kamin verbracht, zusammen mit drei orangefarbenen Katzen. Wäre er nicht so besinnungslos betrunken gewesen, ihr jämmerliches Gewinsel hätte ihn die halbe Nacht wach gehalten. Glücklicherweise hatte ihn bald sein Rausch überwältigt.

Ihre von Tränen zusammengeklebten Wimpern hoben sich gerade so weit, dass sie ihn zwischen schmutzigen, falben Haarsträhnen ansah, als sie ihm die Tasche gab.

Sie zitterte.

Er grinste. Allein schon seine Nähe machte ihr Angst, und dabei hatte er sie sich noch nicht einmal vorgenommen. Er riss ihr den Beutel aus der bebenden Hand und fuhr damit fort, die getrockneten Kräuter im Mörser mit einem Stößel zu zerreiben. Er ließ deren beißenden Geruch in den Nebel in seinem Kopf eindringen. Die Mixtur gehörte zu dem wenigen Wissen, das ihm sein Vater hinterlassen hatte. In den frühen

Morgenstunden hatte das Gebräu die Fäuste des alten Mannes nicht so hart treffen lassen; bei Einbruch der Dämmerung war er dann schon wieder zu betrunken gewesen, um stehen zu können – und um ihn zu schlagen.

Laird Kinnon streute den Kräuterstaub in seinen Becher, verrührte ihn mit dem Finger im Bier und schluckte den Trunk mit einem Zug herunter. Er hielt dem Mädchen den Becher hin, damit es ihn wieder füllte. Ihre Hände zitterten dabei, aber als sie fertig war, versuchte sie, zurückzuweichen. Er packte sie am Handgelenk und zog sie auf seinen Schoß. Ihre weiche Haut überzog sich mit Gänsehaut, als er dem Mädchen über den kalten Nacken strich. Sie bebte vor Angst. Er beugte sich zu ihr und starrte auf den Pulsschlag an ihrer Kehle. »Wie alt bist du?«

»Dreizehn, M'laird«, murmelte sie. Ihre Lippen waren fast blau.

Er konnte ihre Panik spüren. Konnte ihre Angst riechen. Er musste ihr Entsetzen noch größer machen, bevor ihr Vater kam. Seine Hand glitt in ihr geöffnetes Mieder und schloss sich um ihre kleine Brust. Sie zuckte zusammen, ihre eiskalten Finger umklammerten seinen Unterarm.

»Du bist alt genug zum Heiraten. Hast du einen Jungen im Sinn?«

»Nein, M'laird.«

»Vielleicht sollte ich dich in mein Bett nehmen. Dir beibringen, wie man einem Mann ein bisschen Spaß bereitet.«

Die Antwort des Mädchens bestand aus einem zittrigen Schluchzen.

Ihm war nicht wichtig, was aus ihr wurde. Er wollte ihre Angst. Er hatte vor, diese kleine Unschuld zu benutzen, um Informationen aus ihrem Vater herauszubekommen. Irgendetwas war seit Monaten im Gange. Er hatte den Verrat auf dem Übungsfeld gewittert. Unter seinen Kriegern gab es eine Schlange, und er musste sie finden, bevor sie zubiss. Wenn er herausgefunden hatte, wer es war, würde er Darach zwingen, die Strafe an dem Verräter zu vollziehen. Dieser Wicht musste endlich einen Menschen töten, musste endlich lernen, einen Gefangenen zu foltern. Darach musste endlich Blut vergießen, um sich die Achtung der Kinnon-Krieger zu verdienen, ehe er die Führung des Clans für sich beanspruchte.

Kinnon versank in seinen Gedanken, in denen er seinen Sohn verhöhnte. Darach war eine Memme. Die Hure, der er den Jungen vor langer Zeit abgekauft hatte, hatte behauptet, der Junge hätte das Blut eines spanischen Aristokraten in sich. Aber Darach hatte sich als wehleidiger Schwachkopf ohne die geringste Spur von Rückgrat erwiesen. Wie viele Jahre hauste der Junge jetzt schon im Nordturm – weggeschlossen von früh bis spät?

Sein benannter Erbe besaß nicht die Persönlichkeit, um einen Clan zu führen. Er hatte nicht die Fähigkeit, andere zu beeinflussen. Die einzigen Kreaturen, die er zu befehligen verstand, waren die unzähligen Katzen, die überall im Turm herumstreiften. Er war dem Übungsfeld bis jetzt nicht näher gekommen als die Krähen, die auf der Brustwehr des Turmes hockten. Der Junge war für ihn genauso nutzlos wie seine vier toten Töchter. Und die hätten durch Heirat zumindest seine Finanzen aufbessern können.

Wenn Lena ihm doch einen Sohn geboren hätte, einen männlichen Erben, der von seinem adligen Blut gewesen wäre … Dann wäre alles anders gewesen. Die Erinnerung an seine Frau machte ihn noch nach achtzehn Jahren wütend. Oft wachte er des Nachts auf, weil er das hohl klingende Heulen und das Schreien von Säuglingen im Kinderzimmer zu hören glaubte. Lena trieb als Geist ihr Unwesen in Brycen Castle, davon war er überzeugt. Fast jeder Raum der Burg blieb unerklärlicherweise so kalt, wie ihr verräterisches Herz es gewesen war. Und der Lavendelduft war der einzige Geruch in diesem gottverdammten Turm, der niemals verging. Warum war diese Hexe in seinem Kopf noch immer so lebendig?

Kinnon gab den halbherzigen Übergriff auf das ängstliche Weibchen auf seinem Schoß auf und stieß sie zu Boden. »Runter von mir.«

Das Mädchen stolperte über einen Haufen alter Hühnerknochen, als es in die entfernteste Ecke des Zimmers kroch. Laird Kinnon stand abrupt auf und stieß seinen Stuhl zurück. Ein scharfer Schmerz zuckte hinter seinem Auge auf. Er füllte seinen Trinkbecher wieder auf und trank ihn in einem Zug leer. Mit jedem Atemzug, den er tat, spürte er die heißen Schwaden der Wut in sich.

Lena hatte ihn zu dem Ungeheuer gemacht, das er heute war. Bevor er diese Hure geheiratet hatte, hatten ihm die Mitglieder seines Clans Respekt entgegengebracht. Dalkirth hatte seit Jahrzehnten den Altvorderen der Kinnons gehört, und er wollte sein Land lieber in englischer Hand wissen, als dass er es zuließ, dass ein MacLeod auch nur einen Grashalm davon besaß.

Er trank den Krug Bier leer und wischte sich mit dem Handrücken den Mund ab. Die Unruhe vor seiner Tür erinnerte ihn an sein Vorhaben. Vermutlich war der Vater des Mädchens gekommen. Er ging durch die Kammer und zog die Kleine an den Haaren hoch. Sie winselte. Er zwang ihre Hand unter sein Plaid und presste ihre eiskalte Handfläche gegen seine halb harte Erektion. Sie wurde blass, und er dachte, sie würde ohnmächtig werden. Um ihr diese Gelegenheit nicht zu geben, packte er sie um die Taille und warf sie auf eine Matratze, die hinter zerfetzten Vorhängen lag.

Ein schriller Schrei drang zur selben Zeit aus ihrem Mund, in dem die Tür aufgestoßen wurde und gegen die Mauer prallte.

»Lasst sie in Ruhe, M'laird!«, rief Niall Kinnon, während Kinnons Krieger ihn in das Zimmer stießen. Er sprang hastig auf und lief zu seiner Tochter. »Sie ist alles, was ich auf der Welt noch habe.«

Laird Kinnon gab seinem Gast ein Zeichen, sich zu setzen.

»Ich möchte Euch nicht kränken, M'laird, aber ich stehe lieber«, erwiderte Niall und schob seine Tochter hinter sich.

Mit einem kurzen Kopfnicken entließ Kinnon seine Männer, die an der Tür standen, dann wandte er sich wieder Niall zu. »Du missachtest die Gastfreundschaft deines Lairds? So, wie du meinen Befehl missachtet hast, zur Audienz zu kommen? Deine Tochter würde wohlbehalten in ihrem Bett liegen, wenn du gekommen wärst, als ich dich gerufen habe.«

Er ging zu Niall und rammte ihm die Faust in den Magen. Der Mann sackte auf alle viere zusammen. »Ein Krieger der Kinnons geht nicht nach einem Schlag zu Boden. Steh auf! Du entehrst meinen Clan. Ich sollte dir verbieten, meinen Namen zu tragen, und deiner Hexe von Tochter auch.«

Er trat dem Mann in die Rippen. »Steh auf, du nichtsnutziger Hundesohn!«

Niall schnappte nach Luft, während er sich die Seite hielt und aufstand. Er starrte reumütig auf seine Tochter und setzte sich an den Tisch. Er lehnte die Silberflasche mit dem Whisky nicht ab, die Kinnon ihm anbot. Er trank einen großen Schluck und dann noch einen.

Laird Kinnon tat es Niall nach, und gab ihm reichlich Zeit, den Ernst seiner Lage zu begreifen. »Vor zehn Jahren hast du mir die Lehenstreue geschworen. Ich habe deine Familie aufgenommen, als du nicht wusstest, wohin. Ich bin sehr gut zu dir gewesen und habe dich selbst an der Waffe ausgebildet.

Nach allem, was ich für dich getan habe, verrätst du mich – warum?«

Nialls Augen wurden groß. Sein Gesicht war aschfahl. Die Knöchel seiner Hand, die die Flasche hielten, traten weiß hervor. Er nahm noch einen Schluck. Kinnon erkannte Angst sofort, wenn er sie sah.

»Antworte mir!«

»Ich habe Euch nicht verraten, M'laird.«

Kinnon war seine Lügen gründlich leid. Er stieß Nialls Kopf auf den Tisch, dem sogleich das Blut aus Nase und Mund quoll. »Du lügst! Ich habe dieses Land für meinen Clan beschützt, und meine Krieger zahlen mir das mit Lügen zurück.« Er zog seinen Dolch aus dem Strumpf und hielt die Klinge an Nialls Ohr.

Das Mädchen schrie laut auf.

»Wenn du sie je wieder schreien hören willst, sagst du mir jetzt, wer den Aufstand gegen mich anführt«, drohte Kinnon.

Nialls Kopf zitterte, und Schweiß sammelte sich auf seinen Schläfen. »Ich weiß es nicht. Ich schwöre es. Ich weiß es nicht.«

Noch mehr verdammte Lügen. Kinnon wandte sich von Niall ab und packte das Mädchen am Hals. Er zerrte sie vor Niall und drückte ihr die Klinge an die Brust. Eine Spur von dunkelrotem Blut färbte ihr Hemd. »Ich werde ihr das Herz herausschneiden und es dir roh zu essen geben, wenn du mir nicht antwortest.«

»Bitte, habt Gnade, M'laird!«

»Nenne mir den Namen des Verräters, und ich werde sie loslassen.«

Niall kniff die Augen zusammen. Seine Loyalität für den Feind entzündete eine Wut in Laird Kinnon, die das Tier in ihm weckte. »Ich werde dir so lange Zeit geben, wie es dauert, deine Tochter zu vergewaltigen, um mir den Namen des Verräters zu nennen. Dann werde ich sie vor deinen Augen töten.« Mit einem Ruck riss er dem Mädchen das Mieder herunter.

Nialls Augen füllten sich mit ungeweinten Tränen. Er senkte den Kopf, und seine Lippen bewegten sich, als er stumm ein Gebet sprach. »Kendrick. Kendrick Neish«, gestand er. »Und jetzt gebt bitte mein Kind frei und tut mit mir, was Ihr wollt.«

Laird Kinnon lächelte. Kendrick war ein Verräter, genau wie sein Vater, Murrdock Neish, und er würde auf dieselbe Art behandelt werden. Es könnte Spaß machen, sich eine von Kendricks Schwestern zu nehmen, um diesen Bastard aufzuscheuchen. Auf diese Art hatte er Murrdock gekriegt. Auf diese Art verfuhr er mit allen, die gegen ihn rebellierten, Niall eingeschlossen.

Kinnon schleuderte das Mädchen zur Seite und richtete mit einer raschen Handbewegung das Messer gegen ihren Vater. Harte Finger strichen über Nialls Stirn, bevor Kinnon ihm den Kopf nach hinten riss und ihm die Kehle durchschnitt. Er konnte weder zulassen, dass sein Informant seinen neuen Plan gefährdete, noch konnte er dessen Verrat hinnehmen.

»Vater!« Nialls Tochter schrie und presste dann die Hände auf den Mund.

Befriedigung erfüllte Kinnons Brust, als er dem Mädchen in die Augen sah, in denen sich Entsetzen widerspiegelte. »Es scheint, dass dein Vater einen frühen Tod gestorben ist. Als dein Laird ist es meine Pflicht, mich darum zu kümmern, dass angemessen für dich gesorgt wird.«

Er leckte sich die Lippen und warf sich auf das Mädchen, das sich schreiend unter ihm wand.

Kapitel 7

Akira erwachte, als Calins Lippen ihre verführten. Er schmeckte sündhaft gut. Sein warmer, einladender Mund erregte ihre Sinne. So lange, bis diese Sinne völlig wach wurden und Akira begriff, was sie tat. Sie sollte seine Küsse nicht so bereitwillig erwidern, so schamlos. Sie waren noch nicht verheiratet, und sie wollte seinen Respekt – und die Härte seiner Erektion, die sich gegen ihren Oberschenkel drückte, hatte mit Respekt ganz und gar nichts zu tun. Mam hatte sie nicht Anstand gelehrt, damit sie jetzt neben diesem Mann lag und ihm erlaubte, seinen Spaß mit ihr zu haben.

Sie wollte sich zurückziehen, aber er hielt sie fest. »Habt Ihr vor, mich jetzt zu nehmen, M'laird?«, fragte sie.

»Bei allen Heiligen, Mädchen! Es gibt keinen Grund, am frühen Morgen schon so boshaft zu sein. Versuch es noch einmal. Dieses Mal könntest du vielleicht etwas sagen, das ein wenig angenehmer klingt.«

Akira schaute an ihm vorbei in den grauen Himmel und suchte nach freundlichen Worten. *Es wäre angenehm, wenn du nach Hause gehen könntest. Es wäre angenehm, wenn ich nicht verflucht wäre. Es wäre angenehm, ich würde nicht die Tatsache genießen, dass deine Hand gerade unter mein Plaid geschlüpft ist.*

Der Mann machte sie wieder schamlos. »Wenn Ihr Euch nicht zurückzieht, wird Euer Gemächt mein Knie kennenlernen. Und ich möchte hinzufügen, dass das für Euch nicht *angenehm* wäre.«

Er lachte über ihre Drohung. »Das waren aber keine angenehmen Worte. Versuch es noch einmal.«

Boshafte Worte gingen ihr leicht über die Lippen. Sie hatte als Kind schlimme Worte gekannt und schon vor langer Zeit gelernt, Hohn und Spott von sich abprallen zu lassen. Ganz egal, wie viele Pfeile boshafter Bemerkungen sie auf Calin warf, er wich ihnen aus und bedrängte sie weiter. Vielleicht passte er gut zu ihr. Die Entschlossenheit auf ihrem Gesicht wurde zu einem aufrichtigen Lächeln. Sie ließ sich auf sein Spiel ein. »Guten Morgen, M'laird.«

»Na bitte! Das war doch gar nicht so schwer. Und meine Erwiderung würde sein: Der Morgen ist so wunderschön wie der Anblick, der sich mir beim Erwachen bot.« Calin lächelte sie an, als würde er ihr Gesicht seit hundert Jahren kennen und wollte noch hunderte Mal öfter so aufwachen.

Der Mann war mit einer Begabung zum Schmeicheln geboren worden und mit der Fähigkeit, rücksichtslos zu lügen. Nicht eine Sekunde lang glaubte sie, dass er sie für schön hielt. War das sein Spiel? Sie hatte eingewilligt, seine Frau zu werden. Warum unternahm er jetzt so große Anstrengungen, ihr zu schmeicheln?

Calin sprach weiter. »Und deine schlaftrunkenen Augen und deine weichen Lippen sind alles, was ein Mann braucht, um sich in bester Laune zu erheben. Natürlich verschönt die Tatsache, dass es mir gelungen ist, diese drei lästigen Bänder an deinem Hemd zu öffnen, meinen Morgen nur umso mehr.«

Jetzt war er es, der boshaft war. Seine Hand lag auf ihrem Bauch, während seine Finger spielerisch Kreise um ihren Nabel beschrieben. Sie wünschte, ihr Körper würde aufhören, sie zu verraten. Die Nähe dieses Mannes entflammte eine unbekannte Sehnsucht in ihr. Akira krümmte sich gerade so weit zusammen, dass ihr Knie sein schweres Gemächt streifte und ihn dadurch veranlasste zusammenzuzucken. Sie fragte sich, ob er jeden Morgen so stark erregt aufwachte. Und diese flüchtige Frage schickte einen Blitz der Erwartung durch ihren Schoß.

Calin beugte sich vor, um sie wieder zu küssen, aber Akira legte einen Finger auf seine Lippen, schob seine Hand unter ihrem Plaid zur Seite und hielt ihn davon ab. »Warum küsst Ihr mich, M'laird?«

»Du hast dieser Bedingung zugestimmt. Dass du mich jeden Morgen und jeden Abend küssen wirst, und jedes Mal, wenn es mich danach verlangt.«

Das Grinsen auf seinem Gesicht erinnerte sie daran, wie schamlos sie in der Nacht gewesen war. »Diese Bedingung wurde unter der Voraussetzung vereinbart, dass wir verheiratet sind. Und da das noch nicht der Fall ist, werden Eure Küsse also warten müssen. Zusammen mit dem Rest von Euch, der sich erhoben hat.« Calin sah enttäuscht aus, als er auf sie herunterstarrte wie ein Kind, das sein Lieblingstier verloren hatte.

»Und wenn ich nicht warten will?«, fragte Calin.

»Dann werde ich weitere Bedingungen an Euch stellen müssen.« Akira unterdrückte das Lachen, das über ihr Gesicht huschen wollte, während sie über ihre Möglichkeiten nachdachte. Ihre Neugier auf ihre Verlobungszeit war gestern Nacht geweckt worden, als er ihre Bedingungen so bereitwillig akzeptiert hatte. Sie fragte sich, warum er vor so vielen Jahren sie für sich gewählt hatte. Warum nicht Maggie oder Neala? Waren Papa oder Kendrick ihm etwas schuldig gewesen? Kendrick kannte Calin länger, als sie auf der Welt war, und somit war ihr Bruder der Einzige, der ihr diese Fragen beantworten konnte. Nicht dass Kendrick in der Vergangenheit sehr großzügig mit seinen Antworten gewesen wäre. Sie hatte es vor langer Zeit aufgegeben zu versuchen, Informationen aus ihrem Bruder herauszubekommen.

Sie musste in Erfahrung bringen, welchen Nutzen Calin aus der Ehe mit ihr zog. Sie wollte heute mit Kendrick reiten. Aber wie sollte sie das anstellen, wenn Calin sie bewachte wie ein Ritter, der seinen König beschützte?

Als sie Calins dichten kastanienbraunen Bart streichelte und seinen Duft einatmete, kam ihr ein guter Gedanke. Sie strich ihm mit der Fingerspitze über die Augenbraue, die immer so aussah, als würde er sie hochziehen. »Wenn Ihr mich schon vor unserer Heirat küssen wollt, würde ich vorschlagen, dass Ihr mindestens einmal in der Woche badet. Mit Seife. Ab heute.«

Bei dieser unverblümten Beleidigung schnaubte er vernehmlich. »Mylady, willst du damit unterstellen, dass ich stinke?«

»Ich *unterstelle* gar nichts. Ich sage Euch, dass Ihr es tut.« Akira sah ihn unter ihren dichten Wimpern an. »Und der«, sie zog heftig an seinem Bart, »ist total verfilzt, fürchte ich. Wenn Ihr auch nur im Mindesten daran denkt, mich zu küssen, bevor wir das Ehegelübde abgelegt haben, dann werdet Ihr Euch den Bart abnehmen müssen.«

Calin machte große Augen. »Mylady, ein Highlander ohne Bart ist so selten wie ein Schaf ohne Wolle. Ich habe den Verdacht, du willst mich auf die Probe stellen.«

Akira verschränkte die Arme vor der Brust und zog beide Augenbrauen hoch, um ihn herauszufordern.

»Das kannst du nicht ernst meinen! Du willst, dass ich mich … rasiere? Das Bad ist akzeptabel, sogar wünschenswert zu diesem Zeitpunkt, das gebe ich zu. Aber der Bart? Das ist ein mehr als unangemessenes Ansinnen. Das kannst du nicht von mir verlangen.«

»Dann weigert Ihr Euch?« Sie warf ihm einen übertrieben finsteren Blick zu, um ihr Beharren zu zeigen.

Calin strich sich über den Bart und dachte kurz nach. »Ich werde es nicht tun. Ich weigere mich.«

Akira schob ihn zur Seite und wickelte sich aus der Decke. »Dann weigere ich mich, mit Euch zu reiten! Weder werde ich mich einen Tag länger Eurem abscheulichen Geruch aussetzen – noch werde ich Euch erlauben, mein Gesicht zu zerkratzen.« In gespielter Rebellion stürmte sie davon und lief an den Bach, um ihre morgendliche Waschung zu vollziehen.

Zufrieden wie ein geschorenes Schaf in den Sommermonaten schlug sie die Hand vor den Mund, um ihr Kichern zu unterdrücken, bevor sie Gott um Vergebung bat; ihre List war gewiss ein wenig niederträchtig. Doch heute würde sie versuchen, Antworten von Kendrick zu bekommen.

Calin setzte sich auf und runzelte die Stirn. Diese kleine Hexe spielte mit ihm und versuchte, ihn nach ihrer Pfeife tanzen zu lassen. Er hatte gestern Abend jeder ihrer Bedingungen zugestimmt, und sie war noch immer nicht zufrieden. Das musste aufhören. Er konnte nicht zulassen, dass sie glaubte, er würde jedes Mal springen, wenn sie ihren Mund aufmachte oder ihn mit ihren großen blauen Augen ansah.

Er warf Kendrick, der den Wortwechsel offensichtlich mitangehört hatte, einen vernichtenden Blick zu. Zumindest war er vor dem Spott seiner Männer sicher. Sein lieber Cousin Jaime hätte sein größtes Vergnügen an diesem Schlagabtausch gehabt, würde er nicht noch friedlich unter seiner Decke schlummern.

»Dieses Mädchen ist ein Zankweib! Hast du sie mit Feuer und Schwefel großgezogen, um mich zu ärgern, oder ist sie von Natur aus so?«

Kendricks buschige Augenbrauen schnellten nach oben.

»Seit du mir Akira in die Arme gelegt hast, spuckt sie Feuer wie ein Drache. Du musst noch sehr viel über sie lernen! Ich bin sicher, andere Frauen hätten sich selbst überschlagen bei dem Versuch, deine Aufmerksamkeit zu erregen. Akira wird das nicht tun. Ich fürchte, du wirst viele Stunden brauchen, bis sie Wachs in deinen Händen ist.« Kendrick brach in Lachen aus. »Ich habe ein Rasiermesser in meiner Satteltasche, falls du eines brauchst.«

Calin starrte den Freund an, als wüchsen dem plötzlich zwei Hörner aus dem Kopf. »Bist du verrückt? Glaubst du, ich würde mich darauf einlassen? Ich mache mich doch nicht zum Gespött meines Clans! Warum verlangt sie so etwas von mir?«

»Ich vermute, das Mädchen stellt deine Loyalität auf die Probe.«

»Ich *bin* loyal«, erwiderte Calin gereizt.

»Du bist deinem Clan und dem Bündnis gegenüber loyal. Vielleicht möchte Akira deine Loyalität *ihr* gegenüber auf die Probe stellen.«

Zugegebenermaßen wäre diese Entscheidung weniger schwierig, würde Kendrick nicht so offensichtlich Calins Zwangslage genießen. Sein alter Freund fing an, ihm auf die Nerven zu gehen.

»Wenn du dich Akira zuliebe nicht rasieren willst, dann tu es für deinen Clan. Tu es für die Allianz. Indem du ein so großes Opfer bringst, sicherst du dir ihre Akzeptanz eurer Verbindung. Und gleichzeitig wirst du ihr damit schmeicheln.«

Calin lachte über Kendricks hinterhältige Überredungskunst. »Und was habe ich davon?«

Kendricks Grinsen verwandelte sich in ein breites Lächeln. »Du wirst mit dem Mädchen davonreiten und deine Geheimnisse wahren können.«

»Verdammt!«, stöhnte Calin. »Ich bin das Oberhaupt des Clans der MacLeods! Beim Namen der heiligen Margaret, warum denke ich überhaupt darüber nach?«

Kendrick stand auf und ging davon, aber nicht, ohne Calin noch ein Letztes zu sagen. »Betrachte es als eine Möglichkeit, ein wenig von der Schuld abzutragen, die du empfinden musst, weil du sie gebrandmarkt hast.«

Als Calin daraufhin tief Luft holte, klang es wie das Schnauben eines alten Stiers.

Die Sonne strahlte, als sie über dem Hügelkamm emporstieg. Ihr helles Licht durchschnitt den Morgennebel, während die Männer auf ihre Pferde stiegen und warteten. Sirius tänzelte ungeduldig auf einem Flecken von Wildblumen. Akira saß hinter Kendrick im Sattel. Ihre Nerven waren so brüchig wie ein Blatt im Herbst. Weil Calins Männer in der Nähe waren, hielt sie sich damit zurück, ihrem Bruder einige direkte Fragen zu stellen, die auch ihre Verbindung mit Calin betrafen. Sie wusste nicht, inwieweit diese Männer eingeweiht waren oder ob man ihnen überhaupt vertrauen konnte.

Akira fühlte sich behaglich und sicher, als sie sich bei Kendrick anlehnte und tief durchatmete, um ihre Anspannung loszuwerden. Doch sie prallte rasch zurück. Nicht einmal die Wildblumen unter den Pferdehufen konnten lindern, was diese Reise Kendrick angetan hatte. »Du könntest selbst auch erwägen, ein Bad zu nehmen, lieber Bruder. Mit Seife.«

»Hältst du das alles hier für einen Spaß? Ich verstehe nicht, warum du ihm eine derart lächerliche Forderung gestellt hast. Der Mann ist sehr gut zu dir gewesen, zu unserer ganzen Familie. Laird MacLeod ist das Oberhaupt des Clans, in den du morgen einheiraten wirst, und du machst ihn vor seinen Kriegern zum Gespött. Ein Mann hat seinen Stolz, weißt du.«

»Aber ich wollte doch nur …«

Kendrick hob die Hand und schüttelte den Kopf. »Still jetzt, Mädchen!«

Akira schwieg. Sie machte sich keine Sorgen, Calin zum Narren gemacht zu haben. Denn natürlich würde er sich nicht den Bart abnehmen. Sie schaute zu den anderen MacLeods hinüber. In ihren Mienen lag Anklage, aber keiner von ihnen sprach laut aus, was er dachte.

Während die Sekunden quälend langsam verstrichen, bedauerte Akira ihr Tun. Sie hatte Calin diese Forderung gestellt, um ungestört mit Kendrick sprechen zu können. Es war eine Bedingung gewesen, die der Chief ohne jeden Zweifel niemals erfüllen würde. Sie hatte nicht wirklich von ihm erwartet, dass er sich rasierte, aber er war jetzt schon sehr viel länger am Bach, als alle anderen es gewesen waren. Es war verrückt zu glauben, er würde ihre Forderung erfüllen, nur, um sie küssen zu dürfen. Konnte der Mann seine Triebe so wenig beherrschen, dass er es nicht einmal mehr einen Tag abwarten konnte, bis sie heirateten? War es möglich, dass er sich wirklich von ihr angezogen fühlte?

Akira schüttelte den Kopf und verdrängte ihre dummen Gedanken.

Calin tauchte auf der Hügelkuppe auf. Sein Oberkörper war nackt. Der Plaid lag um seine Hüften, und das Sonnenlicht glänzte auf seiner bronzefarbenen, von goldschimmernden Härchen bedeckten Brust. Seine Arme waren so dick wie Akiras Oberschenkel, und auf ihnen prangten stolz die Ringe, die sich viele Krieger nach einer Schlacht in die Haut ritzen ließen. Der oberste blaue Ring, breiter als die anderen drei, stand für den Verlust, den ein Krieger in der Schlacht erlitten hatte. Der Blick aus seinen dunklen Augen begegnete der Neugier seiner Männer. Er zuckte zusammen.

Akira folgte seinem Blick und sah, dass die Männer Calin mit offenem Mund anstarrten.

Gordon war der Erste, der seine Sprache wiederfand. »Wer seid Ihr, und was habt Ihr mit unserem Laird gemacht?«

Calin durchbohrte ihn mit einem stechenden Blick. »Habe ich dir erlaubt zu sprechen?« Er blieb neben Kendricks Pferd stehen, griff Akira um die Taille und zog sie zu sich herunter. »Du reitest mit mir«, sagte er, mehr als ein wenig ärgerlich. Dann wandte er sich an seine Männer und befahl: »Ihr reitet voraus. Wir treffen uns am Ufer des Minch. Das Boot sollte bereits dort warten, uns hinüberzubringen. Gordon, du machst mit dem Fährmann den Preis für die Überfahrt aus.«

Niemand bewegte sich – weder Mann noch Tier. Sie starrten ihn noch immer mit offenem Mund an, als wäre er ein Gespenst, das aus der Unterwelt aufgetaucht war. »Tut, was ich befohlen habe. Und jetzt los!«

Calin schlug Gordons Pferd auf die Flanke, und es lief los. Die anderen folgten dichtauf. Sein barscher Ton und sein abruptes Tun verunsicherten Akira, aber sie wusste: Er hielt sich an dem fest, was er von seinem Stolz nicht abrasiert und am Bach zurückgelassen hatte.

Calin war nicht der Mann, den sie sich als Ehemann vorgestellt hatte, aber er hatte sich als fähig erwiesen, sich zu ändern. Sie versuchte, ihre Freude zu verbergen, während sie den gut aussehenden Mann beäugte, der vor ihr stand. Kantige Züge prägten sein Gesicht von den festen Wangenknochen bis zu der geraden Nase. Die goldene Farbe seiner Augen, auch wenn diese jetzt vor Zorn funkelten, schimmerte unter dunklen Wimpern, und sein erregender Duft nach

Frische und Wald reizte ihre Sinne. Was aber ihr Innerstes zum Prickeln und sie zum lächeln brachte, war – sein glatt rasiertes Kinn. Sie würde nicht mit Kendrick reiten, aber nichtsdestotrotz war ihr das angenehm.

Calin zog Akira besitzergreifend an seine Brust und legte ihre Hand an seine Wange, als erwarte er, dass sie sie prüfte. Sie verweigerte es ihm nicht. Er hatte es für sie getan, und sie hatte vor, ihn dafür zu belohnen. Ihre Fingerspitzen berührten seine frisch rasierte Wange. »Das ist besser«, murmelte sie.

»Ich hoffe, dass es dir gefällt«, erwiderte er mürrisch.

»Es gefällt mir sehr. Sehr sehr.« Sie streichelte sein kantiges Kinn.

»Dann will ich jetzt meinen Kuss!«, verlangte er und schickte sich an, sich über sie zu beugen.

Akira erwog, ihn in die Wange zu pieksen, allein schon, um ihm ihre Sturheit zu demonstrieren, aber insgeheim wollte sie kosten, was er ihr anbot. Sie stellte sich auf die Zehenspitzen und strich mit der Hand durch sein nasses dunkles Haar, das ihm in Wellen bis auf die gebräunten Schultern fiel. Sie zog ihn an sich und hauchte einen federleichten Kuss auf seine perfekt geschwungenen Lippen, ehe sie die Wange an sein Kinn schmiegte.

Dann ließ sie sich auf die Fersen zurücksinken und zitterte unter seinem Lächeln. Zwei Grübchen kamen auf seinem Gesicht zum Vorschein, die sie ganz entzückend fand. Je länger sie Calin anstarrte, desto tiefer wurden die Grübchen, bis er seine weißen Zähne aufblitzen ließ. Akira griff an ihr Herz und holte tief Luft. Er war wirklich schön anzusehen.

Calin stieß einen Laut aus, der wie ein Knurren klang, und zog sich sein Hemd an, während er an Akira vorbeiging. »Es wird schwer, dich zu umwerben.« Er stieg auf sein Pferd und zog sie zu sich hoch. Er strich ihr die schwarzen Locken aus dem Gesicht und nahm sich einen Moment, um sie auf den Hals zu küssen. »Ich werde nicht immer das tun, worum du mich bittest.«

»Ich weiß.« Akira wurde ganz warm bei dem Gedanken an den Sieg, den sie errungen hatte. Sie kannte Calin erst seit einem Tag und fühlte sich wie beschwingt von seiner Bereitschaft, ihr zu gefallen. Sie beschloss, mit ihrem Arrangement zufrieden zu sein und die Frage, warum er sie ausgewählt hatte, ruhen zu lassen. Zu ihrem eigenen Schutz würde sie die Tatsache akzeptieren, dass er sich für sie entschieden hatte, weil sie den Verstand dazu besaß, ihm den Haushalt zu führen. Und solange sie ihre fünf Sinne beisammenhatte, würde sie einen Haufen Kinder haben, die sie liebten, und einen attraktiven, guten Mann, der sie jeden Morgen mit einem Kuss wecken würde. Sie würde ihm eine gute Frau sein.

»Wenn du nicht aufhörst, so selbstgefällig zu grinsen, könnte ich beschließen, mir Freiheiten herauszunehmen, die mir nicht zustehen. Selbst wenn du es mir verweigerst«, drohte er, während seine Hand sich unter ihrem Hemd ihren Schenkel hinauftastete.

»Das werdet Ihr nicht!« Ihr zufriedenes Lächeln verschwand und machte Trotz Platz.

Calin zog seine Hand zurück und gab nach. »Ich weiß.«

Er grub seinem Pferd die Fersen in die Flanken, und das Tier trug sie im Galopp über die grüne Weite des Moores.

Die Fahrt über das hellblaue Wasser des Minch nahm den Großteil des Vormittags in Anspruch. Otter, Seehunde und viele andere Bewohner des Meeresarmes unterhielten Akira, während Kendrick, Calin und seine Männer über ein Thema sprachen, das sie alle dazu brachte, die Stirn zu runzeln.

Akiras Versuche mitzuhören waren nicht erfolgreich. Das Einzige, was sie aufschnappte, war, dass die Männer über die Herrschaft über die Inseln sprachen, ehe sie das Thema wechselten. Akira hatte keine Erklärung dafür, warum sie über diese schon so lange zurückliegende Schlacht sprachen. Der Titel des Lords of the Isles war vor Jahren an die Krone verloren gegangen und in dem Kampf, ihn zurückzugewinnen, waren mehr als genug Schotten gestorben, ihr Vater eingeschlossen. Sie vermutete, dass das Gespräch sich auch um ihre bevorstehende Heirat mit Calin drehte, auch wenn sie sich nicht denken konnte, warum dieses Thema ein solches Stirnrunzeln hervorrufen sollte. Es sei denn, die Mitglieder des MacLeod-Clans lehnten sie ab. Gordon schaute jetzt finster zu ihr herüber.

Sie schaute finster zurück.

Hielt er sie vielleicht für eine Hexe, so wie die beiden MacLeods, die sie nach *Tigh Diabhail* verschleppt hatten? Sie hoffte sehr, in ihren neuen Clan aufgenommen zu werden, ohne dass diese Anschuldigung drohend über ihr schwebte.

Ungeachtet der Meinung Gordons war sie entschlossen, sich die Anerkennung von Calins Leuten zu verdienen. Sie würde ihnen beweisen, dass sie einen raschen Verstand hatte – eine Aufgabe, die sich als schwierig erweisen könnte, wenn man sich weigerte, mit ihr zu reden.

Die MacLeod-Männer zogen Calin gnadenlos mit seiner spontanen Entscheidung auf, sich von seinem Bart zu trennen. Calin grinste nur und überhörte die Bemerkungen, während er Akira unablässig zublinzelte, um sie wissen zu lassen, dass er Manns genug war, die Späße der Männer an sich abprallen zu lassen.

Nachdem sie die steilen Klippen der Inseln erreicht hatten und an Land gegangen waren, ritten sie durch Täler, die mit purpurfarben blühender Heide bedeckt waren. Erst als sie die flachen Lochs überquerten, verringerten sie ihr Tempo. Calin ließ sich absichtlich hinter die anderen zurückfallen, um diese Phasen zu seinem Vorteil zu nutzen, indem er auf die Einhaltung der Vereinbarung pochte, der Akira zugestimmt hatte – sie jedes Mal küssen zu dürfen, wenn er den Wunsch danach verspürte. Und im Verlauf mehrerer Stunden verspürte er diesen Wunsch mehr als nur einmal. Und wenn er sie nicht küsste, streichelte er ihren Nacken mit seinen glatt rasierten Wangen oder knabberte an ihrem Ohrläppchen.

Jedes Mal, wenn er sie küsste, durchströmte Akira eine Welle der Erregung. Der Mann schien sich wirklich von ihr angezogen zu fühlen. Die Härte seiner Männlichkeit, die sich gegen ihren Rücken drängte, war genug Beweis dafür, und sie hatte Schwierigkeiten zu leugnen, dass auch er sie anzog wie ein Magnet. Der gleiche frustrierende Schmerz, den sie gestern Abend empfunden hatte, quälte sie den ganzen Tag über, aber sie schaffte es, sich zu beherrschen. Auch wenn sie nur ein Dorfmädchen war, so war sie doch eine Frau von Tugend. Und sie weigerte sich, diesen Mann frei über sie verfügen zu lassen, bevor sie das Ehegelübde abgelegt hatten. Unglücklicherweise erschreckte sie das, was nach der Hochzeitszeremonie von ihr erwartet wurde. Dann würde sie seine Frau sein und hätte nicht länger das Recht, ihn zurückzuweisen. Wenn sie vorhatte, seinen Respekt zu gewinnen, musste sie ihm ihre Klugheit beweisen.

Sie teilte seine Ansichten hinsichtlich der Erziehung von Kindern und hatte ihm endlose Fragen über Cànwyck Castle und den MacLeod-Clan gestellt. Er schien von ihren Ideen und ihrer Wissbegier angetan zu sein. Akira kam zu dem Schluss, dass er ein recht verständiger Mann war. Zumindest dachte sie das, bis sie einschlief und davon aufwachte, dass seine Hand sich wieder unter ihr Plaid gestohlen hatte und ihre Brust umschloss.

Als sie wieder heimatlichen Boden unter den Füßen hatten, machten sie Rast und lagerten um ein niedrig brennendes Feuer. Akira spürte, dass ihr Körper sich nach etwas verzehrte, von dem sie nicht genau wusste, was es war. Ihr Instinkt sagte ihr, dass Calins Verführungsversuche für diesen Aufruhr in ihr verantwortlich waren.

Ein kalter Wind wehte aus der Dunkelheit zu ihr herüber und kühlte ihren Rücken. Akira zitterte und rückte näher ans Feuer. Calin kam sofort zu ihr, setzte sich und legte den Arm besitzergreifend um sie. Starke Finger streichelten ihre Hüfte. Sie sah zu ihm auf, doch er schaute über die goldenen Flammen hinweg fest auf seine Männer. Mit jedem Einzelnen von ihnen wechselte er einen kurzen Blick. Der Moment bereitete Akira Unbehagen, und sie fühlte sich plötzlich sehr klein.

Sie entzog sich seiner Umarmung und ging, das Feuer zu schüren. »Kendrick, heute auf dem Schiff hast du über eine sehr wichtige Sache gesprochen. Was habt ihr, dass ihr alle so ernst ausseht?«

»Wir haben darüber gesprochen, wie viele Schlucke Whisky wohl auf deiner Hochzeit getrunken werden.«

Sie verdrehte angesichts dieser unverfrorenen Lüge die Augen und betrachtete die Männer neugierig. In der Geborgenheit, die sie sich gegenseitig gaben, wärmte sich jeder Mann den Bauch mit einigen Schlucken Single-Malt-Whisky. Akira beschloss, dass sie, wenn man schon nicht mit ihr reden wollte, ihre Ausdauer unter Beweis stellen würde. Papa war nie betrunken gewesen, auch nicht nach einem ordentlichen Quantum Whisky, das er nach einem langen Tag des Scherens getrunken hatte. Vielleicht war genau das die Hilfe, die sie brauchte, um ihre Nerven nach einem so anstrengenden Tag zu beruhigen. Sie ging zu Calin und streckte die Hand aus. »Kann ich etwas zu trinken haben?«

»Vom Whisky?«, brummte er.

»Aye.« Sie nahm ihm die Flasche aus der Hand und trank einen großen Schluck.

Sie keuchte auf. Der pfeffrige Geschmack der Flüssigkeit brannte in ihrer Kehle. Die Flammen ergriffen ihr Innerstes bis zu den Zehenspitzen. Ihre Augen wurden groß, als sie nach Luft schnappte, aber noch bewahrte sie Haltung.

Himmel! Kein Wunder, dass Mam uns dieses Zeug nie hat anrühren lassen. Aber wenn sie sich mit diesen Grobianen gemein machen wollte, dann musste sie ebenso ausdauernd sein wie sie. Nachdem sie noch einen großen Schluck getrunken hatte, bekam sie einen Hustenanfall.

Calin eilte zu ihr, klopfte ihr den Rücken und hielt ihr eine Flasche mit Quellwasser unter die Nase. »Bist du verrückt, Mädchen? Du kannst Whisky nicht wie Wein trinken.«

Als sie wieder Luft bekam, schob sie die Wasserflasche entschieden zur Seite. »Wenn diese Barbaren nicht mit mir reden wollen, dann bin ich gezwungen, bei dem mitzumachen, was ihre einzige Art von Amü... Amüse... Spaß zu sein scheint. Wenn ich erst deine Frau bin, dann muss ich in der Lage sein, mein Quantum Whisky zu vertragen.«

Calin grinste sie breit an. »Aber unsere Frauen trinken keinen Whisky.«

Sie warf ihm einen tödlichen Blick zu und rückte von ihm ab, als er nach der Flasche greifen wollte. »Wenn eure Frauen nicht an euren geselligen Treffen teilnehmen, was tun sie dann?«

Calin zuckte die Schultern und sah seine Männer an, die ebenfalls die Schultern zuckten. »Ich nehme an, sie kümmern sich um ihre Männer und bringen ihre Kinder zur Welt.«

Akira gab bei dieser Bemerkung einen Schrei von sich, kniff die Augen zusammen und nahm noch einen großen Schluck. Sie hickste einmal, dann noch einmal und schließlich schwankte sie von einer Seite zur anderen. Calin hielt sie mit einer Hand fest. In der Flasche musste außer Whisky noch etwas anderes gewesen sein, das sie so schnell außer Gefecht gesetzt hatte. Vielleicht ein Zaubertrank? Oder Gift? Jemand sagte etwas zu ihr, aber sie konnte die Stimme nicht einordnen. Sie blinzelte ein paarmal, als die drei Männer auf dem Baumstamm sich in Trolle verwandelten. Sie lachte, aber nicht laut. Ihre Arme fühlten sich so leicht an wie die Flügel einer Libelle. Sie gestand sich ein, dass sie dumm gewesen war.

Das war eine schlechte Idee gewesen.

Sie drückte Calin die Flasche in die Hand und taumelte aus dem Lichtschein des Feuers. Sie stolperte in den Wald, wich tiefhängenden Ästen aus, und stützte sich im Weitergehen an den Bäumen ab, bis sie den fand, der groß genug war, sie zu halten. Sie schloss die schweren Augenlider, und die Welt zwischen ihren Ohren schien stehen zu bleiben.

Seltsam genug, dass das Einzige, was sie hinter den Lidern sah, ein Krieger war, dessen sanftes Lächeln ihr die Knie weich werden ließ und dessen Küsse machten, dass sie die Wirklichkeit vergaß.

Sie war berauscht.

Kapitel 8

Calin sah Kendrick fragend an. »Habe ich wieder etwas Falsches gesagt?«

Kendrick schien gleichermaßen ratlos zu sein und zuckte die Schultern. »Ich habe noch nie erlebt, dass Akira sich so seltsam benommen hat. Und ich kann mich auch nicht erinnern, dass sie je etwas Stärkeres getrunken hätte als gewässerten Wein – ganz zu schweigen von schottischem Whisky. Allerdings würde ich mir an deiner Stelle Sorgen machen, dass sie wieder auf einen Baum klettert.«

Wenn die Frau auf einen Baum kletterte, war sie selbst dafür verantwortlich, wenn sie sich den Hals dabei brach. Frustriert bahnte sich Calin seinen Weg durch ein Gestrüpp aus Brennnesseln, während der feuchte Waldboden unter seinen Füßen federnd nachgab. Er fand Akira mitten im Wald, wo sie den Stamm einer Birke umarmte. Sie hatte die Wange gegen die sich abschälende Rinde gepresst und hielt die Augen geschlossen, aber der Ausdruck auf ihrem Gesicht schien nicht feindlich zu sein. Sie sah … zufrieden aus.

»Ich würde gern diesen Gesichtsausdruck bei dir sehen, wenn du mich umarmst«, sagte er, und seine Stimme enthielt einen Hauch von Heiterkeit.

Akira rührte sich nicht. »Du hast mich vergiftet.«

Er lachte und kam näher. »Das war kein Gift. Nur der beste schottische Whisky, der einem über die Lippen kommen kann. Der Mann, der ihn brennt, behauptet, dass er einem Haare auf der Brust wachsen lassen kann.«

»Ich will keine Haare auf meiner Brust.« Akira stöhnte.

Genau genommen hörte es sich mehr wie ein Wimmern an. »Wie kann man nur so etwas trinken?«

»Oh, du hast den Whisky ja nicht getrunken. Du hast ihn heruntergestürzt. Die Flasche reicht für mich für einen ganzen Monat.« Er legte ihr die Hand auf den Nacken. Sie zitterte am ganzen Leib. Er hatte sie aufgeregt. Verdammt, aber er hasste es, eine Frau weinen zu sehen, besonders diese Frau. »Vergib mir, wenn ich etwas gesagt habe, was dich verletzt hat, aber bitte weine nicht, Mädchen!«

Akira zitterte weiter. Schließlich ließ sie den Baum los und beugte sich vor, wobei sie sich den Bauch hielt. Gerade als Calin überzeugt war, sie würde sich erbrechen, überraschte sie ihn damit, dass sie laut loslachte.

»Sie kümmern sich um ihre Ehemänner?«, stieß sie kichernd hervor. »Glaubst du, dass Frauen das tun? Sich um ihre Ehemänner kümmern wie um eine Herde Schafe? Ich kann das Bild in deinem Kopf fast vor mir sehen. Vollbusige Frauen, die einen Trog mit Wasser füllen und ihn ihren Männern unter die Nasen schieben, bevor sie ihnen die Bärte scheren und dabei ein Kind oder auch zwei aus sich herauspressen.«

Akira schwankte leicht hin und her, dann neigte sie den Kopf, als wollte sie sich an etwas erinnern. »Ich denke gerade an die alte Bessie. Die hat ihren Sohn bekommen, als sie dem Schlachter das Mittagessen vorgesetzt hat.« Ihr Lachen schwirrte durch die Luft.

Obwohl ihr diese Beschreibung komischer vorkam als ihm, stimmte Calin in ihr ansteckendes Lachen ein. Es war kein süßes Kichern, das gedämpft hinter einer vorgehaltenen Hand hervorklang, sondern schallendes Gelächter, was da aus ihr herausbrach. Sie lachte länger, als er es für nötig hielt, ehe sie sich die Tränen aus den Augen wischte. »Vergebt mir, M'laird! Das ist wirklich nicht komisch.«

Einige herzhafte Schlucke schottischen Whiskys, und die Frau war völlig hinüber. Der Morgen würde schwierig für sie werden, und er wollte nicht, dass sie in ihrer Hochzeitsnacht von hämmernden Kopfschmerzen geplagt wurde. Der dringend nötige Schlaf würde sie bald überwältigen, und er wollte, dass sie dann neben ihm lag.

So ganz konnte Calin dieses Besitzdenken nicht ablegen, das sie in ihm weckte. Er legte einen Arm um ihren Rücken und den anderen unter ihre Knie, dann hob er sie hoch und drückte sie an seine Brust.

Das Lächeln verschwand von ihrem Gesicht. Ihr Blick konzentrierte sich auf ihn. Nur auf ihn. Wenn Frauen ihn ansahen, dann sahen sie selten den Mann. Sie sahen nur das Oberhaupt des Clans. Den Mann mit Macht und Reichtum. Er hatte sein Leben lang erfahren, wie kalt diese Besitztümer waren und wie einsam sie machten. Er wollte, dass Akira *ihn* sah, nicht seinen Rang. Er versuchte, die Gefühle in ihren Augen zu erkennen, aber der Schimmer, der in ihren blauen Augen lag, war bar jeder Emotion. Ihre Lippen öffneten sich, und er wünschte, er könnte das Mondlicht von ihren Lippen saugen.

»Du bist ein wunderschöner Mann, Calin MacLeod.« Sie fuhr mit der Fingerspitze über seine Augenbrauen, seine Nase, seine Lippen. Die Berührung schickte einen Blitz von Hitze durch seine Adern und direkt in seine Lenden.

Ihr Blick folgte ihrem Finger. »Du hast einen Mund, der mich auf eine Weise verführt, die ich nicht zugeben sollte.« Sie legte die Arme um seinen Nacken und presste unerwartet ihren Mund auf seinen. Sie neigte den Kopf und strich über die Innenseite seiner Lippen, seiner Zähne, seiner Zunge.

Ihr Angriff überrumpelte ihn, aber er erwiderte ihre Annäherungen leidenschaftlich. Ein uralter Hunger pochte in ihm. Er musste das Tier in sich unter Kontrolle halten, sonst würde es ihn verschlingen. Oder vielleicht sie. Als er sich zurückzog, fuhr sie fort, sein Gesicht zu küssen, sein Kinn, sein empfindsames Ohrläppchen, alles, worauf sie ihren heißen Mund pressen konnte.

»Warum tust du das?«

»Ich halte meinen Teil unseres Abkommens ein«, wisperte sie mit leiser verführerischer Stimme, die seine Männlichkeit hart werden ließ.

»Aber du wolltest mich am Feuer nicht einmal neben dir sitzen lassen.«

»Du hast mich wie dein Eigentum behandelt, hast mich vor deinen Männern als deinen Besitz markiert. Ich will nicht deine Beute sein oder dein Besitz. Ich will ... ich will ...« Ihre Worte verstummten.

»Was willst du, meine Akira? Bitte darum, und es sei dein.«

»Ich will, dass du mich küsst.« Sie zwang sein Kinn tiefer und tauchte wieder in seinen Mund ein. Ihre kleinen Finger spielten mit dem Haar in seinem Nacken. Sie zog, streichelte, lockte mit der wachsenden Leidenschaft ihres Kusses. Aber er wollte mehr. Sehr viel mehr.

»Ich weiß nicht, warum, aber ich kann nicht nah genug bei dir sein«, gestand sie mit einem Atemzug.

Er wusste, dass der Whisky sie mutig machte, aber es waren Monate vergangen, seit er mit einer Frau geschlafen hatte. Er wollte sie, und sie wollte ihn. Keiner von ihnen konnte die Leidenschaft leugnen, die zwischen ihnen herrschte. Sie war unerfahren, aber mutig. Er konnte fühlen, dass ihre Seele zu leben begonnen hatte.

Er stellte sie auf die Füße, und seine Hände waren plötzlich überall – sie streichelten ihre Brüste, ihre Oberschenkel, sie legten sich um ihren Po und stießen ihren Unterleib an seinen. Er wollte sie auf den Boden werfen und jeden Zentimeter ihres nackten Leibes kosten, bis sie ihn anflehen würde, sie zu nehmen.

Bei allen Heiligen! Er musste die Lust aus seinem Blut bekommen, sonst würde er noch verrückt werden! Das Stöhnen, das ihrer Kehle entwich, war sein Untergang. Er hob ihren knöchellangen Rock und grub die Hände in ihren runden Po. »Süße, süße Akira! Was machst du nur mit mir?«

Sie keuchte. Ihr Körper spannte sich an. Ein schwacher Widerstand erwachte in Calins Brust.

»Bitte hör auf!« Ihre Worte kamen als trauriges Flüstern.

Ihre Blicke versanken ineinander. Er sah Bedauern in ihren Augen.

»Vergebt mir, M'laird! Ihr müsst mich für schamlos halten.« Akira stieß ihn von sich weg und schlug die Hände vor das Gesicht. »Es ist kein Wunder, dass ihr eure Frauen keinen Whisky trinken lasst.«

»Hätten wir gewusst, dass unsere Frauen auf diese Weise reagieren, hätten wir ihnen zu jedem Essen Whisky serviert.« Er streckte die Hand nach ihr aus, aber sie taumelte zurück.

»Das ist nicht komisch!«

»Vor einem Moment hast du noch gelacht.«

»Das war, bevor ich mich Euch an den Hals geworfen habe. Wie sollt Ihr mich respektieren, wenn ich mich nach zwei Tagen Euch gegenüber so aufführe? Das bin nicht ich. Ich verspreche, die anständige, respektable, vernünftige Frau zu sein, die Ihr Euch als Ehefrau ausgesucht habt. Vergebt mir, M'laird! Ich habe mich wie eine Närrin benommen.« Akira ordnete die Falten ihres Rockes und strich sich die schwarzen Locken aus dem Gesicht. Ihre Finger zitterten dabei.

Calin wusste nicht recht mit ihrer Sprunghaftigkeit umzugehen. Sprach die Frau wieder in Rätseln? »Was denkst du, warum ich dich heirate?«, fragte er, auch wenn er sich ein wenig sorgte, wie ihre Antwort lauten könnte.

»Ich habe mir diese Frage immer wieder gestellt. Da ich keine Mitgift habe und weder Land noch einen Titel besitze, denke ich, dass Ihr mich heiratet, weil ich klug bin. Ihr seid es, der für meine Erziehung im Kloster bezahlt hat. Ich schätze, Ihr wünscht, dass ich Euch den Haushalt führe und Eure Erben zur Welt bringe – Erben, die klug sein werden. Hättet Ihr etwas anderes gewollt, hättet Ihr eine meiner Schwestern genommen.«

»Warum?«

»Weil sie wunderschön sind.«

Die gleichmütige Art, mit der sie diese Tatsache formulierte, ärgerte ihn. »Und du bist das nicht?« Calin formulierte das als Frage. Nicht als Feststellung. Aber der abweisende Ausdruck auf ihrem Gesicht verriet ihm, wie sie seine Worte verstand.

Irgendwie sah ihre cremefarbene Haut unter dem fahlen Licht des Mondes blasser aus als sonst. Sie senkte den Kopf und verbarg ihre Melancholie hinter ihrem rabenschwarzen Haar. »Das ist wahr. Ich bin es nicht.«

»Verdammt, Mädchen! Hast du dich denn nie in einem Spiegel angesehen? Wie blind bist du, dass du deine eigene Schönheit nicht sehen kannst?«

Akiras Lippen öffneten sich, und sie zog abwehrend die Stirn kraus. »Das sagt Ihr, um mir eine Freude zu machen. Ich weiß, dass es eine Lüge ist. Ich sehe nicht so aus wie sie. Ich sehe kaum wie eine Schottin aus. Mein eigener Vater hat mir gesagt, ich sei anders. Dass mein Kopf so beschäftigt war mit Denken, dass es das Rot aus meinem Haar vertrieben hat.

Meine Schwestern sagen, ich habe keine Sommersprossen auf meiner Nase, weil die Engel mich nicht mit Engelsstaub bestäubt haben, als ich geboren wurde.«

»Kindisches Geplapper! Warum glaubst du solche Dummheiten, und das von deinen eigenen Leuten?« Er streckte die Hand nach ihr aus, aber für eine halb betrunkene Frau war sie mit ihren Krallen so flink wie eine Wildkatze.

»Das sind keine Dummheiten! Der Teufel hat mich bei meiner Geburt mit seinem Zeichen gebrandmarkt. Deshalb ist mein Vater mit der Familie von der Burg fortgezogen in das Cottage, als ich noch ein Kind war. Laird Kinnon hat in dem Jahr drei Frauen als Hexen verbrannt. Er hat die Clanangehörigen aufgefordert, wachsam zu sein. Der Bastard hat das Feuer angezündet, ehe die Angeklagten am Galgen erdrosselt worden waren.«

Die Menschen, die in Schottland lebten, wussten, dass auf Ketzerei die Verbrennung stand. Natürlich wurde diese Strafe erst nach der gnadenvollen Strangulation vollzogen. Dorfbewohner von nah und fern strömten dann herbei, um mit erwartungsvollen Augen Zeugen dieses Grauens zu sein.

Calin runzelte die Stirn, als das Bild vor ihm auftauchte, wie er Akira mit dem Siegelring seines Vaters gebrandmarkt hatte. Die Tat eines dummen Jungen, der das Wappen der MacLeods auf alles drückte, was er besaß. Er konnte ihr jetzt schlecht erklären, wie töricht das gewesen war, aber er wusste, dass er schuld daran war, dass sie sich so unzulänglich fühlte. Seinetwegen hatte sie ihr ganzes Leben lang geglaubt, verflucht zu sein.

Hölle und Verdammnis! Wie sollte er das wieder gutmachen? »Dein Vater ist fortgezogen, um euch vor Laird Kinnon zu schützen. Du bist nicht verflucht.«

Mit beiden Händen wischte sie sich die Augen, und ein

bebendes Schluchzen folgte dieser Aktion. »Du weißt nicht, wie es ist, anders zu sein. Für ein Kind ist das ein sehr einsames Leben.« Ihre Stimme brach.

Er wusste genau, wie es sich anfühlte, anders und einsam zu sein. Seit der Nacht, in der er seinen Vater verloren hatte, hatte er sich auf Cànwyck Castle wie in einem Gefängnis gefühlt. Onkel Kerk hätte ihn ebenso gut in einem der Verliese einsperren können. Und wenn Tante Wanda nicht damit beschäftigt gewesen war, seinen Cousin zu verhätscheln, hatte sie die Dienstmägde beaufsichtigt und die Harmonie unter den Frauen des Clans aufrechterhalten, während die Männer in der Schlacht gewesen waren.

»Ich will nicht mehr darüber sprechen. Ich hätte es Euch gar nicht sagen sollen.« Sie wandte sich abrupt ab und starrte auf den von dichtem Unterholz bewachsenen Wald. Offensichtlich war sie verzweifelt darum bemüht, dieses Gespräch zu beenden.

Als sie davonzulaufen versuchte, hielt Calin sie fest und riss sie an sich. »Du wirst jetzt auf keinen Baum klettern. Du wirst bei mir bleiben, bis du davon überzeugt bist, dass du weder verflucht noch eine Hexe bist.«

Er hielt sie umschlungen und küsste sie auf die Nasenspitze. »Wärest du eine Hexe, hättest du Warzen, aus denen Haare wachsen, und eine Hakennase, und das hast du nicht. Deine Haut ist makellos.«

Er strich mit dem Daumen über ihre Lippen und küsste ihre feuchten Augenlider. »Deine Augen wären farblos, aber sie sind es nicht. Sie haben die Farbe des Himmels.« Er beugte sie zurück und drückte einen Kuss auf den Plaid, dort, wo er ihr Herz bedeckte. »Und dein Herz wäre aus Stein. Und ich weiß, dass es das nicht ist.«

Sie gab ihm spielerisch eine Ohrfeige und senkte den Kopf,

um ihr verlegenes Lächeln zu verbergen. Komplimente zu bekommen schien ihre Zunge zu lähmen. »Du bist das schönste Mädchen, das ich je gesehen habe, und ich kann meine Hände nicht von dir lassen.«

»Das ist so, weil Ihr ein Mann seid, und nicht, weil Ihr mich hübsch findet.«

»Du wirst sofort damit aufhören! Ich lüge nicht.«

»Und ich trinke keinen Whisky, und normalerweise weine ich auch nicht oder werfe mich Männern an den Hals. Ich denke, wir sind sehr schlecht füreinander. Vielleicht solltet Ihr Euch eine andere Frau suchen.« Selbst als sie diesen Vorschlag machte, hielten ihre Finger seine Hemdbrust fest.

»Ich werde den Beistand der heiligen Peter und Paul brauchen, um noch eine Nacht zu überstehen, ohne dich zu nehmen. Aber morgen, Akira, morgen werde ich dich zu meiner Frau machen, im wahrsten Sinne dieses Wortes. Und morgen wirst du wissen, wie es ist, sich wunderschön zu fühlen. Das schwöre ich.« Er legte die Hände um ihr Gesicht und küsste sie leidenschaftlich. Es war ein Kuss so voller Verheißung, dass es ihm Angst machte.

Akira wollte seine Worte glauben. Ihr Verstand wehrte Calins Schmeichelei ab, doch ihr wild pochendes Herz fühlte etwas anderes bei diesem Kuss. Oder war sie wieder nur dumm und einfältig? Calin könnte jedes Mädchen so umwerben, dass es den Rock für ihn hob. Sie fragte sich, wie viele es bisher gewesen sein mochten, dann schalt sie sich selbst dafür, ihren Gefühlen jetzt auch noch die Eifersucht hinzuzufügen.

Calin hob sie hoch und trug sie zurück zum Feuer. Als er sie auf die Füße stellte, verschlossen die Männer ihre Whiskyflaschen, und steckten sie in ihre Plaids.

Hinter vorgehaltener Hand kicherte Akira verlegen. »Macht

Euch keine Gedanken, Gentlemen! Ich habe heute Abend mein Quantum von Eurem Alkohol gehabt ... Aber M'laird findet, Ihr solltet darüber nachdenken, Euren Drink mit Euren Frauen zu teilen.« Sie schmunzelte, als sie Calin grinsen sah, ehe sie ihre Aufmerksamkeit wieder den Männern zuwandte, die wie aufgereiht auf dem Baumstamm saßen. Alle drei hatten ungebändigtes, rotgoldenes Haar.

Gordon, mit Abstand der Älteste von ihnen, runzelte mürrisch die Stirn. Die Haut unter seinen Augen wurde von Tränensäcken schwer nach unten gezogen, was Akira vermuten ließ, dass sich sein Gesicht nicht oft zum Lachen verzog. Es würde zweifellos am schwersten sein, seine Freundschaft zu gewinnen. Sie stand vor ihm und zog ebenfalls ein finsteres Gesicht. »Das heißt, vorausgesetzt Ihr habt eine Frau. Man könnte denken, es ist schwer, eine Frau zu finden, wenn man nicht spricht.«

Wie Akira erwartet hatte, gab Gordon ihr weder eine Antwort noch sah er sie an. Sie verschränkte trotzig die Arme vor der Brust und wandte sich an Calin, sah Gordon dabei aber unverwandt an. »M'laird, wenn ich Eure Frau bin, werde ich dann die Autorität haben, Euren Männern die Erlaubnis zum Sprechen zu geben?«

»Aye.«

»Für den Augenblick hätte ich gern, dass Ihr ihnen die Erlaubnis gebt zu sprechen.« Akira glaubte, den Anflug eines Lächelns auf Gordons Gesicht zu erkennen, aber sie bezweifelte, dass er so leicht zu erobern sein würde.

»Nur weil ich ihnen die Erlaubnis gebe, heißt das nicht, dass sie auch Höflichkeiten mit dir austauschen werden.«

Sie fuhr herum und starrte Calin an, ihre langen Locken flogen ihr bei dieser schnellen Bewegung um die Schultern. Schmerz stach in ihre Schläfen. Und das war nicht dazu angetan, ihre Laune verbessern. »Dann befehlt ihnen, sich mit mir zu unterhalten!«

Calins Augenbraue hob sich auf diese gefällig schelmische Weise. »Männer, Akira wird meine Frau werden. Ihr werdet sie mit ›Mylady‹ anreden und ihr die gleiche Loyalität und den gleichen Respekt entgegenbringen wie mir. Wenn sie euch eine Frage stellt, werdet ihr antworten.«

Nachdem sie Calin süß angelächelt hatte, wandte Akira sich wieder an Gordon, beide Augenbrauen triumphierend hochgezogen. »Habt Ihr eine Frau?«

»Aye.«

»Seid Ihr gut zu ihr?«

Gordon runzelte angespannt die Stirn, sah an ihr vorbei, und antwortete dann unter offensichtlichem Zwang: »Aye.«

»Ich möchte gern ihren Namen wissen, und die Namen und das Alter aller Kinder, die Ihr habt.«

In dieser Weise setzte sie die Befragung fort, bis sie Gordon so weit hatte, dass er in ganzen Sätzen redete. Er gab ihr nie mehr Informationen als die, nach denen sie gefragt hatte, bis er sich an die erste Rauferei seines Enkelsohnes erinnerte.

Akira hatte sich zwischen die beiden ersten Krieger gesetzt und wandte ihre Aufmerksamkeit jetzt dem Mann zu ihrer Rechten zu. Er befeuchtete sich die Lippen und schluckte einige Male. Die anstehende Befragung schien ihm Angst zu machen. »Und wie ist Euer Name, Sir?«

»Mein Name ist Alec, Mylady. Meine Frau heißt Aileen. Wir haben fünf Kinder. Alec, Og, Albert, Andrew, Alexina und Anice, und ein Kleines ist unterwegs. Ich bin gut zu meiner Frau und zu meinen Kindern.«

Sie sah Alec unverwandt an, während er jede Frage mit einem freundlichen Lächeln beantwortete. Akira mochte Alec auf Anhieb. Als sie keine Fragen mehr hatte, ergriff Alec ihre Hand und gab ihr einen Handkuss. »Ich möchte gern der Erste sein, der Euch in Eurem Clan willkommen heißt, und sagen, dass unser Laird ein sehr glücklicher Mann sein muss.«

Gordon stieß ein missfälliges Schnauben aus.

Akira ignorierte seine offensichtliche Abscheu gegenüber Alec, ging zu dem dritten MacLeod-Krieger und setzte sich neben ihn. »Und nun zu Euch. Habt Ihr einen Namen?«

»Aye, Mylady. Der Name ist Jaime.« Auch er küsste ihr die Hand, ließ sie aber, anders als Alec es getan hatte, nicht wieder los. »Ich habe keine Frau, aber wenn Ihr Schwestern habt, die so schön sind wie Ihr, werde ich gewiss einer von ihnen den Hof machen.«

Bei dieser Schmeichelei Jaimes färbte Röte Akiras Wangen. Calins Männer schienen sich in der Kunst des Hofierens gut auszukennen. Sie fühlte sich wie unter einem Bann, als Jaime sie aus wasserblauen Augen anschaute. Sein Bart war heller als die der anderen Männer, und sie wusste, dass er ohne ihn verwirrend attraktiv aussehen würde. Er hatte gewiss keine Probleme, eine Frau zu finden.

»Der Laird ist mein Cousin. Unsere Tante Wanda hat uns großgezogen, nachdem unsere Mütter bei unserer Geburt gestorben sind.«

Akira sah Calin an und empfand einen Stich von Mitleid mit ihm, fühlte sich zugleich aber auch ein wenig schuldig, weil sie in *Tigh Diabhail* seine Mutter mit so schrecklichen Schimpfnamen bedacht hatte. »Das tut mir leid«, sagte sie, mehr zu Calin als zu Jaime.

»Das ist Vergangenheit.« Jaimes Daumen zeichnete kleine Kreise auf Akiras Hand. »Tante Wanda war uns eine sehr gute Mutter.«

Calin starrte Jaime an. »Wäre Tante Wanda ein wenig härter

mit dir gewesen, würde es dir jetzt nicht so sehr an Disziplin fehlen.«

»Ich habe Disziplin«. widersprach Jaime.

»Du nennst es Disziplin, einen Rammler während der Paarungszeit zu töten?«

»Bist du noch immer beleidigt, weil meine Jagdbeute größer war als deine?«

Calin verdrehte die Augen. Akira wusste, dass Jaime ihn wütend gemacht hatte. Sie wusste nur allzu gut, welche Gefühle in einem hochkochten, wenn man von den eigenen Leuten gereizt wurde.

»Wir brauchten nicht einmal das Fleisch! Du wolltest doch nur wieder einmal den großen Mann spielen.«

Jaime lächelte und zwinkerte Akira zu. Hatte er Calin absichtlich aufgehetzt, oder war dieser Hohn zwischen ihnen üblich? Sie und ihre Schwestern gingen ganz ähnlich miteinander um, aber Calin schienen Jaimes Spötteleien nicht zu gefallen. Gerade als sie von diesem Thema ablenken wollte, plauderte Jaime munter weiter.

»Ihr seht, der Laird und ich haben immer unseren Spaß an einer Herausforderung. Als wir noch Jungen waren, hat Onkel Kerk uns mit Holzschwertern gegeneinander kämpfen lassen. Wir haben zusammen in Ross gekämpft. Ich habe mehr Lowlander getötet als er!« Jaime schob seinen Ärmel hoch und zeigte stolz die zwei blauen Tätowierungen.

»Diese Männer waren deine schottischen Landsleute!«, sagte Calin. »Ich würde mit einer solchen Tat nicht zu sehr prahlen.«

»Ihr habt mit den Royalisten gekämpft?« Sie hatte die Frage an Calin gerichtet und konnte nicht vermeiden, dass sie dabei die Stirn runzelte.

Calin setzte zu einer Antwort an, aber Jaime kam ihm zuvor.

»Ja, das haben wir. Mit den Donalds an unserer Seite waren wir sicher, das Earldom von Ross von der Krone zurückzugewinnen. Einer der Donalds ist danach ja auch bei den MacLeods geblieben.«

Jaime fuhr fort, sich mit den Schlachten zu brüsten, die er geschlagen hatte, aber Akiras Gedanken verweilten bei der Tatsache, dass Calin gegen den König gekämpft hatte, in ebenjenem Krieg, der ihren Vater getötet hatte.

Mit jedem Wort, das Jaime sagte, rückte er näher an Akira heran, bis sie dachte, er würde sie gleich küssen. Diese MacLeod-Männer waren ohne Zweifel ein urwüchsiger, arroganter Haufen.

»Das war die Sache mit dem Hirsch«, redete Jaime weiter. »Und was war das noch, Cousin, was dich letztes Jahr so aufgeregt hat?« Jaime starrte sie an, aber seine Frage wurde ignoriert. »Oh, ich erinnere mich. Ich war mit dieser ...«

»Wenn du noch einen Fingerbreit weiter an sie heranrückst«, unterbrach Calin ihn, »oder noch ein Wort sagst, dann breche ich dir an Ort und Stelle das Genick, das schwöre ich.«

Akira wusste nicht, warum Calins Blick sich so plötzlich verfinstert hatte, aber seine Drohung ließ Jaime auf der Stelle verstummen.

Jaime rückte mit einem mutwilligen Grinsen von ihr ab. »Habt Ihr noch mehr Fragen an mich, Mädchen?«

»Nein, die hat sie nicht«, knurrte Calin. In seinen Worten schwang Eifersucht mit.

Akira konnte es nicht leiden, wenn er für sie sprach, aber die ärgerlichen Falten auf seiner Stirn warnten sie davor, ihn jetzt herauszufordern. Sie entzog Jaime die Hand und ging zu Calin. »Schaut nicht so finster, M'laird! Das steht Euch nicht.« Mit den Fingerspitzen strich sie den düsteren Ausdruck von seinem Gesicht.

Calin starrte noch immer Jaime an und zog Akira heftig zu sich herunter, damit sie sich neben ihn setzte. Akiras Po protestierte gegen den Aufprall. Augenblicke später nahm der Tanz der Flammen sie gefangen. Sie schlug die Arme um die Knie, gähnte wie ein sattes Kätzchen und erlaubte sich, sich schwer gegen Calins Arm zu lehnen. Wäre es so schlimm, die Frau des Lairds zu sein? Akira stellte sich jetzt dieselbe Frage, die er am Abend zuvor gestellt hatte. Sie war gewiss klug genug, auf der Burg den Haushalt zu führen, und ihr gefiel der Gedanke, von Stammesangehörigen umgeben zu sein, die sie nicht als Außenseiter betrachteten.

Noch nicht bereit, sich zu bewegen, beobachtete sie Kendrick, Jaime und Alec, die sich zur Nachtruhe auf ihre Felldecken legten. Dann traf sich ihr Blick über das Feuer hinweg mit dem Gordons. Er machte keinen Versuch, seine Abneignung gegen sie zu verbergen.

»Warum habt Ihr ihn veranlasst, das zu tun?«, fragte der MacLeod-Krieger. »Warum habt Ihr unseren Laird dazu gebracht, sich den Bart abzunehmen?«

Akira sah aus müden Augen zu Calin hoch und streichelte sein Gesicht. »Ich denke, das ist offensichtlich. Seht Euch den Mann an. Hätte einer von Euch gedacht, dass er so hübsche Grübchen hat?«

Sie genoss die leichte Verlegenheit, die Calins bronzefarbenen Wangen färbte, aber Gordons abfälliges Schnauben verdarb diesen Moment.

»Also findet Ihr unseren Laird so ... anziehender? Deshalb habt Ihr ihn gebeten, sich das Gesicht zu verunstalten?«

»Natürlich nicht, aber die Grübchen waren eine angenehme Überraschung«, verteidigte Akira sich. Sie entschied sich dagegen, ihre Gründe darzulegen – es sei denn, der Mann hakte nach.

Und Gordon hakte nach. »Ich habe alle Eure Fragen beantwortet. Jetzt möchte ich gern wissen, warum Ihr den Mann veranlasst habe, sich das Zeichen des Highlanders abzunehmen.«

Sie konnte nicht einfach damit herausplatzen, dass sie einfach nur mit Kendrick ungestört hatte sprechen wollen. Darüber würden alle die Stirn runzeln; mit diesem Eingeständnis würde sie keine Verbündeten finden. Sie dachte über einen Grund nach, der Gordon zufriedenstellen würde, ohne dass sie sich lächerlich machte. Sie hatte Calin gesagt, sie würde sich weigern, ihn zu küssen, bis er sich rasiert hätte. Irgendwie musste sie diesen Grund Gordon plausibel machen. Sie zwang sich, trotz ihrer Müdigkeit aufzustehen, und ging auf den Wald zu.

Hinter sich hörte sie, dass Calin Gordon drohte. »Wenn sie auf einen Baum klettert, wirst dieses Mal du sie herunterholen.«

Sie brauchte nicht lange, um zu finden, wonach sie gesucht hatte. Als sie Minuten später zurückkam, die Hände hinter dem Rücken versteckt, hatte Calin sich erhoben, vermutlich um ihr nachzugehen. Sie ging direkt zu Gordon und blieb vor ihm stehen. »Bitte schließt Eure Augen, Sir.«

Er tat es nicht.

»M'laird, befehlt Gordon, die Augen zu schließen, damit ich ihm eine Antwort auf seine Frage geben kann.«

Gordon schloss die Augen, ohne dass es ihm befohlen wurde, danach ergriff Akira seine kräftige Hand. »Wenn Ihr Eure Frau küsst, dann fühlt Ihr *das*.« Sie schloss seine faltige Hand um die seidenweiche Oberfläche eines Pilzes. Nachdem Gordon ihn befühlt hatte, nahm sie seine andere Hand. »Und wenn Eure Frau Euch küsst, dann fühlt sie dabei *das*.« Akira schloss Gordons Hand um die nadelscharfen Stacheln einer Distel.

»Autsch!«, brüllte Gordon und warf die Distel ins Feuer. Er ignorierte das Lachen der anderen Männer, kroch unter sein Plaid und wandte ihnen allen den Rücken zu.

Mit sich zufrieden wandte sich Akira zu Calin um und sah, dass er dabei war, die beiden Felldecken auszubreiten, die sie in der vorigen Nacht geteilt hatten. Ihre Heiterkeit verschwand, als sie erkannte, dass er erwartete, dass sie sich wieder zu ihm legte. Nervös schaute sie zu Kendrick, der ihr mit einem Kopfnicken seine Zustimmung zeigte, ehe er ihr den Rücken zuwandte. Sie wäre am liebsten zu ihm gegangen, um ihm einen Tritt zu geben, aber ihr Plan wurde vereitelt.

Calin glitt zwischen die Decken und stützte den Kopf auf die Hand. »Komm und schlaf, Mädchen. Wir haben morgen einen langen Tag vor uns.«

Sie verschränkte die Hände ineinander, um zu verbergen, dass sie zitterten, und suchte nach einem Grund, seine Aufforderung abzulehnen. Aber musste sie seine Aufforderung überhaupt zurückweisen? Eigentlich wollte sie das gar nicht. Sie hatte gestern Nacht bei ihm gelegen, um sich zu wärmen. Doch das Feuer spendete heute Nacht genügend Wärme und gab ihr keinen Grund, sein Angebot anzunehmen. Es wäre unschicklich für sie, bei ihm zu liegen, bevor sie verheiratet waren, sei es auch nur, um zu schlafen. War das nicht so?

Kendrick hatte ihr offensichtlich seine Meinung mitgeteilt, als er sie wissend angelächelt und sich dann abgewandt hatte. Ihr Bruder hatte sein ganzes Leben lang ihre Jungfräulichkeit beschützt und schien jetzt dankbar zu sein, von dieser Pflicht befreit zu werden.

Hin- und hergerissen zwischen dem Wunsch, ihre moralischen Grundsätze zu schützen, und der Sehnsucht, sich in Calins Arme zu schmiegen, blieb sie reglos stehen – wie ein Kind, das sich verlaufen hatte.

»Komm, Mädchen! Ich werde dich wärmen.« Calin hob die Felldecke hoch.

»Wir haben heute Nacht ein Feuer. Ihr müsst mich nicht wärmen. Werft mir ein Fell her, und ich werde dort drüben schlafen.«

Ein Siegerlächeln verzog seine Lippen. »Zuerst bekomme ich meinen Kuss.«

»Schuft«, schmollte Akira mit zusammengebissenen Zähnen.

»Ich habe mir für diesen Kuss den Bart abgenommen, und jetzt bestehe ich darauf, ihn zu bekommen. Du hast keinen Grund, dich um deine Tugend zu sorgen. Du hast sie erstens bisher besser bewacht als manch eine Nonne, und zweitens hast du dich für mich aufbewahrt, erinnerst du dich? Komm schon! Zieh deine Krallen ein und halte dein Versprechen!«

Sie hasste es zutiefst, es zugeben zu müssen – aber er hatte recht. Es war nur ein Kuss. Ein harmloser Gutenachtkuss, der nichts bedeutete. Sie hoffte nur, sie würde ihn überstehen, ohne wieder über ihn herzufallen.

Sie kniete sich neben ihn, bereit, seine Bedingung zu erfüllen, als sein Arm sich um sie legte und sie an seine Brust zog. Er küsste ihren Scheitel und legte die Decke um ihre Schultern. Schockiert über seine Schnelligkeit, versteifte sie sich.

»Entspann dich, Mädchen! Selbst Drachen brauchen Schlaf.«

Das Lachen seiner Männer neckte Akira, aber sie beschloss, die Sache auf sich beruhen zu lassen. Ihre Müdigkeit gewann diese Schlacht. Sie drehte sich vorsichtig um und rückte sich zurecht, bis ihr Rücken an seiner Brust lag, dann schloss sie die Augen. Er streichelte leicht ihren Unterarm und nahm ihr damit ihre Nervosität. Sie erlaubte es sich, auf ein Leben zu hoffen, das viel schöner sein würde, als sie es je erwartet hatte. Ein Leben erfüllt von Leidenschaft und Zuneigung – einer Zuneigung, wie ihre Eltern sie geteilt hatten.

Papa hatte Mam nachts auch immer so gehalten, und sie und ihre Schwestern hatten sich von allen Seiten an die Eltern gedrängt. Sie mussten ausgesehen haben wie Lämmer, wenn sie sich in dem schmalen Bett in ihrer kleinen Hütte aneinandergeschmiegt hatten, um während der endlos langen Winternächte die Wärme der anderen zu spüren. Es gab gar keinen Zweifel daran, dass Papa Mam geliebt hatte. Ein Teil von ihr sehnte sich verzweifelt danach, dass Calin ihr eine ähnliche Zuneigung entgegenbringen würde.

»Hör auf zu denken, meine süße Akira!« Seine Finger verflochten sich mit ihren, und das Tor zu ihrem Herzen sprang auf.

Kapitel 9

Akira erwachte früh und betrachtete den Mann, den sie heute heiraten würde. Heute. Diese verwirrende Erkenntnis ließ ihren Magen flattern. Sicherlich wäre es nicht schrecklich, jeden Morgen neben einem so schönen Mann aufzuwachen. Oder ihm zu erlauben, ihre Lippen mit seinen leidenschaftlichen Küssen zu verwöhnen – so, wie er es zur Bedingung gemacht hatte.

Sie dachte an die vielen Fragen, die sie ihm in ihren Briefen gestellt hatte, an die wertlosen Kleinigkeiten, die sie ihm geschickt hatte, als sie ein Kind gewesen war. Er musste sie für einfältig gehalten haben, so, wie ihre Schwestern es getan hatten. Ungeachtet der Bemerkungen, die ihre Familie gemacht hatte, war ihre Loyalität gegenüber ihrem Wohltäter nie ins Wanken geraten. Auf den Ellbogen gestützt, betrachtete Akira seine Lippen – voll, glatt, perfekt zum Küssen. Ein Blitz aus Hitze prickelte unter ihrer Haut. Das Bild von ihm, das sie sich in ihrer Vorstellung über Jahre zurechtgelegt hatte, war weit entfernt von dem Mann, der ihre Haut schon zum Glühen brachte, wenn sie ihn nur ansah. Niemals hatte sie erwartet, so starke Gefühle für ihn zu haben, aber nach diesen zwei Tagen mit ihm konnte sie nicht leugnen, welch starke Anziehungskraft es zwischen ihnen gab. Er wurde von seinen Männern respektiert, er beschützte seine Leute, er war klug und sanft.

Sie musste immer wieder daran denken, wie sehr ihre Heirat ihrer Familie nutzen würde. Isobel hatte sich immer gewünscht, mehr über die Medizin zu lernen. Jetzt konnte sie sich diesen Traum erfüllen. Und das ließ Akira sich noch mehr über das Arrangement freuen, das sie mit Calin getroffen hatte. Vielleicht gelang es ihr, ihn zu überzeugen, auch für die Zwillinge einen Lehrer zu beschäftigen. Die vielen Gebete, die sie als Kind aufgesagt hatte, waren endlich erhört worden. Oder vielleicht wirkten ja auch die Zaubersprüche, die sie und Isobel in jenem geheimnisvollen Buch gefunden und in ihren Kinderspielen immer wieder beschworen hatten. Bei der Erinnerung daran lachte Akira leise.

Aber warum war sie plötzlich so gesegnet? Warum sie, ein Bauernmädchen, das dazu verflucht war, Pech zu haben? Diese Frage nagte unerbittlich an Akira. Die Clan-Chiefs Schottlands heirateten, um ihren Leuten ein besseres Leben zu ermöglichen. Durch eine Heirat gewannen sie Land und Verbündete, um ihren Stamm zu beschützen. Was besaß sie, was den MacLeods Nutzen bringen könnte? Es waren nicht Reichtum und Land, denn alles, was sie besaß, gehörte dem Chieftain des Kinnon-Clans. Kein wichtiger Adelstitel zierte ihren Namen. Sie war nicht einmal die Erstgeborene. Warum hatte Calin MacLeod sie ausgewählt?

Sie sog die Wärme auf, die sein Körper ausstrahlte. Er war ein sehr großer Mann und doch so sanft zu ihr. Sie strich mit der Fingerspitze über seine weichen Lippen und flüsterte: »M'laird?«

Calins Lippen bewegten sich leicht unter ihrem Finger, aber seine Augen blieben geschlossen. »Mmmm«, murmelte er schläfrig.

»Warum heiratet Ihr mich heute?«

»Um die Allianz zu begründen«, murmelte er.

Eine Allianz? Ihre Brust zog sich zusammen. Ihr Puls raste.

Akira rückte von ihm ab. Sie wollte ihn nicht mehr berühren. Und sie war so naiv gewesen zu glauben, er wollte sie um ihretwillen! Glauben zu können, ihre Klugheit hätte ihn angezogen, wäre ein weitaus größerer Trost als das Wissen, dass er sie nur wollte, weil sie zum Kinnon-Clan gehörte. Seine Küsse und seine süßen Worte hatten sie blind gemacht.

Du dumme, dumme Närrin! Sie verfluchte ihre Gutgläubigkeit. *Niemand würde mich meines Verstandes wegen heiraten.*

Als Akira die volle Bedeutung seiner Worte begriff, wurde ihr Mund staubtrocken. Die Teile dieses Rätsels schienen jetzt ganz klar zu sein. Kendrick hatte eine Armee zusammengerufen, um gegen King James zu rebellieren. Ihre Schwester Maggie war mit einem Donald verheiratet, und wenn sie, Akira, die Frau eines MacLeods war, dann wären die Inseln vereint, um sich gemeinsam die Herrschaft von der schottischen Krone zurückzuholen. Akira wollte nicht Teil eines politischen Aufstands sein. Jene Männer, die 1493 versucht hatten, gegen den König zu rebellieren, waren wegen Verrats hingerichtet worden. Sie kannte weder das Ausmaß dieses Planes noch kümmerte es sie. Sie hatte von Clans gehört, die durch die Gier nach Macht zugrunde gegangen waren. Sie könnte nicht mit dem Wissen leben, dass ihre Verbindung mit Calin ein solches Unheil über das Leben ihrer Familie und des ganzen Kinnon-Clans bringen würde. Wie nur hatte Kendrick eine solche Heirat befürworten können?

Ihr Bruder hatte sie verraten. Er hatte sie wie ein Tier verschachert, um sich mit dem Feind zu verbinden und die Treue zu brechen, die er seinem König geschworen hatte.

Tränen verwischten ihre Sicht. Akira stand auf, hob den Kopf und bemerkte erst jetzt, dass sie ein Publikum hatte. Vier Männer starrten sie an. In ihren Blicken lag Mitleid, und Akira war bewusst, dass sie ihr ansahen, wie verletzt sie war. Sie versuchte, in Kendricks Augen zu lesen, warum er das getan hatte. Doch er wandte den Blick ab, als wollte er seine Scham verbergen.

»Ich gehe an den Bach.« Sie wandte sich ab und ging davon.

Calins Herz machte einen Sprung. Er öffnete die Augen, setzte sich auf und drückte die Hand gegen die Pelzdecke, die noch warm von ihrem Körper war. Dann sah er die vier schockierten Augenpaare. »Sagt mir, dass ich das nicht laut gesagt habe!«

»Du hast es nicht laut gesagt.« Mit einem boshaften Unterton in der Stimme erfüllte Jaime ihm seine Bitte, während Gordon, Alec und Kendrick angesichts dieser glatten Lüge schnaubten.

»Hölle und Verdammnis!« Calin sprang auf und strich sich mit den Händen über den ohnehin schon schmerzenden Kopf. »Verdammt! Verdammt, verdammt, verdammt!«, knurrte er, während er mit dem Fuß nach einem glühenden Holzscheit stieß. »*Um die Allianz zu begründen.* Das habe ich meiner Braut an ihrem Hochzeitstag gesagt? Ich bin ein solcher Idiot!«

»Ich werde dir nicht widersprechen«, gluckste Jaime mit einem Grinsen und kroch dann aus seinen Decken, um sich zu strecken.

Calins Laune war auf dem Tiefpunkt. Das Letzte, was er wollte, war, mitanzusehen, wie Jaime sich über seine Dummheit amüsierte. Calin wollte sich streiten, aber für dieses Missgeschick trug er ganz allein die Schuld. Er schlug Jaime trotzdem – ein stahlharter Fausthieb in den Magen. Der Moment der Befriedigung besserte seine schlechte Laune nicht.

Während Jaime sich zusammenkrümmte und sich stöhnend den Bauch hielt, begann Calin, seine Befehle zu geben. »Gordon, du reitest mit Alec nach Cànwyck Castle. Bereite den Clan vor. Ich will, dass doppelt so viele Blumen die Kirche schmücken wie geplant. Ich will, dass doppelt so viele Speisen zubereitet werden, und ich will, dass jeder im Dorf ein Bad nimmt und in voller Highland-Tracht erscheint; Männer, Frauen und Kinder. Alec, du wirst Elsbeth holen! Sag ihr, sie soll noch zwei Ellen französische Seide mehr an Akiras Brautkleid nähen. Und gib den Hausmägden Anweisung, mein Zimmer vorzubereiten. Mehr Blumen. Unmengen von Blumen. Ich will überall Blumen. Und Beeren. Akira liebt Beeren. Richtig?«

Er schaute Kendrick an, um sich dessen Bestätigung zu holen.

Kendrick nickte.

Calin hatte die Arme auf dem Rücken verschränkt, während er hin- und herging. Er war sein ganzes Leben lang auf die Rolle als Chieftain vorbereitet worden, sein Vater und sein Onkel hatten ihn gelehrt, loyal zu sein und Verantwortung zu tragen. Und jetzt hing das Schicksal der Inseln von seiner Fähigkeit ab, seine temperamentvolle Frau zu besänftigen. Wie, bei allen Heiligen, bei den toten und den lebenden, sollte er das zustande bringen? Akira war mutig und verwegen und dickköpfig ... und wunderschön und klug ...

Seine herzlosen Worte hatten vermutlich den wichtigsten Tag im Leben seiner Braut ruiniert. Aber was noch unerklärlicher war und was er nicht einmal ansatzweise verstand, war, warum ihm das etwas ausmachte.

Akira hatte ihm seit dem Tag ihrer Geburt gehört. Sie lebte und atmete, weil es ihn gab. Er hatte fünfhundert Silberstücke für sie bezahlt, damit sie seine Frau werden und sein Bett mit ihm teilen konnte. Obwohl diese Gründe für ihn logisch klangen, konnte er überdies nicht leugnen, dass er ihr gefallen wollte. Er wollte, dass sie diese Ehe aus freien Stücken einging, er wollte die Leidenschaft in ihren Augen sehen, wenn er sie zum ersten Mal besitzen würde. Er wollte, dass ihre Ehe mehr war als nur eine Verbindung aus Pflichtgefühl.

Entschlossen, alles in seiner Macht Stehende zu tun, damit nicht noch mehr schiefging, hörte Calin auf, hin- und herzugehen, und sah Gordon an. »Sorg dafür, dass Catriona weder bei der Zeremonie noch bei den anschließenden Feierlichkeiten anwesend ist und dass Father Harrald bei klarem Verstand ist, wenn wir eintreffen! Keiner trinkt auch nur einen Tropfen, bevor die Trauung zu Ende ist. Und niemand erwähnt *Tigh Diabhail!*«

Calin strich sich durch das Haar. »Kendrick, du wirst nach Hause reiten, um deine Familie zu holen. Jaime wird beim Wasserfall auf dich warten, um euch zur Burg zu begleiten.«

»Und welche wichtige Aufgabe hast du für mich, während ich dort warte?«, fragte Jaime. Seine so verdammt blauen Augen funkelten vor Verlangen, sich zu beweisen.

Jaime hatte schon immer jede Bewegung Calins nachgeahmt, hatte versucht, ihn bei der Jagd zu übertrumpfen, ihn in der Schlacht zu überflügeln und bei der Werbung um eine Frau der Erfolgreichere zu sein.

Ein spöttisches Grinsen huschte über Calins Lippen, als ihm eine Idee kam. Er würde nicht der Einzige sein, der mit glatt rasiertem Kinn nach Cànwyck Castle zurückkehrte. »Kendrick, gib Jaime dein Rasiermesser. Er wird sich rasieren.«

»Was?«, schrie Jaime.

Calin hätte gelacht, hätte nicht ein solcher Aufruhr in ihm geherrscht. »Du hast mich gehört. Es wird Akira gefallen. Du hast deine Befehle. Geh jetzt!«

»Was wirst du wegen Akira unternehmen? Ihr weiter den Hof machen?«, fragte Kendrick, während die Männer ihre Pferde losbanden. Er hatte die rotgoldenen Augenbrauen hochgezogen und den Kopf leicht auf die Seite geneigt. Offenbar musste Calin sich auf einen schweren Kampf einstellen.

»Nein. Das wird bei deiner Schwester jetzt wohl nicht mehr viel nützen. Ich werde Mylady die Notwendigkeit darlegen, diese Verbindung zu akzeptieren. Wenn sie es nicht tut, werde ich sie für den Rest unserer Reise vermutlich auf Sirius festbinden müssen.« Calin machte auf dem Absatz kehrt und ging über den staubedeckten Hügel zum Bach.

Er versuchte, die bevorstehende Auseinandersetzung als eine strategisch zu planende Schlacht zu sehen. Er hatte wochenlang auf Schlachtfeldern gekämpft, hatte Infanteristen in den Kampf Mann gegen Mann geführt. Aber keine noch so gründliche Vorbereitung hätte ihn für diesen Krieg wappnen können. Blutbesudelte Fäuste, Schwerter, Männer von rücksichtloser Grausamkeit. Jene Schlachten waren keine Herausforderung im Vergleich zu dem Feuer speienden Drachen, den er zu seiner Frau machen würde. Akira war ohne Zweifel der starrsinnigste Gegner, mit dem er es je zu tun gehabt hatte.

Auch wenn es ein Schlag für sein Ego war – er wusste, dass er nicht fähig war, sie zum Gehorsam zu zwingen. Noch nie war er einer so klugen, so stolzen Frau begegnet. Sie würde alles tun, um ihre Familie zu beschützen. Der einzige Weg, ihre Zustimmung zu gewinnen, war, sie davon zu überzeugen, dass die Ehe mit ihm ihrem Clan ebenso nutzte wie ihr. Wenn er ihr offenbarte, dass Laird Kinnon ihr leiblicher Vater war, würde sie das beharrlich abstreiten. Und diese Möglichkeit würde er ihr nicht geben.

Jetzt war die Zeit gekommen, ihr zu sagen, was das Ungeheuer ihrer Familie angetan hatte.

Kapitel 10

Klares, kaltes Wasser, in dem ein Schwarm Elritzen dahinschoss, umspülte ihre Füße. Akira schlang die Arme um ihre Knie und grub ihre nackten Zehen in den Kies. Die frühen Sonnenstrahlen spähten über den Hügelkamm, während sie in einem Anfall von Selbstmitleid versank. Sie würde Calin niemals wissen lassen, wie sehr seine Worte sie verletzt hatten. Sie weigerte sich, ihn das dumme Mädchen in sich sehen zu lassen. Die Unschuld, die von Liebe und Hingabe geträumt hatte.

Calins Interesse beruhte auf seinem Verlangen, einen Erben zu bekommen – einen, in dessen Adern das Blut der MacLeods und der Kinnons floss. Er hatte all diese Jahre nur für sie gesorgt, um eines Tages mit ihr Kinder zu zeugen und sich mit dem Kinnon-Clan zu verbünden. Auch wenn sie noch immer nicht ganz begriffen hatte, wie das möglich war. Sie war ein Bauernmädchen, das auf Kinnon-Land lebte. Sie hatte keinerlei Ansprüche auf Kinnon-Land. Doch weder Calin noch Kendrick schien diese Tatsache zu stören. Man hatte Wahrheiten vor ihr verborgen gehalten, und die Verwicklung ihres Bruders in diese Täuschung ließ ihr Herz nur noch mehr schmerzen. Mit Kendrick als ihrem Wächter konnte sie sich nicht gegen das Leben wehren, das er für sie ausgesucht hatte. Wenn sie sich nicht in dieses Arrangement fügte, würde Calin sie dazu zwingen, wie es sein Recht war.

Vielleicht könnte sie ihn dann hassen. Eine Träne lief über ihre Wange, hinterließ eine kalte Spur und fiel in den dahinfließenden Bach.

Sie schreckte zusammen, als Calins Finger über ihr Haar

strichen. Sie zuckte zurück, sprang auf und lief durch den Bach davon. Ein Schwarm Amseln flog auf, aufgescheucht von ihrer abrupten Bewegung. Demütigung ließ Akira die Augen niederschlagen, als sie zu Calin zurückging. »Ich bin bereit. Ich bin sicher, Ihr habt es eilig, aufzubrechen, M'laird.«

»Es gibt keinen Grund zur Eile. Ich habe die anderen vorausgeschickt.« Calin streckte die Hand nach ihr aus.

»Warum?« Sie trat zur Seite.

»Weil ich allein mit dir sprechen wollte ... um mich zu entschuldigen.«

Sie lachte, um nicht aufzuschluchzen. »Warum solltet Ihr Euch entschuldigen? Wir werden heute heiraten. Unsere Clans werden sich heute miteinander verbinden, und die MacLeods werden ihrem neuen Laird die größte Ergebenheit entgegenbringen – einem Laird, der selbstlos eine unscheinbare Braut gewählt hat, um das Leben seiner Leute zu verbessern. Ich sehe weder einen Grund für Erklärungen noch für Entschuldigungen dafür, dass Ihr ihr Held sein wollt. Ihr habt Eure Gründe für diese Verbindung mehr als deutlich gemacht, M'laird.« Selbst als sie diese Worte sagte, konnte sie nicht glauben, dass sie seinen Verführungskünsten auf den Leim gegangen war.

Calin war mit zwei, drei Schritten bei ihr. Sie wich ihm aus, war aber nicht schnell genug. Er bekam sie am Rock zu fassen und brachte sie im feuchten Gras zu Fall. Er hielt sie um die Taille gepackt, zog sie an seine Brust und schaute auf sie herunter. »Es gibt viele Gründe, aus denen ich dich heiraten möchte.«

»Dann wird es also Eure Belohnung sein, mich in Eurem Bett zu haben. Oder wird das auch eine Pflicht Eurem Clan gegenüber sein?« Ihre Fäuste stießen gegen seine Brust, ihr Blut raste durch ihre Adern.

Er ließ sie los. »Akira, bitte.«

Sie starrte ihn aus schmalen Augen an. Ihr Schicksal mochte sein, ihm einen Erben zu gebären, aber freiwillig würde sie sich ihm niemals hingeben! Ihre Ehe würde nicht mehr sein als ein Vertrag. Niemals würde er ihr den Stolz oder das Herz nehmen können.

»Ich werde Euch nicht heiraten!«, erklärte sie und versuchte, sich ihre Gefühle nicht ansehen zu lassen. Sie wusste, dass es sinnlos war, sich ihm zu verweigern.

Seine Nasenflügel blähten sich, und sie sah eine Spur des Zorns, den er zu verbergen suchte. »Du *wirst* mich heiraten, und du wirst lächeln, wenn du dein Ehegelübde sprichst. Du gehörst zu mir! Ich habe fünfhundert Silberstücke für dich bezahlt, und du wirst gehorchen und meine Frau werden.«

Akira stemmte die Hände gegen seine Brust und stieß ihn von sich weg. Er wich taumelnd zurück, und Akira genoss die Befriedigung zu wissen, dass sie die Kraft besaß, körperlich gegen ihn zu kämpfen. Isobel all die Jahre lang zu tragen hatte sie stark wie ein Ochse gemacht.

Calin überbrückte die kurze Entfernung zwischen ihnen, und wieder stieß sie ihn fort. Er zog verblüfft die Augenbrauen hoch, und Akira bedachte ihn mit einem vielsagenden Lächeln.

»Ich werde weder mit dir streiten noch werde ich wie ein verdammter Strauchdieb mit dir kämpfen.« Er ging um sie herum, als würde er ein Beutetier umkreisen. Er hielt die Arme leicht angewinkelt und war bereit anzugreifen. Sie packte ihn an den Handgelenken und verdrehte sie, bis er vor ihr zurückwich. Er wäre fast auf ein Knie niedergegangen.

Akira hatte bei verschiedenen Gelegenheiten mit Kendrick gekämpft. Besiegt hatte sie ihn nur einmal, und das vermutlich auch nur, weil er betrunken gewesen war. Aber dieses eine

Mal hatte ihr die Hoffnung gegeben, dass sie sich selbst verteidigen konnte.

»Verdammte Heilige, du bist ein richtiger Wildfang! Und wieso bist du so stark?«

Sie beantwortete seine Frage nicht, sondern bereitete sich auf den weiteren Kampf vor.

Er packte Akira an den Händen, trat ihr die Füße weg und warf sie zu Boden. Der frische Tau benetzte ihre nackten Waden, während er ihre Hände über ihrem Kopf festhielt. »Ich werde an dem Tag, an dem wir heiraten, nicht mit meiner Verlobten raufen. Du wirst mit diesem Unsinn aufhören und dein Temperament zügeln! Eine Braut sollte an ihrem Hochzeitstag glücklich sein.«

»Glücklich?« Akira zog sich zurück, um ihre Stirn gegen seinen Schädel zu schlagen, wie sie es in *Tigh Diabhail* getan hatte, aber Calin erkannte ihre Taktik. Er hielt sie fest, und bewahrte sie zugleich davor, sich selbst zu verletzen. Zum Teufel mit diesem Mann! Selbst wenn er sie gefangen hielt, war er sanft.

»Siehst du nicht, dass ich dir ein besseres Leben bieten kann? Ab dem Moment, da du das Tor von Cànwyck Castle durchschreitest, wirst du mit Ehrerbietung behandelt werden.«

»Ihr wollt, dass ich auf Eurem Pferd reite und meinen neuen Clan mit einem Lächeln begrüße? Nun, das werde ich nicht tun! Ich werde nicht meine Familie zurücklassen, damit sie hungers stirbt, während Ihr meinen Leuten das Land wegnehmt! Ihr seid ein Narr, wenn Ihr glaubt, ich werde glücklich mein Ehegelübde sprechen, wenn Ihr doch nur vorhabt, meine Familie dazu zu zwingen, ihr Leben im Kampf gegen Euren allerhöchsten König zu geben!«

»Das glaubst du also?« Seine Augenbrauen zogen sich zusammen. »Gestatte mir, es dir zu erklären.«

Akira wand sich unter ihm, versuchte, sich aus seinem Griff zu befreien. »Ihr mögt mich besitzen, M'laird, aber meine Gefühle könnt Ihr nicht kontrollieren«, zischte sie. Ihre Zunge war ihre einzige Waffe.

»Nein, aber ich kann beweisen, dass du Gefühle hast – Gefühle, die du jetzt verleugnest.« Er ließ sie los, umfasste ihren Hinterkopf und plünderte ihren Mund mit einem leidenschaftlichen Kuss.

Ihr Verstand schrie ihr zu, sich ihm zu verweigern, aber ihr Mund handelte eigenmächtig. Sie wollte diesen Mann verachten, selbst dann noch, als ihr Puls sich beschleunigte und im Rhythmus seines Kusses schlug. Schnell und glühend zuerst, dann langsamer, bis er sich zurückzog und sie atemlos zurückließ.

Calin könnte sie nehmen, hier und jetzt, und niemand würde schlecht von ihm denken, aber seine Hände glitten niemals tiefer als bis zu ihrem Kinn.

Er presste seine raue Wange an ihre Halsbeuge. »Es geht nicht um die Herrschaft über die Inseln. Ich wollte diese Allianz mein ganzes Leben lang, so wie schon mein Vater vor mir. Ich kann dir alles geben, worum du bittest. Alles, was dein Herz begehrt. Ich kann dich für den Rest deines Lebens beschützen, und eines Tages wirst du mich vielleicht respektieren.«

Sie schob ihn von sich herunter und setzte sich auf. Sie umschlang ihre Knie und starrte auf ihre nackten Füße. »Ich will Euren Reichtum und Euren Schutz nicht. Ich will, dass meine Familie sicher ist. Ich will die Wahrheit wissen.«

Er setzte sich neben sie und nahm ihre kleine Hand in seine. Er hielt sie lange Zeit, ohne etwas zu sagen, streichelte stumm mit dem Daumen ihre Handinnenfläche. Schließlich formten sich seine Gedanken zu Worten. »Damals, als du die

Schafherde in dein Dorf gebracht hast – warum haben dich deine Stammesleute vor ihrem Laird beschützt?«

Sie fand diese Frage seltsam, aber sie antwortete, ohne zu zögern. »Aus Loyalität. Ihr mögt es nicht glauben, aber wir sind ein loyaler Clan.«

»Ihr seid loyal untereinander, aber nicht eurem Chieftain gegenüber. Laird Kinnon sollte seinen Leuten Schutz garantieren. Stattdessen ist er es, vor dem sie beschützt werden müssen.«

»Es geht um unseren Chieftain?« Sie versuchte, seine Worte zu begreifen.

»Laird Kinnon muss für seine Verbrechen zur Rechenschaft gezogen werden! Und sein Sohn muss verbannt werden, ehe er Chieftain wird. Haben deine Leute nicht schon genug gelitten?«

Akira wusste, dass er die Wahrheit über Laird Kinnon sagte, aber Kendrick hatte ihre Familie immer vor der Niederträchtigkeit des Ungeheuers beschützt. Sie hatte ihren Bruder nie von einer Allianz sprechen hören. Andererseits traf er sich oft mit vielen Kriegern der Kinnons. Maggies Mann Logan war des Öfteren im Cottage gewesen, hin und wieder hatten ihn auch Krieger der Donalds begleitet. Bereitete Kendrick diese Allianz schon seit so langer Zeit vor? Hatte er Maggie deshalb mit einem Donald verheiratet? Wollte er die Clans der Inseln vereinen? Sie wünschte, er hätte sich ihr anvertraut und ihr gesagt, was er sich für das Wohlergehen ihrer Clans wünschte. Dann würde sie jetzt wissen, ob sie Calin trauen konnte oder nicht.

»Laird Kinnon ist ein Mörder, der lügt und raubt, und Gott allein weiß, welchen Einfluss er auf Darach ausübt. Wie willst du deinen Clan vor seiner Brut beschützen? Wie willst du die Zwillinge oder Isobel beschützen, wenn Kendrick fort ist in einer Schlacht? Oder, noch schlimmer, wenn er bei der Verteidigung jener Grenzen fällt, die zu verteidigen Laird Kinnon nicht bereit ist?«

»Und deshalb wollt Ihr, ein MacLeod, dieses Bündnis? Um die Kinnons vor ihrem teuflischen Laird zu schützen?« Akira war alles andere als dumm. Keinen Augenblick lang glaubte sie, dass Calin MacLeod die Leute ihres Clans beschützen wollte, aber sie wollte ihn ausreden lassen.

»Es gibt viele Gründe, und das ist einer davon. Das Bündnis wird sowohl dem Schutz unserer Clans als auch dem der Inseln dienen. Die Engländer rücken weiter in die Lowlands vor. Es wäre närrisch zu glauben, sie würden ihre Soldaten nicht auch die Küste hinauf- und auf die Inseln schicken. Es ist unumgänglich, dass wir uns zusammenschließen, um unsere Grenzen vor einer Invasion zu schützen. Ich kann dir versprechen, dass ich deinen Clan nicht von seinem Land vertreiben werde, aber die verdammten Engländer wird nichts davon abhalten, es sich für ihren König zu nehmen. Laird Kinnon kann man nicht trauen. Der Mann würde eher seine Leute für einen Silberling verkaufen als an der Seite der MacLeods zu kämpfen. Wir haben zugestimmt, uns mit den Donalds zu verbünden und für die Freiheit Schottlands zu kämpfen. King James ist die Kämpfe zwischen unseren Clans mehr als leid. Er hat eigene Pläne für unser Land, und wir alle werden leiden, falls er nicht beschwichtigt wird.«

»Dann habt Ihr die Zustimmung des Königs?«

»Ich werde um die Zustimmung meines Lehnsherren bitten, nachdem wir geheiratet haben.«

»King James wird in diesem Bündnis einen Aufstand gegen die Krone sehen! Er wird denken, Ihr versucht, das Earldom of Ross und den Titel des Lord of the Isles zurückzuverlangen. Ist es das, was Ihr wollt?«

»Nein!« Er rief das Wort mit solcher Vehemenz, dass sie ihm fast glaubte. »Ich habe nicht den Wunsch, den Clan der Kinnons zu zerstören, und die Donalds ebenso wenig. Ich habe meinem König und Schottland Treue geschworen. Ich würde bis zum Tod kämpfen, um dieses Land und meine Leute zu beschützen, ebenso wie Kendrick. Der Clan der Kinnons wird unter unserem Bündnis nicht leiden, sondern unter der Führung eines neuen Lairds aufblühen. Eines Lairds, der im Gegensatz zu Laird Kinnon die Grenzen seines Landes schützen wird.«

Akira dachte über seine Worte nach und bemühte sich, ihre persönlichen Überzeugungen, was das Beste für ihre Leute war, zurückzustellen. Die Engländer waren die niederträchtigsten unter Gottes Geschöpfen. Sie hatte sich schon oft gefragt, ob die vielen englischen Soldaten nicht Teil der Armee des Teufels waren. Diese Kriegsmänner vergewaltigten und plünderten schottische Dörfer ohne Erbarmen. Wenn Calin die Wahrheit sagte, könnte ein Bündnis sie schützen. »Und wer wird Chieftain sein, wenn nicht Laird Kinnons Sohn?« Als Calin nicht antwortete, legte sie die Hand unter sein Kinn und zwang ihn, sie anzusehen. In seinen dunklen braunen Augen lag so viel Zorn. Sie war so bestrebt gewesen, ihren Stolz zu bewahren, dass sie nicht darüber nachgedacht hatte, wie viel Verantwortung auf seinen Schultern lastete. Sie streichelte seine Wange. »Wer, Calin? Wer wird meinen Clan beschützen?«

»Kendrick.«

Ihre Augen wurden groß bei dieser Ankündigung. »Auch wenn ich dir zustimme, dass Kendrick einen ehrenhaften Laird abgeben würde, so ist er doch nur der Sohn eines Bauern. Es ist das gesegnete Blut des Chieftains, das die Kinnon-Lairds bestimmt, nicht die Ehre. In einigen Clans ist das nicht so, aber unsere Ältesten werden keinen Mann zum Chieftain bestimmen, der nicht einer gesegneten Ehe entstammt.«

»Es gibt vieles, was du nicht weißt, aber glaube mir, wenn ich dir sage, dass Kendrick der nächste Chieftain der Kinnons sein wird. Und weil du seine Schwester bist, wird unsere Heirat die Clans verbinden.«

»Das ist nicht möglich. Ihr könnt nicht Gesetze brechen, die seit Jahrhunderten bestehen, weil es ehrenhaft ist. Der Chieftain muss von gesegnetem Blut abstammen. Wenn Ihr wollt, dass ich Euch vertraue, dann müsst auch Ihr mir vertrauen. Sagt mir, wie Ihr es anstellen wollt, den Sohn eines Bauern in den Rang des Chieftains zu erheben.«

Calin ließ ihre Hand los und starrte auf das vorbeirinnende Wasser des Baches. »Laird Kinnon missbraucht seine Macht als Chieftain. Er erkauft sich die Loyalität seiner Krieger mit den Steuern der Dorfbewohner und behandelt die Frauen seines Clans wie Hunde. Was denkst du, wie viele Bastarde dieses Mannes in Dalkirth herumlaufen?«

»Das weiß ich nicht. Er hat nie Anspruch auf einen von ihnen erhoben.« Sie konzentrierte sich auf seine Frage. Eine lange Pause füllte die Luft mit Schweigen. Während sie auf weitere Erklärungen wartete, begann sie zu verstehen. Ihre Kinnlade klappte hinunter. »Wollt Ihr damit andeuten, dass Kendrick einer von Laird Kinnons Bastarden ist? Das ist nicht wahr! Mam war Papa niemals untreu!«

Langsam wandte er sich zu ihr, seine Miene verriet nichts. »Vanora war niemals untreu. Laird Kinnon hat sie vergewaltigt, zwei Monate, bevor sie Murrdock Neish geheiratet hat.«

Akira fühlte sich krank. Sie presste die Hand vor den Mund. Ihre Kehle zog sich zusammen. »Das Ungeheuer hat Mam geschändet?«

Calin nickte. »Kendrick ist Laird Kinnons Sohn. Murrdock hat es nie erfahren, und Vanora hatte auch nicht vor, es Kendrick jemals zu sagen. Vor zehn Jahren verdächtigte Laird Kinnon Murrdock des Verrats. Er ließ Neala zu sich bringen, um Murrdock in die Burg zu locken. Deine Schwester war vierzehn – so alt, wie Vanora war, als das Ungeheuer ihr seinen Samen eingepflanzt hat.«

Akira keuchte auf. Sie kämpfte darum, seine Worte zu begreifen, während eine Welle von Hass über ihr zusammenschlug. »Wäre Papa vom Kampf gegen die Royalisten zurückgekommen, hätte er ihn getötet.«

»Murrdock ist nicht in der Schlacht von Ross gefallen, wie man es dir gesagt hat. Er ist in Brycen Castle gestorben, als er versuchte, Neala vor Laird Kinnon zu beschützen.«

Wie konnte das nur sein? Warum hatte sie es nicht gewusst? Akiras Hände zitterten, ihr Puls raste, aber sie zwang sich, die Frage zu stellen. »Ist Papa rechtzeitig gekommen, um Neala zu helfen?«

Calin schloss die Augen und schüttelte den Kopf.

Ihr Herz stolperte, ihr Magen zog sich zusammen. Ein schrecklicher Schmerz brach sich Bahn in einem Strom von Tränen, der ihr über die Wangen lief. Sie wollte nicht glauben, dass ihre Schwester vom Ungeheuer geschändet worden oder dass ihr Vater nicht ehrenvoll auf dem Schlachtfeld gefallen war! Wut verdrängte ihren Schmerz. »Ihr lügt! Kendrick hätte ihn umgebracht.«

Calins starke Hand schloss sich um Akiras Faust. Sanft wischte er ihr die Tränen von den Wangen und sah sie aus seinen bernsteinfarbenen Augen an. »Das wollte er. Aber als Kendrick die Krieger um sich versammelt hatte, um das Ungeheuer zu töten, hat Vanora ihm gesagt, dass er Laird Kinnons Sohn sei und eines Tages der Chieftain sein könne. Sie hat ihn davon überzeugt, dass eine größere Aufgabe auf ihn wartet – den Clan der Kinnons vom Ungeheuer zu befreien. Sie wollte nicht, dass Kendrick das gleiche Schicksal erleidet wie Murrdock. Sie hat ihn angefleht, Geduld zu haben und auf die Hilfe meines Clans und der Donalds zu warten.«

Verdammt sollten er und sein teuflisches Blut sein! Wut und ein unbändiges Verlangen nach Rache erfasste Akira. Sie wollte den Kopf des Ungeheuers für seine Verbrechen gegen ihre Leute. Sie hatte immer gewusst, dass er böse war. »Warum, bei allen Schotten, ist er nicht schon längst angeklagt worden? Die Kinnon-Krieger können nicht mehr als dreihundert sein, und die MacLeods allein sind dreimal so viele! Warum habt Ihr Euch nicht schon längst gegen ihn erhoben?«

»Dein Laird steht in der Gunst des Königs von Schottland. Laird Kinnon hat seine Truppen nicht mit den Royalisten verbunden, was ihm nicht nur den Schutz des Königs eingebracht hat, sondern auch das Wohlwollen der Lowlander.«

»Ich hätte das Ungeheuer eigenhändig getötet, hätte ich gewusst, was er meiner Familie angetan hat«, sagte sie voller Überzeugung.

Calin legte ihre Hand an seine Brust und zog Akira zu sich. »Kendrick konnte es deiner Mutter nicht abschlagen und durfte seine Pflicht nicht vergessen, dich und deine Schwestern zu beschützen. Wenn dein Bruder Chieftain ist, wird Laird Kinnon seine Strafe bekommen. Kendrick hat das euren Clanangehörigen vor mehr als zehn Jahren versprochen. Deshalb hat er Maggie mit Logan Donald verheiratet. Logan ist der drittgeborene Sohn des Chieftains des Donald-Clans. Die Donalds sind bereits Kendricks Verbündete und warten darauf, dass wir unsere Allianz schließen, um die Insel zu vereinen.«

Akira atmete ruhiger und öffnete die Faust, hielt sich aber noch immer an seiner Hand fest, dankbar für seine Stärke. Sie dachte über das nach, was sie von Calin erfahren hatte. Kendrick hatte innerhalb des Clans einen Aufstand gegen Laird Kinnon vorbereitet. Ihr Bruder hatte Maggie mit Logan verheiratet, um die Kinnons und Donalds miteinander zu vereinen. Aber die Erstgeborene war Neala, und sie war mit einem Kinnon, einem einfachen Bauern, verheiratet. War Neala mit Logan verlobt gewesen, bevor das Ungeheuer sie geschändet hatte?

Akira hasste die Gesetze des Landes! Sie hasste die Art, wie Männer von Rang Bündnisse schlossen, indem sie ihre Töchter und Söhne miteinander verheirateten. Sie versuchte, Kendrick zu hassen, weil er ihre Schwestern ebensolchen Bündnissen geopfert hatte, aber sie verstand, dass es Teil des größeren Plans gewesen war, nicht nur ihre Schwestern und Mam, sondern auch die Inseln zu schützen. Wenn Kendrick und Calin vorhatten, auch sie zu einem Teil ihrer Machenschaften zu machen, um die Inseln zu vereinen, dann musste Calin wissen, was Kendrick vorhatte, um die Macht als Chieftain zu erlangen.

»Sagt mir, wie Kendrick Laird werden soll«, verlangte sie in einem Ton, der befehlender klang, als sie es beabsichtigt hatte. »Das Gesetz ist mir nicht unbekannt. Der Rat wird meinen Bruder nicht zum Laird machen, solange es einen Kinnon-Erben gibt. Kendrick ist ein illegitimes Kind. Er ist nicht in einer gesegneten Ehe geboren worden wie Darach.«

Calin ließ den Blick über die Landschaft gleiten. Die Amseln hatten ihr Festmahl im üppig grünen Gras wieder fortgesetzt, und die Sonne hatte begonnen, den Morgendunst zu vertreiben. Akira wusste, dass Calin nach Worten suchte. Überdies spürte sie, dass es da vieles gab, was er ihr gern sagen wollte, es aber entweder nicht konnte oder aber sich fürchtete, es zu tun. Sie hielt seine Hand und bat ihn stumm, ihr zu vertrauen.

Calin senkte den Kopf, an seinem Kinn pulsierte ein Muskel. »Wenn Laird Kinnons Erbe Kendrick zum Chieftain erklärt, wird der Rat seine Zustimmung geben.«

Akira stieß einen Schrei aus. Das sollte der brillante Plan sein, das Ungeheuer zu zerstören? Sie waren wirrköpfige Narren – sowohl ihr Bruder als auch Calin! »Wenn Ihr glaubt, Darach wird damit einverstanden sein, dann seid Ihr verrückt, Calin MacLeod!«

Er legte seine Stirn in Falten. »Ich bin verrückt. Verrückt nach dir!« Er drückte sie in das samtige Gras und verschränkte seine Finger in ihren.

Als er sich über Akira beugte, wärmte die Hitze seines Mundes ihre Lippen, und ihr Puls begann, schneller zu schlagen. »Ich habe dir schon mehr gesagt, als ich sollte, aber ich will, dass du mir vertraust. Heirate mich heute, um deinen Clan zu schützen. Um Schottland zu schützen, und bald werde ich dich in alles einweihen. Ich schwöre es.«

Kendrick musste gewusst haben, dass ihrer beider Verbindung so vielen Menschen Schutz garantieren würde. Nicht nur Calin wäre dann ein Held, sondern auch ihr Bruder. Die Bewohner von Dalkirth würden von dem Ungeheuer befreit sein und könnten unbescholten und glücklich unter Kendricks Führung leben. Diese Vision erfüllte Akira mit Frieden. Ihre Zustimmung zu einer Ehe mit Calin konnte verhindern, dass das Ungeheuer jemals wieder einem Menschen ein Leid antat.

Sie fühlte sich wie beflügelt. »Ich werde Euch heiraten.«

Sein Lächeln kam rasch, und der gewohnte arrogante Ausdruck kehrte in seine Augen zurück. Er triumphierte, deshalb neckte sie ihn. »Um meine Familie und meinen Clan zu schützen, aber nicht, um mich Euch zu unterwerfen.«

Calins Augen leuchteten bei dieser Herausforderung vor Vergnügen. Ein breites, sinnliches Grinsen glitt über sein Gesicht, als er begann, sein Spiel mit ihr zu treiben. Das Oberteil ihres Hemdes war bei ihrem vorhergehenden Kampf nach unten gerutscht und enthüllte weit mehr Haut als schicklich war. Er beugte sich über sie und rieb die Nase an ihrer Brust. Seine Wimpern streiften ihre Haut, kitzelten sie, verursachten ein Kribbeln. Er hauchte flüsterleichte Küsse auf ihren Brustansatz und machte es Akira schwer, weiterhin abwehrend zu sein.

Sie schloss die Augen und fasste seine Hand fester. Sie wusste nicht warum, aber sein Kuss und seine Berührung erfüllten sie mit Sehnsucht. Am Ende dieses Tages würde er ihr Ehemann sein, und sie leugnete nicht, welche Gefühle er in ihr entfachte – auch wenn sie vielleicht nicht das gleiche Verlangen in ihm weckte.

Ihr verräterischer Körper bog sich ihm entgegen, sehnte sich nach seiner Aufmerksamkeit.

»Wenn du dich weiter so windest, sehe ich gleich deine rosigen Knospen.«

Erregung machten die Knospen, von denen er so freimütig gesprochen hatte, hart wie kleine Kieselsteine. »Und was würdet Ihr tun, wenn das passiert?«

Er beugte sich über sie. »Dann wäre ich gezwungen, von jeder sehr langsam zu kosten.«

Akira atmete tief die kühle Morgenluft ein. Sie wollte wissen, wie sich das anfühlte. Sie zog beide Augenbrauen hoch und wand sich unter ihm.

Calin stöhnte. »Ich bin ein schwacher Mann. Du darfst mich nicht reizen. Hör jetzt bitte damit auf, mich zu verführen, und gestatte mir, dich erst zu nehmen, wenn wir verheiratet sind.«

Akira kämpfte gegen das Verlangen an, das sich tief in ihrem Schoß sammelte. Sie weigerte sich, ihre Beharrlichkeit aufzugeben, und forderte Calin weiter heraus. »Ich werde nicht lächeln, wenn wir heiraten, und ich werde mich Euch nicht freiwillig hingeben.«

»Oh, mein kleiner Feuer speiender Drache, du wirst beides tun.« Calins arrogantes Lächeln wurde noch breiter, bevor er sie schließlich freigab.

Kapitel 11

Die Morgensonne schien warm auf Akira herunter, als sie mit Calin über das Land der MacLeods ritt. Sie hielten an drei Farmen, die an ihrem Weg lagen, und Calin nahm die Hochzeitsgeschenke von seinen Stammesangehörigen entgegen, als böten sie ihm das Gold des Königs dar. Er trat sehr bescheiden vor den Bauern auf, und sein tief empfundener Dank rührte Akiras Herz. Eine der Bauersfrauen schenkte ihm ein Spitzentuch, mit dem er die Tränen seiner Braut auffangen sollte. Eine andere schenkte ihm eine gefleckte Feder vom Schwanz eines Auerhahns als Glücksbringer, und die dritte beschenkte Akira mit einem hohlen Ei. Die ältere, grobknochige Frau riet ihr, das Ei nach der Hochzeitsnacht zu zerbrechen. Akira kicherte nervös, als die Frau ihr erklärte, das Ei stünde für den Zustand ihres Leibes.

Calin lenkte Sirius im leichten Galopp um Loch Lomond herum, während er Akiras Fragen über seinen Clan, dessen Rat und die bevorstehende Allianz beantwortete. Sie fühlte sich respektiert, als er sie nach ihrer Meinung fragte, wie die kleinen Jungen des Clans zu unterrichten seien. Niemand hatte ihr je so viel Aufmerksamkeit geschenkt.

Bald mischte sich der starke Geruch des Meeres in den Wind. Ein Falke schrie über ihnen, ein Lederband hing an seinem Fang – über ihnen kreisend lud er sie ein, nach Hause zu kommen. Zu Hause. Der Gedanke an sich erschreckte Akira ein wenig. Aus der Ferne war das eindringliche Pfeifen der Dudelsäcke zu hören. Als sie den Kamm des Hügels erreicht hatten, lag Cànwyck Castle vor ihnen. Akira machte große Augen bei dem Anblick, der sich ihr bot. Eine Burg aus Basaltblöcken erhob sich auf einem steilen Küstenkliff und bot einen Blick über die weite See. Zwei Türme, der eine an der Ost-, der andere an der Westseite der Burg, erhoben sich stolz in den Himmel.

Der MacLeod-Clan war dreimal so groß wie der der Kinnons, vielleicht noch größer. Und die Menschen würden, ohne Zweifel, eine Frau von würdiger Anmut erwarten. Eine, die über Qualitäten verfügte, die sehr viel feiner waren als die eines Bauernmädchens. Akira hatte ihr ganzes Leben in einer Hütte verbracht, die nur zwei Kammern gehabt und deren Boden aus gestampftem Lehm bestanden hatte. Sie hatte Schafe gehütet und sich um ihre Schwestern gekümmert. Dies hier war Wahnsinn! Wie sollte sie je die Rolle der Lady des MacLeod-Clans ausfüllen?

Diese Gedanken quälten Akira, bis sie an den tiefen Graben kamen, der sie noch von Cànwyck Castle trennte. Eine massive Zugbrücke wurde langsam heruntergelassen, und die Wächter zogen das eiserne Gittertor hoch, um ihnen Einlass zu gewähren. Mit jedem metallenen Rasseln fiel Akira ein weiterer Grund ein, warum sie unmöglich Lady MacLeod werden konnte. Das Fallgitter wurde immer höher gezogen, bis sie glaubte, sie würde das Metallrasseln nicht mehr aushalten. Sie klammerte sich an Calins Arm, und Perlen von Schweiß sammelten sich zwischen ihren Brüsten. Hätte sie die Zügel gehalten, sie hätte Sirius zu einem schnellen Galopp in die entgegengesetzte Richtung angetrieben.

»Halt! Bitte, M'laird. Ich kann da nicht hineingehen!« Ihre Stimme zitterte vor Panik. »Das ist zu viel. Zu groß. Bitte noch eine Nacht. Morgen werde ich bereit sein, Eure Frau zu werden. Ich schwöre es.«

»Nein. Diese Bitte schlage ich dir ab. Meine Leute haben zu lange auf dich gewartet, Mädchen, und ich versichere dir, sie werden dich verehren.«

Akira zog an den Zügeln und drehte sich im Sattel um. »Wie könnt Ihr das sagen? Gordon verehrt mich nicht.«

»Gordon mag niemanden.«

»Diese Männer, die mich hinter ihren Pferden hergeschleift und nach *Tigh Diabhail* gebracht haben, haben mir auch keine Bewunderung entgegengebracht.«

»Diese Männer werden verfolgt und verbannt werden.«

»Dann nennt mir einen aus Eurer Sippe, der mich *verehren* wird.«

»Tante Wanda. Sie hat ein reines Herz, und sie wird sehen, dass auch du eines hast, auch wenn du es hinter deiner Widerborstigkeit versteckst. Jetzt gib die Zügel frei, Mädchen, und lächle.« Calin schnalzte mit der Zunge und ließ Sirius über die Zugbrücke und durch das Vorwerk gehen.

Akira schnaubte, dann strich sie sich das Haar glatt und ordnete die Falten ihres Gewands. Sie lächelte nicht. »Ich sehe aus wie ein Igel. Ich brauche ein Bad. Ich brauche mehr Zeit.«

Calin beugte sich zu ihr und küsste sie auf die Schläfe. »Du bist der schönste Igel, den ich je gesehen habe!«

Ihr Atem ging schneller, während ihre Hände weiterhin zitterten, und Calins aufmunternder Händedruck trug nur wenig dazu bei, ihr die Nervosität zu nehmen. »Du darfst keine Furcht zeigen. Sie schauen zu dir auf, weil du stark bist«, flüsterte er in ihr Haar.

Vor den blank geputzten Hütten standen Männer, Frauen und Kinder. Sie alle trugen Plaids in den Farben der MacLeods. Akira ging der Gedanke durch den Kopf, dass die Weber von morgens bis abends gearbeitet haben mussten, um so viel Wolle für diese schönen Kleidungsstücke zu fertigen.

Calin hielt Sirius am Fuße einer geschwungen verlaufenden Böschung an, die von dichtem Sommergras bewachsen war. Zwei Reihen rosa und blau blühender Blumen säumten den Fußpfad, der von hier zum Wohnturm führte. Die Sommerblumen erfüllten die Luft mit einem überwältigend süßem Duft, der auch das Summen der umherfliegenden fleißigen Bienen erklärte.

Calin stieg vom Pferd und hob dann Akira aus dem Sattel. Als sie neben ihm stand, sprangen zwei Jungen herbei, um Sirius zu versorgen. Beide entboten der neuen Herrin ihren Gruß. Das unaufhörliche Pfeifen der Dudelsäcke wurde bald von den schrillen Schreien einer Schar Kinder übertönt, die auf Akira zugerannt kamen. Es waren fünf an der Zahl, eines ein wenig größer als das andere, wie Orgelpfeifen. Sie scharten sich um Akira und starrten sie mit eifrigem Interesse an. Unter den stoßenden Ellbogen kam ein hellblonder Haarschopf hervor, der das süße, engelsgleiche Gesicht eines kleinen Jungen mit riesigen blauen Augen umrahmte.

Er streckte die Arme nach Akira aus. »Wählt mich, Mylady!«

Akira kümmerte es nicht, ob es der Schicklichkeit ihres neuen Ranges entsprach, als sie sich zu dem kleinen Jungen herunterbeugte. Bevor sie ihn davon abhalten konnte, schlang er ihr die dicken Arme um den Hals, verschränkte die Hände ineinander und umarmte sie leidenschaftlich.

»Willkommen zu Hause, Mylady!« Seine süße Stimme klingelte in ihren Ohren.

Ihr Herz zersprang fast bei dieser Begrüßung des unschuldigen Kindes. Tränen schossen ihr in die Augen, und ihre Kehle fühlte sich an wie zugeschnürt. Dieser kleine Junge würde nie wissen, wie viel Macht in seinen Worten gelegen hatte. Akira weigerte sich, zu weinen. Stattdessen zeigte sie das Lächeln, von dem sie entschlossen war, es nicht mit Calin zu teilen. Sie wandte sich ab, weil sie wusste, dass er sie ansah. Er schien ihre Zustimmung zu wollen. Hätte er ihr einen weiteren Tag des Wartens zugestanden, hätte sie ihm diese Zustimmung bereitwillig gegeben. Doch so, wie die Dinge lagen, würde sie stur sein und ein klein wenig selbstsüchtig ihre Erheiterung genießen. Aber der kleine Junge, der sich an ihrem Hals festhielt, machte es ihr schwer, mürrisch zu sein.

Alec und eine Frau, von der Akira annahm, dass es seine Frau Aileen war, liefen herbei, die Kinder wieder einzufangen. Rotgoldene Locken fielen Aileen über das Gesicht, als sie sich verneigte. »Ich bitte tausendmal um Verzeihung, Mylady. Aber sie haben ihre Manieren vergessen.« Aileen versuchte, den Jungen von Akiras Hals loszubekommen.

Er wollte nicht loslassen. Er zog seine Nase kraus, sah seine Mutter missmutig an und festigte seinen Griff noch.

Aileen entschuldigte sich erneut. »Andrew, lass Mylady sofort los!«

»Ich kann nicht, Mammie! Ich liebe sie.«

Und damit änderte sich alles.

Akira lachte laut, während ihr eine zarte Röte ins Gesicht stieg. Aileen zog Andrew jetzt mit Macht von Akira fort und stellte ihn neben sich. »Du kannst sie ebenso gut aus der Ferne lieben.«

Der Junge drängte sich an die Röcke seiner Mutter und winkte Akira zu, ehe er den Daumen in den Mund steckte. Der Junge hatte schon viel zu viele Zähne für eine solche Angewohnheit, und Akira war überzeugt, dass der kleine Andrew verhätschelt wurde.

»Vergebt ihm, Mylady!«, bat Aileen und schlug die Augen nieder. »Ich fürchte, unseren Kindern fehlt es an Disziplin. Alec und ich haben bei weitem den schlechterzogensten Wurf innerhalb der Mauern von Cànwyck.«

»Ich denke, sie sind wundervoll. Sie alle.« Sie umarmte Aileen sanft und beugte sich dann herunter, um Andrew einen

Kuss auf seine kleine Nase zu geben. Sie wünschte sich sehr, hier eine Freundin zu finden, und Aileen schien dafür wie geschaffen zu sein.

»Habt Ihr jemanden, der Euch hilft, Euch auf die Zeremonie vorzubereiten?«, fragte Aileen.

»Elsbeth erwartet sie«, sagte Calin, der hinter Akira stand, kühl.

Akira ignorierte ihn und fuhr fort, Aileen anzulächeln. »Ich bin sicher, ich brauche mehr als ein Mädchen, das mir hilft, mich vorzubereiten.«

Aileen schob Andrew hastig um ihren geschwollenen Bauch herum auf Alecs Seite und akzeptierte dann Akiras ausgestreckte Hand. Andrew nahm den Daumen aus dem Mund und sah seinen Vater schüchtern an. »Dad, sie ist gar nicht zänkisch. Sie ist nett.«

Verlegen trieb Alec seine Kinder zurück auf den Burghof und ließ seine errötende Frau bei Akira zurück.

Wenn alle Stammesangehörigen ihr einen so freundlichen Empfang bereiteten, würde sie sich hier sehr wohlfühlen. Sie hakte sich bei Aileen unter, und die beiden Frauen gingen den Pfad zum Turm hinauf.

»Akira, kann ich dich noch sprechen, bevor wir uns trennen?«, rief Calin ihnen nach.

Sie sah ihn an. Sein Benehmen hatte sich in dem Augenblick geändert, in dem sie durch das Vorwerk geritten waren. Er strahlte etwas Königliches aus – etwas Achtung gebietendes, Autorität und Stolz. Ein Teil von ihr wünschte sich, der Grund für diesen Stolz zu sein.

Sie ging zu ihm und fühlte sich nicht länger eingeschüchtert durch seine Größe. Sie sah in seine streng blickenden Augen. »Ja, M'laird?«

Calin strich ihr eine Haarlocke hinter das Ohr und drückte

einen Kuss auf ihre Wange. Sie fühlte seinen Atem an ihrem Ohr. »Du hast gelächelt.«

Akira stand in ihrem Hochzeitskleid vor dem Spiegel und erkannte die Person nicht, die ihr daraus entgegenstarrte. Das goldene Sonnenlicht flirrte durch die schmalen Fensterschlitze herein, und das gelbe Mieder, das züchtig Akiras Schultern bedeckte, erstrahlte. Ein Chiffonschleier fiel so federleicht auf ihren Rücken, dass sie sich wie ein überirdisches Wesen fühlte. Das Kleid schmiegte sich an ihre vollen Kurven und hatte eine Schleppe aus französischer Seide, die weich und glatt wie geschmolzene Butter glänzte und bis zum Boden reichte. Ihre ebenholzschwarze Zöpfe und Locken wurden von einem sechszackigen Kopfreif geschmückt, der mit Rubinen besetzt war.

Der Duft von Wildblumen von dem Bad, das sie genommen hatte, erfüllte die Kammer. Aileen und Elsbeth hatten ihr alles gebracht, was sie brauchte. Nichts war der Aufmerksamkeit der beiden Frauen entgangen – angefangen bei den Blütencremes, mit denen sie ihre Haut pflegten, bis hin zu dem Pfefferminzblatt, dass ihr auf die Zunge gelegt wurde.

Akira strich mit beiden Händen über das Oberteil des Kleides und dachte, dass die Schneiderin die Gabe der Zauberei besitzen musste. Zum ersten Mal in ihrem Leben fühlte sie sich schön.

Sie wünschte sich, dass sie sich nicht den Kopf darüber zerbrechen würde, aber sie hoffte, Calin zu gefallen. Sie wollte die Allianz der Clans inzwischen ebenso sehr wie er und wusste, dass diese Heirat einem höheren Zweck diente, auch wenn ein Teil von ihr wollte, dass dieser Tag ein besonderer war. Sie hatte sich ihre Unschuld für ihre Hochzeitsnacht bewahrt, und sie wollte an ihren Träumen festhalten, selbst wenn die Realität ihrer Verbindung diese am Morgen zerstört haben würde. Schon bald würde sie nicht mehr sein als eine Frau, die ihm Erben gebären sollte.

»Unser Laird wird sicherlich sein Herz verlieren, wenn er Euch erblickt«, sagte Aileen mit rauer Stimme.

Elsbeth fügte Akiras Ensemble das letzte Teil hinzu – eine Schärpe aus blau-grün kariertem Wollstoff, die diagonal über ihre rechte Schulter gelegt und über der Hüfte von einer Nadel zusammengehalten wurde. Der Weber hatte die Schärpe gefertigt, damit sie zu der passte, die Calin während der Zeremonie tragen würde. Es war ein Symbol für ihre Verbindung. »Ich denke, unser Laird hat sein Herz bereits verloren«, sagte Elsbeth, während sie die Falten glatt strich.

Akira fragte sich, ob sie je einen Teil von Calins Herzen besitzen würde.

Sie ergriff Elsbeths weiche Hände. »Danke für Eure Arbeit an dem Kleid. Es ist wunderschön.«

»Was Ihr tragt, Mylady, ist nur Stoff. Ihr seid es, die das Kleid wunderschön macht«, murmelte Elsbeth mit leiser Stimme und senkte verlegen den Blick.

Akira lächelte, während sie die zerbrechlich wirkende junge Frau ansah. Anders als Aileen, die unentwegt vor sich hin plapperte, zeigte Elsbeth ein eher fügsames Benehmen. Den wenigen Worten, die sie gesagt hatte, hatte jeder Hinweis auf einen Highland-Dialekt gefehlt. Ein fest geflochtener rotgoldener Zopf fiel ihr auf den Rücken, und ihr tadellos sauberes Kleid wirkte bescheiden. Als Akira ihre Hand hielt, bemerkte sie die von vielen Nadelstichen geschundenen Fingerspitzen. Aber was ihr Interesse noch stärker weckte, waren die schwachen Spuren von Narben an ihren Handgelenken und Unterarmen, und eine leicht gelblich gefärbte verheilte Wunde an ihrer Wange. Wie kam eine so schüchterne Frau an solche Narben? Und besonders eine Frau, die mit einem Kind schwanger war?

»Elsbeth, wohnt Ihr hier im Turm, oder habt Ihr eine Familie?«, fragte Akira ungezwungen, weil sie mehr über die Frau wissen wollte.

»Ich lebe außerhalb der Burg mit meinem Mann Ian und meinem Sohn.«

»Ihr habt also schon ein Kind. Ihr und Euer Gemahl müsst sehr aufgeregt wegen der Ankunft Eures zweiten Kindes sein.« Eine Welle der Erregung durchströmte Akira bei der Frage. So geschah es ihr immer, wenn sie über Kinder sprach. Es schien, dass mehr als die Hälfte der Frauen des Clans schwanger war. Was nicht überraschte. Denn wenn die MacLeod-Männer ähnlich wie ihr Laird waren, dann waren sie eine liebestolle, zeugungsfreudige Schar.

Als Elsbeth ihr Lächeln nicht erwiderte, wurde Akira bewusst, dass sie ihre Grenzen überschritten hatte. Elsbeth zeigte ihre Schwangerschaft nicht in solchem Maße, dass jemand es bemerkt hätte, aber Akira hatte gesehen, dass sie wenigstens zweimal die Hand auf ihren Bauch gelegt hatte, während sie Akira beim Ankleiden behilflich gewesen war.

Elsbeth streichelte ihren Bauch. »Ich bin es noch nicht lange. Ian weiß es noch nicht.«

»Ich bin sicher, er wird vor Freude außer sich sein«, versicherte Akira ihr.

»Ich bin sicher, er wird … Ich muss gehen. Ian wartet auf mich.«

Während Elsbeth ihre Nähutensilien zusammenpackte, bemerkte Akira, dass die Frau zitterte. »Ihr bleibt nicht zur Hochzeit?« Ihr Ton spiegelte ihre aufrichtige Enttäuschung wider.

»Ich wurde gerufen, das Kleid fertigzustellen und Euch vorzubereiten, Mylady. Jetzt muss ich zu meiner Familie zurückkehren.«

»Aber ich bestehe darauf, dass Ihr zur Hochzeit bleibt!«

»Vielen Dank, Mylady, aber ich muss wirklich ablehnen.« Elsbeth schaute Akira nicht noch einmal an, bevor sie zur Tür ging. Sie blieb stehen, um Aileen etwas zu sagen. Ihre Worte waren kaum zu verstehen. »Ian muss der Erste sein, der erfährt, dass ich sein Kind trage. Ich bitte dich, bis dahin zu schweigen.«

»Aye, Elsbeth. Ich werde nichts sagen«, versprach Aileen rasch.

Elsbeth verließ die Kammer und schloss die Tür hinter sich. Akira würde sie besuchen und herausfinden, woher diese Narben stammten. Als Lady von Cànwyck Castle würde sie es zu einer ihrer Pflichten machen, auf den Schutz der Frauen zu achten. Die Macht, den Frauen des Kinnon-Clans zu helfen, hatte sie nie gehabt.

Hier jedoch lagen die Dinge anders.

Ein Klirren erklang vom Gang her, gefolgt von einem raschen Tritt gegen die Tür. Schon nervös genug, sprang Akira erschrocken auf. Aileen runzelte die Stirn, ging schwerfällig zur Tür und öffnete sie. Akira sah, dass Aileen die Faust in die Hüfte stemmte, und Akira fragte sich, ob alle schwangeren Frauen diese Haltung von Natur aus einnahmen. Aileen schimpfte leise mit dem Besucher, der vor der Tür stand.

Akira lächelte, als Andrew sich an den Röcken seiner Mutter vorbeischob, offensichtlich war er taub für Aileens Schimpfworte. Er trug zwei kleine Beutel – einen blauen und einen grünen.

»Aber Mammie! Ich bringe doch die Geschenke für …«

»Hör auf mit ›aber Mammie‹! Es ist …«

»Aileen, lasst den Jungen ausreden!«

Andrew wandte sich zu Akira um. Seine blauen Augen wurden groß vor Staunen, und die Arme fielen an seinen Seiten herunter. Angesichts dieser unschuldigen Schmeichelei glitt eine Welle der Wärme über ihre Wangen. Wenn Calin sie doch auch so ansehen würde, dann wäre sie weniger besorgt über ihre Hochzeitsnacht. »Hast du etwas für mich, Andrew?«

Der Junge nickte und hielt ihr die Beutel hin. »Die Brautgaben. M'laird hat gesagt, ich soll Euch das hier bringen und nicht eher weggehen, bis Ihr gelächelt habt.« Akira nahm ihm die Beutel ab, woraufhin er die pummeligen Arme vor der Brust kreuzte und hartnäckig wartete. Der sonst so kindliche Ausdruck auf seinem Gesicht verhärtete sich unter der Pflicht, die Calin ihm auferlegt hatte.

Akira hätte über die Haltung des Jungen gelacht, wäre es nicht so unübersehbar gewesen, wie ernst er seine Aufgabe nahm. Calin spielte mit ihr. Natürlich würde sie für den kleinen Jungen lächeln. Calin konnte so starrsinnig sein wie sie, wenn es um eine Herausforderung ging. Warum war er so entschlossen, sie glücklich zu sehen? Der Mann war ein Rätsel.

Neugier überkam Akira, und sie öffnete den ersten Beutel. Ihr Herz machte einen Sprung, als sie eine Halskette herauszog. Drei herzförmige Rubine, die auf einer goldenen Kette saßen. Noch nie hatte sie etwas so Außergewöhnliches gesehen. Sie überlegte, welchen Wert die Kette haben mochte und wie viel Nahrungsmittel sie dafür kaufen könnte, bis ihr bewusst wurde, dass sie sich nie wieder über solche Dinge Sorgen machen musste. Mit der Fingerspitze strich sie über die beiden kleineren Rubine, die den größeren umrahmten.

»Vereinte Herzen«, flüsterte Aileen.

»Vereinte Herzen?«, wiederholte Akira und zog die Augenbrauen hoch.

»Es ist das Symbol für Eure und des Lairds Verbindung«, erklärte Aileen. »Die beiden kleineren Steine stehen für die Braut und den Bräutigam.«

Akira starrte die Frau an, die lächelnd das Halsband nahm und es Akira umlegte. Es lag schwer und kalt auf ihrer Haut. »Und der große Stein?«

»Steht für die Liebe, die Ihr als Ehepaar teilen werdet.«

Liebe. Ein Prickeln tanzte in Akiras Bauch, als dieses Wort fiel. Sie wollte Liebe. Aber unglücklicherweise war es nicht Liebe, was Calin zum Altar trieb. Es war Pflicht. Und deshalb würde sie ihr Herz heute nicht verlieren, egal, welche Anstrengungen Calin auch unternahm.

»Mammie, sie ist nicht glücklich!«, unterbrach Andrew ihre Gedanken. Sein Stirnrunzeln spiegelte das von Akira wider.

»Dann sollte sie sich vielleicht das zweite Brautgeschenk ansehen«, schlug Aileen vor.

Was Akira im zweiten Beutel fand, ließ sie nervös kichern. Eine silberne Flasche, gefüllt mit Whisky. Sie war versucht, einige große Schlucke davon zu trinken, in der Hoffnung, diese Hochzeit dann besser durchzustehen. Stattdessen gab sie Andrew die Flasche. »Du wirst M'laird sagen, dass er dieses Geschenk nötiger hat als ich.«

»Ich werde Euch nicht enttäuschen, Mylady.« Andrew umfasste den Griff des Holzschwertes, das an seiner Hüfte baumelte, und stolperte aus der Kammer.

Aileen und Akira plauderten noch eine Weile, als plötzlich mit einem lauten Krachen die Tür aufgestoßen wurde. Akira stand vor Staunen der Mund offen, als sie das seltsame Paar sah, das den Türrahmen füllte. Jaime trug ihre Schwester Isobel auf seinen Armen, und sie sah dabei ebenso ärgerlich aus wie er glücklich.

»Lass mich runter, du frecher Kerl!« Isobel schlug gegen Jaimes Brust, während er sie ins Zimmer trug und dann herumwirbelte. »Du bist ein Unhold, Jaime MacLeod! Den ganzen Weg hierher hat dieser Mann versucht, mich zu küssen.«

Obwohl Isobel mit Akira sprach, blickte sie Jaime unverwandt an. Er setzte sie auf einen Stuhl mit hoher Lehne.

»Warum bist du nicht mit Kendrick geritten?« Akira konnte ihr Lächeln nicht unterdrücken. Jaime war ein Teufel, und sie musste nicht raten, warum er seinen Bart abrasiert hatte.

»Dieser Schuft hat darauf bestanden, dass ich mit ihm reite.« Isobels flammendrote Locken fielen zerzaust in ärgerlich schauende grüne Augen, als sie Jaime finster ansah, der besitzergreifend neben ihrem Stuhl stand.

»Aber Isobel, ich wollte doch nur einen kleinen Kuss von deinem wunderschönen Mund«, verteidigte sich Jaime.

»Ich habe dir einen kleinen Kuss gegeben, damit du deine Zunge im Zaum hältst, aber du hast dich nicht wie ein Gentleman benommen.«

»Weil deine süßen Lippen machen, dass ich mehr will.«

Isobel starrte Jaime düster an. »Das Einzige, was du willst, ist eine Frau, die dir nicht davonlaufen kann. So, wie alle anderen es tun, da bin ich mir sicher.«

»Das ist nicht wahr.« Jaime warf Isobel sein strahlendes Lächeln zu und küsste sie dann auf den Mund.

Isobel schob ihn weg. »Schuft!« Dann sah sie zum ersten Mal, seit Jaime mit ihr ins Zimmer gekommen war, Akira an. Ihr Gesicht wurde weich, und ihre Lippen öffneten sich, aber sie sagte kein Wort. Akira hatte ihre Schwester seit mehr als einem Monat nicht gesehen. Voller Erleichterung, sie so gesund und voller Leben zu sehen, wollte Akira zu ihr laufen und sie umarmen, aber sie stand da wie erstarrt und wartete auf Isobels Urteil.

»Du bist wunderschön«, hauchte Isobel, und ihre Stimme war voller Bewunderung.

Akira schaute bei diesem Kompliment verlegen zur Seite. Niemand in ihrer Familie hatte sie je wunderschön genannt.

Jaime folgte ihrem Blick und bekreuzigte sich. »Lieber Gott im Himmel! Ich bin gestorben und stehe vor einem Engel.«

Aileen schob Jaime zur Tür hinaus. »Liebster Jaime, du kannst nicht darauf hoffen, jemals in den Himmel zu kommen.«

Die Frauen fingen an zu kichern und fuhren dann fort, sich miteinander zu unterhalten, während sie darauf warteten, dass der Klang des Dudelsacks leise durch das Fenster hereinwehen würde. Akira fühlte sich durch die Anwesenheit der beiden Frauen getröstet, aber ihr Inneres rebellierte. Sie lächelte Isobel und Aileen an, obwohl sie keine Ahnung hatte, worüber sie sprachen, und sie betete zu Gott, diesen Tag zu segnen. Sie betete für ihre Seele und streichelte den großen Rubin, der ihren Hals schmückte. Und ehe sie sich davon abhalten konnte, bat sie Gott um ein kleines Stück von Calins Herzen.

»Du siehst zum Anbeißen aus«, sagte Tante Wanda zu Calin, nachdem Onkel Kerk das von Kerzenlicht erhellte Zimmer verlassen hatte. Sie strich die kleinen Falten aus seinem safrangelben Hemd, ehe sie ihm seinen Plaid auf der rechten Schulter mit der MacLeod-Brosche zusammensteckte. Bei ihren Worten stieg Wärme in Calin auf, aber gleichzeitig fühlte er sich wie der Junge von zehn Jahren, der für den Sonntagsgottesdienst fertig gemacht wurde. Doch es war gut, zu Hause zu sein. Der vertraute Geruch seiner Tante nach Zimt beruhigte seine Nerven, so, wie er es immer getan hatte.

»Tante Wanda, hör auf, mich zu bemuttern! Das ist peinlich.« Calin hielt ihre Hände fest, nachdem sie Fusseln von der blauen Jacke gezupft hatte, die Elsbeth ihm schon vor Monaten genäht hatte.

»Vergib mir, aber ich möchte, dass du eine Augenweide für deine Braut bist.« Sie steckte sich eine dunkelrote Locke in den Knoten an ihrem Hinterkopf, dann zwang sie Calin, mit ausgestreckten Armen dazustehen, damit sie den Sporran, die kleine Felltasche, an seinem Ledergürtel befestigen konnte. Danach rückte sie das Breitschwert zurecht, das er an seiner Hüfte trug. »Jetzt, da dein Onkel Kerk uns beide allein gelassen hat, möchte ich gern mehr über deine Verlobte erfahren.«

»Du wirst sie mögen«, sagte Calin, ohne zu zögern. »Sie ist klug und wird gut sein für den Clan.«

Sie drückte seine Arme herunter und trat einen Schritt zurück, um ihn in Augenschein zu nehmen. »Hör auf, dummes Zeug zu erzählen! Natürlich werde ich sie mögen. Und ich will nicht wissen, wie gut sie für den Clan ist. Ich will wissen, ob sie gut für *dich* ist.«

Sie verschränkte die Arme, und unter ihren blauen Röcken begann ein Fuß in einem silberfarbenen Schuh ungeduldig zu klopfen. Unverblümt wie immer, war sie ein Fels, und er wusste, dass sie nicht aufhören würde mit ihrem Drängen, bis er ihr etwas Handfestes gab. »Akira ist so starrsinnig wie ein alter Maulesel und macht mir jedes Mal die Hölle heiß, wenn sie etwas sagt – was sehr oft der Fall ist.«

»Und?«

»Sie ist stark.«

»Du meinst, sie hat einen starken Willen und weiß, was sie will?«

»Nein.« Calin lachte und dachte an die Rauferei, die sie heute Morgen ausgefochten hatten. »Ich meine, dass sie stark ist. Wie ein Ochse. Ich weiß nicht, warum, aber sie kann mich fast in die Knie zwingen. Ich denke, bei Jaime würde ihr das glatt gelingen.«

»Sprich nicht schlecht von deinem Cousin, wenn er nicht da ist, um sich zu verteidigen.«

Calin verdrehte die Augen. Jaime war dreiundzwanzig. Die Frau musste wirklich aufhören, ihn zu verhätscheln.

»Was noch?«

»Nichts mehr«, schwindelte er.

»Mach mir nichts vor!« Sie stieß ihm mit ihrem langen, knochigen Finger gegen die Brust. »Ich kenne dich besser als sonst jemand. In den Highlands zeigt sich kein Mann glatt rasiert an seinem Hochzeitstag, wenn er nicht eine Geschichte zu erzählen hat.«

»Es gibt nicht viel zu erzählen. Sie wollte mich nicht küssen, ehe ich nicht gebadet und rasiert bin, deshalb habe ich es getan.«

Tante Wanda lächelte wissend. »Dir gefallen die Küsse dieses Mädchens also?«

Ach ja! Ihre Küsse waren warm und süß und lassen mich vergessen, wer ich bin. Eine Spur von Schweiß glitt über seinen Rücken, als er glaubte, den Duft der gelben Geißblattblüten wahrzunehmen. Er atmete tief ein, um diese Erinnerung zu genießen, aber Tante Wanda wartete ungeduldig auf eine Antwort.

Calin hatte nicht vor, seiner Tante alle Intimitäten zu enthüllen, die er und Akira geteilt hatten, aber er musste ihr etwas anbieten, sonst würde sie immer weiter mit ihrem verdammten Fuß klopfen. »Sie hat weiche Lippen.«

»Weiche Lippen, aye.« Seine Tante kniff ein Auge zusammen, sah ihn an und ging dann wie ein Aasgeier um ihn herum. Calin fühlte sich sehr klein, auch wenn er die Frau um zwei Köpfe überragte.

»Ist sie hübsch?«

Er seufzte. *Hübsch* beschrieb Akira nicht einmal annähernd. Er konnte nicht in Worte fassen, wie ein Blick auf sie sein Herz zum Springen brachte. »Aye. Sie ist eine Augenweide.«

»Eine Augenweide, entschlossen, stark und gut für den Clan. *Das* sind die Worte, die du mit in dein Ehebett nehmen solltest! Ich hoffe, diese Frau zähmt dich«

Calin warf ihr einen raschen Blick zu. »Wie kannst du mir etwas so Übles wünschen?«

»Magst du das Mädchen?«

»Ich mag die Tatsache, dass unsere Verbindung die Allianz mit unseren Nachbarn besiegeln und den Clan der MacLeods vor den englischen Hunden schützen wird.«

Sie runzelte missbilligend die Stirn, und Calin wusste, dass er seine Tante jetzt besänftigen musste.

»Nimm diese Worte mit in dein Ehebett, und ich versichere dir, dass deine Hoffnung auf Kinder sich nicht erfüllen wird.«

Calin schaute zu Boden und konzentrierte sich auf die Steinfliesen, die in den Strahlen der untergehenden Sonne glänzten. Er wollte mit seiner Tante nicht über seine Hochzeitsnacht sprechen. Er wollte eigentlich mit niemandem darüber reden. Er hatte versucht, nicht an die Tatsache zu denken, dass er seiner jungfräulichen Frau die Unschuld nehmen würde, und jetzt hatte seine Tante ihm diese Sache wieder bewusst gemacht. Er ging zur Waschschüssel, um sich noch einmal die Hände zu waschen. Er bemerkte, dass sie zitterten und dass sein Herz schneller schlug. Er hätte über sich selbst gelacht, wäre er nicht so verzweifelt bemüht gewesen, seiner Tante gegenüber eine gleichmütige Haltung zu zeigen.

Er fühlte sich wieder wie der unerfahrene Junge, der er gewesen war, als er zum ersten Mal eine Frau genommen hatte. Eine Frau, die zehn Jahre älter als er gewesen war. Als er sich jetzt daran erinnerte, dachte er, wie aggressiv er gehandelt hatte und wie kurz das Zusammensein gewesen war. Aber diese Nacht würde anders sein.

»Setz dich!«, befahl Tante Wanda. »Ich bin noch nicht fertig mit dir.«

Calin ließ sich auf eine Holzbank fallen, während sie in das angrenzende Zimmer ging und mit dem Siegelring seines Vaters zurückkam. Als sie versuchte, ihm den Ring auf den Finger zu stecken, zog Calin seine Hand zurück. »Nein! Ich möchte ihn nicht tragen.« Der Ring erinnerte ihn an das, was er Akira angetan hatte. Er würde von diesen Erinnerungen verfolgt werden, während er den Schwur der Treue und des Vertrauens ablegte.

»Aber der Ring symbolisiert deinen Rang als Laird!«

»Vielleicht ist es falsch von mir, aber ich will heute nicht der Laird sein. Ich will nur ein Mann sein, der vor Gott und seinem Clan eine Frau heiratet.«

Er spürte Tante Wandas Lächeln, als sie sich über ihn beugte und ihn auf die Schläfe küsste. Nachdem sie den Ring auf den Kaminsims gelegt hatte, band sie Calin das gebürstete Haar zu einem Zopf zusammen. »Sag mir eines, Calin: Kannst du dieser Frau dein Herz anvertrauen? Ich möchte nicht, dass du wieder verletzt wirst. Catriona hat dich fast zerstört. Sie war eine Hure, und du darfst dich von dem, was geschehen ist, nicht davon abhalten lassen, dein Herz deiner Frau zu schenken.«

Calin war wütend. Er konnte fühlen, wie sich seine Stirn in

Falten legte. »Akira ist nicht wie Catriona, und sie ist auch nicht wie Laird Kinnon. Sie ist klug und schenkt den Menschen, die sie liebt, ihr Mitgefühl. Sie sieht wie ein Engel aus und duftet wie ein Tal voller Frühlingsblumen. Sollte es jemand wagen, etwas anderes zu behaupten oder schlecht von ihr zu reden, werde ich ihm die Kehle durchschneiden und ihn in nicht geweihter Erde verscharren – und erst dann werde ich Fragen stellen.«

Statt über seine Worte erschrocken zu sein, lächelte Tante Wanda. »Auch das sind Worte, die du mit in dein Ehebett nehmen sollst. Vergiss den Clan für einen Tag. Erfreue dich an deiner Braut und geize nicht mit deinem Herzen!«

Er stand abrupt auf und ging durch die Kammer, um aus dem schmalen Fenster hinauszustarren. Seine Stammesleute hatten sich auf der Wiese versammelt und warteten darauf, dass der Pfeifer den Dudelsack zu spielen begann. Calin dachte daran, wie leicht es wäre, Akira in sein Herz zu lassen. Er wollte es, aber er trug auch eine Verpflichtung seinem Clan gegenüber, und es gab seinen Schwur, den Tod seines Vaters zu rächen. Hatte sein Vater die Allianz einzig und allein vorangetrieben, um Lena zu schützen? War seinem Vater dieses Ziel wichtiger gewesen als das Schicksal des MacLeod-Clans? Calin konnte es sich nicht erlauben, sich durch solche Gefühle schwächen zu lassen. »Mein Vater starb, weil er sich in eine Frau verliebt hatte. Ich werde nicht das gleiche Schicksal erleiden. Ich bin ein Krieger, und ich führe einen Clan. Männer, die die Liebe mit aufs Schlachtfeld nehmen, sterben.«

Tante Wanda legte die Hand auf seinen Rücken und drückte ihn aufmunternd. »Du liegst falsch, Calin, denn die Liebe ist es, die Männer dazu treibt, zu kämpfen. Die Liebe zur Freiheit und zu Schottland. Dein Vater ist nicht gestorben, weil er Lena geliebt hat – er wurde von einem Mann getötet, der die Liebe nicht kannte. Der Hass und das Böse haben deinen Vater getötet, nicht die Liebe. Versprich mir, dass du dem Mädchen wenigstens die Chance geben wirst, dich zu lieben!«

»Ich fürchte, sie bewacht ihr Herz noch stärker als ich das meine.« Calin wunderte sich über seine eigenen Worte. Er vermutete, dass es eine lange Zeit dauern würde, bis Akira sich ihm öffnen würde. Und diese Zeit würde gewiss zur Ewigkeit werden, wenn sie das Geheimnis herausfand, das er vor ihr verborgen hielt.

Er wandte sich seiner Tante zu, die ihm ein Pfefferminzblatt auf die Zunge legte. »Es gibt noch immer die Hoffnung, dass ihr beide euch eure Herzen schenkt, wenn ihr heute Nacht das Hochzeitslager teilt. Vielleicht werdet ihr lernen, einander zu vertrauen. Aber sei sanft zu dem Mädchen! Du bist ein sehr großer Mann; gib Acht, dass du sie nicht zerreißt.«

»Tante Wanda!« Calin war schockiert. Onkel Kerk musste seine Frau dringend darüber belehren, was sie sagen durfte und was nicht.

»Was denn? Es ist meine Pflicht, dich an deinem Hochzeitstag zu führen.«

Calin wollte nicht, dass diese Unterhaltung noch weiter führte. Er nahm seine Tante an die Hand und begleitete sie aus dem Zimmer. »Ich bitte dich, Akira im Clan willkommen zu heißen. Aber sprich mit ihr nicht über die Liebe oder die Hochzeitsnacht. Du würdest sie nur dazu bringen, auf den nächsten Baum zu klettern.«

Kapitel 12

Calin stand neben Father Harrald vor dem Eingang der Kirche, als er Akira durch die Menschenmenge, die sich vor ihr teilte, auf sich zukommen sah. Seine Knie wurden plötzlich weich, und sein Herz zog sich zusammen, bevor es begann, wie verrückt zu schlagen. Was war denn nur los mit ihm? Er war der Chieftain eines Clans! Er war ein Krieger! Calin weigerte sich zu glauben, dass der Frau, die er heiraten würde, um seinen Clan zu schützen, ein Teil seines Herzens gehörte – aber was er in seiner Brust fühlte, legte diesen Gedanken nahe. Als dieser zeitlose Moment ihn einhüllte wie der Nebel der Highlands, erkannte er, dass Akira mehr sein würde als nur seine Ehefrau. Sie würde seine Gefährtin sein. Seine Freundin. Seine Geliebte.

Als sie vor ihm stand, streifte ihr Seidenkleid seine nackten Knie und schickte eine Welle prickelnder Glut in seine Schenkel. Ihr süßer Duft verschlang seine Sinne, und die Sterne in ihren blauen Augen funkelten vor Erregung. Der Sommerwind spielte mit den schwarzen Locken, die ihren schlanken Hals streichelten. Mit jedem Atemzug, den sie tat, hypnotisierte ihn das Heben und Senken ihrer Brust über alle Sinnlichkeit hinaus. Und ihre Lippen, die so sanft geschwungen waren – bis die sich jetzt leicht öffneten.

Calin war verloren.

Die Menschen um ihn herum, Father Harralds gestelzte Worte, die kreischenden Kinder, das alles löste sich auf. Da war nur sie. Nur Akira.

Er flüsterte ihren Namen, dann schloss er die Augen und beugte sich vor, um sie zu küssen.

»Calin!«, wisperte Father Harrald. »M'laird, Ihr müsst zuvor noch Euer Gelübde sprechen!«

Calin schaute auf Father Harralds von Altersflecken übersäte Hand, die sich gegen seine Brust stemmte. Aus zusammengekniffenen Augen und mit der Wachsamkeit eines Kriegers überblickte er dann seine Umgebung. Ihn erfüllte das Gefühl eines Rausches, als wäre er soeben aus einem Traum erwacht. Aber die Fantasie war Wirklichkeit. Er stand vor Gott und seinem Clan und an den Gesichtern der Menschen sah er, dass er sich zum kompletten Narren machte. Calin räusperte sich, schüttelte den Kopf und sah dann Father Harrald an. »Ihr könnt anfangen.«

»Anfangen?« Father Harrald schmunzelte hinter seinem dicken weißen Bart. »Ich warte auf Euren Schwur, damit ich mit der Zeremonie fortfahren kann.«

Calin wurde bewusst, dass er die Zeremonie bisher überhaupt nicht mitbekommen hatte. Er grinste verlegen, griff nach Akiras Hand und sprach dann sein Ehegelübde – auf Gälisch, wie es Sitte war.

Einige Augenblicke später tat Akira das Gleiche, dann betraten alle die Kirche. Akira sah ihn von der Seite an. »Ihr solltet Euch die lateinische Fassung genau anhören. Es könnte Euch nicht schaden zu wissen, womit Ihr Euch einverstanden erklärt.«

Calin ignorierte ihre Attacke und konzentrierte sich auf ihr Lächeln. Es war ihm egal, warum sie lächelte, es zählte nur, dass sie es tat. Bevor die Zeremonie weiterging, beugte sich Calin zu ihr. »Bei allen Heiligen, Akira Neish, du bist schön wie eine Vision!«

»Ihr selbst seht auch recht gut aus, M'laird.« Akira schlug scheu die Augen nieder und hielt seine Hand.

Calin war mit seiner Erscheinung durchaus zufrieden

gewesen, als er sein Zimmer verlassen hatte. Glatt rasiert und prächtig angetan mit der majestätischen Tracht der Highlands. Auf dem Weg zur Kirche hatte er gedacht, dass sein kleiner Drache nicht fähig sein würde, ihm zu widerstehen. Aber Akira hatte ihn einmal mehr verblüfft, und als sie ihr Ehegelübde sprach, dieses Mal auf Lateinisch, war er wie verzaubert von ihr.

Father Harrald forderte Calin ebenfalls dazu auf, und er folgte sofort.

Nachdem die Zeremonie abgeschlossen war, erklärte Father Harrald sie zu Mann und Frau, aber noch bevor der Priester Calin erlaubte, seine Braut zu küssen, hatte Calins Mund Akiras Lippen schon in Besitz genommen und weigerte sich, sich von ihr zu lösen. Er verlor sich in ihrem weichen, warmen Mund, bis einer der Krieger ihn schließlich von ihr wegzog und sie beide in die große Halle führte. Calin wusste nicht, welcher der Männer dem Hochzeitskuss ein Ende gemacht hatte, aber er nahm sich vor, es herauszufinden und den Bastard zu töten.

Die Menschenmenge jubelte, und die Dudelsackpfeifer begannen zu spielen und gaben damit das Zeichen, dass das Fest begann. Flackernde Fackeln verwandelten die Halle in ein Meer aus goldenem Licht, beleuchteten Tische, die sich unter Zinnkrügen mit Heidebier, Fleischpasteten und mit Honig gesüßten Hafermehlfladen bogen. In kurzer Zeit waren alle Bänke mit Stammesangehörigen besetzt, die mit Single-Malt-Whisky anstießen. Nachdem Father Harrald das Mahl gesegnet hatte, wurden die Hochzeitsgäste von den Jungen und Mädchen bewirtet, die wie eine Welle in die Halle fluteten. Calin zog seine wunderschöne Braut mit sich zum ersten Tanz, und die Fröhlichkeit breitete sich aus wie ein Wirbelwind. Stimmengewirr summte durch die Halle, aber trotz des Gedränges wandte Calin nicht einmal den Blick von seiner Frau.

Onkel Kerk und Tante Wanda hießen Akira offiziell auf Cànwyck Castle willkommen, und Calin wünschte, sein Vater hätte dies noch miterleben können. Einen flüchtigen Moment lang schaute er hinauf zur Decke der Großen Halle. Ein seltsames Prickeln lief ihm den Rücken herunter, wie er es schon einmal als Junge gespürt hatte. Er fühlte den Geist seines Vaters und fragte sich, ob er und Lena ihren Frieden gefunden hatten. Tiefe Zufriedenheit erfüllte ihn. Sein Vater hätte Akira gemocht. Und Lena wäre stolz auf ihre kluge Tochter gewesen.

Aileen hatte die Rolle der Gastgeberin übernommen. Sie stellte Akira allen Verwandten und allen Mitgliedern des Clans vor; ein Rattenschwanz von Kindern folgte ihr wie Entenküken dabei auf Schritt und Tritt. Vanora Neish errötete heftig angesichts eines Übermaßes an Lob, das ihr von den MacLeod-Frauen ausgesprochen wurde. Die Zwillinge tanzten mit jedem Kind des Clans, und Isobel war den größten Teil des Abends Jaimes Gnade ausgeliefert. Maggie hatte fast gewaltsam von ihrem Ehemann daran gehindert werden müssen, zur Hochzeit zu kommen, was aber wegen ihrer bevorstehenden Niederkunft nur vernünftig gewesen war. Und Neala war zu Hause geblieben, um mit ihrem Mann auf das Vieh aufzupassen.

Calin empfand den größten Respekt für seinen Clan, der Akiras Familie ohne Zögern aufnahm. Nicht einer der Kinnons wurde von den Feierlichkeiten ausgeschlossen, und Kendrick folgte dem Beispiel der MacLeod-Männer, als diese ihren Laird damit foppten, dass er keinen Bart mehr hatte. Aber Calin schenkte ihren Spötteleien nur wenig Aufmerksamkeit, viel zu sehr war er davon fasziniert, seine bezaubernde Braut anzusehen.

Vielleicht sah er Akira nun anders, weil er jetzt mit ihr verheiratet war, aber er war noch nie einer Frau begegnet, die mehr Würde ausgestrahlt hatte. So stolz und so mutig. Eine geborene Clanführerin.

Sein Bewusstsein drang an die Oberfläche. Er hasste die Geheimnisse, die er mit in sein Hochzeitsbett nehmen würde. Die Täuschung. Würde sie ihm vertrauen, wenn er ihr die Wahrheit sagte? Oder würde sie gehen und den Clan der Kinnons führen, wie es ihr das Geburtsrecht zugestand? Die Last, die ihn drückte, trieb ihm die Luft aus den Lungen.

Er würde ihr Vertrauen gewinnen. Er *musste* es gewinnen.

Der Abend verging in einem Nebel der Erwartung. Unruhig stand Calin neben dem Kamin, der groß genug war, um darin stehen zu können, als Kendrick zu ihm kam. »Sie sieht glücklich aus.«

»Aye, das tut sie«, stimmte Calin dem Freund zu und beobachtete, wie Akira lachend den Kopf zurückwarf, während sie sich mit Gordons Frau unterhielt.

»Wirst du es ihr heute Nacht sagen?«

»Nein. Diese Nacht gehört uns. Ich werde sie nicht mit einem Albtraum zerstören. Ich werde es ihr nach den Hochzeitsfeierlichkeiten sagen. Du wirst mir diese Zeit zugestehen, bevor sie mich wieder hasst. Danach werde ich meine Männer nehmen und mich mit King James treffen, um seine Zustimmung zur Allianz zu bekommen. Das wird dir Zeit geben, deine Familie bei den Donalds in Sicherheit zu bringen und die Aufständischen zusammenzurufen. Ich will nicht, dass eine von euren Frauen den Zorn Laird Kinnons erleiden muss, wenn wir ihm den Krieg erklären.«

Kendrick nickte zustimmend. »Du wirst gut zu ihr sein. Ich habe dem Mädchen einen rücksichtsvollen Mann als Gemahl versprochen. Lass mich nicht als Lügner dastehen, alter Freund!«

Zu Calins Überraschung umarmte Kendrick ihn und versetzte ihm dann einen heftigen Schlag auf den Rücken. Calin hatte Akira aus den Augen verloren, während er die letzten Einzelheiten mit Kendrick besprochen hatte, und die große Halle fühlte sich plötzlich kalt an. Zum ersten Mal an diesem Abend konnte er ihren Blütenduft nicht wahrnehmen. Stattdessen drang der bittere Geruch von Rauch und Ale an seine Nase. Calin verließ den Kreis der Krieger, um nach Akira zu suchen, als Father Harralds dröhnende Stimme seine Aufmerksamkeit erregte.

Die ersten Worte eines Trinkspruches wurden ausgebracht. Über die Halle senkte sich ein Schleier der Stille. Zu viel Whisky hatte Father Harralds Augen glänzend gemacht, und die Worte kamen wirr aus seinem Mund. »Schließt euch alle mir an, wenn ich auf die Braut und den Bräutigam trinke!« Er schwankte. »Ich habe fast zwanzig Jahre auf diesen Tag gewartet. Mögen eure Herzen mit Glück gefüllt sein und Cànwyck Castle mit euren Kindern!«

Die Menge raunte Zustimmung. Father Harrald hob seinen Krug mit Whisky. »Auf den Chieftain des MacLeod-Clans und auf seine Braut!« Braune Tropfen fielen auf den Boden, als er die zittrige Hand noch höher hob und sich damit jedermanns ungeteilte Aufmerksamkeit sicherte. »Auf Calin und Lena!«

Father Harrald legte den Kopf in den Nacken und ließ den Whisky seine Kehle herunterlaufen. Lauter werdende Fragen wisperten durch die Halle. Dienstmägde sahen sich verwirrt an. Schulterzucken. Man ignorierte Father Harralds Irrtum. Eine Hand voll Männer jubelte, man hob die Becher und machte es ihm dann rasch nach.

Calin traten fast die Augen aus dem Kopf, und Kendrick erging es nicht anders. Er ließ den Blick über die Menschenmenge gleiten. Einige verharrten noch in Verwirrung. Die meisten jedoch kümmerten sich nicht um das, was gesagt worden war. Aber Vanora saß mit fünf älteren Frauen zusammen, die sich vor Schreck die Hand vor den Mund geschlagen hatten.

»Hölle und Verdammnis!«, fluchte Calin. Dieser Zwischenfall würde Akira zutiefst beunruhigen. Sie würde darauf bestehen zu erfahren, wer Lena war. Er wollte sie nicht mehr anlügen, aber ...

Calin bewegte sich rasch durch das Labyrinth aus Menschen, während er die unausweichliche Diskussion fürchtete. Er stand in der Mitte der Großen Halle und wandte sich langsam einmal um sich selbst.

Akira war fort.

Sie musste Father Harralds Trinkspruch gehört haben und davongelaufen sein. Er verdrehte die Augen, als er sich vorstellte, dass sie in diesem Kleid auf einen Baum kletterte. Die Diener auf dem Gang hatten sie nicht fortgehen sehen, dennoch war sie aus der Halle verschwunden. Calin schickte ein Dutzend Männer hinaus auf die Wiese, um auf den Bäumen zu suchen, während er und einige Männer seines Clans die Burg absuchten.

Sie kehrten unverrichteter Dinge zurück.

Der Zorn wich der Sorge, und er fragte sich, ob diese Frau es ihm jemals leichtmachen würde. Calin zuckte zusammen, als Aileen ihn am Ellbogen berührte.

»Kommt mit mir, M'laird.« Sie führte ihn zu einem blauen Vorhang gegenüber dem Eingang zum Turm, hinter dem sich ein kleiner gemauerter Alkoven verbarg. Calin atmete erleichtert auf, als er Akira dort fand, die auf einem Berg Kissen thronte, die mit getrocknetem Heidekraut gefüllt waren. Zu einem Ball zusammengerollt schmiegte sich der kleine Andrew an sie; er schlief tief und fest in ihren Armen. Ein burgunderfarbener Klecks Ebereschenmarmelade zierte seinen Mundwinkel.

Akira schien mit sich und der Welt im Reinen und ganz und gar zufrieden zu sein. Sie musste die Halle verlassen haben, während er mit Kendrick gesprochen hatte. Erleichterung erfüllte ihn, als er begriff, dass sie den Trinkspruch nicht gehört hatte. Dieses Mal hatten seine Heiligen ihm noch beigestanden.

Akira schaute mit müden Augen zu ihm hoch. »Ich fürchte, das Fest hat uns beide erschöpft. Vergebt uns, dass wir uns versteckt haben.«

Calin wandte seinen Blick nicht von ihr. »Aileen, nimmst du bitte deinen Sohn? Ich würde meine Frau gern in unser Zimmer bringen.«

»Aye, M'laird!«

Sobald Aileen Andrew hochgenommen hatte, hob Calin Akira in seine Arme. Er wollte diese Frau zu seiner Ehefrau machen, mit Körper und Geist, und jeder Nerv in ihm erwachte zum Leben. Er würde den Geschmack ihrer milchweißen Haut kosten, würde ihren weichen Körper unter seinem spüren. Zwischen ihnen war Leidenschaft gewachsen, und er wollte herausfinden, ob sie bereit war, diese Leidenschaft im Hochzeitsbett auszuleben. Doch noch bevor er einen Schritt gemacht hatte, spürte er, wie hart er schon unter seinem Plaid war.

Er sah Aileen an. »Alec soll Father Harrald davon überzeugen, dass er das Hochzeitsbett schon gesegnet hat. Ich möchte nicht mehr gestört werden.«

Akira versteifte sich in seinen Armen. Erschrecken huschte über ihr Gesicht. »Nein!«, rief sie.

Kapitel 13

Habt Ihr den Verstand verloren? Ich werde diese Ehe nicht in einem Bett vollziehen, das nicht gesegnet worden ist!« Akira konnte das nicht zulassen, aber Calin schien entschlossen, dieses Ritual auszulassen. Was dachte er sich nur?

Sie vermutete, dass sein Verstand nicht länger sein Handeln steuerte. Den ganzen Abend waren seine Blicke ihr gefolgt, und sie hatte sich dabei vorgestellt, sein heißer Blick würde über ihren nackten Körper gleiten. Bevor sie ihm begegnet war, hatte sie niemals derart schamlose Gedanken gehabt.

Das Bett musste gesegnet werden!

Sie begann heftig zu zittern, als Calin sie zum Fuß der Steintreppe trug.

»Bitte, M'laird! Das könnt Ihr nicht tun!«

Er blieb auf der untersten Stufe stehen, und sie wusste, dass er das leichte Beben in ihrer Stimme gehört hatte. »Ich bin verflucht. Ich will nicht, dass unsere Kinder in einem Bett gezeugt werden, das nicht gesegnet worden ist. Sie werden missgestaltet oder gezeichnet geboren werden. Bitte, M'laird! Father Harrald soll das Bett segnen. Ich schwöre auch, Euch nie wieder Ärger zu machen.«

»Ha! Du bist gar nicht fähig, einen solchen Schwur zu halten. Weißt du, was du da verlangst? Father Harrald ist betrunken. Er wird es ohne Zweifel nicht überleben, die Treppe zu unserem Zimmer hinaufzusteigen.«

»Dann befehlt Kendrick, ihn zu tragen.«

Calin stieß einen langen Seufzer aus und sah sie ungläubig an. »Du meinst das ernst.«

»Bitte! Ich habe mich nicht für Euch aufgehoben, meine Sünden bekannt und Euch vor Gott und der Kirche geheiratet, um diese Ehe in einem nicht gesegneten Bett zu vollziehen.« Akira sah ihm in die Augen und legte die Hand um sein Kinn. Sie betete darum, dass er ihre Bedenken verstand. Ihr Puls flatterte wie ein ängstlicher Vogel, während sie auf seine Entscheidung wartete.

Er wandte sich erneut an Aileen. »Alec, Gordon und Kendrick sollen Father Harrald in mein Zimmer bringen.« Seine Worte klangen wie ein Knurren. »Stopft ihm zuerst einen Haferfladen in die Kehle und lasst ihn den nicht mit Whisky herunterspülen.«

»Aye, M'laird!« Aileen lief davon und ließ Andrew tief schlafend im Alkoven zurück.

Calin drückte rasch einen Kuss auf Akiras Nasenspitze, und die Falten auf seinem Gesicht glätteten sich, nachdem er das getan hatte. »Nur weil du eine spitze Zunge hast, bedeutet das nicht, dass du verflucht bist.«

Als Calin sie die Wendeltreppe des Westturmes hinauf in sein Zimmer trug, klopfte Akira bei jedem Schritt das Herz hart in ihrer Brust.

Die frischen Binsen, die auf dem Boden verstreut worden waren, dufteten nach Kamille und reizten Akiras Sinne. Ein brennendes Feuer wärmte das Zimmer und zauberte goldene Tupfen in Calins Augen. Talgkerzen flackerten in einem Paar sechsarmiger Silberleuchter, das auf einem Frisiertisch stand, und warfen ein gedämpftes Licht auf das üppig geschmückte Zimmer. Über dem Kamin hingen Calins Schild, sein Schwert und seine Streitaxt. In alle war das Wappen der MacLeods graviert.

Zweige mit rosafarbenen und gelben Blüten schmückten die Wände und die Möbelstücke und verwandelten sein Zimmer in einen kleinen Garten. In der Mitte des Zimmers stand das große Hauptmöbel – ein reich verziertes Bett mit einem Baldachin und weinroten Vorhängen, deren Säume mit Goldfäden bestickt waren. Die dazu passende Bettdecke zierte ein Mosaik aus weißen Rosenblättern.

Während Akira die Eleganz dieses Zimmers auf sich wirken ließ, nahm sie im ovalen Wandspiegel ihr Bild wahr. Vielleicht war es Wunschdenken, aber Calin und sie sahen aus, als gehörten sie zusammen. Er hielt sie in seinen Armen, und unter ihrem Rocksaum blitzten ihre silberfarbenen Schuhe hervor. Calin stand in der Mitte des Zimmers und machte keine Anstalten, sie herunterzulassen. Er ähnelte einem Gott aus einer griechischen Tragödie, und sie war das jungfräuliche Opfer. Anders als sonst, wenn er auf eine Bemerkung von ihr wartete, lag kein Lächeln um seinen Mund. Er wirkte ernst, entschlossen und, seltsam genug, ein wenig nervös. Er atmete tief ein und senkte die Lider, verbarg seine bernsteinfarbenen Augen.

Akira lehnte sich an ihn und strich über seine Augenbrauen. »Der Teufel selbst könnte in diesem Zimmer ein Mädchen verführen.«

Unter ihren Fingerspitzen zog er eine Augenbraue hoch. »Ich habe nicht die Absicht, dich zu verführen.«

»Wenn Ihr mich nicht verführen wollt, wie wollt Ihr mir dann meine ... Jungfräulichkeit nehmen?«

Das Grinsen eines Schurken spielte um einen seiner Mundwinkel, als wüsste er etwas, was sie nicht wusste. »Ich werde dich niemals zwingen, etwas zu tun, was du nicht tun möchtest. Ich werde dich auch nicht berühren, wenn du nicht berührt werden möchtest. Heute Nacht, Akira MacLeod, heute

Nacht wirst du dir selbst die Jungfräulichkeit nehmen. Ich biete dir dabei nur ... meine Hilfe an.«

Akira stutzte. »Auch wenn ich zugebe, dass ich unerfahren bin in ... Dingen ... der körperlichen Vereinigung, so bin ich doch sicher, dass Ihr teilhaben müsst bei ... dabei.«

»Ich habe vor, ganz und gar daran teilzuhaben«, versicherte er ihr und stellte sie auf die Füße. Er wandte sich von ihr ab und legte sein Plaid ab. Blasse weiße Narben zogen sich über seinen Rücken und zeugten von den Schlachten, in denen er gekämpft hatte. Akira wusste, dass er die Narben und die blauen Tätowierungen an seinem Arm mit Stolz zeigte. Sie hätte gern gewusst, wen er verloren hatte, an wen diese Ringe ihn erinnern sollten, aber jetzt war nicht die Zeit, über den Krieg zu sprechen.

Er wusch sich flüchtig über der Schüssel und wandte sich dann wieder Akira zu. Seine muskulöse Brust schimmerte golden im Kerzenlicht. Er setzte sich auf die Bank mit der hohen Lehne und dem Polster aus burgunderfarbenem Damast. Vorsichtig, um die beiden Pokale mit Wein auf dem Frisiertisch nicht umzustoßen, nahm er eine Hand voll Ebereschenbeeren aus einer Holzschale und steckte sich eine nach der anderen in den Mund. »Möchtest du jetzt damit anfangen, mich zu verführen, oder wartest du, bis das Bett gesegnet worden ist?«

Sie wusste nichts darüber, wie man einen Mann verführte, aber der Gedanke daran machte ihr Inneres heiß und ihre Brüste schwer. Ihre Nerven prickelten, und sie konnte in ihrer Unsicherheit nichts anderes tun, als ihn zu necken. »Ich halte Euch für arrogant, Calin MacLeod. Und wenn Ihr denkt, ich werde Euch verführen, dann täuscht Ihr Euch!«

»Ts, ts, Weib! Du solltest deine Kräfte sparen. Du wirst sie noch brauchen.« Calin enthüllte seine Grübchen bei dieser

Drohung, während er den Blick langsam über ihren Körper wandern ließ.

Sie stand noch immer in der Mitte des Zimmers und hoffte, Father Harrald würde bald kommen. Unter Calins heißem Blick fühlte sie sich nackt und verletzlich. Wie machte er das? Das schwere Kleid, das sie trug, fühlte sich jetzt so dünn an wie ein fadenscheiniges Hemd. Ihre Haut rieb sich an der Seide, und sie fragte sich, ob sie heute den Teufel geheiratet hatte. Nur ein Zauber konnte machen, dass sie sich so lüstern fühlte. Calin kaute langsam die Beere, die er sich in den Mund gesteckt hatte, und ihr Körper spannte sich an. Sie wollte wissen, wie es sich anfühlte, diese Lippen auf ihrer Haut zu spüren. Sie verschränkte die Arme vor der Brust, um die Gefühle zu unterdrücken, die in ihr wühlten. Sie schloss die Augen und bat Gott um Vergebung für ihre sündigen Gedanken.

Ihre Gebete wurden erhört, als Father Harrald durch die offene Tür gestolpert kam und den Geruch von brennendem Weihrauch mitbrachte. Kendrick, Gordon und Alec bewachten die Tür, als bestünde die Gefahr, Akira könnte vor ihrer Pflicht davonlaufen. Allerdings musste sie zugeben, dass sie durchaus mit diesem Gedanken gespielt hatte.

Stumme Ehrfurcht herrschte im Zimmer, als der Priester ein Tuch ausbreitete und die Öle vorbereitete. Calin blieb sitzen, während Father Harrald das Kreuzzeichen auf seiner Stirn schlug. Der Priester schwankte leicht, als er sich Akira zuwandte und bei ihr das Gleiche tat. Er fuhr damit fort, das Bett mit heiligem Wasser zu besprenkeln und das Gebet zu sprechen, das ihre Verbindung segnete. Akiras Anspannung ließ nach, als der Priester sich wieder umwandte und sie ansah. In seinen dunklen Augen schimmerte Wärme, als er den Mund öffnete, um etwas zu sagen.

»Father Harrald«, rief Gordon von der Tür, »Ihr habt Eure Pflicht getan! Es ist Zeit, zum Fest zurückzugehen.«

Father Harrald sah Akira nachdenklich an und küsste sie dann auf die Stirn, ohne noch etwas zu sagen.

Alec trat vor, die Augen niedergeschlagen. »Aileen ist auf dem Gang, falls Ihr die Hilfe einer der Frauen braucht, um Euch vorzubereiten, Mylady.«

»Sie braucht keine Zofe. Ich werde sie vorbereiten.«

Sogar Father Harrald grinste bei Calins Bemerkung, und Akira war durchaus versucht, sie allesamt hinauszuwerfen. Ehe sie ihre eigene Bemerkung anbringen konnte, schoben die Männer Father Harrald aus dem Zimmer und ließen sie mit ihrem Ehemann allein.

»Das Bett ist gesegnet worden, und ich glaube, du bist jetzt bereit, mich zu verführen.« Er klopfte auf den Platz neben sich, damit sie sich zu ihm setzte.

Sie schaute auf das wissende Lächeln in seinem Gesicht und bezweifelte, dass ihr eine passende spitze Bemerkung einfallen würde, die geeignet war, ihm seine gute Stimmung zu verderben. Sie ging auf ihn zu. Als sie vor ihm stand, zog er sie auf seinen Schoß und streichelte ihre Lippen mit einer Beere, bis Akira sich auf sein Spiel einließ und den Mund öffnete. Nach der dritten Beere legten sich seine Finger müßig auf ihre feuchten Lippen und verführten Akira, sie abzulecken. Er war gut in seinem Spiel, und sie sah keinen Anlass, gegen ihn zu kämpfen.

Sie leckte den roten Saft von seinen Fingern, bis er keine Beeren mehr in der Hand hielt. Vor Angst zog sich ihr Magen zusammen. Sie fühlte, wie seine Augen ihre Seele suchten. Sie fürchtete sich davor zu denken, weil sie wusste, dass er irgendwie ihre Gedanken lesen konnte. Gedanken, die sie noch vor einer Woche hätten erröten lassen, sie aber jetzt mit Sehnsucht erfüllten. Doch sie fand Trost darin zu wissen, dass er ebenso emotional und erregt war wie sie. Sehr erregt, genau genommen. Die Länge seiner Erektion war unter ihrem Po in dem Moment härter geworden, als er sie auf seinen Schoß gezogen hatte.

Er reichte ihr einen Pokal mit Stachelbeerwein. Sie trank ihn mit einem Schluck leer und erkannte erst dann, dass er einen Trinkspruch hatte ausbringen wollen. Sie erhob den leeren Pokal. »Wollt Ihr die Flasche Whisky haben, die Ihr mir geschickt habt?«

»Whisky kannst du in einer anderen Nacht trinken, meine Süße.«

»Aber ich fürchte, ich brauche ihn heute Nacht.«

Sein Daumen streichelte über ihre geöffneten Lippen, während sie versuchte, ihre Angst herunterzuspielen. Er beugte sich vor und strich mit seinen Lippen über ihre. Noch hielt er den Kuss zurück. Er atmete an ihrem Haar. »Möchtest du, dass ich dich küsse?«

Obwohl sie noch am letzten Rest ihrer rebellischen Gedanken festzuhalten versuchte, verriet ihr Körper, dass sie diesen Kuss herbeisehnte. Sie wollte alles, was dieser Mann zu geben bereit war. Sie schloss die Augen. »Aye«, wisperte sie in seinen Mund.

Er zog ihre Unterlippe in seinen Mund, saugte daran und neckte sie, dann tat er das Gleiche mit ihrer Oberlippe. Die würzige Mischung aus Wein und Beeren kühlte ihren heißen Mund. Sie neigte den Kopf und schob ihre Zunge zwischen seine Lippen, erkundete die Tiefen seines Mundes mit entschlossener Kühnheit. Ihr Herz klopfte so heftig, dass sie es bis in die Kehle hinauf fühlte. Sie musste sich beruhigen. Doch stattdessen verstärkte sie den Kuss.

Calin zog sich zurück. »Entspann dich, meine Süße! Ich

will, dass diese Nacht ewig dauert, und ich will, dass du das auch willst.«

Akira wollte, dass diese Nacht vorbei war. Seine Absicht, sich quälend lange Zeit zu lassen, verstärkte ihre Nervosität. Ihre Nerven würden ihre Hochzeitsnacht ruinieren. Sie fürchtete, sich zum Narren zu machen. Was, wenn sie aus dem Bett fiel? Was, wenn sie sich nicht so verhielt, wie sie es sollte?

Dies hier war Wahnsinn. Maggie hatte ihr das körperliche Geschehen erklärt, nachdem vor einem Jahr Calins erste Anfrage gekommen war. Akira sagte sich, dass sie diese Aufgabe bewältigen konnte. Er war ihr Mann, und er würde von ihr erwarten, dass sie gewisse … Pflichten erfüllte. Pflichten, über die sie nichts wusste und mit denen sie keine Erfahrung hatte. Doch daran zu denken, erregte sie, und sie wollte alles lernen, was er sie lehren konnte.

Die Pflicht einer Ehefrau war es, ihrem Mann zu Gefallen zu sein. Und das war genau das, was sie vorhatte. »Ich bin Eure Frau, M'laird, und ich werde mich verhalten wie Eure Ehefrau. Das ist meine Pflicht Euch gegenüber.«

»Nein! Ich will nicht, dass das eine *Pflicht* ist. Ich will, dass du mich so willst, wie eine Frau einen Mann will. Nicht aus einer Pflicht heraus. Nicht für die verdammte Allianz. Sondern für uns. Ergib dich mir und sag, dass du mein bist und ganz allein nur mein!« Sein Ton war besitzergreifend; alle Spuren von spielerischem Geplänkel waren verschwunden.

Was wollte er von ihr? Sie hatte zugestimmt, ihm keinen Ärger mehr zu bereiten. Und es stand außer Frage, dass sie ihm treu sein würde. Warum wollte er hören, dass sie es sagte?

Der Mann war eigensinnig und dominant. Sie wollte ihn und würde zugeben, dass sie zu ihm gehörte, aber sie musste auch ihr Herz beschützen. Calin war ein Krieger und konnte nicht so einfach diese machtvolle Zuneigung erwidern, die in ihr brannte. »M'laird, ich gehöre Euch. Ich werde tun, was Ihr wollt.«

»Ich will nicht dein Laird sein. Ich will dein Mann sein. Dein Beschützer. Ich will, dass du mir die Chance gibst, dein Herz zu berühren. Ich will, dass du mir vertraust.«

Ihr Herz sehnte sich danach, genau das zu tun, aber die Zeit, die sie sich kannten, war zu kurz für sie, um ihm zu vertrauen. War es möglich, dass er sich so verletzlich fühlte wie sie? Diese Frage war lächerlich. Calin MacLeod war der Laird. Männer seines Ranges liebten keine Frauen wie sie.

Nach einer langen Zeit des Schweigens senkte er den Blick. Sein trauriger Gesichtsausdruck sagte ihr, dass er die Niederlage akzeptierte. Er strich mit den Fingerspitzen über ihre nackte Schulter und streichelte mit dem Kinn ihre Wange. Er beugte sich zu ihr, kurz vor ihrem Mund verharrte er und wartete, dass sie ihn küsste.

Sie erkundete seinen Mund, spielte mit seiner Zunge und fühlte sich dabei unschuldig und verführerisch zugleich. Er küsste sie, solange sie es wollte, und seine Hand hörte nicht auf, ihren Kopf zu halten. Aber jetzt sehnte sie sich danach, dass diese starke Hand sie streichelte.

Sie zog sich mit einem leisen Stöhnen zurück. Ihre Zungenspitze befeuchtete ihre prickelnden Lippen. Akira legte die Schärpe und ihren Umhang ab, ohne dass er sie dazu aufgefordert hätte. Das Seidenkleid modellierte ihre Brüste, die sich erregt an das Mieder schmiegten. Funken entzündeten sich in ihrem Schoß, als sie darauf wartete, dass Calin sie berührte. Aber er blieb edel.

»M'laird, ich könnte Euch die ganze Nacht küssen, aber mein Körper sagt mir, dass ich mehr will. Obgleich ich mir wie eine Närrin vorkomme, Euch darum zu bitten.«

»Ich bin dein Mann. Du musst dich für nichts schämen.« Er hielt ihre Hand und küsste die blauschimmernde Vene an ihrem Handgelenk, was das Fieber, das in ihr erwacht war, noch verstärkte. »Worum bittest du mich, meine süße Akira?«

Die Art, wie er sie ansah, ließ ihre Hemmungen schwinden. Sie würde seiner Frage nicht ausweichen, weil sie es nicht wollte. Sie zog seine Hand an ihre Brust und schlug die Augen nieder. »Ich möchte, dass Ihr mich berührt ... hier.«

Ihre Brüste wurden schwer unter seinem sanften Streicheln; die schmerzvolle Sehnsucht steigerte sich noch, als er ihre nackte Schulter küsste. Hitze wallte in ihr auf, und die kurzen Haare in ihrem Nacken prickelten. Akira beugte sich vor und erlaubte ihm, die Bänder an ihrem Kleid zu lösen. Das Mieder öffnete sich und glitt ihr bis zur Taille.

Calin neigte ihr Kinn zu sich. »Schau nicht weg! Ich will, dass du die Leidenschaft in meinen Augen siehst – die Leidenschaft, die ich nur für dich empfinde. Meine Braut. Meine Frau. Meine Akira.« Calin hielt ihren Blick gefangen, als er ihre harte Knospe mit seinem Daumen umkreiste.

Auf dem Tisch neben der Bank lag ein Geißblattzweig voller gelber Blüten. Nachdem er den süßen Nektar aus einer der Blüten gesaugt hatte, bot er auch Akira eine an, bevor er eine dritte Blüte vom Zweig zupfte und den Nektar zwischen ihre Brüste drückte. Seine Zunge wärmte ihre Haut, als er die winzigen Tropfen aufleckte.

Aber Akira wollte mehr. Sie brauchte mehr und fürchtete, in Flammen aufzugehen, wenn er nicht aufhörte mit dieser Quälerei.

»Mehr«, flüsterte sie. Ein zufriedenes Aufstöhnen entrang sich ihrer Kehle, als sein warmer Mund sich um ihre Brustwarze schloss und daran saugte. Alle Gedanken daran, ihr Herz schützen zu wollen, waren vergessen, als sie ihrem Körper erlaubte, Calins Berührung zu genießen. Das Gefühl, das sich in ihrer Brust aufgebaut hatte, floss in ihren Bauch und sank dann tiefer, bis sich eine heiße Glut zwischen ihren Schenkeln sammelte. Akira rieb sich an Calins Schoß und hoffte, dass diese Wildheit normal war.

Seine Hände unterbrachen die Bewegung ihrer Hüften. »Tu das nicht.«

Sie sah sein Gesicht, das er wie vor Schmerz verzogen hatte. »Tut es dir auch so weh wie mir?«

Er nickte langsam, fast vorsichtig. »Aber es ist ein schöner Schmerz. Ein Schmerz, von dem ich weiß, dass du ihn mir bald nehmen wirst.«

Sie lächelte, während ihre Hände über seine muskulöse Brust wanderten. Der frische Duft nach Sandelholz durchdrang ihre Sinne, während sie seine Haut kostete, seinen Nacken entlang, über seine breiten, harten Schultern. Hingebungsvoll erwiderte sie die Aufmerksamkeit, die er ihr geschenkt hatte.

Akira sehnte sich danach, sich schneller zu bewegen, doch Calin fuhr fort, ihre Brüste zu streicheln, bis sie ihn von sich stieß und aufstand. Sie wollte ihn – jetzt, doch er schien zu warten, dass sie den nächsten Schritt machte.

Und das tat sie. Ein See aus gelber Seide fiel raschelnd zu ihren Füßen, und Akira unterdrückte den Wunsch, ihre Blöße zu bedecken. Sein Blick liebkoste ihren Körper, machte sie schwindelig. Er sah sie an, als sei sie das sinnlichste Geschöpf der Welt.

Ihr Anblick ließ Calins Erregung ins Unerträgliche wachsen. Ihre sanft geschwungenen Hüften waren so rund und voll wie ihre Brüste, Arme und Beine zeigten ihre leichten Muskeln. Und das kleine Dreieck dunkler Locken wisperte davon, welche Schätze sich darunter verbargen.

Eine Welle der Erregung schoss seinen Rücken hinauf, als er zu ihr ging, um diese wunderbaren Kurven mit der Fingerspitze nachzuzeichnen. Unter den Brüsten entlang bis zur Mitte ihres Leibes und ihrem Bauchnabel, dann über die Hüfte. »Möge Gott mich jetzt mit Blindheit schlagen und deinen Anblick fest eingebrannt in meiner Erinnerung lassen.« Mit dem Handrücken hob er ihr Kinn wieder zu sich hoch. »Ich habe nicht gelogen, als ich dir sagte, dass du wunderschön bist.«

Sie errötete unter dem Lichterglanz der Kerzen, und Calin hoffte, sie könnte ihm dieses Mal tatsächlich glauben. Er hoffte, dass sie es tat, denn es war die Wahrheit.

Er nahm ihr Gesicht in seine Hände und küsste leidenschaftlich ihre geschwollenen Lippen. Dann hob er Akira hoch und trug sie zum Bett. Die Leidenschaft, die sich nicht mehr verleugnen ließ, machte ihre saphirblauen Augen fast schwarz. Calin hörte nicht auf, zarte Küsse auf ihrer blütenweichen Haut zu verteilen. Er verweilte über ihren Hüften, umkreiste ihren Nabel mit seiner Zunge. Sie war wundervoll. Wie sie schmeckte! Wie sie duftete! Wie sie sich anfühlte! Noch nie hatte er einer Frau so sehr gefallen wollen wie ihr. Sein Verlangen nach ihr hatte nicht nur seine Erektion zu schmerzhafter Größe anwachsen lassen, auch seine Brust schmerzte von einem Gefühl, das stärker als Zuneigung war. Er hatte sich noch nie lebendiger gefühlt.

Er wollte, dass sie ihn wollte. Ihn, Calin MacLeod. Den Mann. Sie konnte ihm voll und ganz vertrauen. Er würde ihr niemals wehtun.

Er drückte einen Kuss auf ihr Herz, fühlte seinen Schlag an seinen Lippen. Sie wollte ihn. Ihre Worte mochten das leugnen, aber ihr Herz verriet sie.

Sie löste das Lederband, das sein Haar zusammenhielt, und

fuhr mit den Fingern durch sein Haar. Sie wimmerte und drängte seinen Kopf zurück zu ihren harten Brustspitzen, während sie unentwegt ihren Unterleib an seinem Knie rieb, das er zwischen ihre Beine geschoben hatte.

Ihre Hitze verbrannte seinen nackten Schenkel und beraubte ihn fast seiner Beherrschung. Er wollte den warmen Nektar zwischen ihren Beinen kosten! Er war von einer Wildheit getrieben, die sie aufschreien und um mehr flehen lassen würde. Als er ihre zarte Haut zwischen seine Lippen zog, strömte ein Fieber durch seine Adern, das ihn anspornte, sie zu nehmen. Die Muskeln seiner Arme und Beine spannten sich bei diesem inneren Kampf an, bis er vor Qual aufstöhnte. Er hörte eine Stimme in seinem Kopf etwas sagen. *Sei sanft zu dem Mädchen! Du bist ein sehr großer Mann; gib Acht, dass du sie nicht zerreißt.*

Im Zimmer wurde es unerträglich heiß. Schweißperlen glänzten auf ihrer Oberlippe und auf ihren Schläfen, dann benetzten sie auch ihre Kehle und das Tal zwischen ihren Brüsten. Ihr Haar hatte sich gelöst und klebte feucht an ihrem Hals. Er kannte die Quelle dieser Hitze nicht. Brannte ihr Körper in seinen Händen? Oder waren es seine Hände, die ihren Körper versengten?

»Ich weiß nicht, was ich tun muss. Eure Berührung, Euer Kuss … Ihr bereitet mir große Qual. Ich weiß nicht, wie …« Furcht huschte über ihr schönes Gesicht. »Willst du mich berühren?«

»Ja …« Calin lächelte vor Befriedigung, als seine Hand ihren Schenkel hinaufglitt, bis er ihre feuchte Mitte erreichte, und er sie dort zu streicheln begann. Er wollte ihre Qual ebenso beenden wie seine. Akira keuchte auf. Sein Finger drang geschickt und leicht in sie ein, liebkoste die feuchten Wände. Sie war geschwollen und zitterte, als dieses unbekannte Gefühl sie gefangen nahm. Sie keuchte in die schwüle Luft. Er spürte ihre Verwirrung. Sie wusste nicht, ob sie sich an ihm reiben oder sich zurückziehen sollte.

Sie tat beides.

Als sein Daumen ihre verborgene Perle fand, schrie Akira auf – rasche, heiße Schreie, die zu einem Wimmern wurden. Ihre Arme pressten sich auf das Bett, ihre Hände gruben sich in die Seide und die Rosenblätter. Ihr Rücken bog sich von der daunengefüllten Matratze. »Oh, mon Dieu!«

Sie riss die Augen auf. »Aufhören!«

Er hörte auf.

Aber binnen Sekunden hatte sie ihre Meinung geändert. Sie drängte sich gegen die Hand, die bewegungslos zwischen ihren Beinen ruhte. »Oh Calin, hör nicht auf!«

Lächelnd fuhr er fort mit seiner meisterhaften Berührung. »Sag noch einmal meinen Namen!«

Sie gehorchte ihm. Wieder und wieder.

Calin war sicher, er würde unter seinem Plaid zerbersten, als er die Mischung aus Lust und Schmerz sah, die sich auf ihrem Gesicht zeigte. Als ihre inneren Mauern zu zucken begannen, legte er Gürtel und Plaid ab und ließ beides auf den Boden fallen.

Sie rief seinen Namen, als er wieder zu ihr kam. Seine Muskeln spannten sich vor Beherrschung an, aber er wollte, dass ein Stück von ihrem Herzen ihm gehörte, wenn dies hier vorüber war. Auch wenn dieses Stück nicht mehr wäre als ein Krümel.

Er umfasste ihre Hüften und zog Akira auf sich. Mit gespreizten Beinen saß sie auf seinem Bauch. Er zog ihren Po auseinander, ließ sie an seinem harten Schwanz auf und ab gleiten. Er wollte sich in ihr vergraben, und ihre Hitze war mehr, als er ertragen konnte. Schweißperlen benetzten seine

Stirn, seine Brust. Er wusste, dass Akira bereit war, aber er wollte, dass sie die Worte sagte. »Willst du mich?«

»Ich habe Angst.«

»Ich werde dir nicht wehtun. Ich werde dir die Kontrolle überlassen.«

»Aber ich weiß nicht wie. Das ist nicht die Art, die ich kenne.«

»Beug dich zu mir und küss mich, meine Süße!«

Akira hatte Angst, tat aber, worum er sie gebeten hatte. Seine Hand glitt zwischen ihre Leiber, um den Kern ihres Verlangens zu umkreisen, der in ihr pulsierte. Sie hörte auf, Calin zu küssen und stöhnte in seinen Mund.

»Willst du mich?«, fragte er wieder.

»Ja.«

Calin verstärkte den Druck und das Tempo seines Daumens, dann hörte er abrupt auf und zog seine Hand zurück. »Sag die Worte, Akira«, befahl er.

»Nein. Ich werde nicht zulassen, dass du mein Herz brichst.« Sie kämpfte das Verlangen nieder. Sie würde sich nicht unterwerfen. Würde dem Begehren ihres Körpers nicht nachgeben. Ein Begehren, das so stark war, dass es ihre Lenden verbrannte. »Verdammt, Calin MacLeod!«

Er streichelte sie wieder, drückte härter, verheißungsvoller. Ihr Mund öffnete sich und unkontrolliertes Wimmern drang hervor, das wie Schluchzen klang. *Himmel, Akira! Beherrsch dich. Du benimmst dich schamlos und wie eine Närrin,* tadelte sie sich. In diesem Augenblick durchzuckte sie unbändige Lust, sie glaubte, von einem Nebel umgeben zu sein.

Sie fiel.

Wieder zog Calin sich zurück.

In Akira hatte sich eine kraftvolle Macht gesammelt. Eine Macht, die sie erschreckte und gleichzeitig mit brennender Erwartung erfüllte. Und jetzt kehrte diese Sehnsucht zurück. Calin nahm ihren Kopf in seine Hände und küsste sie auf den Mund.

»Ich schwöre, ich werde dir nie wehtun. Vertrau mir! Schenk mir dein Herz und ergib dich mir! Sag es! Sag, dass du mir gehörst und nur mir allein.«

Die Versuchung war unerträglich. Er war ihr Mann. Sie war dumm. Oh, zur Hölle damit! »Ich will dich! Meinen Mann, meinen Calin. Ich gehöre dir und nur dir allein. Ich will keinen anderen.«

Er hob sie an den Hüften hoch und führte sie über die Spitze seiner Erektion. Er stöhnte laut, als er sie losließ. Akira stützte die Hände auf seine Brust, stützte sich über ihn. Ihr Körper sagte ihr, was zu tun war, dennoch hatte sie Angst.

»Hab keine Angst«, flüsterte Calin zwischen zwei schweren Atemzügen. Der Fächer ihrer Wimpern verbarg ihre Angst. »Öffne die Augen, meine Süße! Ich will nicht, dass du dich verlassen fühlst. Sieh mich an!«

Sie tat es und fühlte sich von seiner Sanftheit getröstet. Sie drückte sich auf ihn herunter, presste das feine Häutchen ihrer Unschuld gegen seine Erektion und durchstieß es. Sie biss sich auf die Lippen und hielt seinen Blick. Sie hatte nicht geschrien.

Calin hielt sie an den Hüften, als sie seine Männlichkeit in sich aufnahm. Sie sah die Anspannung in seinem Gesicht, sah den Schweiß, der ihm von den Schläfen perlte, fühlte ihn in sich vibrieren. Sie merkte nicht, dass sie weinte, bis er ihr die Tränen von der Wange strich. Einen Moment später war der Schmerz vergangen, und Calin begann, sie auf und ab zu bewegen, ihr den Rhythmus zu zeigen. Sie machte die Bewegung nach, dann zog sie seine Hand an ihr Zentrum, damit er sie streichelte.

Nebel hüllte ihr Bewusstsein ein, machte sie blind vor Ekstase. Sie grub die Fingernägel in seine schweißnassen Muskeln, sie rief seinen Namen und ergab sich schließlich dem Gefühl.

Ihr Höhepunkt ergoss sich über ihn.

»Akira ... süße, süße Akira.« Calin ergab sich seinem eigenen Höhepunkt mit einem heiseren Stöhnen. Seine Hände zitterten, während er sie hielt und sich in sie ergoss.

Befriedigt sank Akira auf seiner Brust zusammen. Sein Herz schlug wild an ihrem. Erfüllt und zitternd von Gefühlen kümmerte es sie nicht mehr, ob sie alles richtig gemacht hatte. Sie wusste nur, dass das, was sie eben miteinander erlebt hatten, wunderschön gewesen war. Sie musste weinen, auch wenn sie sich dumm dabei vorkam.

Calin hob ihren Kopf und trocknete ihr die Tränen von den Wimpern.

Sie konnte ihr Lächeln nicht unterdrücken. »Das war göttlich.«

Eine Welle der Erleichterung huschte über sein Gesicht. »Aye. Du bist göttlich! Alles an dir ist göttlich!«

Sie schmiegte die Wange an seine Brust, während sie noch auf ihm lag und sich an dem Gefühl ergötzte, ihn in sich zu spüren. Doch langsam kehrte die Wirklichkeit in ihr Bewusstsein zurück. Verborgen unter dem Moschusduft ihres Liebesaktes schwebte der Duft von Blumen. Das ferne Pfeifen der Dudelsäcke mischte sich mit gedämpftem Stimmengemurmel und dem Rufen von Kindern. Kinder. Akira hob den Kopf. »Habe ich jetzt ein Kind empfangen?«

Calin lachte sie an. »Das hoffe ich, aber wir werden es weiterhin versuchen für den Fall, dass meine Manneskraft nicht ausgereicht hat.« Er hob sie von sich herunter und legte sie neben sich.

»Es weiterhin versuchen. Ha! Ich habe nicht vor, *das* noch einmal zu tun«, neckte sie ihn und strich mit dem Finger über seine Brustwarze.

»Du wirst das noch einmal tun, und du wirst willig sein und dabei lächeln.« Obwohl seine Worte überheblich klangen, lag er reglos und mit geschlossenen Augen da. Hatte sie das getan? Die einzige Bewegung, zu der er fähig zu sein schien, war, ihren Unterarm zu streicheln, der auf seiner Brust ruhte.

Sie hingegen platzte vor Energie. Sie hieß die Rückkehr seiner Arroganz willkommen und strich mit den Zehen über seine kräftigen Waden. »Das nächste Mal, wenn wir das *nicht* tun und ich *nicht* willig bin und *nicht* dabei lächle, würdest du dann bitte zuerst das Feuer löschen?«, neckte sie ihn. Sie fühlte sich besonders mutig.

Er grinste nur und nickte.

Augenblicke später öffnete er die Augen. »Was hast du gemeint, als du sagtest, du würdest diese Art nicht kennen? Du warst Jungfrau. Welche Art kennst du denn?«

Akira musste lachen. Die Art, wie er sie geliebt hatte, war nicht so gewesen, wie Maggie sie beschrieben hatte. »Meine Schwester Maggie hat mir erklärt, auf welche Art es geschieht, damit ich keine Angst davor hätte. Sie sagte, ich müsste nur daliegen, und du würdest alles machen.« Akira saugte an seiner Brustwarze und rieb ihr Bein zwischen seinen. »Aber ich fürchte, ich habe einen faulen Mann geheiratet, denn mein Gemahl war es, der dagelegen hat und mich die Arbeit hat machen lassen.«

Calin lächelte nur. Selbst zum Lachen schien er zu erschöpft zu sein. »Ich hatte noch nie eine Jungfrau in meinem

Bett, und ich wollte dir nicht wehtun. Ich dachte, auf diese Weise wäre es leichter für dich.«

Sie versuchte nicht einmal, den Schock zu verbergen, der sie die Augenbrauen hochziehen ließ. Obwohl es sie überraschte, dass er noch nie eine Jungfrau gehabt hatte, war sie noch überraschter darüber, dass er ihr dies mitteilte. Sie beschloss, ihm zu erlauben, sein übergroßes Ego zu behalten, und schluckte die Bemerkung herunter, die ihr schon auf der Zunge gelegen hatte. Stattdessen konzentrierte sie sich auf die Tatsache, dass er besorgt darüber gewesen war, er könnte ihr wehtun.

»Danke, dass du so sanft gewesen bist! Du bist ein guter Ehemann, und ich bin froh, dass du mich als deine Frau ausgesucht hast.« Sie rollte sich neben ihm zusammen und fragte sich, ob jeder Mann seine Frau so zärtlich nahm beim ersten Mal. Sie dachte, welches Glück sie gehabt hatte, aber sie fürchtete sich auch. Sie kannte den wahren Grund für diese Ehe. Wenn sie sich nicht schützte, könnte sie sehr leicht ihr Herz an ihren Mann verlieren. *Ein Teil davon gehört ihm wohl schon,* dachte sie. Und wenn er darauf beharrte, sie solle ihm mit ihrem Herzen vertrauen, dann würde sie darauf beharren, dass er dasselbe tat.

Gleich morgen.

Kapitel 14

Das fahle Licht der Morgendämmerung fiel an den Seiten durch den Fensterbehang. Akira starrte abwesend in das Torffeuer, das sie neu geschürt hatte, bevor es ganz heruntergebrannt war. Sie hatte sich ein Hemd übergezogen und saß, in eine karierte Decke gehüllt, auf der gepolsterten Bank. Vor sich hin starrend und wie in einer Art Trance strich sie über das gravierte Wappen auf Calins Schwert und dachte zurück an die Nacht, die sie mit dem Mann verbracht hatte, der jetzt ihr Ehemann war.

»Warum bist du so weit von mir weg, Frau?«, hörte sie ihn mit tiefer, verschlafen klingender Stimme fragen.

Ein Lächeln spielte um ihre Lippen, als sie Calin ansah, der unter einem Durcheinander von Decken begraben lag. »Ich war zu aufgeregt, um schlafen zu können.«

»Aye, ich bin auch aufgeregt.« Er rollte sich auf die Seite und hob die Felldecke an, damit Akira sich zu ihm legte. »Leg dich zu mir, mein Kätzchen! Ich möchte dich wieder für mich schnurren hören.«

Sie ging zu ihm und blieb neben dem Bett stehen. Mit offenem Mund staunte sie über den Kontrast zwischen seinem bronzefarbenen muskulösen Körpers und den hellen Laken, die befleckt waren von den Zeichen der ihr genommenen Unschuld. Ihre neugierigen Augen folgten dem Pfad der feinen Härchen, die über seinen Bauch zu einer höchst beeindruckenden Erektion führten. Die Erinnerung an ihre Vereinigung färbte Akiras Wangen rot, und sie fragte sich, wie er in sie hatte hineinpassen können. Der dumpfe Schmerz in ihrem Schoß erinnerte sie daran, warum sie das Bett verlassen und sich angezogen hatte. Sie riss ihren Blick von ihm los und sah ihn an. »Calin MacLeod, ich bin deine Frau, nicht dein Schoßhund. Du kannst mich nicht in deinem Zimmer eingesperrt halten. Ich will mich mit dem Kaplan und dem Rat der Ältesten treffen, um mit ihnen über die Erziehung der Kinder zu sprechen.«

Calin zog die Stirn kraus. Er ließ die Decken fallen und stieß einen Seufzer aus. »Jetzt?«

»Aye. Du hast es mir versprochen.« Akira schürzte ihre volle Unterlippe zu einem Schmollmund, nur um ihn zu ärgern.

»Der Hahn hat noch nicht einmal gekräht. Die Männer werden noch in ihren Betten liegen, oder sie schnarchen mit dem Rest der Verwandtschaft in der Halle. Man rechnet nicht vor der Mittagszeit mit unserem Erscheinen.«

»Mittag? Und was soll ich bis dahin tun?«

Calin zog beide Augenbrauen hoch und zeigte seine tiefen Grübchen als Antwort auf ihre Frage.

Akira ging um den Bettpfosten herum, und wies gleichmütig seinen offensichtlichen Versuch ab, sie ins Bett zu locken. »Ich habe dir gesagt, dass ich *das* nicht wieder tun werde.«

»Du hast gelogen, und das weißt du«, klagte Calin sie an und beobachtete, wie sie zum nächsten Bettpfosten ging.

Sie wickelte eine Locke um ihren Finger und sah ihn unter niedergeschlagenen Wimpern hervor an. »Du hast geschworen, du wirst mich nicht zwingen. Und ich will jetzt nicht.«

»Warum nicht?«

»Weil ich wund bin«, gab sie ohne Scham zu. Gleichzeitig presste sie unter dem Hemd ihre Knie aneinander, als ihr Körper auf Calins Einladung reagierte.

Er zuckte zusammen. »Ich werde dir Zeit geben zu heilen. Für den Augenblick leg dich nur zu mir. Ich schwöre beim heiligen Jerome, dass ich ein Mönch sein werde.«

Akira traute ihm nicht. Sie hatte noch nie einen Mönch gekannt, dem solche Lust in den Augen geschrieben stand. »Vergib mir, wenn ich dir nicht glaube, M'laird! Außerdem will ich erst ein Bad nehmen.«

»Bei den Heiligen, Frau, ich weiß, dass du gern badest. Aber du hast erst gestern Abend gebadet, und vorgestern. Und vorvorgestern.«

»Ich mag es nicht, wie ein Ziege zu stinken.«

»Ich werde die Mädchen anweisen, dir ein Bad zu bereiten.« Calin schwieg einen Moment, seine Augen blitzten sie neckend an. »Das heißt, zuerst muss ich den Hof absuchen und herausfinden, in wessen Betten sie gelandet sind. Ich habe gesehen, dass sie Whisky getrunken haben.«

Akira verbarg bei dieser Anspielung ein verlegenes Lächeln. Sie würde sich erst noch daran gewöhnen müssen, Zofen zu haben. Genau genommen würde sie sich an vieles gewöhnen müssen, was ihr neues Leben mit sich brachte. An Diener, die sie umsorgten. Daran, Leute um sich zu haben, die sie beäugten, einfach, weil sie die Frau des Lairds war. Oder gerade, weil sie die Frau des Lairds war. Aber woran sie sich am meisten gewöhnen musste, war, das Bett mit diesem Mann zu teilen. Einem Mann, der ihr alles gegeben hatte, worum sie gebeten hatte – einschließlich seiner Rücksichtnahme.

Nichtsdestotrotz war es noch schrecklich früh am Morgen. Zu Hause hatten sie gleich hinter der Hütte den Wald gehabt, und Akira war immer dorthin gegangen, um ihre Verrichtungen zu machen. Ihre Vorliebe für Reinlichkeit würde ohne Zweifel einige Unruhe in der Burg hervorrufen. Sie wollte nicht, dass die Dienstboten sie schon jetzt für ein Ärgernis hielten. »Es ist nicht nötig, die Mädchen zu stören.«

»Du störst sie nicht. Es ist ihre Pflicht, sich um deine Wünsche zu kümmern. Ich denke, sie werden mit der Zeit sehr stark werden, wenn sie jeden Tag die Wassereimer für dich schleppen müssen, aber die Zisterne befindet sich am Ende des Ganges. Du bist die Lady von Cànwyck Castle. Wenn du ein Bad nehmen willst, werden sie gehorchen.«

»Ich bin sicher, dass ich nicht die Dienste eines Mädchens brauchen werde, um zu baden. Gibt es eine Quelle innerhalb der Burgfeste?« Akira wandte sich ab, um eine Tasche mit den nötigsten Dingen zusammenzupacken. Sie war entschlossen, dieses Zimmer, ihren Mann und jedes noch so pflichtbewusste Mädchen hinter sich zu lassen. Wenn er nur einfach tief einatmen würde, würde er wahrscheinlich das Verlangen riechen können, das sich zwischen ihren Schenkeln steigerte.

»Aye, aber es gibt noch einen besseren Ort. Er liegt außerhalb der Mauern. Ich werde dich hinbringen.« Calin warf die dicke Felldecke zur Seite und ging durch das Zimmer, um seine Kleider zu holen. Akira lächelte. Der Mann hatte nicht einen züchtigen Knochen im Leib. Und welch wunderbaren Körper er hatte! Er bestand nur aus harten Muskeln, die unter seiner bronzefarbenen Haut spielten. Nur an zwei Stellen war seine Haut hell: auf seinem wohlgeformten Hinterteil und an seinem Gemächt – zwei Stellen, von denen beide ihre Qualitäten hatten. Qualitäten, die Verlangen in Akira weckten. Sie hoffte, dass ihre wunden Stellen schnell heilten.

Ihr kam der Gedanke, dass er vielleicht vorhatte, mit ihr zusammen zu baden. »Ich denke, ich werde deine Hilfe beim Baden nicht brauchen.«

Er wandte den Kopf und sah, dass sie ihm beim Ankleiden zusah. Er warf ihr ein Grinsen zu, während er sein Haar zurückband. »Und ich bin sicher, du wirst sie brauchen.«

»Und du wirst dich wie ein Gentleman benehmen?« Sie fragte es scheu, während sie den Rücken gegen den harten Bettpfosten drückte, als Calin auf sie zukam.

»Aye.«

»Du wirst nichts von mir verlangen, bis ich … geheilt bin?«

»Nur meinen Kuss.« Calin legte die Hand in ihren Nacken und küsste sie – ein schlichter, sanfter Gutenmorgenkuss, ohne Intensität. »Ich bitte dich um einen Gefallen. Ich möchte, dass du mich Calin nennst. Zumindest hier in unserem Zimmer.«

»Wie du es wünschst, Calin.« Es gefiel ihr, seinen Namen auszusprechen, wenn es wie jetzt weder in der Wut noch in der Leidenschaft geschah. Er küsste sie wieder, und als er sich zurückzog, fragte sie: »Wirst du immer so rücksichtsvoll zu mir sein?«

»Ich werde es versuchen.« Er führte sie zur Tür.

»Wenn wir zurückkommen, kann ich mich dann mit dem Rat treffen?«

Er lachte über ihre Beharrlichkeit. »Die Feierlichkeiten beginnen heute erst spät. Ich werde dich den Ältesten vorstellen, und du kannst ein freundliches Gespräch mit ihnen führen. Du musst deine Gründe darlegen, warum du die Kinder unterrichten willst, denn du kannst nicht von ihnen erwarten, dass sie einverstanden sind. Sie werden deine Unverfrorenheit nicht so anziehend finden wie ich.«

Ihr Gesicht verzog sich bei dieser Bemerkung. »Ich bin nicht unverfroren.«

Calin grinste und öffnete leise die Tür. So, als wollte er niemanden wecken, beugte er sich zu ihrem Ohr. »Du bist unverfroren und mutig, kühn und starrsinnig. Und das, Weib, sind deine guten Qualitäten.«

Sie schlug ihm in den Magen spielerisch, aber kräftig genug, dass er aufstöhnte. Sie entflohen den Burgmauern und mussten dabei nur zwei Wachleute stören, die hinter ihnen das mit eisernen Spitzen bewehrte Fallgitter herunterließen.

Das Wasser fiel schäumend über das Kliff in einen hellblauen See, dessen Böschung von üppig grünem Gras und dichtem Buschwerk gesäumt wurde. Überwältigt und von Ehrfurcht erfüllt betrachtete Akira diese von der Natur geschaffene Schönheit. Der Wasserfall war zweimal so hoch wie der bei ihr zu Hause. Und doppelt so schön. Und doppelt so hoch. Alles in Calins Welt schien imposanter zu sein als das, woran sie gewöhnt war. Nachdem sie vom Pferd gestiegen war, schaute sie zu ihm hoch. »Ich werde nicht lange brauchen. Du kannst mich schon bald abholen kommen.«

Calin ignorierte ihre Worte, stieg ebenfalls aus dem Sattel und ließ Sirius am Ufer des Sees grasen. »Ich habe auch ein Bad nötig.« Ohne einen Funken Schamgefühl zog er sich bis auf die Haut aus, erklomm einen kleinen Felsen und machte einen Kopfsprung in das türkisfarbene Wasser. Er tauchte nach Luft schnappend wieder auf und schüttelte sich wie ein nasser Hund.

Akiras Kehle fühlte sich plötzlich an wie Asche. Ihre Finger prickelten vor Sehnsucht, ihn zu berühren. Der Mann könnte sie dazu verführen, ihm in die Feuer der Hölle zu folgen. War es falsch von ihr, ihn so sehr zu begehren?

Langsam schwamm er zur Mitte des Sees. »Du solltest nicht hereinkommen«, rief er. »Das Wasser ist so kalt, dass es selbst dem stärksten Highlander das Blut in den Adern gefrieren lässt. Ich mag gar nicht daran denken, was das bei einer Frau anrichtet.«

Sie kniff die Augen zusammen. Seine Bemerkung war nicht weniger als eine Herausforderung. Sie zog die Nadeln aus ihrem hochgesteckten Haar und öffnete ihre Zöpfe. Ein rascher Blick auf die Umgebung versicherte ihr, dass sie ungestört waren, dennoch verbarg sie sich hinter Sirius' massigem Körper, als sie, ein wenig nervös, ihre Kleider ablegte. Die

Luft prickelte auf ihrer nackten Haut, aber vielleicht war es auch der Umstand, sich im hellen Licht der Morgendämmerung vor ihrem Mann zu zeigen, der sie erregte. Mit einem perfekten Sprung vom Felsen tauchte sie in den See ein – und glaubte, ihr Blut würde sofort zu Eis kristallisieren.

Sie tauchte mit einem Keuchen auf. »Himmel! Das ist ja eiskalt!«

Sie drehte sich um und sah Calin auf sich zuschwimmen. Sie ließ sich unter die Wasseroberfläche sinken, um ihm zu entkommen, und schwamm zu einer Stelle, an der sie den Boden noch berühren zu können glaubte.

Sie konnte es nicht. Nur noch eine Armlänge trennte sie voneinander, als Akira versuchte, von ihm fortzukommen, aber das kalte Wasser machte ihre Bewegungen langsam. Es war leicht für Calin, sie zu fangen, denn in Wahrheit wollte sie gefangen werden. »Ich wollte eigentlich gar nicht schwimmen. Das Wasser ist wie Eis.«

Calin reichte das Wasser bis an die Brust, als er Akira um den Po fasste und sie hochhob. »Ich werde dich wärmen.«

Sie wischte ihm die Wassertropfen von der Wange und fuhr mit dem Finger über seine markanten Gesichtszüge. Calin MacLeod war ein wunderschöner Mann. Sein Gesicht hatte Strenge und Würde. Doch was zu ihr sprach, waren seine Augen, die Aufrichtigkeit darin. Das Versprechen auf ein Leben, von dem sie nur hatte träumen können, erfüllte sie mit Erschrecken und Hoffnung zugleich.

Könnte ihre Ehe je mehr sein als nur die Erfüllung eines Vertrags? Diese Frage hatte Akira sich schon hundertmal gestellt, seit sie am Morgen erwacht war. Doch wie dem auch sei, sie konnte sich glücklich schätzen. Er hatte geschworen, ihr Kinder zu schenken und sie niemals zu schlagen. Sie würde mit dem zufrieden sein, was er zu geben versprochen hatte, und das war weitaus mehr, als die meisten Frauen je bekamen. Ihre Finger spielten mit seinem Ohrläppchen, während Akira ihren Gedanken nachhing.

»Woran denkst du?«, fragte er.

Akira schüttelte ihre Gedanken ab und schaute wieder in seine warmen Augen. »An uns.«

Calins Augenbraue hob sich, und er zog Akira an sich. Seine Stimme klang sanft, verführerisch. »Ich denke auch an uns. Möchtest du wissen, was wir tun, wenn ich meine Augen schließe und träume?«

Akira nickte und schlang ihre Beine um seine Taille. Sie schämte sich ihrer Nacktheit nicht.

»Wir sind dort am Ufer.« Er zeigte zum Ufer hinüber. »Meine Frau liegt nackt im Gras, das so üppig und so weich wie Seide ist. Und die Sonne scheint auf sie herunter und wärmt ihre Haut.«

Akira lachte laut bei diesem Bild. »Und wo, mein Gemahl, bist du in dieser Fantasie?«

»Ich versuche, sie zu heilen.« Nicht nur seine Antwort war schamlos, auch seine Hände waren es. Sie hatten sich um ihren Po gelegt, um den Weg an ihre intimste Stelle zu finden.

Akira hielt den Atem an und schlug ihm auf die Schulter. »Du hast versprochen, ein Gentleman zu sein.«

»Aber meine Vision von dir weckt den Teufel in mir.«

Sie kletterte auf seine Schultern, dann stieß sie ihn mit beiden Händen unter Wasser. Er tauchte ein Stück von ihr entfernt wieder auf. »Schwimm ein Stück mit mir. Ich werde dir für den Moment widerstehen«, rief er ihr über die Schulter zu und schwamm in einem kraftvollen Gleiten auf den donnernden Wasserfall zu. Akira folgte ihm, passte sich ihm Zug um Zug an. Hinter dem Vorhang aus weißem Wasser tauchten sie wieder auf. Das Rauschen der Kaskade hallte in der höhlenartigen Nische wie ein Echo wider. Calin stellte sich auf einen aus dem Wasser ragenden Felsen und griff nach Akira. Als er sie hochzog, stand sie bis zur Taille im Wasser. Ihre aufgerichteten Brustwarzen waren ein Beweis für die Kälte des Wassers. Der Felsen war so schmal, dass nur wenig Abstand zwischen ihnen möglich war.

»Du schwimmst wie ein Selkie und bist so zauberhaft wie eine Nixe, meine Akira«, sagte er rau und beugte sich über sie, um das kalte Nass von ihren Lippen zu saugen. Er hob Akira am Po hoch und legte ihre Beine um seine Taille.

Die Intensität seines leidenschaftlichen Kusses vertrieb die Eiseskälte von ihrer Haut. Calin vergrub die Finger in ihrer dichten Haarmähne und zog ihren Kopf zurück. Der Pulsschlag an ihrer Kehle war wie ein Flattern. Seine Lippen liebkosten ihre Haut, dann fand sein heißer Mund ihre Brust.

Er nahm ihre harte Brustwarze zwischen die Zähne und stöhnte.

»Oh Calin!« Ihre Stimme klang wie ein Seufzen, als sie seinen Namen sagte. Obwohl er nur zärtlich zu ihr war, kehrte die Sehnsucht, ihn in sich zu haben, mit aller Macht zurück. »Es ist zu bald. Du bist zu groß für mich, zu groß, und dich so schnell wieder in mir aufzunehmen«, wehrte sie ihn ab, rieb sich dabei aber an ihm.

Calin lachte. »Das Wasser ist viel zu kalt für mich, um dich jetzt zu nehmen. Ich will dich nur in Küssen baden.« Und genau das tat er.

Akira warf den Kopf in den Nacken und gab sich seinen Lippen hin. Ihr Körper antwortete ihm auf eine Weise, die sie an ihrer Moral zweifeln ließ. »Du machst mich schamlos, Gemahl. Kein Mann will, dass seine Frau so ist. Ich fürchte, dein Clan wird mir bald vorwerfen, dass ich mich wie eine Hure benehme.«

Calin hörte abrupt auf, sie zu küssen, und stellte sie auf die Füße. Zorn verdunkelte seine braunen Augen. Seine Nasenflügel bebten. Seine Lippen wurden schmal. Akira musste sich eingestehen, nicht alle seine Stimmungen zu kennen, aber das Gesicht, das er jetzt zeigte, war eines, das sie nie wieder sehen wollte.

Zum ersten Mal fürchtete sie sich vor ihm.

Er schaute auf sie herunter, und als er sprach, klangen seine Worte harsch und scharf. »Du wirst niemals wieder von dir denken, eine Hure zu sein. Ich schlafe nicht mit Huren. Ich bin treu, wie mein Vater meiner Mutter treu gewesen ist. Du bist meine Frau, und wenn wir zusammen sind, kannst du dich so schamlos benehmen, wie du willst. Sollte irgendjemand aus meinem Clan es wagen, dich eine Hure zu nennen, wird er aus dem Clan ausgestoßen werden. Hast du das verstanden?«

Akira nickte und senkte den Kopf wie ein gescholtenes Kind. Verlegenheit dämpfte die Flamme in ihr und brachte ihre Zähne zum Klappern. »Vergebt mir, M'laird«, murmelte sie und schlang die Arme um sich, um ihre Brüste zu bedecken.

»Du musst dich nicht entschuldigen. Aber es gibt einige Dinge, bei denen ich keinen Spaß verstehe. Das ist eines davon. Huren sind nicht treu. Du hast mir Treue geschworen. Und du wirst deine Schwüre nicht brechen, die du vor Gott und der Kirche abgelegt hast. Du hast gesagt, du gehörst mir und nur mir allein. Das ist alles, was ich will.«

Verblüfft über seinen Ausbruch fand sie selbst keine Worte. Sie hatte ihn gebeten, sich keine Geliebte zu nehmen, bis sie ihr fünftes Kind zur Welt gebracht hätte, aber nicht einen Moment lang hatte sie vermutet, er könnte denken, sie würde mit einem anderen Mann schlafen. Offensichtlich war es Teil seines Charakters, besitzergreifend zu sein. Akira versuchte, sich von ihm zurückzuziehen.

»Weiche nicht so ängstlich vor mir zurück.« Er legte die Hand unter ihr zitterndes Kinn und küsste ihre kalten Lippen. »Dir ist vergeben. Und jetzt ... ja, ich glaube auch, dass du dich schamlos benommen hast.« Er sprach diese Worte in einem Ton, der wieder mit ihr flirtete.

Akira schaute ihn an und beobachtete, wie seine Augenbraue sich hob und er sie mit einem Blinzeln ansah. Als er sie dann verschmitzt angrinste, stieß sie ihn vom Felsen und watete durch das Wasser zurück zum Ufer. Calin holte Seife aus seiner Satteltasche und streckte sich unter der aufgehenden Sonne auf einem Bett aus üppig grünem Gras aus. »Komm, leg dich zu mir! Ich werde mich benehmen. Ich schwöre es.«

Sie legte sich neben Calin und schmiegte sich an ihn.

Akira folgte mit den Fingerspitzen den Spuren der Wassertropfen auf seinen breiten Schultern und betrachtete dann die Tätowierungen an seinem kräftigen Oberarm. Der obere Ring war der breiteste. Im Vergleich zu den scharfen blauen Konturen der drei darunter, war er fast grau, weil er so alt war. »Warst du noch sehr jung, als du in den Krieg gezogen bist?«

»Ich war einundzwanzig. Vorher hätte Onkel Kerk es nicht erlaubt.«

Sie berührte zart den obersten Ring. »Dieser Ring ist älter als die anderen.«

»Die Ringe stehen nicht für die Zahl der Schlachten, die ein Krieger geschlagen hat. Sie stehen für die Verluste, die ein Mann erlitten hat.«

»Du hast viele Menschen verloren, als du jung warst?«

»Nein. Aber ich habe meinen Vater verloren, als ich zehn

war. Ich habe den Schmied gebeten, mich zu tätowieren, um immer an die Ziele meines Vaters erinnert zu werden.«

Akira begegnete seinem gequälten Blick und sah darin eine uralte Sehnsucht, die zu wecken nicht ihre Absicht gewesen war. »Es tut mir leid. Ich weiß, wie es ist, jemanden zu verlieren, den man liebt«, wisperte sie, überwältigt von dem Wunsch, ihn zu trösten.

»Es war vor langer Zeit.« Er senkte den Blick, aber nicht, bevor sie sah, wie viel Schmerz ihre letzte Bemerkung in ihm ausgelöst hatte. Sie wünschte verzweifelt, diesen Graben zwischen ihnen zu schließen.

Sie streckte die Hand aus und streichelte sein stoppeliges Kinn. »Calin?«

»Aye?«

Wirst du auch mich je so lieben können? Die Worte kamen ihr so leicht auf die Zunge, dass sie fühlte, dass sie nur den Mund öffnen müsste, und sie würden ihr über die Lippen sprudeln. Aber die Angst, dass seine Antwort sie zerbrechen würde, ließ Akira die Frage herunterschlucken und stattdessen sagen: »Wirst du dich rasieren, während wir hier sind?«

Bei diesem abrupten Themenwechsel öffnete er die Augen, und eine Spur von Humor kehrte in sein Grinsen zurück. »Aye, aber erst, nachdem ich dich gebadet habe.« Er rieb mit der Seife über ihre nasse Haut. Wusch ihren Nacken, ihre Brüste, ihren Bauch, ihre Schenkel. Dann legte er die Seife auf seiner Tasche ab und beendete sein Tun mit der Hand.

Obwohl Akira seine Berührungen genoss, konnte sie nicht anders, als ihm eine spitze Bemerkung zuzuwerfen. »Ich sagte doch, ich brauche deine Dienste nicht. Ich kann mich alleine waschen, musst du wissen.«

»Da ich sicher bin, dass du das kannst, dachte ich, du könntest *mir* diesen Dienst erweisen.« Er griff nach dem Seifenstück und legte es Akira in die Hand. Dann rollte er sich auf den Rücken, verschränkte die Arme hinter dem Kopf und grinste. »Ich fürchte, ich brauche eine sehr gründliche Abreibung. Erfüllst du mir meinen Wunsch?«

Lüsterner Barbar! Ihr Mann, so zeigte sich, war sehr erfinderisch, was seine Verführungskünste anging. Das war eine spielerische Seite an ihm, die sie entdecken würde. Sie würde lernen und üben und diese Kunst schließlich auch beherrschen. Sie erkundete seinen Körper mit der Faszination einer neugierigen Unschuld. Ihre streichelnden Finger glitten über seine Schultern, über seinen Bauch und über seine muskulösen Schenkel.

Dann streichelte sie sein Glied – zwei Mal.

Ein tiefes Stöhnen stieg in seiner Kehle auf. Seine geschlossenen Augenlider flatterten. Fasziniert von seiner Reaktion beobachtete sie den Ausdruck auf seinem Gesicht. Sie kaute auf ihrer Unterlippe und wünschte sich, ihn noch einmal zu berühren.

Sie tat es.

Wurde kühn in ihrer Erkundung, umschloss ihn fester. Ihre Fingerspitzen vermochten nicht, ihren Daumen zu berühren, ihn ganz zu umfassen.

»Du bist verrucht, Weib! Sehr, sehr verrucht.«

Akira spürte, wie ihr Innerstes vor Verlangen knisterte und setzte sich auf ihn, wand ihren feuchten Körper an seinem. Ihre Brüste rieben sich an seinem Schaft, dann küsste sie ihn heiß, bevor sie sich wieder zurückzog und aufrichtete. »Willst du mich, Gemahl?«

Calin stöhnte in ihren Mund, biss rau in ihre Brustwarze und versetzte Akira dann einen Schlag auf den nackten Po. Er stieß sie von sich herunter und sprang auf. »Hölle und Verdammnis! Natürlich will ich dich, aber ich werde dir nicht wehtun. Ich schwöre, du bist der Teufel in der Gestalt eines Engels. Du wirst noch für deine Boshaftigkeit bezahlen, Frau!« Er sprang kopfüber in das eiskalte Wasser.

Akira lachte laut, setzte sich auf und schlang die Arme um ihre Knie. Sie beobachtete die kraftvollen Bewegungen ihres Mannes in dem sich leicht kräuselnden Wasser. Ein Gefühl von Stolz breitete sich in ihr aus und wärmte sie. Sie würde Calin stolz machen, sie seine Frau zu nennen. Und irgendwie würde sie einen Weg in das Herz ihres Mannes finden.

»Genieß du nur deine Fröhlichkeit, du schottische Hure! Sie wird nicht von langer Dauer sein«, murmelte Catriona. Sie hielt sich hinter den dichten Ginsterbüschen verborgen. Ihre Fingernägel schnitten ihr in die Handflächen, als eine unbändige Mischung aus Eifersucht und Wut in ihr explodierte. »Calin gehört mir!«

Kapitel 15

Noch nie war es auf Brycen Castle so still gewesen. Es liefen keine Kinder umher, keine der jungen Hausmägde war an der Arbeit. Das Fingerklopfen seines Gastes auf die Steinplatte des Tisches, an dem sonst der Rat tagte, hallte wie das Schlagen einer Trommel in Laird Kinnons Ohren wider. Das Schweigen nagte an seinen Nerven wie ein Aasgeier an einem Stück Aas.

Der Kamin war so kalt, dass man Wein darin hätte kühlen können. Ein Kamin, in dem seit fast zwanzig Jahren kein Feuer mehr gebrannt hatte. Feuchtigkeit bedeckte den steinernen Tisch und lief in schwarzen Rinnsalen an den einst rauchgeschwärzten Wänden des Ratszimmers herunter. Der Laird spürte das Ende des Sommers in seinen Knochen. Oder war es das Eis, das seine Seele füllte? Der Geist seiner toten Frau, der ihn wieder heimsuchte?

Er hasste dieses Zimmer. Die Kälte hier drinnen war schlimmer als in jedem anderen Zimmer von Brycen Castle.

Laird Kinnon gierte danach, dass endlich etwas geschah. Etwas, das ihm das Blut wärmen und den Kopf frei machen würde von seinen quälenden Gedanken. Und Kendrick Neish würde ihm geben, wonach es ihn dürstete.

Krieg.

Seit Kurzem roch es auf dem Übungsplatz von Brycen Castle wieder nach Männerschweiß und Blut. Jeder Bursche in Dalkirth, der ein Schwert halten konnte, übte sich neben seinem Vater, Onkel und Bruder im Gebrauch der Waffen. Gestern Abend erst hatte er Boten zu seinen Brüdern in den Lowlands geschickt. Das Überleben des Kinnon-Clans hing von der Loyalität seiner Angehörigen ab. Diese Loyalität galt für Kendrick nicht. Laird Kinnon wusste, warum Kendrick es versäumte, mit seinen Männern zu trainieren. Der Verräter hatte eine seiner Hexen an den MacLeod verschachert. Es hatte das Blut eines geschätzten Kriegers gekostet, diese Information zu bekommen.

Die Garnison der Kinnons war stark, aber nicht stark genug. Seine Krieger würden eine Schlacht gegen die MacLeods verlieren, selbst wenn ihn seine Cousins aus den Lowlands unterstützten. Das war der Grund, warum Laird Kinnon jetzt in seinem Ratszimmer stand und in die kohlenschwarzen Augen von Logan Donald starrte.

Laird Kinnon brauchte Verbündete.

Er zog an der locker sitzenden karierten Hose, die er unter dem Plaid trug, während er um den Tisch herum zu Logan ging, der in vorgespielter Langeweile dasaß. Er hatte das Kinn mit dem dichten schwarzen Bart auf seine Hand gestützt. Eine Schar Katzen vor dem kalten Kamin erregte sein Interesse. Vier waren es. Und eine davon so dürr wie die andere. Laird Kinnon hasste diese räudigen Tiere, aber es war ihm nie gelungen, die Burg von ihrer Anwesenheit zu befreien. Er hatte versucht, sie zu vergiften, aber diese verdammten Viecher waren nicht gestorben.

Lena hatte sie umsorgt wie Kinder.

Logan wischte einen Fussel von dem gefalteten Plaid, das er über der Schulter trug. Sein gleichmütiges Benehmen machte Laird Kinnon wütend, aber er bezähmte diese Wut und täuschte Interesse an Logans Familienleben vor. »Eure Frau wird bald ihr erstes Kind bekommen, nicht wahr?«

»Aye. Die Hebamme hat Maggie ins Bett verbannt, weil ihre Zeit jetzt bald kommt. Ich glaube, sie bekommt Zwillinge.«

»Ich habe Maggies Bruder nicht bei meinen Kriegern gesehen. Kendrick trägt meinen Namen und lebt auf meinem Land, dennoch findet er nicht die Zeit, mit den Kinnon-Männern zu trainieren, um den Boden zu beschützen, von dem er erntet.«

»Unser Land lebt zurzeit mit England in Frieden«, erwiderte Logan. »Ihr trainiert Eure Krieger, als ob der Krieg Euch morgen erwartete. Es gibt wirklich keinen Grund, die Ausdauer Eurer Männer in Zeiten wie diesen auszuzehren. Kendrick nutzt diese Zeit, sich um die Herde und um seine Familie zu kümmern. Aber ich weiß, dass Ihr mich am Sonntag nicht von meiner Frau weggeholt habt, um mit mir über die Abwesenheit meines Schwagers zu sprechen. Was wollt Ihr von mir?« Logans Augenbrauen zogen sich zusammen, als er vom Tisch aufstand. Er überragte Laird Kinnon um gut zwei Kopf. Die Sitzbank kratzte über den Boden, und das Geräusch hallte von den Wänden wider. Die Katzen stoben davon.

Laird Kinnon blickte zu Logan hinauf und schluckte seinen Stolz herunter. »Ich habe Euch hergebeten, um Euch ein Bündnis vorzuschlagen.«

Ein abfälliges Lächeln spielte um Logans Mund. »Der Chieftain des Clans der Donalds würde sich eher sein eigenes Grab schaufeln, als mit Euch einen Pakt zu schließen.«

Wütend über Logans spöttischen Ton, begann Laird Kinnons Puls schneller zu schlagen. »Aber Euer Vater würde seinen Clan mit dem Sohn eines Schafhirten vereinen. Mit einem Bauern, der keinen Rang hat und seinem Chieftain gegenüber illoyal ist.«

Logan beugte sich über den Tisch und sah Kinnon direkt in die Augen. Auf seinem Gesicht zeigte sich keine Spur von Furcht. »Kendrick verkauft seine Grenzen nicht an die Engländer, weder für eine Braut noch für Silberstücke, selbst wenn es so viele wären, die Höhlen von Brycen Castle zu füllen. Ihr würdet gut daran tun, Euch zu erinnern, dass Ihr genau das getan habt.«

Laird Kinnon spuckte in den Kamin und ging zornig im Zimmer hin und her. Lena, diese englische Hexe, war das Gold nicht wert gewesen, ebenso wenig wie ihr Name. Das Gold, das ihn davon abgehalten hatte, mit einem seiner Nachbarn ein Bündnis einzugehen. Das Gold, das es jetzt nicht mehr gab.

Er packte das getrocknete Ochsenfell, das vor dem einzigen Fenster des Zimmers hing, und riss es von seiner Befestigung. Dann starrte er hinunter auf den Burghof. Rauch wand sich in dünnen Fäden aus den Schornsteinen der Hütten. Unten am Weg zur Kirche hüteten Frauen ihre Kinder.

Im Gang vor dem Zimmer war das Weinen einer Frau zu hören. Er fuhr herum. Logan lauschte, aber Laird Kinnon kannte dieses Weinen nur allzu gut. Der starke Duft von Lavendel erfüllte plötzlich das Zimmer. Er begann zu zittern. »Ich fürchte, Ihr lasst mir keine andere Wahl. Ich muss mit Kendrick sprechen. Ihr seid mit seiner Schwester verheiratet und könnt ihn veranlassen, zu mir zu kommen. Ich habe dem Mann einen Vorschlag zu machen.«

»Und wie könnte der lauten?«

»Als Laird des Kinnon-Clans wünsche ich nichts mehr als den Frieden, den auch King James unterstützt. Frieden zwischen meinem Clan und den Inseln. Kendrick hat praktischerweise die Clans der Inseln aneinander gebunden, indem er seine Schwestern an die Clans verheiratet hat, die meine Nachbarn sind. Ich habe die Absicht, meinen Sohn mit Kendricks Zwillingsschwestern zu verheiraten und so den Zusammenhalt unserer Clans zu stärken.«

»Die Kirche nennt das Bigamie und bestraft sie mit dem Tod. Kendrick wird es nicht erlauben, und King James auch nicht. Wenn Ihr mich nicht länger braucht – ich habe eine Frau, um die ich mich kümmern muss.« Ohne auf die Erlaubnis zu warten, sich entfernen zu dürfen, schritt Logan durch die verschimmelten Bodenbinsen, aus denen der scharfe Geruch von Katzenurin aufstieg.

Es machte Laird Kinnon wütend, dass er keine Einigung mit diesem Mann erzielt hatte. Die Donalds waren nie seine Feinde, aber auch nicht seine Verbündeten gewesen. Um die Macht zu behalten, musste er Kendrick in die Hände bekommen. »Darach wird seine Wahl treffen. Die eine als Frau, die andere als Geliebte. Ihr werdet Kendrick und seine Schwestern zu mir schicken – oder ich werde Eure Maggie herbringen lassen.«

Logan fuhr auf dem Absatz herum. Das Breitschwert, das an seiner Hüfte hing, schwang weit herum. Angst durchzuckte Laird Kinnon, und seine Hand wanderte zum Griff seines Dolches, um vorbereitet zu sein.

Logans schwarze Augen bohrten sich in seine. »Ihr könnt mir nicht drohen, alter Mann! Ihr mögt Euch der Treue Eurer Krieger versichern, indem ihr deren Frauen bedroht, aber Ihr habt keine Macht über mich oder Maggie! Fasst meine Frau an, und ich verspreche Euch einen langsamen und qualvollen Tod. Tötet mich, und Ihr werdet die Vergeltung des Donald-Clans erleiden!«

Laird Kinnon geriet nicht ins Schwanken angesichts der Entschlossenheit, die in Logans Augen funkelte. Diese Bastarde strebten seit Jahren danach, sich zu vereinen. Jetzt, da er einem von ihnen ein Angebot machte, bedrohte man ihn für seine Großzügigkeit.

Nachdem Logan sich abgewandt hatte, zog Kinnon den

Dolch aus der Scheide. Darach würde Kendricks Schwestern bekommen, und Kendrick würde es bedauern, Laird Baen Kinnon je begegnet zu sein! Er hielt die Klinge mit Daumen und Zeigefinger und schleuderte sie auf Logan. Sie traf ihn in den Oberarm.

Der Mann zuckte weder zusammen noch schrie er auf. Er zog die Klinge aus seinem Arm, als würde er sich einen Splitter entfernen. Laird Kinnons Pulsschlag geriet ins Stolpern, als Logan ihn über die blutende Schulter hinweg anlächelte.

»Du verschwendest deine Zeit, alter Mann, aber ich werde Kendrick deine Nachricht überbringen. Er hat deinen Befehlen schon viel zu lange gehorcht und wird ein Treffen mit dir genießen.« Logan wischte das dunkle Blut von der Klinge, dann steckte er den Dolch neben seinen in den Strumpf, bevor er ging.

Allein im Zimmer, versuchte Laird Kinnon, das Lachen der Frau zu ignorieren, das er jetzt hörte.

Hitze durchströmte ihn. Unter seiner Fellweste begann er zu schwitzen. Über die Mauern liefen beständig schwarze Ströme.

Er holte tief Luft, roch den Lavendel.

Eine federleichte Berührung strich über seine Schulter.

Ihm sträubten sich die Nackenhaare.

Er stürzte aus dem Zimmer und lief zum Übungsfeld.

Kapitel 16

»Wenn meine Schwester zurückkehrt, wird sie dich federn und vierteilen, Jaime MacLeod. Das schwöre ich!«

Calin hörte diese vergebliche Drohung, als er neben seiner Frau unter dem Torbogen hindurchging. Jaime wirbelte Isobel herum und bahnte sich einen Weg durch das Durcheinander in der großen Halle. Zwei Frauen waren dabei, die alten Binsen zusammenzufegen, und wichen zurück, um keinen Fuß ins Gesicht zu bekommen. Isobel schrie auf und schlang beide Hände fest um Jaimes Nacken. Die Augen seines Cousins funkelten vor Übermut, während auf Isobels Wangen ein helles Rosa lag.

Isobel vereitelte Jaimes Annäherungsversuche auf fast dieselbe Weise, wie Akira es getan hatte. Die meisten Frauen ließen sich von Jaimes Charme einwickeln, aber Calin dachte sich, dass Isobel, genau wie Akira, nicht wie die meisten Frauen war. Ungezähmt und eigensinnig war Isobel genau das, was sein Cousin verdiente. Zeuge ihrer Kabbelei zu sein, erheiterte ihn. Und da er keinen Grund sah, seine Erheiterung zu verbergen, stieg Calins lautes Lachen bis zur Decke der großen Halle empor und hallte von den in Holz geschnitzten Engeln wider.

Als er Akiras verblüfften Gesichtsausdruck sah, wusste er, dass sie seine Auffassung nicht teilte. Weit aufgerissene blaue Augen und ein offen stehender Mund machten ihm ihre Meinung deutlicher als alle Worte. Er vermochte nicht zu sagen, ob sie erschrocken oder wütend war. Er entschied sich für beides.

Akira lief an einem Mann vorbei, der ein Fass mit Ale fortrollte, dann riss sie Isobel unter Aufwendung all ihrer Kraft aus Jaimes Armen. Obwohl sie von gleicher Größe und Gestalt waren, trug sie Isobel mit verblüffend schnellen Schritten die Steintreppe hinauf. Calin folgte und versuchte, ihr Isobel abzunehmen, weil er annahm, es würde ihr schwerfallen, ihre Schwester zu tragen.

Akira starrte ihn wegen dieser Einmischung böse an. »Ich möchte einen Moment mit meiner Schwester allein sein.«

»Natürlich, aber lass mich dir helfen. Es schickt sich nicht für ...«

»Ich trage Isobel schon seit zehn Jahren. Du beleidigst mich, wenn du unterstellst, sie sei eine Last für mich.« Ihre unerschütterliche Haltung ließ keine Widerrede zu.

Calin zog sich zurück und stolperte fast über Jaime, der eine Stufe tiefer hinter ihm stand. Er fuhr herum und warf Jaime einen warnenden Blick zu.

»Ich habe sie in keiner Weise unfreundlich behandelt, M'laird«, verteidigte Jaime sich, ohne dass ein Vorwurf ausgesprochen worden war. Auf der schmalen Treppe ging er um Calin herum und stellte sich vor Akira, um sie daran zu hindern weiterzugehen.

Calin sah das betrübte Glimmen in Jaimes Augen, als er Isobels Wange berührte. Und er sah den Ausdruck des Sieges auf Isobels Gesicht, als sie sich mit dem Finger über die Kehle fuhr.

Jaime wandte sich an Akira. »Mylady, glaubt nicht, was Isobel Euch sagt! Ich habe mich ihr gegenüber wie ein perfekter Gentleman benommen.«

»Ha!« Diese Reaktion kam einstimmig von seinen drei Anklägern.

»Du bist kein Gentleman, Jaime MacLeod!«, sagte Isobel. »Du bist ein wüster Unhold!«

Eine blonde Haarsträhne fiel über seine Stirn, als Jaime den Kopf senkte. Der zerknirschte Ausdruck auf seinem Gesicht erinnerte Calin an den kleinen Jungen, der an Tante Wandas Röcke zurückgestoßen wurde, als Calin alt genug gewesen war, mit den MacLeod-Kriegern zu trainieren. Er schob den vertrauten Schmerz von Mitleid beiseite und beobachtete, wie Jaime jetzt eine Stufe hinunterging. Calin hatte auf dem Gesicht des Mannes noch nie einen solchen Ausdruck der Niederlage gesehen wie in diesem Moment.

Akira nutzte die Gelegenheit und ging weiter. Aber Isobel hielt sie zurück. »Warte!«

Jaime wandte sich um, seine Augen waren groß und voller Hoffnung.

»Ich brauche heute eine Begleitung«, sagte Isobel. »Wenn du versprichst, dich zu benehmen, werde ich dir erlauben, mich zu den Festlichkeiten zu begleiten.«

Jaime verbeugte sich in einer königlichen Verbeugung. »Wenn Mylady erlauben, wird es mir eine Ehre sein!«

Akira stand nur da und starrte Jaime an. Der Schrecken stand ihr immer noch ins Gesicht geschrieben. »Ich möchte ungestört mit meiner Schwester sprechen ...«, flüsterte sie, bevor ihre Stimme brach.

Calin folgte den Schwestern die Treppe hinauf und in die Kammer, die neben seiner lag. Er hatte Jaime befohlen, unter dem Torbogen zu warten, und gewährte Akira so die Ungestörtheit, um die sie gebeten hatte. Akira setzte Isobel auf einen Schemel in der Ecke des Zimmers und ordnete den Rock ihres rot kariertes Kleides. So sehr Calin sich auch bemühte – konnte er doch nicht hören, worüber die Frauen sprachen. Aber er sah konzentriert zu.

Akira hatte Mühe zu atmen. Sie glaubte, ihre Augen hätten sie getrogen. Oder hatte sie wirklich gesehen, dass Isobels Bein sich bewegt hatte? Sie kniete sich vor Isobel und ergriff ihre Hand. Sie bemerkte die feine Röte auf den Wangen ihrer Schwester und das Grübchen in ihrem Augenwinkel. Ihre Schwester hatte niemals glücklicher ausgesehen.

Isobel strahlte so sehr über das ganze Gesicht, dass es zu bersten schien. »Ist Jaime nicht der attraktivste Bursche, den du je gesehen hast?«

»Nein, das ist mein Mann«, lächelte Akira. »Aber egal ... Isobel, dein Bein! Ich habe gesehen, dass dein Bein ...« Sie fand nicht die Worte, ihren Satz zu Ende zu sprechen. Mehr als ihr halbes Leben lang hatte sich Akira um Isobel gekümmert. Isobel zu tragen hatte Akiras Schuld an dem Unfall irgendwie gemindert. Isobel bat nie um etwas. Sie lebte einfach schweigend und demütig von einem Tag zum nächsten.

Aber jetzt erfüllte eine so große Hoffnung Akira, dass sie kaum atmen konnte.

Isobel beugte sich zu Akira und küsste sie auf die Stirn. »Erinnerst du dich an das Kribbeln, das ich gleich nach dem Unfall gespürt habe?«

»Ja.« Akiras Herz machte einen Sprung, aber zu oft schon hatte sie für die Genesung ihrer Schwester gebetet und war wieder enttäuscht worden. Sie wartete geduldig darauf, dass Isobel weitersprach.

»Jaime hat mich zu ...«

»Genug von Jaime. Ich will wissen, ob ich es mir nur eingebildet habe, dass dein Bein sich bewegt hat.«

Isobel besänftigte sie mit einem Lächeln. »Meine Zehen fingen an zu brennen, vor einem Monat ungefähr. Es war nicht dieses bekannte Kribbeln. Es war anders.«

»Warum hast du es mir nicht gesagt?«

»Ich wollte nicht, dass du dir wieder vergebens Hoffnungen machst.« Isobel rieb Akiras Ohrläppchen, während sie weitersprach. »Du wirst mich für schamlos halten. Und ich schwöre, falls du es jemandem erzählst, werde ich dir die Wimpern ausreißen!«

»Himmel, Isobel! Sag es mir.« Akira konnte es nicht ausstehen, nicht über etwas Bescheid zu wissen, was ihrer Schwester so sehr am Herzen lag.

»Gestern Abend, als Jaime mich in mein Zimmer gebracht hat, wollte er nicht gehen. Ich wollte es ihm nicht erlauben, zu bleiben, aber ich wollte auch nicht, dass er geht.«

Akira folgte Isobels Blick über die Schulter und schaute zu Calin und Jaime hinüber, auf deren Gesichtern sich so etwas wie Anspannung eingemeißelt zu haben schien. Sie wandte sich wieder zu Isobel um. »Bitte, erzähl weiter.«

»Er hat mich berührt«, sagte Isobel leise. »Nun, er ... Ich habe mich ihm nicht hingegeben, aber niemand hat mich je beachtet und ...«

»Sag es mir, Isobel! Ich schwöre bei Papas Grab, dass ich dich nicht verurteilen werde.« Akira zitterte vor Ungeduld.

»Als er mich berührt hat, fing mein ganzer Körper an, zu ... *leben*. Ich fühlte meine Beine brennen – nicht ein Prickeln in meinen Zehen, sondern einen Schmerz. Es war so mächtig! Und nachdem ...« Isobel errötete. »Heute Morgen, als ich aufgewacht bin durch sein Streicheln ...«

»Er war bei dir im Zimmer?«, unterbrach Akira sie.

»Du hast versprochen, mich nicht zu verurteilen! Ich habe dir doch gesagt, dass ich mich ihm nicht hingegeben habe.«

»Vergib mir! Sprich weiter.« Akira drückte einen Kuss auf Isobels Handfläche und schwieg. Isobels Worte kamen so schnell, das Akira sie kaum verstehen konnte.

»Er hat meine Beine geküsst, und ich fühlte seine Lippen.

Ich schaute herunter und sah, dass meine Zehen sich bewegten. Sieh!« Isobel hob ihren Rock und wackelte mit dem großen Zeh.

Akira brach in Freudentränen aus und ließ den Kopf auf Isobels Schoß sinken. Ihr ganzer Körper bebte, als sie die Arme um die Taille ihrer Schwester schlang. Niemals hatte sie ein größeres Glück erfahren als in diesem Moment.

Bei diesem Anblick wandte sich Calin an Jaime. »Wenn du ihr was angetan hast, bringe ich dich um!«

Calin ging zu Akira und zog sie auf die Füße. Er strich ihr das Haar aus dem Gesicht und wischte ihr die Tränen aus den Augen. »Was hat er getan? Sag es mir und ich werde dafür sorgen, dass er mit der höchsten Strafe für sein Vergehen sühnt.«

Ihr Gesicht strahlte vor Glück, aber ihre großen blauen Augen schwammen in Tränen. Er wollte sie trösten, ihr zuhören, doch anstatt ihm eine Erklärung zu geben, rannte sie in Jaimes Arme. Sie umarmte ihn so heftig, dass er nach Luft schnappte. Sie nahm Jaimes Gesicht in beide Hände und küsste seine Wangen, sein Kinn. Und dann, verdammt und bei allen Heiligen, küsste sie ihn auf den Mund.

»Ich glaube, ich liebe dich, Jaime MacLeod!«

Jaime wurde hellrot, was Calin in einen Zustand des Wahnsinns versetzte. »Du tust was?«

»Jaime, vielleicht sollten wir meine Schwester und ihren Mann für einen Moment allein lassen.« Isobel winkte Jaime zu sich.

»Nein. Ich will, dass ihr bleibt«, beharrte Akira.

»Nein! Ich will, dass sie gehen«, widersprach Calin und fühlte tatsächlich seine Nasenflügel beben, während er auf die

Tür zeigte. Zorn erhitzte seine Haut, und seine Geduld schien erschöpft zu sein.

Jaime stieß einen erleichterten Atemzug aus, ging zu Isobel und hob sie auf die Arme. »Vor der Burgmauer gibt es einen Kräutergarten – möchtest du ihn dir ansehen?«

»Nein. Isobel, du ...« Akira wollte protestieren, aber Calin unterbrach sie.

»Lass sie gehen, Gemahlin!«

Isobel schlang die Arme um Jaimes Nacken, als er sie mit Leichtigkeit zur offenen Tür trug. Sie warf Calin über Jaimes Schulter einen »Seid-nett-zu-ihr-Blick« zu, der ihn nur noch wütender machte. Nachdem Isobel und Jaime fort waren, winkte er Akira mit einem Finger zu sich.

Akiras Wangen waren nass von Tränen, aber sie lächelte glücklich. Calin war wütend, als er zur Tür ging und sie zuschlug. »Verdammt! Du wirst mir auf der Stelle sagen, was das zu bedeuten hatte! Du küsst einen anderen Mann und sagst ihm, dass du ihn liebst, und ich musste dir versprechen, mir keine Geliebte zu nehmen?«

»Du reagierst überzogen.« Akiras Lächeln machte ihn noch wütender.

»Überzogen? Wir sind seit einem Tag verheiratet, und schon wirfst du dich einem anderen Mann an den Hals – und das vor meinen Augen!«

»Calin MacLeod, ich habe verstanden, dass du wütend bist«, neckte Akira ihn und ging zu ihm. Als sie die Hand ausstreckte, um seine Wange zu streicheln, packte er sie grob am Handgelenk.

»Du sagst mir jetzt, was Isobel dir anvertraut hat! Ich will wissen, was meine Frau dazu gebracht hat, sich Hals über Kopf in einen anderen Mann zu verlieben und ihn mit Küssen zu bestürmen. Mit Küssen, die nur mir zustehen.« Calins Ton grenzte an Grausamkeit, und der Griff, mit dem er ihr Handgelenk umschlossen hielt, war unentrinnbar.

Akira ignorierte seine unübersehbare Wut, und ihr Lächeln wurde noch breiter. »Er hat ihre Beine zum Leben erweckt. Jaime hat das Leben in ihre Beine zurückgebracht! Seit zehn Jahren kann Isobel nicht mehr gehen, und dieser lüsterne Bastard hat ihre Beine zum Leben erweckt!«

Calins Stirn begann sich zu glätten, aber noch war er nicht ganz besänftigt. Er wartete, dass Akira weitersprach.

»Ich bin der Grund dafür, dass sie nicht gehen kann. Ich liebe Isobel, und man hätte mir kein größeres Geschenk machen können.«

Er ließ ihr Handgelenk los. Aber das Bild seiner Frau, die Jaime küsste, machte es ihm unmöglich, ihre Worte voll und ganz zu begreifen. »Wie hat er ihre Beine zum Leben erweckt?«

Ein Funkeln trat in ihre Augen. »Er hat sie so berührt, wie du mich berührst.«

»Ich werde ihn umbringen!« Calin wandte sich zum Gehen.

»Nein! Tu das nicht! Isobel hat mir gedroht, mir meine Wimpern auszureißen, wenn ich es jemandem sage.« Akira schlang die Arme um seinen Nacken. »Ich liebe Jaime nicht. Ich habe das aus meinem Überschwang heraus gesagt. Ich verspreche, ihn nicht wieder zu überfallen.« Sie stellte sich auf die Zehenspitzen und küsste Calin rasch auf die Wange. »Sei nicht eifersüchtig.«

Aber er war eifersüchtig. Verdammt eifersüchtig sogar.

Liebe. Sie benutzte dieses Wort so oft. Selbstsüchtig wünschte Calin sich, er wäre derjenige gewesen, der Isobel die Gewalt über ihre Beine zurückgegeben hätte. Er wollte der Einzige sein, dem Akira solche Worte sagte! Sie waren ihr so leicht von den Lippen gekommen. Aber sie war Isobels wegen so voller Leidenschaft gewesen. Er wollte, dass sie seinetwegen so leidenschaftlich reagierte.

Zum Teufel mit allen Heiligen! Sie rieb wieder sein Ohrläppchen. Das war etwas, was sie auch bei Isobel gemacht hatte. Und Isobel bei ihr. Aber auch das sollte ihm und nur ihm allein gehören. »Ich bin eifersüchtig«, gab er grimmig zu. »Ich bin eifersüchtig auf Jaime, auf Isobel. Ich bin sogar eifersüchtig auf Andrew. Setz dich! Ich möchte mit dir reden.« Calin zog sie unter die elfenbeinfarbene Spitze des Baldachins des Bettes und setzte sich dann entschlossen neben sie.

Sie wandte sich ihm zu und ließ eine fordernde Hand unter sein Plaid gleiten. Sie strich über die kräftigen Härchen auf seinem nackten Schenkel und umschloss lüstern seine schweren Hoden, was seine Männlichkeit umgehend veranlasste anzuschwellen. Und dann hatte diese unersättliche Frau auch noch die Dreistigkeit, wie ein Kätzchen zu schnurren. »Aber wir haben schon den ganzen Morgen geredet. Ich fühle mich wieder ... geheilt.«

»Ich mich nicht!« Calin schob Akira von sich fort und verschränkte die Arme vor der Brust wie ein verschmähter Junge. »Sag mir, warum du dich für Isobels Verletzung verantwortlich fühlst.«

Sie zog die Stirn kraus, weil er sie zurückgewiesen hatte. »Da war ein Junge namens Gowan. Er war der Sohn eines der bevorzugten Gefolgsmänner des Ungeheuers. Er hat mich geärgert. Er nannte mich eine Hexe und hat mir Streiche gespielt. Er hat den anderen Kindern erzählt, ich wäre in das Kloster von Beauly geschickt worden, weil ich böse sei. Am Tag vor dem Unfall hatte er mir eine Locke von meinem Haar abgeschnitten und gesagt, er würde sie brauchen, um einen Zauber über mich zu sprechen. Isobel und ich sind in der

Nacht in seine Hütte geschlichen und haben seinen kleinen Bruder aus seiner Krippe genommen.«

»Du hast den Bruder des Jungen gestohlen?«

»Ich bin darauf nicht stolz. Willst du die Geschichte jetzt hören oder nicht?«

Sein Schweigen ermutigte sie weiterzusprechen. »Wir haben uns den Bruder *ausgeliehen* und haben statt seiner eine Locke von meinem Haar und eine Kröte in die Krippe gelegt. Am Morgen rannte Gowan weinend wie ein Mädchen durch Dalkirth und hat mich beschuldigt, seinen Bruder in eine Kröte verwandelt zu haben. Er weinte, und dann sind Isobel und ich mit seinem Bruder aufgetaucht und haben ihn ihm mit einem Unschuldslächeln zurückgegeben. Wir haben gelogen und seiner Mutter erzählt, der Junge wäre am Morgen zum Spielen aus der Hütte gekommen. Die Kinder lachten über Gowans Unterstellungen und verspotteten ihn.«

»So, wie sie dich sonst immer verspottet haben?«

Akira nickte, ihre Finger spielten mit einem losen Faden an ihrem Rock. »Natürlich konnte er diesen Spott nicht ertragen. Gowan und Daran Kinnon waren dicke Freunde. Am Nachmittag gingen Isobel und ich den Weg entlang, der am Fuß des Wohnturmes vorbeiführt. Als wir den Hang hinaufschauten, haben wir Daran und Gowan gesehen. Sie stießen einen voll mit Steinen beladenen Karren den Berg hinunter, genau auf uns zu. Isobel stieß mich zur Seite, und der Wagen rollte über ihren Rücken. Sie lag da, auf dem Bauch, das Gesicht auf die Erde gedrückt. Die Räder haben ihre Beine nicht einmal berührt. Aber sie konnte seitdem nicht mehr gehen.«

Akiras Stimme war voller Kummer, und Calin bedauerte, dass er sie gedrängt hatte, die Vergangenheit ans Licht zu holen. Aber zumindest verstand er jetzt ihren Hass auf Laird Kinnons Sohn. »Damals hast du aufgehört, mir Briefe zu schreiben.«

Akira nickte. »Ich hatte das Gefühl, es nicht mehr wert zu sein.« Gefangen in ihrer Erinnerung rückte sie näher zu ihm und streckte die Hand nach seinem Ohr aus.

Noch immer verärgert, ergriff Calin ihre Hand. »Warum reibst du immer mein Ohrläppchen?«

Akiras dunkle Augenbrauen zogen sich zusammen, als wären sie erschrocken über diese Frage. »Ich habe dein Ohr nicht gerieben!«

Calin runzelte die Stirn. Machte sie Scherze? Wie konnte die Frau nicht wissen, dass sie das getan hatte? »Du spielst immer wieder mit meinem rechten Ohrläppchen, seit ich dich getroffen habe. Jeden Morgen, jede Nacht, und jedes Mal, wenn du mit deinen Gedanken weit weg bist. So wie jetzt eben. Ich will wissen, warum, und ich will wissen, warum Isobel das Gleiche bei dir macht.«

Akira sah aufrichtig verwirrt aus. Er wusste nicht, warum seine Worte eine solche Enthüllung für sie waren, aber er wollte den Grund wissen.

»Ich kann mich nicht erinnern, das je bei dir getan zu haben. Es ist nicht möglich, dass wir ... nein. Es ist nur eine Angewohnheit aus meiner Kindheit, mehr nicht. Isobel und ich haben das immer getan. Es ist unsere ... Verbindung. Weil wir Zwillinge sind, hat Mam gesagt ...«

»Zwillinge?«, unterbrach Calin sie. Isobel war zwei Monate alt gewesen, als er Akira zu Kendrick gebracht hatte.

»Aye.« Akira verteidigte sich ernst. »Nur, weil wir nicht uns ähnlich sehen wie die Ionas, heißt das nicht, dass wir weniger stark miteinander verbunden sind. Wir sind am selben Tag geboren. Mam sagt, wir reiben uns gegenseitig an den Ohrläppchen, weil wir uns eine Seele teilen. Die Zwillinge kitzeln einander an den Handflächen, Isobel und ich reiben uns an den Ohrläppchen. Ich kann das wirklich nicht bei dir gemacht haben! Wie könntest du etwas besitzen, was meiner Schwester und mir durch unsere Geburt gehört?«

»Du willst mir sagen, dass du Isobels Ohrläppchen reibst, weil du glaubst, sie teilt deine Seele mit dir?« Calin runzelte die Stirn.

»Lach nicht über mich, oder ich verwandle dich in eine Kröte!«, drohte Akira spielerisch.

»Ich lache nicht über dich, Akira. Glaubst du daran? Und wenn ja, warum solltest du es bei mir tun?«

»Ich weiß es nicht. Mam hat uns immer solche Geschichten erzählt, als wir klein waren.« Sie setzte sich auf seinen Schoß und strich die Falten der Anspannung glatt, die um seine Augen lagen. »Ich denke, ich reibe dein Ohr, weil ich will, dass du mich liebst«, sagte sie leise und schob ihre Hand in sein Hemd, um seine Brust zu streicheln.

Lüsternes Frauenzimmer! Calin umfasste ihren Po, und sie schlang ihre Beine um seine Hüften und rieb sich an ihm. Calin konnte kaum mehr klar denken. Doch es gelang ihm nicht, das Rätsel aus dem Kopf zu bekommen. »Sag mir, was deine Mutter euch erzählt hat. Sie hat eine Theorie über dieses Ohrreiben.«

»Es ist Unsinn«, wehrte Akira ab und küsste seinen Hals.

»Ich werde entscheiden, ob es Unsinn ist. Sag es mir!«

Akira atmete tief ein. »Mam sagt, wenn ein Kind geboren wird, dann wartet seine Seele außerhalb des Mutterleibes. Wenn nur ein Baby geboren wird, findet die Seele ganz leicht ihren Weg in seinen Körper, aber wenn Zwillinge zur Welt kommen, muss sich die Seele teilen.« Sie lächelte. »Mam sagt, manchmal irrt sich eine Seele und teilt sich, selbst wenn nur ein Kind geboren wird. Die eine Hälfte bekommt das Kind, und die andere Hälfte wandert dann zu dem Menschen, der dieses Kind bis in alle Ewigkeit lieben wird. Natürlich muss dieser Mensch im Moment der Geburt da sein, um die Seele empfangen zu können. Mam hatte auch einen Namen dafür ...« Akira tippte an ihr Kinn und versuchte, sich zu erinnern. »Ich erinnere mich. Mam sagte, dieser Mensch wäre der Seelengefährte des Kindes.«

Calin zuckte zurück. Seine Gedanken waren ein Nebel der Verwirrung. Er war dabei gewesen, als Akira geboren wurde. Die Geschichte, die ihre Mutter sich ausgedacht hatte, klang lächerlich. Er glaubte nicht an Seelenverwandtschaft. Sein Herz begann, heftiger zu schlagen. Sein Kopf explodierte von alten Erinnerungen. Das Bild des leblosen Körpers seines Vaters war ihm noch immer ins Gedächtnis eingebrannt. Ein winziges Baby, das an der Brust der Mutter lag. An jedem Tag seines Lebens hatte er an Akira gedacht. Er war von ihr besessen. Und er war ihr Beschützer. Und er war eifersüchtig auf jeden, der ihre Zuneigung empfing.

Bei allen Heiligen, ich liebe sie! Krieger verliebten sich nicht. Er hatte seinen Leuten gegenüber die Pflicht, den Clan zu beschützen. Diese Pflicht verlangte nicht von ihm, dass er seine Ehefrau liebte. Genau genommen verlangte die Verantwortung, die er trug, dass er nicht von ihr abgelenkt wurde. Dieses Gefühl würde ihn nur schwächen. Er hatte mitangesehen, wie sein Vater wegen seiner Liebe zu einer Frau gestorben war. Er wollte verdammt sein, wenn er Akira erlaubte, ihn zu einer solchen Narrheit zu zwingen.

»Hölle und Verdammnis!« Er schob sie von sich herunter und verfluchte sich im gleichen Moment dafür, solch ein Märchen geglaubt zu haben.

»Sei nicht böse auf mich!«, rief sie Calin nach, als er davoneilte. Er war wütend aus dem Zimmer gestürmt und hatte sie mit der Frage zurückgelassen, warum seine Stimmung sich so verfinstert hatte.

»Himmel noch mal!«

Sie wollte ihm nachgehen, verzichtete aber dann darauf. Wenn er es für richtig hielt, wegen dieser Sache mit Jaime so überzogen zu reagieren, dann würde sie ihn ein wenig schmoren lassen. Die Feierlichkeiten würden bald beginnen, und sie musste sich noch zurechtmachen. Besonders da sie vorhatte, sich mit den Ältesten zu treffen. Als sie das Zimmer verließ, wurde sie von zwei jungen Mädchen erwartet. Beide trugen weiße Kittel über ihren Kleidern, und beide trugen Leinenhauben im kupferfarbenen Haar. Sie waren so groß wie Akira, aber von schlanker Gestalt. Beide neigten den Kopf und versanken mit ausgebreitetem Rock in einem perfektem Knicks.

»Vergebt mir, wenn ich ohne Erlaubnis spreche, Mylady. Wir sind Eure Zofen. Ich bin Evie, und das ist meine ältere Schwester Tara.«

»Ich bin Akira«, erwiderte sie, wie sie sich selbst am Tag zuvor mindestens hundertmal vorgestellt hatte. Sie hoffte, bald alle Clanmitglieder kennengelernt zu haben. Sich an den Namen jedes Einzelnen von ihnen zu erinnern, würde nahezu unmöglich sein.

»Ja, Mylady, das wissen wir.«

Akira lachte dieses Mal über sich selbst. Jeder kannte sie. Sie war es, die sich mit den Dienstboten bekannt machen musste, den Wachleuten, den Stewards. »Bitte vergebt mir! Wisst ihr, was ich zu den Feierlichkeiten anziehen sollte?«

Die Mädchen gingen um sie herum in das Zimmer. Evie verschwand in ein Nebenzimmer und präsentierte Akira eine Auswahl an Kleidern, als sie zurückkehrte. Die Hälfte davon waren traditionelle, karierte Kleider, die andere Seidenroben, wie man sie eher in England als in den Highlands trug. Evie wies mit einer Geste auf die Kleider. »Ihr müsst nur wählen, Mylady.«

Akiras Interesse wurde geweckt, als sie sich das Zimmer zum ersten Mal genauer ansah. Die Ausstattung war luxuriös, feminin. Weißgewaschener Stein machte das Zimmer heller, das mit reichgeschnitzten Möbeln ausgestattet war. In Ergänzung zu dem Stuhl gleich am Kamin gab es ein gepolstertes Sofa, das mit mauvefarbenem Damast bespannt war. Rosafarbene Blumenbilder zierten eine Waschschüssel ebenso wie den diskret platzierten Nachttopf. Das Zimmer war so groß wie das Cottage zu Hause. Sie ging zu dem Frisiertisch, nahm eine goldene Bürste in die Hand und bemerkte dann ein Dutzend verschiedener Parfümflaschen, die aufgereiht dastanden. Unfähig zu widerstehen, zog sie den Stöpsel aus einem lavendelblauen Flakon und schnupperte daran. Sie schloss die Augen, als sie den exotischen Duft einatmete. Ein Lächeln spielte um ihre Mundwinkel. »Wem gehört dieses Zimmer?«

»Es ist jetzt Euer Zimmer, Mylady. Und alles hier gehört Euch.« Das Mädchen namens Evie zeigte ein eifriges Lächeln. »Wenn das Duftwasser Euch gefällt, möchtet Ihr Euer Augenmerk vielleicht auch auf den Inhalt der obersten Schublade richten.«

Akira zog an den beiden Knöpfen aus Elfenbein, um die schmale Schublade direkt unter der Tischfläche aufzuziehen – und glaubte, einer Ohnmacht noch nie so nah gewesen zu sein. Auf einem Bett aus rosafarbener Seide lagen drei Halsketten – die erste aus Brillanten, die zweite aus Rubinen und die dritte aus Saphiren. Dazu passend gab es Armbänder, Ohrringe und Anhänger, alle gefasst in Edelsteine, und alle passend für eine Königin. Sie stand bewundernd davor und fühlte sich bei diesem Anblick seltsam unwürdig.

Akira sah die beiden Mädchen an und hoffte, ihre Augen waren nicht so groß, wie sie sich anfühlten. »Das ... gehört mir?«

»Es gehört alles Euch, Mylady. Das Parfüm, die Kleider, der Schmuck.« Evie ging vom Schrank fort, um eine Flügeltür zu öffnen, die das Zimmer mit dem Calins verband. »Dieses Zimmer gehört der Lady von Cànwyck Castle.«

Akira stand im Durchgang zwischen den beiden Zimmern und bemerkte, dass Calins Zimmer makellos hergerichtet worden war. Die Holzschale mit den Beeren war fort, ebenso wie die Kristallpokale. Sie schaute auf das Bett mit dem weißen Spitzenüberwurf, das in dem anderen Zimmer stand – in ihrem Zimmer. »Wird erwartet, dass ich hier schlafe?«

Beide Mädchen kicherten und bedeckten ihr vorlautes Lachen mit den Händen. »Es ist Eure Angelegenheit, wo Ihr schlaft, Mylady.«

Akira zog eine Augenbraue hoch und sah die beiden prüfend an. Wenn jemand wusste, was in der Burg vor sich ging, dann waren es die Dienstboten. »Aber ich nehme an, es wird auch ebenso zu eurer Sache, wenn ihr kommt, um nachzusehen, ob mein Bett gemacht werden muss.« Während sie sprach, ging Akira zum Bett, um eines der bunten Kissen auszuwählen, die die Bettdecke schmückten.

»Ich bezweifle, dass Euer Bett in der nächsten Zeit gemacht werden muss, Mylady.« Evie lächelte.

»Evie!« Die Ermahnung kam von dem stilleren Mädchen namens Tara.

Akira versuchte nicht, ihr verlegenes Lächeln zu verbergen. Sie mochte Evie schon jetzt. Sie war kühn und hatte viel Ähnlichkeit mit ihr. »Wir werden gewiss sehr viel Zeit miteinander verbringen. Wir müssen daher nicht so formell sein. Nun, wie lange wohnt ihr schon im Turm?«

»Der Laird hat uns vor fünf Jahren hergeholt, nachdem unser Vater auf dem Schlachtfeld gefallen ist. Wir haben zuerst in der Küche geholfen, weil wir erst zwölf waren.«

Akira ging durch das Zimmer und strich mit der Fingerspitze über den polierten Ankleidetisch. »Wem gehörte dieses Zimmer, bevor ich hergekommen bin?«

»Der Frau des Lairds.«

Akira wäre fast hingefallen. Calin war schon einmal verheiratet gewesen? Sie hätte ihm mehr Fragen stellen sollen! »Wie ist sie gestorben?«

»Sie ist nicht tot.« Evie grinste.

Akiras Augenbrauen schnellten nach oben, aber bevor sie eine weitere Frage stellen konnte, machte Tara einen Schritt auf sie zu. »Unser früherer Laird, der Onkel Eures Mannes, ist verheiratet. Nachdem Euer Gemahl letztes Jahr Chieftain wurde, ist er in den Ostturm gezogen. Davor gehörte dieses Zimmer der Mutter Eures Mannes – sie starb eine Woche nach seiner Geburt. Meine kleine Schwester erzählt gern Geschichten, und solltet Ihr meinen, wir behandeln Euch nicht mit dem gebotenen Respekt, könnt Ihr natürlich verfügen, uns zu ersetzen.« Bei dieser abschließenden Feststellung starrte Tara ihre Schwester an.

Akira atmete erleichtert aus und ging dann zu Evie. »Vielleicht werde ich dich ersetzen, weil du nicht loyal bist.«

Evie sah sie betroffen an, und ihre hellgrauen Augen füllten sich mit Tränen der Reue. »Bitte, Mylady, ich bitte tausendmal um Vergebung! Ich hatte gehört, Ihr wäret amüsant und witzig, und ich wollte doch nur einen Spaß machen. Vergebt mir, dass ich so dumm war. Ich versichere Euch meiner unsterblichen Loyalität, wenn Ihr Euch entschließt, mich zu behalten!«

Akira lächelte und umarmte Evie. »Ich habe auch nur einen

Spaß gemacht. Ich denke, ich sollte dich auf meiner Seite haben. Du könntest dich als sehr wertvolle Freundin erweisen.«

Evie strahlte bei diesem etwas absurden Kompliment und erwiderte die Umarmung. »Ich würde sehr gern Eure Freundin sein, Mylady.«

»Nun gut. Tara, du wirst ein Kleid auswählen. Und du, Evie, wirst mir alles über den neuen Laird erzählen, was du weißt.«

Binnen einer Stunde hatten die Mädchen Akira in ein wahrhaft königliches Gewand gekleidet. Tara trug ein dunkelviolettes Kleid mit elfenbeinfarbenen Ärmeln, das mit einem Saum aus Silberstickerei geschmückt war. Amethyste zierten ein enges Mieder mit eckigem Ausschnitt. Der Rock wurde von einer Schleppe geschmückt, die bis weit auf den Boden reichte.

Akira stand vor dem hohen Spiegel und lächelte zufrieden. Tara zog die Schmuckschublade des Frisiertisches auf. »Möchtet Ihr wählen, Mylady?«

»Die dort.« Akira zeigte auf eine schlichte Kette mit einem Silberkreuz, in dessen Mitte ein einzelner Amethyst saß.

Tara war mit dieser Wahl einverstanden und half Akira, die Kette anzulegen. Während die Mädchen sich weiterhin bereithielten, zog Akira den Stöpsel von dem Flakon mit dem exotisch duftenden Parfüm und trug einen Hauch davon auf ihren Nacken auf. Als sie die Flasche zurückstellte, fiel ihr Blick auf die goldene Haarbürste. Ihre schwarzen Haare, die in den Borsten hängen geblieben waren, hatten sich über ein hellblondes Haar gelegt, das nachlässigerweise nicht entfernt worden war. Akira war Calins Tante begegnet und erinnerte sich, dass deren Haar dunkelrot war.

»Braucht Ihr noch etwas, Mylady?«

Evies Worte durchbrachen ihre Überlegungen. »Ihr habt mehr als genug getan. Ich denke, ich sehe euch bei den Feierlichkeiten?«

»Aye, Mylady«, erwiderten Evie und Tara unisono. Beide knicksten und wandten sich zum Gehen.

»Evie, hat nach Calins Tante noch jemand dieses Zimmer bewohnt?«

»M'lairds Mätresse«, erwiderte Evie und schloss rasch die Tür hinter sich.

Kapitel 17

Calin hatte seit seinem lächerlichen Ausbruch kaum ein Wort mit Akira gesprochen und am vorhergehenden Abend auch nicht in seinem Zimmer geschlafen. Sie hatte dort auf ihn gewartet, während sie darum gekämpft hatte, nicht einzuschlafen. Aber erschöpft von den andauernden Feierlichkeiten hatte sie diese Schlacht in den frühen Morgenstunden verloren. Sie war allein, als sie in seinem Bett aufwachte, und vermutete, dass er noch immer aufgebracht war wegen der Begebenheit mit Jaime. Diese Schlussfolgerung war leichter zu akzeptieren als die Möglichkeit, dass er sich mit seiner *Geliebten* in ein anderes Zimmer zurückgezogen hatte.

Nachdem sie sich fast schwarz geärgert hatte, zwang Akira sich, dem zweiten Tag der Festlichkeiten beizuwohnen. Sie war nervös gewesen, die Festlichkeiten ohne Calin an ihrer Seite zu besuchen, doch in seiner Tante Wanda hatte sie eine Verbündete gefunden. Die Frau war geradeheraus mit ihren Worten, aber Akira lernte schnell, die Klugheit der Älteren zu schätzen. Ihre Rolle als Lady von Cànwyck Castle fühlte sich weniger einschüchternd an, nachdem sie einen Nachmittag unter Wandas Fittichen verbracht hatte. Sie hatte vor, Calin an diesem Tag stolz zu machen, sie seine Frau zu nennen. Und wenn das fehlschlug, würde sie zumindest die Aufgabe in Angriff genommen haben, den Respekt und die Loyalität seines Clans zu gewinnen. Es war eine abschreckende Anstrengung, wenn man bedachte, dass die Eifersucht sie dazu brachte, sich immer wieder zu fragen, welche der vielen Frauen Calins Geliebte gewesen war.

Evie und Tara kleideten sie für den letzten Tag der Hochzeitsfeierlichkeiten in ein scharlachrotes Gewand. Ein goldenes Mieder schmiegte sich eng an die Taille und umarmte ihre Kurven stärker als das Kleid, das sie am Vortag getragen hatte. Akira entschied sich, Wandas Rat anzunehmen, und schickte nach Elsbeth, die die Kleider für sie umarbeiten sollte. Für heute fügte sie eine passende Stola hinzu, deren Falten sie über der Brust mit einer keltischen Fibel schloss. Evie zwickte Akira in die Wangen, damit sie etwas Farbe bekamen, während Tara mit einer letzten perlengeschmückten Nadel den kunstvoll um Akiras Kopf geschlungenen Zopf feststeckte.

Akira hatte die beiden Mädchen nicht weiter über Calins Geliebte ausgefragt, weil sie sicher war, keine weiteren Einzelheiten von ihnen hören zu wollen. Aber sie hatte vor, das Thema ausführlich mit ihrem Mann zu diskutieren, sobald er sein Schweigen brechen würde. Wenn dieser Augenblick nicht bald von selbst käme, würde sie sich seiner Tante Wanda anvertrauen.

Die Festlichkeiten gingen weiter wie am Tag zuvor, und Akira war zufrieden mit ihrer würdevollen Vorstellung, als sie die Sieger der Wettbewerbe mit einem Band und einem keuschen Kuss beschenkte. Dies schloss nicht nur den jungen Burschen ein, der seinen Pfeil am weitesten von allen geschossen hatte, sondern auch Alecs und Aileens jüngste Tochter Lexi, deren Frosch seine Konkurrenten auf einer Kampfbahn aus Blättern und Schlamm übertrumpft hatte. Obwohl Akira keine Reue über ihr unschickliches Benehmen mit Jaime empfand, spürte sie Calins ungerechtfertigten Zorn jedes Mal, wenn sie seine Krieger für deren Siege belohnte.

Doch sie war heute nicht die Einzige, die ihn für sein Verhalten mit finsteren Blicken bedachte. Ein Bataillon von Frauen des Clans kam zu ihrer Verteidigung mit über der Brust verschränkten Armen und zusammengezogenen Augenbrauen.

Offensichtlich war sein distanziertes Benehmen nicht unbemerkt geblieben. Wandas finsterer Blick konnte dem stärksten Highlander die Haare zu Berge stehen lassen, und Akira musste lächeln, als Calin den Kopf senkte wie ein gescholtener Junge.

Ein Mann namens Angus, kräftig an Gestalt und Geruch, gewann das Schweinefangen unangefochten. Sowohl er als auch das Schwein waren am Ende von Kopf bis Fuß mit Schlamm bedeckt. Angus hielt das quiekende Schwein im Schwitzkasten, und auf seinem Gesicht lag ein selbstsicheres Grinsen, als er stolz auf das Podium zuging. Dort stand Akira, das Band für den Sieger in der Hand. Nachdem er seine Belohnung in den Gürtel gesteckt hatte, zog Angus Akira an sich und drückte ihr einen schlammverkrusteten Kuss auf den Mund. Mit einem verschmitzen Grinsen entließ er das Schwein in ihre Arme. »Für Euer nächstes Mahl, Mylady!«

Zum Glück für Akira hatte das Schwein genug von dem Spektakel. Es sprang von ihren Armen herunter, flitzte über das Podium und entkam in der Zuschauermenge. Einer dieser Zuschauer war ihr Mann, dessen grimmiger Blick und das dazu passende Stirnrunzeln ihr sein Missfallen deutlicher ausdrückten, als sie es wissen wollte.

Pflichtgemäß hatte Calin der Szene beigewohnt. Er wusste, wie sehr Akira es verabscheute, schmutzig zu werden, deshalb war er überrascht, als sie die befleckte Stola einfach abnahm und sich von einem Mädchen ein Tuch geben ließ. Was ihn ebenfalls überraschte, genau genommen sogar wütend machte, war das Kleid, das sie unter der Stola trug. Oder besser gesagt: der Mangel daran. Das Kleid war für eine Frau von schmalerer Gestalt genäht worden, das wusste er. Der tränenförmige Rubinanhänger ihrer Kette fiel genau in den schattigen Spalt zwischen ihren Brüsten, die aus dem Mieder hervorquollen. Als Akira sich wieder vorbeugte, um den nächsten Sieger zu ehren, folgten Calins Augen dem interessierten Blick des Mannes – und sogleich kochte rasende Eifersucht in ihm hoch.

Die Sonne schickte sich an, hinter Cànwyck Castle unterzugehen, und brachte mit dem Schatten auch kühlere Luft. Eine Hornfanfare kündigte den Beginn des letzten Wettbewerbs an. Wie eine Herde Schafe folgten die Menschen Akira über die Wiese, wo sie sich um einen Kreis aus Steinen versammelten, der eine Fläche von zwanzig Fuß im Durchmesser beschrieb. Zwei Krieger von gleicher Größe sollten innerhalb dieser Begrenzung ihre Kräfte messen. Waffen waren nicht erlaubt, nur ihre Muskelstärke zählte. Geriet ein Kämpfer über diese Begrenzung, egal mit welchem Teil seines Körpers, schied er aus, und ein anderer Mann trat an seine Stelle. Zehn, zwanzig, dreißig Männer fanden auf diese Weise ihren Weg in den Kreis hinein und wieder heraus.

Im Augenblick war Lyel Og einer der Kämpfer, ein übergroßer Mann mit Armen so dick wie Baumstämme, aber mit dem Gesicht eines Kindes. »Wer fordert mich heraus?«, wiederholte Lyel Og, als niemand zu ihm in den Kreis treten wollte.

Er wollte schon die Arme zur Siegerpose hochstrecken, als Calin in den Kreis trat. »Ich fordere dich heraus!«

»Verzeiht, M'laird«, protestierte ein Zuschauer, »aber das könnt Ihr nicht tun! Es wäre respektlos, Euch zu schlagen.«

Calin schüttelte schmunzelnd den Kopf. »Es ist ein Spiel, und ich gebe euch allen die Erlaubnis, es zu versuchen.«

Die Gesichter seiner Krieger leuchteten bei dieser Herausforderung auf. Calin trieb seine Männer beim Waffentraining für die Schlacht bis an ihre Grenzen, und in diesem Moment ahnte er, dass sie ihre wohlverdiente Rache an ihm nehmen würden. Dennoch hatte er vor, zu gewinnen. Das letzte Siegerband würde ihm gehören, zusammen mit dem letzten Kuss.

Doch in Wahrheit suchte er mehr als das. Er wollte Akiras Zuneigung, ihr Lob, ihre Bewunderung. Allen hatte sie ihr Lächeln geschenkt. Doch für ihn hatte sie nur ein Stirnrunzeln übrig gehabt. Deshalb war er vor zwei Tagen beleidigt gegangen. Diese dumme Geschichte über die Seelengefährten hatte ihn durcheinandergebracht. Jetzt bedauerte er es, wegen einer Laune, die ihm ein kaltes Nachtlager neben der Brauerei eingebracht hatte, eine Nacht an ihrer Seite verloren zu haben.

Calin ging in Stellung und besiegte den Riesen. Zehn weitere Herausforderer folgten. Die meisten von ihnen waren jüngere Burschen, die es darauf anlegten, vor den Mädchen ihre Kraft zu demonstrieren. Ein weiteres Dutzend Männer wanderte durch den Kreis, und Calins Kräfte begannen nachzulassen. Ein Auge war zugeschwollen, und am liebsten hätte er einen Mund voll Blut ausgespuckt. Während er die Hand auf das presste, was er für eine gebrochene Rippe hielt, hinterfragte er die Vernunft hinter jedem Kampf.

Zwischen zwei Kämpfen schaute er jedes Mal Akira an. Ihr Gesicht zeigte keine Regung, aber er spürte ihre Ablehnung seiner arroganten Demonstration körperlicher Tapferkeit. Dennoch kämpfte er weiter.

»Gibt es keinen mehr, der mich herausfordert?«, fragte er, die Arme weit ausgebreitet und mit einem breiten Grinsen, als er durch das Blut in seinem Mund den Sieg zu schmecken begann.

»Stimmen wir überein, dass unser Laird der Sieger ist und

wir ihn für würdig erachten, den letzten Kuss unserer Lady zu bekommen? Sollen wir ihm zujubeln?«, tönte Gordons Bariton.

»Nein!« Noch bevor die Versammelten ihre Zustimmung herausbrüllen konnte, sprach eine junge Stimme Calin den Sieg ab. Andrew bahnte sich seinen Weg durch die Menge zu dem zertrampelten Gras des Steinkreises – das Holzschwert in der Hand und mit einem finsteren Blick, der King James stolz gemacht hätte. »Ich fordere Euch heraus, M'laird.«

Calin schaute mit dem unverletzten Auge auf den Jungen herunter und biss sich auf die Lippen, um nicht zu lachen. »Dies ist ein Spiel für Krieger, kleiner Andrew.«

Eingehüllt von Calins Schatten hob Andrew sein Holzschwert. »Ich bin ein MacLeod-Krieger und ein Beschützer Schottlands. Und ich kämpfe für Myladys Ehre.«

Die Entschlossenheit des Jungen beeindruckte Calin. Ganz zu schweigen davon, dass seine Rede für einen Jungen, der ihm kaum bis über die Kniekehlen ging, wohlgesetzt gewesen war. Als Aileen herbeilief, um ihren Sohn zu holen, hielt Calin sie mit einer Geste auf. Er schaute auf Andrew und wünschte sich, er hätte in dem Alter halb so viel Courage gehabt. Der Junge stand in der perfekten Haltung eines Kriegers da und schien bereit zu sein, ihn zu durchbohren. Calin erwog seine Möglichkeiten und beschloss, dass Andrew ein gutes Beispiel für jeden jungen Pagen abgab, der Calins Garnison beitreten wollte. »Dieser Kampf wird üblicherweise ohne Waffen und nur mit Können und Kraft ausgetragen. Aber eingedenk der Tatsache, dass ich ein klein wenig größer bin als du, werde ich dir gestatten, dein Schwert zu benutzen.«

»Danke, M'laird.« Das war alles, was Andrew an Ermutigung noch gebraucht hatte. Mit gespreizten Beinen stand er da und schwang sein hölzernes Schwert. Er traf Calin am

Schienbein. Der zuckte bei dem Schlag zusammen und wollte den Jungen packen, der ihm jedoch zwischen den Beinen davonglitt. Ehe Calin sich umdrehen konnte, hatte Andrew sein Schwert zurück in die Scheide gesteckt und war Calin mit der Behändigkeit eines Eichhörnchens auf den Rücken gesprungen. Seine kurzen Arme schlangen sich um Calins Nacken, und seine Beine flogen, als Calin sich drehte und Andrew herumwirbelte.

Calin drehte sich langsamer und sah, dass Akira an den Zuschauern vorbeiging, um Aileen aufzumuntern, die am Steinkreis stand und den Tränen nahe zu sein schien. Calin schaute zu den beiden Frauen und fasste rasch den Entschluss, dass er mehr Zuneigung bekommen würde, wenn er Andrew gewinnen ließ. Er öffnete den Mund und stieß ein dramatisch klingendes Gurgeln aus. Er täuschte seine Niederlage vor und fiel wie ein Stein zu Boden. Andrew hing noch immer an seinem Rücken.

Der Junge kroch von Calin herunter und stieß ihn an, bis dieser sich unter Ächzen und Stöhnen umdrehte. Andrew setzte sich rittlings auf Calins Brust, wobei nicht einer seiner Zehen den Boden berührte. Calin zog den Jungen zu sich herunter und flüsterte ihm etwas ins Ohr, woraufhin Andrew aufstand, sein Schwert zog und Calin die stumpfe Spitze an die Kehle setzte. »Gebt Ihr auf, M'laird?«

Calin ergab sich mit einem Kopfnicken, dankbar, dass die Schlacht vorüber war. Er hoffte zu sehen, dass Akira ihn anlächeln würde, als er die Kraft fand, sich zu erheben.

Andrew sprang davon. »Ich habe gewonnen! Ich habe gewonnen!«, schrie er und hüpfte im Kreis herum.

Akira trat in den Steinkreis und steckte das letzte Band in Andrews Gürtel. »Meinen Glückwunsch, Andrew! Ihr habt mir und Schottland Eure Treue bewiesen. Ihr seid ein mutiger und edler Krieger, dass Ihr einen so mächtigen Drachen besiegt habt.«

»Das ist kein Drachen. Das ist M'laird.« Andrew sah verwirrt aus, aber er legte, wie alle anderen es vor ihm gemacht hatten, beide Hände um Akiras Gesicht und küsste sie fest auf den Mund. »Danke für das Band, Mylady, aber eigentlich wollte ich nur den Kuss.« Dann lief er mit einer Gruppe von Kindern davon. Dabei hielt er das Band in der Hand, damit alle es anfassen konnten.

Calin stellte sich hinter Akira. Er legte ihr die Hände auf die Schultern und beugte sich zu ihr herunter. »Das war der letzte Kuss, den du einem anderen Mann auf den Mund gegeben hast! Ich erwarte, für meine Mühen angemessen belohnt zu werden, nachdem du den Frauen eine gute Nacht gewünscht hast.« Er berührte ihr Ohrläppchen und gab ihr einen spielerischen Klaps auf den Po, ehe er sich eilig zur Burg begab.

Akira fuhr herum, ganz darauf vorbereitet, seiner Anweisung zu widersprechen, aber Calin war schon den halben Weg den Hügel hinauf. *Feigling!*, dachte sie, als sie ihm aus zusammengekniffenen Augen nachschaute. Zumindest sprach er wieder mit ihr. Vielleicht waren die Spur von Mutwillen in seiner Stimme und der liebevolle Klaps auf ihren Po seine Art, ihr zu sagen, dass er sich versöhnen wollte. Sie würden über seine Eifersucht reden müssen, ehe sie sich von ihm zu Bett bringen ließ. Und danach würde sie ihn fragen, wo er in der letzten Nacht geschlafen hatte – wenn sie den Mut dazu hatte.

Sie schwor sich, ernst mit ihm zu reden, während sie sich Luft zufächelte und nach Wanda, Aileen und den anderen

Frauen Ausschau hielt, die hinter den Ställen die Tische abräumten. Von den vielen Speisen waren bis auf Schwarten und Krümel nichts übrig geblieben. Die Sonne versank im Westen hinter dem Wald und ließ am Himmel nur den rosafarbenen Staub des Tages zurück. Der Dudelsack war verstummt, und die Kinder folgten lachend ihren Eltern zurück zu ihren Hütten. Nachdem der letzte Tisch abgeräumt und zurück in die große Halle getragen worden war, begann Akira, den schmalen Pfad hinaufzugehen, der zum Wohnturm führte. Sie brannte darauf, diesen dummen Streit mit ihrem Mann zu beenden.

Eine Frau tauchte am Waldrand auf und erregte Akiras Aufmerksamkeit.

Der Burghof war menschenleer. Akira setzte ein freundliches Lächeln auf und wartete auf die Frau. Sie hatte angenommen, inzwischen jedem im Clan vorgestellt worden zu sein, aber offensichtlich irrte sie sich. Diese Frau war keine, die man so leicht wieder vergaß. Sie schien über das dunkelgrüne Gras des Hügels zu schweben. Ihre Gestalt glühte in den letzten Strahlen der untergehenden Sonne. Schönheit und Anmut umgaben sie bei jedem Schritt. Langes hellblondes Haar wallte ihr bis zur Taille. Eine schlanke Figur mit schmalen Hüften in einem schlichten elfenbeinfarbenen Kleid. Sie trug keinen Schmuck, weder an ihrem Kleid noch um den Hals, und auch keinen Plaid, aber ihre Haltung zeugte von der Würde einer Edlen. Als sie näher kam, wurde Akira von der Vollkommenheit ihres Gesichts in den Bann geschlagen. Hohe Wangenknochen betonten einen Mund, für den die meisten Männer ihr Land verraten hätten. Dann sah Akira in zwei silberne Augen. Nicht eine Spur von Farbe verbarg sich darin. Eine Vorahnung beschlich Akira, und sie begann, sich unbehaglich zu fühlen.

Akira spürte Kälte, als die Frau sie umarmte. Als sie sprach, blitzten ihre Zähne auf. »Ihr müsst Calins Frau sein. Es ist eine große Ehre für mich, Euch endlich kennenzulernen.«

»Ich bin Akira. Und wer seid Ihr?«

Das Lächeln der Frau wurde strahlender, während sie sich die langen blonden Locken über die Schulter warf. »Ich bin Catriona – Calins Geliebte.«

Kapitel 18

Akira schüttelte ungläubig den Kopf. Sie war überzeugt, dass sie die Frau entweder missverstanden oder diese sie hatte narren wollen, so, wie Evie es getan hatte. Doch dann erinnerte sie sich an Evies Worte und das hellblonde Haar in der Bürste in ihrem Zimmer.

Die Frau ging langsam um Akira herum, die den Blick spürte, mit dem ihr Körper begutachtet wurde. Sie streckte ihren schmalen Finger aus und berührte die goldene Kette um Akiras Hals, dann folgte sie mit der Fingerspitze dem Saum des Mieders an Akiras Schulter. Akira wollte etwas sagen, doch der Schock machte es ihr unmöglich.

»Achtet darauf, dass die Nähte an meinen Kleidern nicht reißen. Elsbeth hat Tage dafür geschuftet, dass jeder Stich perfekt ist.«

Catriona trat noch näher. Mit geschlossenen Augen atmete sie tief ein. »Ah! Ihr tragt meinen Duft! Jasmin. Diese Fläschchen kommen aus Ostasien. Geht vorsichtig um mit dem lavendelblauen Zerstäuber. Meine Tante hat dieses besondere Stück sehr gemocht.« Catrionas Akzent klang wie der des englischen Adels.

Der Rhythmus von Akiras Herzschlag wurde unregelmäßig. Die Worte hatten sie so überrumpelt, dass sie in sprachloser Benommenheit wie erstarrt war. Sie wünschte, die Erde würde sich auftun und sie verschlingen.

Catriona fuhr fort, sie mit ihren seelenlosen Augen zu mustern. »Ihr behandelt meinen Calin gut?«

Meinen Calin! Akira wiederholte diese Worte im Stillen. »Er ist nicht *Euer* Calin.«

»Aye. Nicht mehr ganz, würde ich sagen. Aber ich bin kein habgieriges, zänkisches Weib. Ich bin großzügig, denn ich habe Euch bereits drei Tage mit ihm geschenkt. Aber er wird bald zu mir zurückkommen, denn er kann dem nicht widerstehen, was uns so vertraut geworden ist.«

Akira glaubte, im Inneren zu brennen, und wollte nicht wahrhaben, was hier geschah. Sie wandte den Blick ab und schaute über das Land. Sie wusste nicht, wonach sie suchte, aber sie konnte die Nähe dieser Frau nicht länger ertragen. Sie ging an Catriona vorbei, um zu fliehen, wurde jedoch von deren Worten und dem tief hängenden Ast einer Esche daran gehindert. Einer Esche, auf die sie jetzt am liebsten geklettert wäre.

Akira schluckte hart. »Wenn Ihr Euch Calins Treue so sicher seid, warum hat er dann mich geheiratet?«

»Er hat sich für Schottland und gegen England entschieden. Aber ich kann Euch versichern, dass Euer King James diese Ehe nicht gutheißen wird.« Sie wickelte sich eine von Akiras herabhängenden Locken um den Finger und zog derb daran, ehe sie sie wieder losließ. Dann packte sie Akiras Hand und berührte den keltischen Ehering. »Calin hat nicht Euch geheiratet, er hat Schottland geheiratet. Und wenn Schottland ihm erst einen Erben gegeben hat, wird er mich mit offenen Armen erwarten. Er hat mir einen Platz auf Cànwyck Castle und in seinem Bett versprochen.«

Die boshaften Behauptungen dieser Frau konnten nicht wahr sein! Calin hatte ihr versprochen, dass er sich keine Geliebte nehmen würde, bevor sie ihm sechs Kinder geboren hatte. Die Frau sagte nicht die Wahrheit, oder Calin hatte gelogen. Der kalte Stahl des Verrats schnitt durch ihr Herz. Akira verschränkte die zitternden Hände ineinander und wich einige Schritte vor der Frau zurück. »Welche Rolle auch immer Ihr im Leben des Lairds gespielt haben mögt – es ist vorbei. Er hat mir vor Gott und der Kirche Treue geschworen«, erklärte sie so fest, wie sie nur konnte.

»Seid nicht so naiv!« Die Frau glitt um Akira herum, und ihre Brüste berührten Akiras Rücken. »Ich bin sicher, Ihr habt schon entdeckt, dass mein Calin ein sehr potenter Mann ist. Es braucht mehr als eine Frau, um ihn zufriedenzustellen. Und während Ihr seinen Erben austragt, wird er eine erfahrene Geliebte brauchen, die seine Bedürfnisse befriedigt.«

»Er wird sich keine Geliebte nehmen. Das hat er mir versprochen.«

Das gehässige Lachen, das Catriona ausstieß, verspottete Akiras Unschuld. »Ihr kennt den Mann seit einer Woche und vertraut schon seinem Wort?«

»Aye.« Akiras Antwort klang überzeugt, auch wenn sie sich in diesem Augenblick dessen nicht sicher war.

»Wir werden gute Freundinnen werden! Die Rolle, die Ihr übernehmt, verlangt ein bedeutendes Maß an Verantwortung. Ihr werdet über die Dienerschaft regieren, und ich werde mich um Calin kümmern. Wenn Eure Zeit kommt, werde ich ihn natürlich lange genug mit Euch teilen, damit Ihr ihm einen Erben schenken könnt.«

Akiras Mund war vor Zorn wie ausgedörrt. »Catriona, Ihr solltet in den Haufen englischen Abfalls zurückkriechen, aus dem Ihr gekommen seid. Für eine Frau wie Euch gibt es nur ein Wort, und das lautet nicht Geliebte. Es lautet Hure. Ich verbünde mich weder mit Huren noch bin ich mit ihnen befreundet. Ihr seid von Sinnen, wenn Ihr denkt, ich könnte erwägen, irgendetwas mit Euch zu teilen. Am allerwenigsten meinen Ehemann.« Akira atmete tief durch und wandte sich ab, um Calins Geliebte stehen zu lassen. »Geht mir aus dem Weg, oder ich werde Euch verbannen lassen!«

Akiras Drohung schien auf Catriona nicht die mindeste Wirkung zu haben. »Einverstanden. Wir müssen auch gar nichts teilen. Wir werden ebenso getrennte Zimmer haben wie verschiedene Kosenamen. Er nennt Euch vermutlich ...« Sie strich mit dem Finger über Akiras Schlüsselbein, während sie nachdachte. »... sein süßes Herz. Nein, wartet – für eine Ehefrau ist das nicht ganz passend. Süß ... Ja, so nennt er Euch: *Meine Süße. Meine süße, süße Akira.* Hab ich recht?«

Akira antwortete nicht. Wie konnte diese Frau das wissen? Hatte Calin es ihr gesagt?

»Aber vielleicht seid Ihr auch schon ein wenig weiter, und er nennt Euch *Kätzchen* – so hat er mich eine Weile genannt. Aber nachdem ich ein Jahr in seinem Bett geschnurrt hatte, wurde ich seine Katze. Ihr könnt gern sein süßes Kätzchen sein, solange Ihr stets daran denkt, dass ich für immer seine Katze sein werde.«

Akira schüttelte Catrionas Hand von ihrer Schulter und hielt die Frau um Armeslänge auf Abstand. »Ihr werdet gar nichts für ihn sein. Nicht seine Geliebte, nicht seine Hure, nicht seine Katze. Ihr werdet dafür verbannt werden, dass Ihr meinen Rang als seine Frau missachtet habt.«

»Schhh, Kätzchen! Fahrt Eure Krallen wieder ein!« Catriona kam wieder näher und drängte Akira gegen den Baum. »Ihr könnt mir nicht drohen! Ich werde meinen Calin wieder in meinem Bett haben, das verspreche ich Euch. Die Männer der MacLeods sind mir treu ergeben. Ich muss nur mit den Wimpern klimpern, und Ihr werdet Euch wieder auf dem Auktionspodest wiederfinden.«

»Kommt mir nicht zu nahe!« Akira stieß die Frau mit einer Hand weg, und Catriona sank anmutig zu Boden. Akira raffte ihre Röcke, lief den Befestigungswall hinauf und zur Vorderseite des Turms. Sie rannte an der Wäscherin vorbei, die einen

Stapel Leinentücher trug, und nahm immer zwei Stufen auf einmal, als sie die Treppe hinaufstürmte. Sie betrat den spärlich erleuchteten Gang und rief: »Evie! Tara!«

Sie folgte den Mädchen in ihr Zimmer und verriegelte die Tür hinter ihnen. Dann lief sie zu der angrenzenden Tür, die zu Calins Zimmer führte, und versperrte auch diese. Das scharlachrote Kleid fühlte sich an wie ein Schwarm Bienen, der über ihre Haut krabbelte. Akira versuchte, die Bänder auf dem Rücken zu lösen, aber es war unmöglich, dem Kleid ohne Hilfe zu entkommen.

»Zieht mir dieses Kleid aus!« Ihre Hände zitterten heftig, als sie die Arme ausstreckte. »Macht die Bänder auf. Sofort!«

Tara wich zurück. »M'laird wartet in seinem Zimmer auf Euch. Ich bin sicher, es gibt keinen Grund für diese Eile, Mylady.«

Akira versuchte verzweifelt, ihre Zunge unter Kontrolle zu bekommen. Die Mädchen verdienten ihre Wut nicht, aber ihre Zähne konnten ihren Zorn nicht zurückhalten. »Wenn eine von euch noch ein Wort sagt, schicke ich euch beide zurück in die Spülküche. Ich will, dass Elsbeth herkommt, sobald es morgen früh hell wird.«

Evie mühte sich mit der Aufgabe ab, Akira ein blassblaues Nachthemd überzustreifen. Mit zittrigen Fingern zog sie ihr den Seidenstoff über die Hüften. »Soll ich mich noch um Euer Haar kümmern, Mylady?«, fragte sie vorsichtig.

»Nein!« Das Wort kam wie ein Bellen aus ihrem Mund, und Akira bedauerte es, ihrem Zorn so freien Lauf gelassen zu haben. Ihre Gedanken kreisten um blonde Locken und glatte cremeweiße Haut. Catrionas Gesicht grinste sie an, wenn sie die Augen schloss. Sie fühlte sich einer Ohnmacht nahe. Ihre Knie zitterten. Ihre Kehle zog sich zusammen. »Verzeiht mir!

Ich werde keine von euch in die Spülküche schicken. Bitte geht jetzt. Ich möchte allein sein.«

»Aber M'laird hat gesagt, Ihr sollt ...«

»Es ist mir egal, was er gesagt hat. Und ich kann euch versichern, dass ihr morgen früh mein Bett werdet machen müssen.« Akiras Worte waren kurz, knapp und voller Wut.

Evie folgte Tara aus dem Zimmer, ließ die Tür aber einen Spaltbreit offen. »Mylady, ich habe Euch mit ihr gesehen. Ich kann Euch versichern, dass alles, was Catriona gesagt hat, eine Lüge war.«

Akira warf die Tür hinter Evie zu und verriegelte sie. Bittere Tränen brannten in ihren Augen. Ihr Körper wurde zu schwer, sich aufrecht zu halten. Sie sank zu Boden und begann zu schluchzen. Eine Närrin, genau das war sie. Zu glauben, sie könnte auch so eine Liebe leben, wie Mam und Papa sie geteilt hatten, war der Traum eines kleinen Mädchens. Calin hatte zugestimmt, sich keine Geliebte zu nehmen, aber er hatte mit keinem Wort erwähnt, dass er bereits eine hatte. Die Wahrheit zu verbergen war ein ebenso großer Verrat wie zu lügen. Er hatte zugegeben, dass er heiratete, um eine Allianz der Clans zu begründen. Eine weitere Wahrheit, die er zu verbergen versucht hatte. Sobald sie mit dem MacLeod-Erben schwanger war, würde er das Versprechen einlösen, das er seiner Geliebten gegeben hatte.

Diese Frau war so wunderschön! Jede ihrer Bewegungen zeugte von Adel. Wie sollte Akira mit so viel Anmut und Würde um Calins Aufmerksamkeit wetteifern können? Tief im Innern wusste Akira, dass sie nur ein Bauernmädchen war, das versuchte, etwas zu sein, was es nicht war und niemals sein würde. Sie wollte dieses Leben nicht! Der Schmerz war unerträglich, und das qualvolle Stechen in ihrem Herzen machte jeden Atemzug zur lästigen Pflicht.

Der Riegel klapperte. Eine leichte Bewegung an der Zwischentür, an der gerüttelt wurde. Dann hörte sie ihn.

»Öffne den Riegel.« Calins Ton klang ruhig, aber entschlossen.

Akira schaute sich suchend in ihrem Zimmer um. Sie war gefangen, gefangen im Zimmer einer anderen Frau. Gekleidet in die Kleider einer anderen Frau. Mit dem Mann einer anderen Frau. Ihren Parfüms. Ihrem Bett.

Sie konnte nicht mehr atmen.

Sie presste die Hände auf die Ohren, um das anhaltende Klopfen an der angrenzenden Tür nicht mehr hören zu müssen. Das heftige Klopfen steigerte sich. Dann hörte es abrupt auf.

Einige Herzschläge später taumelte sie vorwärts, als er sich an der Tür hinter ihr zu schaffen machte. Heftig rüttelte er am Türgriff. Das Hämmern seiner Faust gegen die Holztür pulsierte im selben Takt wie ihr Herz.

»Mach die Tür auf, oder ich schwöre dir, ich trete sie ein! Bei allen Heiligen, zwing mich heute Abend nicht dazu! Ich habe für mehr als zehn Leben genug von deinen Launen.«

»*Thalla gu Taigh na Galla!*«, schrie Akira. Ihr Gefühl, zurückgewiesen worden zu sein, wandelte sich rasch zu Wut – einer unkontrollierbaren Wut, die freizulassen sie die Absicht hatte. Sie ging durch das Zimmer zum Frisiertisch, griff nach dem lavendelfarbenen Flakon, der Catrionas exotisches Parfüm enthielt, und schleuderte die Flasche gegen die Tür. Drei weitere Flaschen mit teurem Duftwasser folgten. »Ich hoffe, du erstickst an deinen Lügen! *Déverminage enfer,* Gemahl!«

Ein durchdringender, schwindelig machender Geruch stieg von der Parfümlache auf, die sich unter der Tür ausbreitete. Calin hatte erwartet, dass Akira vielleicht ein wenig aufgebracht sein könnte, dass sie ihn aber in mehreren Sprachen in die Flammen der Hölle verfluchte, war ihm ein wenig zu viel des Guten. Dass er sie vernachlässigt hatte, kam ihm jetzt kindisch vor, nichtsdestotrotz sollte er derjenige sein, der einen Tobsuchtsanfall bekam. Nach dem vierten Krachen gegen die Tür war er mit seiner Geduld am Ende. Erschöpft vom Tag wollte er dieses Gezanke beenden und endlich seine Belohnung haben, aber er würde sich die Zunge fusselig reden können, bevor sein kleiner Feuer speiender Drache die Tür öffnen würde.

Seine Muskeln zogen sich vor Ärger zusammen. Er unterdrückte einen Fluch, stürmte in sein Zimmer und nahm die Streitaxt von ihrem Platz über dem Kamin. Er hob die Waffe hoch über seinen Kopf und hieb die Stahlschneide in die Tür zu Akiras Zimmer. Holzsplitter flogen wie Pfeile durch die Luft. Die Gewalt eines einzigen heftigen Schlages ließ die Tür aufspringen und gegen die Wand knallen. Calin packte Akira um die Taille, als sie versuchte, in den Gang zu entkommen.

Er zerrte sie zurück ins Zimmer, warf die Axt auf den Boden und verriegelte dann die Tür zum Gang. Er war verwirrt. Nur ein Licht erhellte das Zimmer, und eines seiner Augen war zugeschwollen, dennoch sah er, wie wütend Akira war. Geballte Fäuste, heftige Atemzüge, geblähte Nasenflügel. In ihren von Tränen geröteten Augen funkelte ein Zorn, den er bezwingen wollte. »Du bist wild und ungezähmt, Akira MacLeod, und es ist an der Zeit, dass du lernst, wo dein Platz ist.«

Die goldene Bürste, die sie nach ihm warf, streifte seine Schulter. Barfuß wich sie an den Kamin zurück. »Hier gibt es keinen Platz für mich. Nicht in diesem Zimmer, nicht in deinem. Das alles gehört jemand anderem, ebenso wie deine Zuneigung. Ich bin nur hier, weil meine Anwesenheit die Inseln vereinen wird.«

Calins Stirn legte sich in Falten, als er auf sie zuging. Er hatte sie in die Enge getrieben. Als er die Hand nach ihr ausstreckte, hielt sie ihn zurück, indem sie beide Hände gegen seine Brust stemmte. Darauf vorbereitet, wie stark sie war, drängte er näher. »Dein Platz ist hier, bei mir.«

Hass kroch von ihren Augen zu ihrer Hand. Sie holte aus und schlug zu. »Deine Worte bedeuten mir gar nichts. Ich war von ihnen geblendet. Worte, die du gesagt hast, um mich in dein Bett zu bekommen. Ich habe einen großen Fehler gemacht und deinen Lügen geglaubt. Du bist nichts anderes als ein Mann, der von dem Gedanken an sein Land besessen ist! Der von einem König beherrscht wird!«

Calin schmeckte Blut in seinem Mund von der Verletzung, die er im Ringkampf davongetragen hatte. Er hatte noch nie eine Frau geschlagen, aber auch noch nie zuvor hatte ihn eine bis zu dem Punkt provoziert, an dem purer Zorn in seine Fingerspitzen kroch. Calin spuckte das Blut in den Kamin und griff dann wieder nach Akira.

Und wieder wehrte sie ihn ab. »Du wirst mich nie wieder anfassen!«

Der Schock ihrer Worte ließ ihn die Zähne aufeinanderbeißen. Der Chieftain des MacLeod-Clans kuschte weder vor einer Frau noch nahm er Befehle von ihr entgegen. Er hatte ihr alles gegeben und hatte auf ein wenig Wertschätzung gehofft, aber alles, was sie für ihn hatte, waren verächtliche Worte, die er nicht verdient zu haben glaubte. Sie behandelte ihn wie einen Feind. »Du bist meine Frau. Du gehörst zu mir, und ich werde dich anfassen, wann immer und wo immer es mir gefällt.«

Seine Worte machten sie noch wütender. Einen kurzen Moment lang fürchtete er, der Schlag würde Akira treffen. Ihre Wangen zitterten unkontrollierbar. »Warum bist du so wütend auf mich? Du bist es doch, die die letzten beiden Tage damit verbracht hat, meine Männer zu küssen.«

Akira stieß ein sarkastisches Lachen aus. »Deshalb gehst du mir seit zwei Tagen aus dem Weg? Weil ich ein paar schmutzige Krieger mit einem kleinen Kuss auf die Wange oder höchstens einem hingehauchten Kuss belohnt habe, wie es Sitte ist?«

Calin drängte sie gegen das Sofa und ließ ihr keine andere Wahl, als hinaufzusteigen. Auf Augenhöhe mit ihm, beugte sich Akira vor. »Wie kannst du es wagen, mich des Verrats dafür anzuklagen, dass ich deinen Stammesleuten die ihnen zukommende Beachtung schenke, wenn doch du derjenige bist, der das letzte Jahr damit verbracht hat, es mit einer Engländerin zu treiben. Mit der Frau übrigens, die glaubt, dass sie in dein Bett gehört. Und wahrscheinlich dieselbe Frau, in deren Bett du letzte Nacht gewesen bist.«

Der Anlass für ihren plötzlichen Temperamentsausbruch wurde offensichtlich. Seine Frau war Catriona begegnet. Schuldbewusstsein überwältigte ihn.

Dennoch – seinen Schwur hatte er nicht gebrochen. »Ich habe die Nacht in einem leeren Zimmer im Ostturm verbracht. Ich war nicht in ihrem Bett, und ich werde auch in der Zukunft nicht in ihrem Bett sein. Das habe ich dir versprochen.«

»Du hast mir versprochen, dir keine Geliebte zu nehmen, bevor ich dir das siebte Kind geboren habe. Du hast aber versäumt zu erwähnen, dass du bereits eine Geliebte hast.«

Hatte die Zahl der Kinder sich seit ihrem Schwur im Baum inzwischen fast verdoppelt? Die Frau war völlig durcheinander!

»Deine Versprechen bedeuten mir nichts. Du sagst Halbwahrheiten. Ich will nicht mit einem Mann verheiratet sein, der mich täuscht.« Sie verschränkte die Arme vor der Brust und zog eine Augenbraue hoch. »Ich will die Annullierung.«

Der Schock ließ seine Augen hervortreten. Eine Wut, die so heftig war, dass er sie auf seiner Zunge schmecken konnte, flammte in ihm auf. Er war ein Mann von Ehre, ein Mann mit Stolz, ein Mann, der alles darum gab, die Zuneigung seiner Frau zu gewinnen. Wortlos packte Calin sie um die Taille und schleppte sie, die schrie und um sich trat, in sein Zimmer. Dort warf er sie aufs Bett. »Unsere Heirat kann nicht annulliert werden, *Frau!* Wir haben die Ehe bereits vollzogen. Und ich habe vor, sie noch öfter zu vollziehen.«

Akira versuchte, ihm zu entkommen, indem sie auf Händen und Knien auf dem Bett davonkrabbelte, aber er bekam sie am Fußgelenk zu fassen und zog sie zurück in die Mitte des Bettes. Er legte sich auf sie. Sie strampelte unter ihm, aber er hielt sie fest. Er packte sie mit einer Hand an den über ihren Kopf ausgestreckten Armen, während er mit der anderem über ihre Taille fuhr. Sein Schenkel spreizte ihre Beine und ließen sich die dünne Seide ihres Nachthemds über ihren Brüsten spannen.

»Wenn du damit weitermachst, wirst du dich mir aufzwingen müssen, damit ich ein Kind empfange!«

Seine Wut war nicht minder groß als ihre. Er schwor sich, ihre Wutausbrüche nicht länger zu dulden. »Ich hätte dich nach *Tigh Diabhail* zurückbringen sollen! Ich habe dir Versprechen gegeben, von denen niemand erwartet, dass ein Mann meines Ranges sie jemals hält. Du hast keine Ehrfurcht vor meinem Ehegelübde! Du hast mich nicht respektiert, weder als dein Mann noch als dein Laird. Du bist meine Frau! Du gehörst mir seit dem Tag, an dem du geboren wurdest. Ich würde mich *nicht* schuldig fühlen, falls ich mich dir aufzwingen müsste.« Er beugte sich vor, um sie zu küssen.

Sie wandte den Kopf ab.

Er küsste ihren Brustansatz. Kurze Fingernägel gruben sich in die Hand, die ihre Handgelenke gefesselt hielt. Zur Hölle mit ihr! Er hasste es, dass sie ihn so schwach machte. Dass sie ihn dazu brachte, nicht besser zu sein als ihr Vater. War es das, was Laird Kinnon Lena angetan hatte?

Der Feuerschein brach sich in der Träne, die ihr über die Wange rollte. Er hatte Akira noch nie so voller Angst gesehen. Wenn er seine Drohung wahr machte, würde sie ihn niemals so ansehen, wie er es sich wünschte. Er wollte nicht ihren Körper. Er wollte ihr Herz. Ein Herz, von dem er wusste, dass er es brach.

»Verfluchte Hölle!«, rief Calin und gab sie frei. Er rollte sich auf den Rücken. »Catriona war ein Fehler. King Henry hat sie mir als eine Art Friedensangebot geschickt. Die Hälfte der Chieftains in den Highlands ist mit ihren englischen Cousinen beschenkt worden. King James hat einen Friedensvertrag ausgehandelt und die schottischen Adligen ermutigt, Engländerinnen zu heiraten, um den Frieden zwischen den Ländern zu festigen. Verdammt, King James selbst ist eine solche Verbindung eingegangen, als er Henrys Tochter geheiratet hat. Catriona war gefesselt und geknebelt, als sie hier ankam. Festgebunden auf dem Rücken eines alten Kleppers. Ihre Begleiter waren unterwegs ermordet worden. Ich habe ihr Arbeit in der Küche gegeben, aber es zeigte sich, dass sie sehr viel … Überzeugungskraft hatte. Ich hatte vor, ihr einen Ehemann auszusuchen, aber stattdessen fand sie ihren Weg in mein Bett.«

»Ein ganzes Jahr lang?« Akira wandte ihm den Rücken zu. »Und ist es üblich, dass der Laird die Küchenmädchen in Seidenkleider steckt? Die Frau besitzt mehr Kleider als meine Schwestern zusammen.«

»Ihr Vater ist der Kronprinz von Malaga. Er hat ihr Ellen von Seide geschickt, einige Monate nach ihrer Ankunft hier. Es war ein weiterer Bestechungsversuch, denke ich.«

»Und der Schmuck?«

»Er gehörte meiner Mutter. Und jetzt gehört er dir.«

Schweigen breitete sich zwischen ihnen aus. Calin wollte die Hand nach ihr ausstrecken, um ihr zu sagen, dass es ihm leid tat, ihr gegenüber rücksichtslos gewesen zu sein. Aber am meisten wünschte er, den Tag zurückholen zu können, an dem Catriona nach Cànwyck Castle gekommen war. Er hätte sie weggejagt, noch bevor sie aus dem Sattel hätte steigen können.

»Das Zusammentreffen mit ihr hätte vermieden werden können, hättest du früher mit mir gesprochen.«

»Ich weiß.« Das war alles, was er sagen konnte. In seinem ersten Jahr als Chieftain hatte er die neue Macht für sich genutzt. Er hatte sich benommen wie ein Mann ohne Ziel, hatte großzügige Geschenke von Adligen angenommen, ohne sich um die Konsequenzen zu kümmern. Er würde teuer dafür bezahlen, King Henrys Geschenk angenommen zu haben. »Catriona bedeutet mir nichts. Sie ist eine Tochter Englands und handelt im Interesse ihres Königs.«

»Was hat sie gegen dich in der Hand?«

»Vor vier Monaten, nachdem ich ihr den Platz als Frau an meiner Seite verweigert hatte, hat sie mir mitgeteilt, dass sie den MacLeod-Erben unter dem Herzen trägt. Ich hatte keinen Grund, an ihren Worten zu zweifeln, bis ich sie mit meinem Kämmerer im Bett erwischt habe. Das Kind hätte von jedem sein können, denn ich fand heraus, dass noch drei weitere meiner Männer ihren Verführungskünsten zum Opfer gefallen waren. Aber sie hatte gelogen. Sie war niemals schwanger. Ihre Lügen waren ein Trick gewesen, um mich davon abzuhalten, dich zu holen. Sie wusste von dir ab dem Moment, in dem sie MacLeod-Boden betreten hat.«

»Du hast ihr von mir erzählt und hast dann mit ihr geschlafen? Du lieber Himmel, sie ist Engländerin, und du bist der Chieftain! Warum hast du sie nicht aus deinem Clan verbannt?«

»Ich habe den Rat angerufen, sie ins Exil zu schicken, aber sie hat auch die Ältesten um den Finger gewickelt. Sie hat behauptet, sie sei von den MacLeods besudelt worden. Sie drohte damit, ihren Vater zu veranlassen, zusammen mit seinen englischen Verbündeten Rache am Clan zu üben. Die Ältesten fürchteten King Henrys Zorn, deshalb haben sie beschlossen, Catriona in einer Hütte außerhalb der Burgmauern unterzubringen. Das ist der einzige Grund, warum sie sich noch auf MacLeod-Land aufhält.«

Akira fühlte sich wie in einer Art von Trance, als sie Calin zuhörte. Sie wusste nicht, was sie glauben sollte. Ihr Herz suchte nach Antworten, während ihr Verstand sich an Catrionas Worte erinnerte. Sicherlich war Akira nicht so naiv zu erwarten, dass Calin keine Erfahrungen mit Frauen gemacht hatte. Er war Chieftain, und er war zehn Jahre älter als sie. Dennoch hatte sie nicht erwartet, einer dieser Frauen von Angesicht zu Angesicht gegenüber zu stehen – und noch weniger, um den Platz im Bett ihres Mannes konkurrieren zu müssen. Catriona hatte bereits bewiesen, dass sie einfallsreich war. »Sie wusste von *Tigh Diabhail*.«

»Was hat sie zu dir gesagt?« Calin klang verwirrt.

»Sie sagte, deine Männer wären loyal ihr gegenüber, und

sollte ich dich nicht mit ihr teilen, würde sie dafür sorgen, dass ich wieder auf das Auktionspodium komme. Wenn du es ihr nicht gesagt hast, dann hast du einen Verräter unter deinen Männern. Oder sie selbst hat bei dieser Sache eine Rolle gespielt.« Akira wischte sich die Tränen aus den Augen. Calin schob einen Arm unter das daunengefüllte Kissen, um ihren Kopf zu stützen. Sie lag eng bei ihrem Mann, auch wenn sie ihm noch nicht wieder ganz vertraute. Aber in ihrer Lage hatte sie kaum eine andere Wahl. Sie würde seine Worte akzeptieren, bis ihr Gegenteiliges zu Ohren käme. »Ich verstehe, warum ein Mann ihr verfallen kann. Sie ist so ... wunderschön.«

»Sie ist eine englische Hure, und sie ist böse.«

Akira hatte das Gleiche gedacht, als sie in Catrionas kalte Augen gesehen hatte. Sie begriff jetzt, warum Calin am Wasserfall so zornig geworden war. »Wenn sie dich nicht betrogen hätte, hättest du sie dann zur Frau genommen?«

»Nein. Ich habe kein Verlangen, mit England Bündnisse einzugehen.« Calin sagte das ohne jegliche Emotion, was seine Worte nur noch unerträglicher machte. Catriona hatte recht gehabt, als sie gesagt hatte, Calin hätte Schottland England vorgezogen.

»Ich will, dass sie geht.«

»Sollte sie etwas mit deiner Entführung zu tun haben, reicht das, um sie an King James' Hof zu verbannen.«

Sie strich ihm eine Strähne seines kastanienbraunen Haars aus der Stirn und berührte mit der Fingerspitze sein blau verfärbtes Auge. Der Stich des Verrats schmerzte nach seinen Erklärungen nicht mehr so sehr wie zuvor. »Du wirst mir sagen, was du herausfindest. Bis dahin möchte ich nicht, dass ihr Name in meiner Gegenwart ausgesprochen wird.«

Calin nahm ihre Hand und küsste ihr die Fingerspitzen. »Es tut mir leid, dass du ihr überhaupt begegnet bist.«

Ihre Finger ruhten auf seinen Lippen. »Ich will dir glauben. Ich will nichts mehr, als zu glauben, dass ich nicht nur der Schoß bin, der deinen Erben austragen soll. Noch einen Schock wie diesen kann ich nicht ertragen. Wenn es noch andere Frauen gibt, von denen ich wissen sollte, möchte ich es von *dir* hören, nicht von ihnen.«

»Du willst, dass ich dir von allen Frauen erzähle, die ich hatte?«

»Nein. Ich bin sicher, dass ich weder die Zeit noch die Geduld für so lange Ausführungen haben werde«, erwiderte sie spöttisch, aber ihre morbide Neugier suchte dennoch nach Antworten. »Hast du bei den Mädchen gelegen? Bei Evie und Tara?«

»Nein.« Calin antwortete in einem fast schreckenerregenden Ton. »Ich bin kein Mönch. Andererseits bin ich aber auch kein brünstiges Schwein. Ihr Vater starb in meinen Armen bei der Schlacht von Drumchatt.«

»Als er gegen deinen König kämpfte.« Sie hoffte, er hörte die Enttäuschung in ihrem Ton.

»Aye. Es war sein letzter Wunsch, dass für seine Töchter gesorgt wird. Ich konnte das dem Mann nicht abschlagen. Aber wenn sie dir missfallen, dann werde ich …«

»Nein. Sie missfallen mir nicht.«

»Es gibt keine andere Frau als dich, die ich als Ehefrau oder in meinem Bett haben will.«

»Wer ist Lena?«

Calin spürte Übelkeit in sich aufsteigen.

»In den beiden vergangenen Tagen bin ich von mindestens einem Dutzend Frauen mit diesem Namen angesprochen worden. Warum? Was ist der Grund dafür?«

In ihrem derzeitigen emotionalen Aufruhr würde sie sich vermutlich über die Brustwehr des Turms in den Burggraben stürzen, würde Calin ihr jetzt alles erzählen. Obwohl ihm der Mut sank, wusste er, dass sie eine Erklärung verdiente. »Mein Vater liebte eine Frau namens Lena. Father Harrald stand den beiden sehr nah. Er hat uns mit ihnen verwechselt und dich mit ihrem Namen angesprochen, als er während der Feier seinen Toast ausbrachte. Die, die von ihr gesprochen haben, haben nur seinen Fehler wiederholt. Sie ist schon seit Langem tot.« Calins Augen schlossen sich, als schreckliche Erinnerungen ihn heimsuchten. Akira ähnelte ihrer Mutter. Das schwarze Haar, die blauen Augen, die Farbe ihrer Haut. Er hielt ihre Hand ganz fest. »Ich will nicht mehr mit dir streiten. Ich werde morgen früh nach Scone reiten, um mich mit King James zu treffen. Ich möchte nicht deinen Zorn mit mir nehmen, meine Geliebte.«

Er beugte sich über Akira und wollte sie küssen.

Sie hielt ihn erneut zurück. »Hast du *sie* auch immer so genannt?«

Auch wenn Calin ihre Frage seltsam fand, wusste er, dass die Antwort wichtig für sie war. »Nein. Du bist meine Frau, meine Akira, meine Geliebte. Bitte verzeih mir, dass ich es dir nicht früher gesagt habe.« Calin zog Akira an sich und barg sein Gesicht an ihrer Halsbeuge. Seine Hand glitt über die glatte Seide ihres Nachtgewands und legte ihr Bein um seine Hüften.

»Ich bin nicht bereit, dir jetzt schon zu verzeihen. Mein Herz fühlt sich, als wäre ein Dutzend alter Schindmähren darüber hinweggetrampelt. Du wirst noch ein wenig katzbuckeln müssen, Gemahl.« Ihre Fingerspitze tanzte über seine Brustwarze.

Calin hob den Kopf und sah den Funken, der in ihren

Augen glomm. Er hoffte, dass sein Drache zurückgekehrt war. »Ich fürchte, vor mir liegen Jahre des Katzbuckelns, bis ich mir deine Vergebung verdient habe, aber mir bleibt nur diese eine Nacht.«

»Wie lange wirst du fort sein?« Akiras Lippen glitten über seine Schulter.

»Zwei Wochen, vielleicht länger«, erwiderte er und hauchte ihr einen zarten Kuss auf den Nacken. Akira ließ es zu.

»Ich werde dich vermissen«, sagte sie und schlang ihr Bein um seines.

Calin schob ihr das Nachthemd hoch bis über die Hüften. Seine Hand war heiß, als er ihren Po drückte. »Zeig mir, wie sehr.«

Akira hob die Arme und erlaubte ihm, ihr das Hemd auszuziehen. »Ich werde es genießen.«

Calin hätte ihr nicht mehr zustimmen können, aber er hatte ein wenig Sorge, dass sie nicht über dasselbe sprachen. »Was genießen?«

»Vergeltung. Ich fühle mich wie eine Siegerin, und dabei habe ich mein Spiel gerade erst angefangen.« Akira entfernte Calins Gürtel und streifte ihm das Plaid ab, dann stieß sie ihn zurück auf das Bett.

Calin betrachtete ihren Po, als sie in ihr Zimmer zurückging, er war so voll und rund. Sie reizte ihn mit jedem Schritt. Und auf einer Pobacke saß das blassrosa Mal, das Wappen der MacLeods. Es juckte ihn, es näher zu betrachten. Akira kehrte mit der blau-grünen Schärpe zurück, die sie bei den Hochzeitsfeierlichkeiten getragen hatte. »Was hast du damit vor?«

»Es ist dein Siegerband. Andrew hat ganz offensichtlich gemogelt, und ich denke, dass du jetzt deine Belohnung bekommen solltest.«

Vielleicht hätte Calin protestieren sollen, als sie ihm die

Hände über seinem Kopf fesselte. Falls Akira ihre Wut in seinem Bett ausleben wollte, dann, dessen war sich Calin sicher, würde er jetzt die wundervollste Marter seines Lebens erfahren. Er konnte sich nicht erinnern, wann ihn das letzte Mal ein Zittern der Angst ergriffen hatte. Er mochte das.

Akira setzte sich mit gespreizten Beinen auf ihn und schloss die Hand um seine harte Erektion. »Ich werde dich vergessen lassen, dass du dein Bett je mit einer anderen Frau geteilt hast.«

Kapitel 19

Der Schrei erklang aus der Ferne. Der Geruch des Todes war unverändert. Der Leichnam seines ermordeten Vaters lag in einer Blutlache zu Füßen einer Frau. Eine Frau mit blonden Haaren und bösen grauen Augen suchte Vergeltung.

Laird Kinnon stand hinter ihr. Lena schrie auf, und presste ihr Kind verzweifelt an sich.

Calin lief durch die Halle von Brycen Castle. Er versteckte sich nicht mehr. Seine Gestalt war die eines Mannes, nicht die eines Jungen. Durch den Dunst, der sich im Turm der Kinnons ausgebreitet hatte, konzentrierten sich seine Augen auf die schwarze Klinge. Doch die Hand, die den Dolch umklammerte, gehörte nicht einem der maskierten Krieger. Sie gehörte Catriona.

Ein Licht blitzte auf, blendete ihn.

Calin stand ganz nah bei ihr. Er konnte Lenas schreckverzerrtes Gesicht berühren, ihre blauen Augen waren erfüllt von Leid. Dann veränderte sich der Ausdruck auf ihrem Gesicht. Das helle Blau ihrer Augen verdunkelte sich, und die Lippen seiner Frau lächelten ihn süß an.

Wieder brach ein weißes Aufblitzen in seine Vision ein.

Ein Grollen dröhnte vom Himmel herunter, und Catrionas Mund verzog sich in teuflischer Befriedigung, als sie die Klinge über Lenas Kehle zog. Aber seine Augen sahen nicht mehr Lenas Gesicht. Er sah Akira.

Seine Frau. Seine Geliebte. Seine Seelengefährtin.

Und dunkelrotes Blut strömte aus ihrer Kehle, stahl ihm ihr Leben.

»Nein!« Er warf sich auf sie.

Ein lautes Dröhnen betäubte seine Ohren.

Er hielt ihren leblosen Körper. Warmes Blut floss zwischen ihnen.

»Nein, Akira! Nein!« Ein Beben erschütterte sein Inneres. Dann ein Heulen, das klang wie der Schrei einer gemarterten Seele. Er spürte, wie sein Herz zerriss.

»Calin! Calin, wach auf!«, schrie Akira ihn an. »Calin, bitte, du tust mir weh!«

Er riss die Augen auf, sah sich um, suchte in den Schatten des Zimmers nach den Mördern. Er erdrückte Akira mit seinem Gewicht. Schweißüberströmt und zitternd umschlangen seine Arme sie. Seine Kehle war trocken, und seine Lungen brannten, als er nach Luft rang.

Der Sturm schickte einen weißen Blitz ins Zimmer und enthüllte Akiras entsetzten Gesichtsausdruck. Calin spannte sich an und ballte hinter ihrem Rücken seine Hände zu Fäusten.

Ein weiterer dröhnender Donnerschlag erschütterte seinen Körper.

Langsam fand sein Körper in die Realität zurück, aber sein Geist, der Geist eines Kriegers, kämpfte noch gegen den Traum. Der Albtraum, der ihn in seiner Kindheit verfolgte, erhob sich von Neuem in seinem Kopf. Calin ließ Akira los, dann schüttelte er seine Hände und entspannte seine Fäuste mit den sich weiß abzeichnenden Knöcheln. Er rollte sich auf den Rücken und atmete schwer. Mindestens ein Jahr war vergangen, seit der Albtraum seinen Schlaf gestört hatte. Die Mitwirkenden waren immer dieselbe gewesen, aber dieses Mal war auch Akira darin vorgekommen. Konnte sein Traum ein Omen sein?

Nein. Er weigerte sich, solche Gedanken des Verlustes in sein Bewusstsein zu lassen. Gott würde ihn nicht wieder bestrafen.

Akira stieg aus dem Bett und entzündete am Kaminfeuer

ein Talglicht. Binnen Sekunden flackerten die Kandelaber und warfen goldenen Lichtschein auf ihre blasse Haut. Sie zog sich ein dünnes Hemd über und kniete sich neben Calin. Ihre kleine Hand strich sanft über sein Herz. Calin legte die Hand auf ihre und fühlte seinen Pulsschlag an ihrer Handfläche. Er hatte sich wie ein Narr benommen. Sie würde ihn für keinen ganzen Mann halten, wenn er solche Angst zeigte.

»Geht es dir gut?«

»Bei allen Heiligen, lösch das Licht und komm zurück ins Bett!« Calin legte den Arm über die Augen und versuchte, gleichmütig zu wirken, aber die Vision stand allzu lebhaft vor seinem geistigen Auge. So sehr, dass er glaubte, das zerrissene Fleisch zu riechen.

Er hörte, dass Akira sich an der Waschschüssel zu schaffen machte. Kurz darauf fühlte er das kühle Tuch auf seiner Brust, sie strich damit über seinen Nacken, über sein Kinn. Sanfte Finger schoben seinen Arm beiseite. Akira fuhr mit dem Tuch über seine Stirn und legte es dann auf sein Gesicht, genau wie Tante Wanda es so viele Male zuvor getan hatte.

»Fürchtest du den Sturm?«, fragte sie, ihre Stimme war sanft wie ein Streicheln.

Er öffnete die Augen und schnaubte, dann fasste er sie um die Taille und zog sie ins Bett. »Komme ich dir vor wie die Sorte Mann, die sich vor Stürmen fürchtet?«

»Du kannst mich nicht zum Narren halten, Gemahl! Auf deiner Stirn liegt immer noch Furcht.« Sie streichelte seine raue Wange und blieb beharrlich. »Etwas hat dich erschreckt. Was war es?«

»Ja. Du hast mich erschreckt.« Obwohl es ihm missfiel, es zuzugeben, sagte Calin die Wahrheit – zu Akira ebenso wie zu sich selbst. Er konnte nicht länger gegen diese Gefühle ankämpfen.

Er liebte seine Frau.

Er wusste, dass der Erfolg der Allianz und die Zeit der Rache, die er seit achtzehn Jahren an Laird Kinnon üben wollte, schon bald kommen würden. Das Blut in Akiras Adern schrieb ihr die Herrschaft über den Clan der Kinnons zu. Nur sie konnte die Inseln einen. Aber die Wahrheit würde dazu führen, dass sie sich gegen ihn wandte, und die Täuschung, die er begangen hatte, würde ihre Ehe zerstören. Er könnte ihren Hass nicht ertragen.

Calin zitterte.

Sie zog ihn in ihre Arme. Ihre kühlen Finger strichen über seine feuchten Wangen. »Hast du von einem Ungeheuer geträumt?«, fragte sie, als versuchte sie, seinen männlichen Stolz zu retten.

»Aye. Es war ein ganz fürchterliches Drachenweibchen, und kleine schwarz schimmernde Schuppen bedeckten ihren Körper.« Calin zog Akira das Hemd aus, und sie schmiegte sich an ihn, ehe er seine Geschichte weitererzählte. »Sie hatte blaue Augen, die dunkel wie die Mitternacht schimmerten.« Calin küsste die zarte Haut ihrer Brüste, bis Akira sich ihm entgegendrängte.

»Und was hat das Drachenweibchen dir angetan?«

»Sie hat meine Hände gefesselt und mich mit dem Feuer ihres Mundes gequält, bis ich um Gnade gefleht habe. Und dann hat sie mein Herz in einem Stück verschlungen.«

Nur wenige Stunden waren vergangen, seit Calin Akira geliebt hatte, aber sie entfachte eine Leidenschaft in ihm, gegen die er nicht ankämpfen konnte. Sie vergrub die Finger in seinem Haar, als er sie küsste, und schlang ihre Beine um seine Hüften. Seine Männlichkeit drängte sich hart und prall gegen ihren Schoß. Wie hatte er nur jemals glauben können, seine Lust würde weniger werden, wenn er ihr erst ihre Jungfräulichkeit genommen hatte? Stattdessen wuchs seine Begierde nach ihr, und das Verlangen, jeden Zentimeter von ihr zu erkunden, verschlang ihn schier.

Er wurde fordernder. Seine Lippen glitten über ihren Bauch. Seine Zunge liebkoste ihren Nabel, und er besaß nicht die Kraft, seinen Hunger nach mehr zu verleugnen.

»Hat die Drachenfrau dich getötet?« Akiras Fingerspitzen folgten Calins Spur, aber eine Hand blieb an ihrer Brust zurück, um an ihr zu spielen. Calin sah zu, wie Akira mit ihrer rosigen Knospe spielte. Ihr Mund öffnete sich, und Calin fühlte ein Zittern durch sie strömen.

»Nein. Ich habe sie überwältigt und sie gezähmt«, erwiderte Calin und fuhr sich mit der Zunge über die Lippen.

Akira stöhnte, als er ihre Beine weiter öffnete und die zarte Haut an der Innenseite ihres Schenkels küsste. Er konnte ihre Erregung riechen. Er war schamlos, und es war ihm egal. Er hatte ihren Nektar schmecken wollen, seit er ihr begegnet war. Er strich über ihren satinweichen Schoß und schob zwei Finger in den samtigen Honig.

Sie keuchte. »Und dann … was hast du getan … mit ihr?«

»Ich habe sie gegessen.« Sein Mund ersetzte seine Finger und legte sich auf die intimste Stelle ihres Körpers.

Akira spannte sich an. »Was tust du da?«

Er hielt inne und grinste, als er zu ihr hochsah. »Ich koste meinen kleinen Drachen.«

»Bist du fertig?«

»Noch nicht.« Calin widmete sich hingebungsvoll seiner Aufgabe. Er küsste sie und schwelgte in ihrer Süße. Sein Daumen bewirkte den Zauber, der Akira vor Ekstase stöhnen ließ, während seine Zunge ihre verborgenen Höhlen erkundete. Ihr Stöhnen trieb ihn weiter. Er wollte ihr die Erfüllung schenken, nahm ihre glänzende Perle zwischen seine Lippen. Sie pochte gegen seine Zunge, mit der gleichen quälenden Lust, die auch in seiner Erektion pulsierte.

Akira schrie seinen Namen. Ihre Seele, ihr Körper drängten nach Erlösung, während sie gleichzeitig so etwas wie Scham empfand. Ihre Haut brannte. Solch ein Akt der Lust musste Sünde sein! Konnte eine Frau ihren Ehemann auf dieselbe Weise küssen, wie Calin sie jetzt küsste? Ein Zittern pulsierte bei diesem verruchten Gedanken durch ihren Körper, aber ihre Scham weigerte sich noch, zu verschwinden. »Oh Calin ... Hilft das, ein Kind zu zeugen?«

»Nein, Akira. Das ist nur für dich. Nicht für unser Kind. Für dich.«

Sie bäumte sich auf und keuchte. »Du bist ein ... guter Gemahl ... Calin.« Sie ergab sich ihrer Lust und schrie auf, als das warme Prickeln eines unbeschreiblichen Höhepunktes über ihre Schenkel floss.

»Himmel!« Sie fügte Ausrufe in Französisch und Gälisch und der Sprache, die nur sie verstand, hinzu, aber der Ton klang immer gleich. Als er sich erhob, um sie zu küssen, schien sie wie verloren in ihren Gefühlen. Seine Zunge füllte ihren Mund, und Akira schmeckte, was er geschmeckt hatte. Es war ein fremdartiger, erotischer Geschmack, wild und sinnlich. Sie vergaß ihre Scham und erwiderte seinen Kuss.

Sofort sehnte sie sich voll süßer Qual nach ihm. »Ich will dich, Gemahl.«

Calin legte eine Hand auf ihren Rücken und zog ihren geschmeidigen Körper mit sich, als er sich auf die Bettkante setzte und sie auf seinen Schoß zog. »Leg deine Beine um mich und sieh mich an.«

Sie fragte sich, warum er sie immer in dieser Stellung nahm, warum er sie immer aufforderte, ihn anzusehen, wenn er sie liebte. Sie versuchte, ihr Herz gegen seinen brennenden Blick zu schützen, aber die Augen ihres Mannes verdrängten ihren Widerstand. Akira hielt sich an seinen Schultern fest, als er sie auf seine Erektion hob und langsam in sie eindrang. Schweißtropfen perlten von seiner Schläfe, als er sich in ihr bewegte.

»Oh, Geliebte!«, stöhnte er mit rauer Stimme. »Du bist so eng!«

Akira spürte sein Verlangen, fühlte seine Leidenschaft. Doch er hielt zurück, wonach es sie so verzweifelt verlangte. »Ich bin dein, Calin! Du wirst mir nicht wehtun. Ich will dich ganz!«

Er holte tief Luft und senkte sie quälend langsam herunter auf seinen steifen Schaft, bis er sie ganz ausfüllte. Seine Stöße wurden schneller, intensiver. Sie klammerte sich an seine muskulösen Arme, während er sie auf und ab bewegte in einem Rhythmus, der Akira mit purer Lust erfüllte.

Gerade als sie den Höhepunkt erklommen, schloss er die Augen. Er presste die Wange an ihr Gesicht und flüsterte ihren Namen.

Sie fiel gegen seine Schulter. Ihre Atemzüge klangen wie ein Schluchzen.

Als er seine Kraft zurückgewonnen hatte, ließ Calin sich auf das weiche Bett zurückfallen und zog Akira mit sich. Er schob ein Bein über ihres, als sie neben ihm lag, und zog ihre Hand an sein Ohrläppchen. Wollte er mehr als nur ihren Körper, ihm einen Erben zu gebären? Wäre sie eine Närrin, wenn sie es sich erlaubte, ihn zu lieben? Konnte ein Mann seines Ranges eine solche Liebe erwidern? Romantische Träume gehörten allein den Mutlosen. Sie schloss die Augen und schmiegte sich an ihn. Das friedliche Prasseln der Regentropfen und sein seidenweiches Ohrläppchen zwischen ihren Fingern ließen sie in einen leichten Schlummer fallen.

Er streichelte ihren Arm. »Habe ich dir wehgetan?«

Das war nicht das Wort, das sie benutzen würde, um ihren Liebesakt zu beschreiben. Wenn sie allein waren, fühlte sie sich so begehrt, begehrenswert! Aber ein Gefühl der Schuld nagte dennoch an ihr. Sie wusste nicht, ob es sich so wundervoll anfühlen sollte, ein Kind zu zeugen. »Du hast mir nicht wehgetan. Du machst, dass ich mich ... wunderschön fühle. Ich mag es, wie du mich berührst. Aber ich weiß nicht, ob ich so viel Lust dabei empfinden sollte, wenn wir unser Kind machen.«

»Wir sind Mann und Frau. Wenn es gut für uns ist, uns Lust zu bereiten, dürfen wir das ohne Schuldgefühle tun.«

Akira fragte sich, ob sie dazu fähig war, ihm Lust zu bereiten. Sein Hunger schien unstillbar zu sein. »Wenn ich den MacLeod-Erben in mir trage, wirst du mich dann auch noch berühren wollen, selbst wenn es nicht notwendig ist?«

»Niemand in ganz Schottland könnte mich von dir fernhalten.«

Calin beugte sich über sie, um die Kerzen zu löschen, und zog Akira dann ganz eng an sich. Eine Hand spielte mit ihrer Brust, die andere ruhte auf ihrem Po.

Die Dunkelheit brachte Unsicherheit. Während sie seinen muskulösen Rücken streichelte, fragte Akira sich, ob sie fähig war, ihn so zu befriedigen, wie Catriona ihn befriedigt haben musste. Sie versuchte, das Gesicht der Frau aus ihrem Bewusstsein zu verdrängen, aber die grauen Augen starrten sie unentwegt an. Eifersucht überwältigte sie.

Calin gehörte jetzt ihr, und niemand würde ihn ihr fortnehmen.

Kapitel 20

»Mylady.«

Akira öffnete schläfrig die Augen. Das leise Klopfen wurde heftiger.

»Mylady, bitte vergebt mir, dass ich Euch wecke, aber ich mache mir Sorgen! Seid Ihr vielleicht krank?«

Sie hörte wieder das Klopfen. »Bitte, Mylady, seid Ihr da drinnen?«, flehte die gedämpfte, angsterfüllte Stimme.

Akira sprang aus dem Bett und taumelte ein wenig, als sie sich plötzlich etwas schwindelig fühlte. Calin hatte ihr alle ihre Schlafstunden geraubt, und jetzt fühlte sich ihr Kopf ganz schwer an. Sie verbarg ihre Nacktheit unter einer Seidenrobe und öffnete die Tür. Evie und Tara standen vor Akiras Tür und pressten ihre Ohren fest dagegen. Elsbeth stand daneben, einen Korb mit Nähutensilien am Arm.

»Evie, was hat das zu bedeuten?«, fragte Akira. »Sprich leiser! Du weckst ja den ganzen Westflügel auf.«

Erleichterung leuchtete auf den Gesichtern der drei Frauen auf, und die Mädchen kamen den Gang heruntergelaufen und betraten das Zimmer des Lairds. Zwischen den beiden Zimmern blieb Evie abrupt stehen. Ihr Blick war auf die Verbindungstür gerichtet – sie war zersplittert und hing nur noch teilweise in den Angeln. Vorsichtig betrat sie Akiras Zimmer und hob die Streitaxt vom Boden auf, die wahrscheinlich genauso viel wog wie sie selbst. Tara half ihr, die Waffe wieder an ihren Platz über dem Kamin zu hängen. Bei dieser Gelegenheit kniffen beide Mädchen ihre Nase zu, um den durchdringenden Geruch der miteinander vermischten Parfüms nicht einzuatmen. Evie machte eine dramatische Vorstellung daraus, die Kissen aufzuschlagen, die auf dem unberührten Bett lagen.

Evie grinste von einem Grübchen zum anderen; Worte waren überflüssig.

»Ich entschuldige mich für das Durcheinander«, lächelte Akira. »M'laird und ich hatten eine kleine Meinungsverschiedenheit. Ich denke, ich habe gewonnen, werde aber erst ganz sicher sein, wenn ich vollkommen wach bin. Was wollt ihr hier zu so früher Stunde?«

»Früh?« Evie kicherte und hob den Behang, der das Bogenfenster verdeckte. »Die Mittagszeit ist schon vorbei. Ihr habt die Morgenmesse versäumt, und der Rat wartet seit dem Frühstück auf Euch.«

»Der Rat! Mittag!« Akira schoss zu dem schmalen Fenster und zuckte zurück. Die Leute des Clans sollten ihre neue Herrin doch nicht für einen Faulpelz halten! Sie war froh, dass sie sich schon gestern Abend von ihrer Familie verabschiedet hatte. Wenn auch zögernd, hatte Kendrick Isobel in ihrer Obhut zurückgelassen. Akira beharrte darauf, dass sie wenigstens blieb, bis Maggie ihr Baby bekommen hatte. Sie hörte Wasser plätschern und wandte sich um. Tara trug zwei Eimer Wasser herein.

»M'laird hat für Euch ein Treffen mit den Ältesten und mit dem Kaplan vereinbart. Er hat gesagt, Ihr würdet noch ein Bad nehmen wollen. Obwohl ich ihm sagte, Ihr hättet schon gestern Abend gebadet, bestand er darauf, dass Ihr noch eines nehmen wollt. Ich fürchte, das Wasser ist jetzt nicht mehr sehr warm.«

Akiras Wangen röteten sich. Calin kannte sie schon so gut. Ihr Hang zur Reinlichkeit rührte aus einem sehr frühen Kindesalter her. Sie hatte sich stundenlang gesäubert, um das wie ein Drachen geformte Mal auf ihrem Po abzuwaschen, das ihr als Kind so viel Ablehnung eingebracht hatte. Als sie alt genug gewesen war, um zu erkennen, dass das Mal nur ein Geburtsmal war, war sie schon wie besessen davon, sich immer waschen zu wollen. Sie hatte es akzeptiert, und Calin schien diese Gewohnheit nicht zu stören. Sie nahm an, ihm gefiel der Geschmack ihrer Haut, da er sie an fast allen Stellen ihres Körpers geküsst hatte. Die Erinnerung an all diese Stellen ließ ihre Wangen noch röter werden.

Akira strich mit der Hand über die Decke des zerwühlten Bettes, das sie und ihr Mann geteilt hatten. Sie verlor sich in der Erinnerung an die Leidenschaft, die sie vor Stunden miteinander erlebt hatten. Sie richtete die Laken und strich die Decke über dem Kissen glatt.

»Mylady, bitte. Wenn Ihr das Zimmer aufräumt, werde ich gar nichts mehr zu tun haben.« Evie war ihr gefolgt und sammelte die auf einem Schemel liegenden Kleidungsstücke für die Wäsche ein.

Akira zog Calins Leinenhemd aus dem Kleiderbündel, das Evie in ihren Armen trug. Sie schob die unsaubere Tunika unter das Kissen auf seiner Seite des Bettes. »Ich will nicht, dass es gewaschen wird, bevor M'laird zurückkommt.«

»Aye, Mylady.« Evie senkte pflichtbewusst den Kopf, aber sie kicherte noch immer.

Akira würde ihn vermissen. Sie hatte sich an seine Nähe gewöhnt. Sein Geruch schien so vertraut, und wenn sie die Augen schloss, konnte sie seinen Kuss spüren. Ein Prickeln flatterte durch ihren Magen.

Sie schüttelte das leichte Schwindelgefühl ab, das ihren Kopf so leicht machte, und konzentrierte sich auf ihre Pflichten. Seine Abwesenheit würde ihr Zeit geben, dem Clan der MacLeods ihren Wert zu beweisen – und beim Ältestenrat würde sie damit anfangen. Mit vier der fünf Ältesten hatte sie bereits während der Feierlichkeiten über ihren Wunsch gesprochen, die Kinder zu unterrichten, und jeder von ihnen schien für ihre Ideen offen zu sein. Das fünfte Ratsmitglied würde jedoch schwerer zu überzeugen sein. Das war ihr klar geworden, nachdem sie erfahren hatte, dass auch Gordon dem Rat angehörte. Der Mann gab sich keine Mühe, seine Abneigung gegen sie zu verbergen. Glücklicherweise mochte seine Frau sie jedoch sehr. Nichtsdestotrotz erwartete sie ein schwieriges Treffen, und sie würde die Entscheidung des Rates respektieren.

Elsbeths schüchterne Stimme durchdrang die Unruhe, die Evie und Tara verbreiteten. »Mylady, ich sehe, dass Ihr sehr beschäftigt seid. Ich könnte Euch an einem anderen Tag zu Diensten sein.«

»Wartet, Elsbeth! Ich habe eine wichtige Aufgabe für Euch.« Akira hielt die Frau am Arm fest, als sie das Zimmer verlassen wollte. »Wenn Ihr Zeit habt, könntet Ihr mir zuhören, während Evie und Tara mich in einen schicklicheren Zustand bringen.«

Elsbeth nahm auf einem Stuhl Platz, bis Akira gebadet und sich mit Hilfe von Evie und Tara angekleidet hatte. Ihr langer Zopf hing ihr bis zu Taille, und das karierte Kleid, das sie heute trug, legte sich in perfekten Falten um ihre Taille. Nur ihre Zehen drückten ein wenig in den neuen Lederschuhen. Als Letztes schloss Tara die MacLeod-Brosche an Akiras Schulter.

»Gefallen die Kleider Euch nicht, Mylady?«, fragte Elsbeth.

Akira spürte ihre Enttäuschung, hatte aber keinesfalls die Absicht, eines der Kleider zu tragen. Elsbeth hatte wahrscheinlich Stunden an jedem davon gearbeitet, was Akiras Bitte nur umso schwieriger machte. »Die Kleider sind wunderschön, Elsbeth. Ich habe noch nie so meisterhaft gearbeitete Kleider gesehen. Doch ich habe mich gefragt, ob Ihr vielleicht schon einmal einen Quilt genäht habt?«

Das erste Mal, seit sie sich begegnet waren, lächelte Elsbeth. Ein großzügiges breites Lächeln. »Meine Großmutter und ich haben die wunderschönsten Blumenmuster gearbeitet, als ich ein Kind war.«

»Dann würde es Euch nichts ausmachen, einen Quilt für mich anzufertigen? Ich würde einige Frauen des Clans bitten, Euch zu helfen, und die Kinder können die Hühnerfedern verlesen, um die weichesten Daunen zum Füllen zu bekommen.«

»Es wäre mir eine Ehre, wirklich, aber es würde Ellen von Stoff brauchen für eine solche Aufgabe. Ich würde ...«

»Ich habe genug Stoff für einen ganzen genähten Garten.« Akira nahm so viele Kleider aus dem Schrank, wie sie mit den Armen fassen konnte, und legte sie vor Elsbeth auf den Boden. »Auch wenn Catriona Euch an diesen Kleidern hat arbeiten lassen, bis Eure Finger bis auf die Knochen zerstochen waren, so gehören sie ihr jetzt nicht mehr. Sie gehören mir, aber ich will sie nicht. Ich möchte Euch nicht kränken, aber ich werde sie nicht tragen. Gebt die kostbaren Besatzsteine an Calins Tante Wanda zurück, und was die Perlen betrifft – vielleicht können die Kinder daraus Schmuck für ihre Mütter machen. Verwendet alle Kleider für den Quilt mit Ausnahme der karierten, die ich tragen werde. Ich möchte einen Quilt, der groß genug ist, dass alle Kinder während des Unterrichts darauf sitzen können.«

Elsbeth zog ein purpurrotes Kleid aus dem Stapel und strich mit dem Daumen über die Seide. »Ich bin nicht gekränkt, Mylady, aber meine Schwes... ich meine, Catriona wird ...«

»Wie bitte?« Akira hatte Elsbeths Versprecher gehört. Die Näherin sah mit ihrem rot-goldenem Haar und den Sommersprossen viel schottischer aus als Akira selbst. Wie konnte sie da die Schwester dieser niederträchtigen Frau sein? Catriona war leicht zu hassen. Sie war eine Hure, und sie war Engländerin. Zwei Dinge, die Akira gleichermaßen verabscheute.

Elsbeth warf einen Seitenblick auf die beiden Mädchen, die keinen Hehl aus ihrem Interesse an der Unterhaltung machten.

»Evie, Tara. Ihr könnt gehen. Entschuldigt euch beim Rat für meine Verspätung und lasst ihn wissen, dass ich so schnell wie möglich kommen werde. Schickt nach meiner Schwester Isobel. Ich möchte, dass bis zum Abend alles so gerichtet ist, dass sie in meinem Zimmer wohnt. Und gebt Jaime und Alec Bescheid, dass sie die Verbindungstür richten. Schickt außerdem jemanden zu Aileen. Ich werde ihre Hilfe brauchen, nachdem ich mich mit dem Rat getroffen habe. Es gibt viel vorzubereiten.« Die Mädchen knicksten bis zu Tür. Akira setzte sich neben Elsbeth.

»Vergebt mir, aber es fällt mir schwer zu glauben, dass Ihr Catrionas Schwester seid.«

»Aye, Mylady. Obwohl ich es nicht gern zugebe, aber Catriona ist meine Halbschwester. Unsere Mutter – möge sie in Frieden ruhen – war King Henrys Nichte. Catriona ist von gesegnetem und adligem Blut. Ihr Vater ist der Kronprinz von Malaga und der rechtmäßige Ehemann unserer Mutter. Ich hingegen bin die Tochter meiner Mutter und ihres Liebhabers.« Elsbeth schien einen Weg gefunden zu haben, ihren Gefühlen freien Lauf zu lassen. Als hielte sie Catriona gepackt, riss sie das Kleid am Saum ein und dann die Ärmel vom Mieder. »Mutter verbrachte ihre Tage damit, um ihre geschätzte Tochter herumzuscharwenzeln. Sie besuchte die besten Schulen. Trug die kostbarsten Kleider. Mutter betete sie an und paradierte mit ihr vor der Nase jedes Prinzen und Herzogs zwischen London und Venedig. Doch ehe Mutter Catriona einen Titel sichern konnte, starb sie an einem Fieber. Da ich die Ältere war, kümmerte ich mich um Catriona, und sie zahlte es mir zurück, indem sie ... nun, es genügt zu sagen, dass sie ...«

»Sie hat Euch geschlagen?«, riet Akira und ergriff Elsbeths kalte, zitternde Hand. Die Kuppen ihrer Finger waren voller Schwielen. »Hat Euer Gemahl Euch nicht beschützt?«

Elsbeth schüttelte den Kopf und kniff die Augen fest zusammen, als ein Schluchzen ihren Körper schüttelte. Der purpurne Stoff in ihrer Hand diente jetzt als Tuch, um ihre Tränen aufzufangen.

Akira wünschte verzweifelt, dieser Frau zu helfen, wusste aber andererseits nicht, ob sie einer Frau trauen sollte, in deren Adern englisches Blut floss. »Zuerst würde ich gern wissen, wie es dazu gekommen ist, dass Ihr im Clan der MacLeods lebt, und dann werdet Ihr mir erzählen, auf welche Weise Euer Mann und Eure Schwester Euch misshandeln, oder ich werde sie kommen lassen, um es aus ihrem Mund zu hören.«

»Nein, Mylady. Das wird nicht nötig sein. Catriona wurde Eurem Laird als Geschenk von unserem höchst gnädigen King Henry geschickt, um seine andauernden Bemühungen voranzutreiben, den Frieden mit Schottland aufrechtzuerhalten. Für Catriona wurden alle Vorkehrungen getroffen, allein mit der Wache des Königs zu reisen, aber sie bestand darauf, eine Zofe dabeizuhaben, und King Henry entsprach ihrer Bitte, mich mitzunehmen. Eure schottischen Brüder ermordeten die Männer unserer Eskorte, banden meine Schwester und mich auf zwei elende Klepper und zeigten uns die Richtung, in der das MacLeod-Land lag. Wir waren zwei Tage allein unterwegs, bis Eure Clanleute uns fanden. Am meisten aber hat Brady gelitten.«

»Euer Sohn?«, unterbrach Akira sie.

»Aye. Er ist nur ein Kind. Er ist jetzt erst fünf.«

»Dann ist Euer Sohn nicht von Ian?«

»Nein.« Elsbeths Antwort klang gezwungen. »Brady ist von Robert, meinem englischen Ehemann.«

Akiras Augenbrauen zogen sich zusammen. »Eurem verstorbenen Ehemann?«

»Nein.« Elsbeth senkte die Lider.

»Ihr wart verheiratet, als Ihr hierherkamt? Warum habt Ihr das dem Laird nicht gesagt?«

»Catriona hat mich gezwungen, über meine Ehe zu schweigen und Laird MacLeods großzügiges Angebot anzunehmen, einen Ehemann für mich zu suchen. Mein Robert war in den Krieg gezogen, drei Monate, bevor wir England verließen. Catriona hat dem Laird erzählt, mein Mann wäre gestorben.«

»Haltet Ihr ihn für tot?«

»Ich tat es, als ich England verließ. Darum akzeptierte ich meine Verbindung mit Ian. Brady brauchte ein Heim und einen Vater. Ian war am Anfang freundlich. Aber Catriona hat ihm auf ihre gerissene Art nachgestellt, nachdem der Laird sie weggeschickt hatte. So, wie sie es mit der Hälfte aller MacLeod-Krieger gemacht hat.« Elsbeth putzte sich die Nase, und Akira tätschelte ihren Rücken. »Es wäre höchst unschicklich für mich gewesen, über die Beziehung meiner Schwester zu Eurem Ehemann zu reden. Ich möchte Euch nicht beleidigen, Mylady.«

»Calin hat mir von ihr erzählt, und ich möchte auch nichts über ihre Beziehung hören. Aber ich will wissen, auf welche Weise sie Euch misshandelt hat.« Akiras Magen zog sich zusammen, und der Knoten in ihr wuchs mit jedem aufrichtigen Wort, das aus Elsbeths Mund kam.

»Catriona gerät leicht in Wut. Wenn sie zurückgewiesen wird, stößt sie dafür mich herum.«

Ihr gleichmütiger Ton erzürnte Akira. »Sie stößt Euch herum? Elsbeth, ich habe die Narben gesehen! Warum beschützt Ihr sie, nach allem, was sie Euch angetan hat?« Akira legte die Hand auf Elsbeths Bauch. »Ihr seid schwanger, und Ian beschützt Euch nicht vor ihren Übergriffen? Wenn ich Euch helfen soll, dann muss ich wissen, womit ich es zu tun habe. Ich kann nicht verstehen, warum Ihr dem Laird nicht sagen wolltet, dass Ihr verheiratet seid.« Akira sprach in strengem Ton, denn indem Elsbeth Ian als ihren Ehemann akzeptiert hatte, hatte sie gegen das Kirchenrecht verstoßen. Bigamie konnte mit dem Tod bestraft werden.

Elsbeth brach in Tränen aus; wie ein Wasserfall strömte das salzige Nass aus ihren Augen. Sie sank gegen Akiras Schulter und umklammerte ihre Taille. »Ich hielt meinen Mann für tot, aber als Catrionas Vater Geschenke schickte, erfuhr ich, dass Robert nach Hause zurückgekommen war. Ich wollte ihn nicht betrügen, aber Catriona bestand darauf, dass ich England vergaß und meine neuen Pflichten als Ians Frau erfüllte. Sie ist böse, und ich schäme mich, sie meine Schwester zu nennen.« Elsbeth holte einige Male zittrig tief Luft. »Ian mag es, wenn Catriona uns beobachtet. Zuerst waren sie diskret. Catriona versteckte sich in der Speisekammer, während Ian mit mir zusammen war. Dann hat er mich aufgefordert zu gehen, während er mit meiner Schwester in unserem Ehebett lag. Ich fühlte mich so unrein, Mylady! Und ich wollte doch so sehr zu meinem Robert zurück. Deshalb erzähle ich es Euch. Ich bitte Euch, mir zu helfen!«

Ihr Geständnis machte Akira ganz krank; jetzt hasste sie Catriona nur noch mehr. Sie strich Elsbeth übers Haar und ließ ihr Zeit zum Weinen. »Ich mag Euren Mann nicht, und dabei bin ich ihm noch nicht einmal begegnet.« Akira konnte ihre Meinung nicht zurückhalten.

Elsbeth hob abrupt den Kopf, stieß dabei fast gegen Akiras Kinn und wischte sich über die verweinten Augen. »Wenn ich Euch Informationen gebe, aufgrund derer Ihr Catriona aus Eurem Clan ausstoßen und sie zurück zu ihrem Vater schicken könnt, werdet Ihr mich und meinen Sohn dann beschützen?«

»Natürlich!« Akira hatte Angst vor dem, was Elsbeth enthüllen könnte. Aber deswegen würde sie dieser Frau weder ihre Hilfe verweigern noch untätig dabeistehen, wenn die Sicherheit eines kleinen Jungen auf dem Spiel stand.

»Schwört es!«, beharrte Elsbeth.

»Ich schwöre es.« Akira wischte eine Träne von Elsbeths Wange und strich ihr das Haar aus den verweinten Augen. »Ich werde alles in meiner Macht Stehende tun, um Euch zu helfen. Bitte vertraut mir!«

Elsbeth hielt sich an Akiras Hand fest, als würde das, was sie zu sagen hatte, sie dazu bringen, davonzulaufen. »Mein Mann Ian und sein Bruder haben Euch entführt. Sie sind es, die Euch nach *Tigh Diabhail* gebracht haben. Sie haben auf Catrionas Geheiß gehandelt. Als ich versucht habe, zum Laird zu gehen, hat Catriona meinen Sohn bedroht. Sie hat mir keine andere Wahl gelassen, als zu schweigen.«

Akira hätte gelächelt, wäre Elsbeth nicht so aufgewühlt gewesen. Elsbeth vertraute ihr viele Informationen an, und Akira hatte vor, das, was Elsbeth ihr erzählt hatte, mit Diskretion zu verwenden. »Ich werde eine Eingabe an King James richten, dass Eure Ehe mit Ian annulliert wird. Die Ehe ist rechtlich nicht bindend, weil Ihr körperlich bedroht und somit gezwungen wurdet, den Ehevertrag zu unterschreiben. Ich werde den Seneschall meines Mannes schicken, Euren

Sohn zu holen, bevor ich mich mit dem Rat treffe. Ihr und Brady werdet in den Turm ziehen, bis die Vorbereitungen getroffen sind, um Euch nach Hause zu schicken.« Akiras Blick fiel auf Elsbeths Bauch. »Wird Robert Euch noch haben wollen, wenn Ihr das Kind eines anderen Mannes tragt?«

»Ja, Mylady, aber ich kann nicht nach England zurückkehren. Das Kind, das ich trage, wird mit schottischem Blut geboren – Blut des Feindes. Ich kann das Leben meines Kindes nicht aufs Spiel setzen – oder das meines Mannes. Meine Rückkehr würde vom englischen Adel als eine heimtückische Beleidigung aufgefasst werden. Mein Robert ist Soldat für England und würde der Aufwiegelei beschuldigt werden, was mit Gefängnis oder sogar dem Tod bestraft wird.«

»Würde Euer Robert für Euch sein Land verraten?«, fragte Akira, während sie über ihre beschränkten Möglichkeiten zu helfen nachdachte.

»Ja. Ich glaube, das würde er.« Elsbeth hielt Akiras Hand fest. Hoffnung schimmerte in den Tränen, die aus den hellgrünen Augen fielen.

»Ich sehe die Gefahr, in die Ihr Euch und Euren Sohn gebracht habt, indem Ihr Euch mir anvertraut habt, aber ich kann Euch versichern, dass Ihr die Grausamkeiten Eurer Schwester und die Eures Mannes nicht mehr werdet erdulden müssen. Ich werde Euch helfen, aber ich brauche Zeit.«

»Danke, Mylady.« Elsbeth küsste ihr die Hand, während Akira aufstand, um zu gehen. »Und deshalb werde ich auch niemals Euer Geheimnis verraten.«

Akira blieb in der Tür stehen, zutiefst verwirrt über diese Bemerkung. »Welches Geheimnis?«

»Dass Ihr eine Hexe seid.«

Kapitel 21

Zwei Wochen, hatte Calin gesagt. Doch er blieb dreimal so lange fort. Akira schwor sich, sie würde sich auf die Suche nach ihm machen, würde er nicht an diesem Sonntag nach Hause zurückkehren. Weder die Ältesten des Clans noch die Mitglieder seines Haushalts schienen wegen seiner Verspätung auch nur im Mindesten beunruhigt zu sein.

Zugegebenermaßen verging für Akira kein Tag, ohne dass sie etwas zu tun gehabt hätte. Sie arbeitete jeden Vormittag mit Isobel an deren Genesung, und sie machte sich mit den Dienstboten, dem Bäcker, dem Brauer und dem Schlachter bekannt. Einen großen Teil ihrer Zeit hatte sie mit den älteren Frauen des Clans verbracht, die eifrig am Quilt nähten. Die Kinder nahmen den Rest der verbleibenden Stunden in Anspruch. An den ersten Tagen brachte nur etwa ein Dutzend Mütter ihre Kinder nach der Morgenmesse in den Wohnturm. Aber schon nach einer knappen Woche musste Akira ihren Unterricht auf die vordere Wiese verlegen, als mehr als sechzig Kinder kamen, die alle etwas lernen wollten.

Elsbeth und Brady waren in ein freies Zimmer in der Nähe der Spülküche gezogen, und die Frauen des Clans kamen in Scharen herbei, um beim Nähen des Quilts zu helfen. Am Vortag hatten sie die letzten Stiche gemacht. Akira hatte mit den Kindern im Schatten der alten Eiche beim Französischunterricht gesessen, als die Frauen gekommen waren, um ihr Werk zu präsentieren. Akira war es nicht gelungen, ihre Gefühle zu beherrschen, und sie hatte vor Freude weinen müssen. Noch nie hatte sie einen schöneren Quilt gesehen. Bunte Blumen umschlossen seinen Mittelpunkt, den seltsamerweise ein dunkelvioletter Drache bildete, dessen Augen aus winzigen Saphiren bestanden. Elsbeth würde ihr nicht verraten, warum sie sich gerade für dieses Motiv entschieden hatte, aber nichtsdestotrotz gefiel es Akira.

Die verachtenswerte Catriona hatte sich nicht mehr sehen lassen, und dafür versprach Akira ihrem Schöpfer ewige Dankbarkeit. Ihre Aufgaben wuchsen, auch ohne dass sie sich einer weiteren Konfrontation mit der Frau gegenübersah, der sie sich unterlegen fühlte. Elsbeth versicherte ihr, dass Ian sie nicht behelligen würde. Er hatte Elsbeth gegenüber zugegeben, ein wenig Angst vor Akiras heidnischer Macht zu haben. Akira hatte ihrer neuen Freundin versichert, dass sie keine überirdischen Kräfte besaß, aber Elsbeth hatte nur gelächelt und ihr zugeblinzelt.

Die Frauen des Clans waren freundlich zu Akira und akzeptierten sie als Teil ihrer Familie, und Akira fühlte sich durch ihre Aufmerksamkeiten willkommen geheißen. Ihre Mutter wäre stolz auf sie gewesen, und Akira spürte die Anwesenheit ihres Vaters, wenn sie sich respektvoll in ihrer neuen Familie bewegte. Sie hoffte, Calin würde das von ihr Geleistete gefallen. Seine Abwesenheit machte ihr das Herz schwer. Ihre Furcht, dass ihm etwas Schreckliches zugestoßen war, wurde täglich größer, bis es ihr zu viel wurde, diese beunruhigende Anspannung noch länger zu ertragen. Sie wusste inzwischen, dass es sinnlos war, gegen die tief sitzenden Gefühle anzukämpfen, die sie für ihren Mann empfand. Deshalb versuchte sie, ihre Energie auf die Arbeit mit den Kindern zu richten.

Andrew saß auf ihrem Schoß und lutschte am Daumen, während Akira den Kindern eine Geschichte über einen großen Drachen erzählte. Ihre Stimmlage wechselte zwischen Hoch und Tief für jeden der in der Geschichte vorkommenden Charaktere, was ihre Erzählung umso dramatischer machte.

»... und als der mutige Ritter die Klinge seines Schwertes in das Herz des Feuer speienden Drachen gestoßen hatte, fiel er auf die Knie. Ein helles rosafarbenes Licht leuchtete aus der Wunde des Drachen. Aber plötzlich«, Akira machte eine Pause, die Augen eines jeden Kindes waren groß wie Silberschillinge, »verwandelte sich der Drache in ein ...« Die Worte blieben ihr ihm Halse stecken, denn auf der Kuppe des Hügels sah sie ihren Ehemann.

Calin war allein.

Ihr Herz schlug hart gegen ihre Rippen. Akira setzte Andrew in ein Quartett von jungen Mädchen und raffte ihren Rock.

»Mylady, Ihr könnt jetzt nicht gehen. In was hat sich der Drache verwandelt?«, fragte eine Stimme aus der Menge der Kinder, und eine Vielzahl von bittenden Stimmen begann zu protestieren.

Akira atmete tief durch und beendete rasch die Geschichte. »Der Drache verwandelte sich in ein wunderschönes Mädchen mit Haaren so schwarz wie das Gefieder eines Raben und mit saphirblauen Augen.«

»Und hat sie sich in den mutigen Ritter verliebt?«

»Aye, das hat sie«, rief sie ihnen im Davongehen über die Schulter zu. »Und sie lebten glücklich bis an ihr Ende.«

Die Kinder waren mit dem Ende der Geschichte zufrieden, und Akira ging schneller. Was hatte Calins Rückkehr verzögert? War er verletzt? War er von Räubern überfallen worden? Wo waren seine Männer? Ihre Füße konnten mit ihren besorgten Gedanken nicht mithalten, und ihr Gehen wurde zu einem schnellen Laufen. Ein kalter Wind wehte ihr die Tränen über ihre Schläfen, während das Brennen in ihrer Brust ihr die Kehle trocken machte.

Sie wollte ihn nur berühren und sich davon überzeugen, dass er gesund war.

Calin schien es ebenso eilig zu haben wie sie. Sie trafen sich am Fuß des Hügels, beide rangen nach Luft.

Schweiß lief ihr den Rücken herunter.

Eine Armlänge trennte sie voneinander.

Vor Erleichterung wurde ihr die Kehle eng. Sie fürchtete, vor ihm in Tränen auszubrechen.

Das feuchte kastanienbraune Haar fiel ihm in Wellen bis auf die Schultern. Sein Kinn war glatt rasiert, und der frische Duft eines kürzlich genommenen Bades erfüllte die Luft wie ein kühler Regenschauer. Sie berührte seinen Arm. Seine Haut fühlte sich unter ihren brennend heißen Fingerspitzen kalt und feucht an.

Seine Brust hob und senkte sich. »Bist du böse auf mich?«

»Sollte ich das sein?«

»Nein.«

Seine Antwort trocknete die Tränen auf ihrer Wange. Er kniff die Augen zusammen, als er sie ansah, und befeuchtete seine Lippen.

Sie konnte ihre Gefühle für ihren Mann nicht länger verstecken. Sie wollte sie nicht mehr verstecken. Sie wollte sich an seine Brust schmiegen und seinen Mund mit ihren Küssen bedecken.

Das Feuer in seinen Augen sagte ihr, dass er das Gleiche wollte.

Die Jubelschreie und Willkommensrufe der Clanangehörigen, die sich zahlreich auf der Wiese versammelt hatten, drangen laut an ihre Ohren. Sein starker Arm zitterte unter ihren Fingerspitzen. Ihr Atem klang rau in ihren Ohren. Sie konnte es nicht länger aushalten.

»Wir müssen über vieles reden«, sagten beide wie aus einem Munde.

Akira lächelte und schlug verlegen die Augen nieder, aber Calin zog sie mit sich auf den Turm zu, wobei er ihr fast den Arm ausriss. Als sie den ausgetretenen Pfad erreicht hatten, liefen sie auf den Eingang zu.

Gordon kam ihnen entgegen, nachdem sie den Turm betreten hatten. »Willkommen zu Hause, M'laird!«

»Ruf die Ältesten zusammen«, sagte Calin über die Schulter zu ihm. »Wir müssen uns zusammensetzen, nachdem ich mit meiner Frau gesprochen habe.«

Gordon erwiderte etwas, aber Akira verstand seine Worte nicht. Sie erreichten den Fuß der Treppe, und Calin nahm drei Stufen auf einmal. Akira hob ihre Röcke an und versuchte, ihm die Stufen hinauf in den Westflügel zu folgen. Evie und Tara duckten sich unter eine Fackel aus Pechkiefer, als sie vorbeistürmten.

»Mylady, braucht Ihr etwas?«

Akira wusste weder, welches Mädchen die Frage gestellt hatte, noch, ob es sie kümmerte. »Nein.« Dieses eine Wort hallte durch das Treppenhaus des Turms wider. Ihr Körper brannte vor Erwartung. Ihre Brustwarzen stießen hart gegen die raue Wolle ihres Hemdes. Sie sollte ihn nach seiner Reise fragen. Eine gute Frau würde sich um seine Bedürfnisse kümmern. War es möglich, dass er das gleiche Gefühl des Verlangens empfand wie sie? Die gleiche Sehnsucht?

Die Treppe schien endlos lang. Akira konnte nicht mithalten mit Calins Schritten und stolperte. Er kam zurück und trug sie die restlichen zwanzig Stufen hinauf und bis zu seinem Zimmer. Er stieß die Tür mit dem Fuß auf, stellte Akira auf die Füße und verriegelte die Verbindungstür, während sie das Gleiche mit seiner Zimmertür machte.

»Wir müssen reden«, sagte Calin, aber dieser Ankündigung folgten keine Worte. Stattdessen warf er seinen Gürtel und sein Schwert auf den Boden, wo sie klirrend aufschlugen. Er sah wütend aus, vielleicht aber auch ungeduldig.

Nachdem er die lange Fibel abgenommen hatte, die sein Plaid um die Taille zusammengehalten hatte, zerrte er sich das Leinenhemd über den Kopf. Seine heißen Hände schlossen sich um Akiras Handgelenke und drückten ihre Handflächen gegen seine nackte Brust. Die Tiefe des Verlangens in seinen Augen versengte ihr das Gesicht. Die Intensität machte ihr Angst. »Habe ich Euer Missfallen erregt, M'laird?«

»Nein.« Seine Hände schlossen sich um ihren Kopf und neigten ihn, dann bedeckten seine Lippen ihren Mund. Ihre Zungen umschlangen einander in einer wilden Jagd. Calin zog sich zurück, aber nicht, bevor er an ihren Lippen genagt hatte. Fordernd, quälend, verheißungsvoll.

Akira holte tief Luft und versuchte, ihre aufgewühlten Gefühle zu beruhigen. Ihr Bewusstsein, ihr Körper, ihr ganzes Sein fühlte sich in einem Sturm gefangen. Feuchtigkeit flutete zwischen ihren Beinen. Eine anständige Ehefrau würde sich niemals auf diese Weise aufführen. Sie sollte sich von ihm losreißen.

Die Aufgabe erwies sich als unlösbar. »Ich muss dir sehr viel berichten. Ich habe angefangen, die Kinder zu unterrichten«, sagte sie zwischen zwei mühsamen Atemzügen. Gänsehaut breitete sich auf ihren Schultern aus, als sein Mund über ihren Nacken glitt.

»Ich habe dir auch viel zu erzählen, aber ich brauche dich jetzt.« Calin hob ihren Rock. Sein Daumen glitt in die feuchten Locken zwischen ihren Beinen, seine Finger streichelten ihren Po. Seine Augen weiteten sich wissend. »Und du brauchst mich ebenso sehr.« Er sah ausgehungert aus und wild – so, wie sie sich fühlte.

Beschämt, dass er sie in so großer Erregung vorfand, senkte

Akira die Lider und stöhnte. Durch seine intime Berührung wurden ihre Knie weich und ihre empfindsamen Knospen hart.

Als sie zum Bett gehen wollte, drückte Calin sie gegen die Tür. »Nein. Hier. Jetzt!«

Er ließ ihr keine Zeit, seine Forderung zurückzuweisen. Er ließ sein Plaid fallen und hob Akira hoch. Sie schlang die Beine um ihn, während seine starken Hände ihren Po hielten und ihm ihren heißen Schoß öffneten. Sie biss sich auf die Unterlippe, als er in sie eindrang. Calin drückte sie gegen die Tür, als er sich in sie versenkte.

Akira keuchte auf, konnte aber ihre sich überschlagenden Gedanken nicht kontrollieren. So vieles musste gesagt werden, und sie konnte die Neuigkeiten nicht zurückhalten. »Jaime ... hat Isobel gebeten ... seine Frau zu werden.« Sie küsste seinen Hals, verschränkte die Hände in seinem Nacken.

»Ich habe King James getroffen ... und habe seine Erlaubnis ... eine Allianz einzugehen.« Calin riss die Fibel aus ihrem Schultertuch, um sie von der schweren Wolle zu befreien, während sie die Bänder ihres Mieders löste. Das dünne Leinen ihres Hemdes hatte keine Chance. Die Nähte rissen unter seinem verzweifelten Begehren, ihre Brüste zu berühren. Seine Lippen fanden ihre harte Brustwarze, badeten sie, saugten und knabberten sanft an ihr, während er sich tief in Akiras Schoß vergrub. Die Tür ächzte bei jedem Stoß, mit dem er in seine Frau eindrang.

Akira stöhnte, berichtete ihm aber weiter, was sich ereignet hatte. »Ich habe dem König geschrieben ... wegen einer ... Annullierung.«

Calin verharrte abrupt. Seine bernsteinfarbenen Augen füllten sich mit Ärger.

Sie lächelte. »Nicht für uns, für Elsbeth.«

»Mädchen, du hast mich zu Tode erschreckt«, knurrte Calin und drang wieder in sie ein.

Sie keuchte, dann holte sie tief Luft. »Ich weiß, wer mich entführt hat.«

Er brachte sie mit einem Kuss zum Schweigen. Seine Zunge eroberte ihren Mund, während er hart und schnell in sie eindrang. Er drückte ihre Hände gegen die Tür und füllte Akira mit seinem Samen. »King James wünscht, dass ich eine Engländerin heirate«, murmelte er zwischen zwei Atemzügen.

Sie sank gegen seine Schulter, als die Flut der Ekstase sie überwältigte. »Ich habe dich vermisst.«

»Ich habe dich mehr vermisst.« Calin legte die Arme um ihren Rücken und trug sie zum Bett. Er streifte ihr das Kleid ab, das ihr um die Taille hing, und Akira ließ sich zurücksinken. Ihr Körper sehnte sich so sehr nach ihm, dass es ihr schwerfiel, Calins Worte zu begreifen. Was hatte er darüber gesagt, eine Engländerin zu heiraten?

»Ich habe mich mit Logan Donald und Kendrick getroffen«, berichtete er ihr, während er sich die hirschledernen Stiefel auszog.

»Ist Kendrick bei dir?« Sie versuchte, sich aufzusetzen, aber er drückte sie in das Kissen und fesselte mit einer Hand ihre Arme über ihrem Kopf. Die andere Hand entfachte erneut das Feuer zwischen ihren Beinen, bis Akira fürchtete, zu verbrennen.

»Aye, er ist kürzlich von den Donalds zurückgekommen, bei denen er deine Schwestern und deine Mam untergebracht hat«, erwiderte Calin. Seine Stimme klang heiser und atemlos.

Sie wollte noch mehr Fragen stellen. Es gab so viel zu bereden. So viel zu tun. Aber jetzt wollte sie nur ihren Mann lieben und sich keine Sorgen über die Probleme machen, denen sie sich gegenübersahen.

Himmel! Was tat er da mit seiner Hand?

Sein Mittelfinger drängte sich in ihre feuchte Mitte, während sein Daumen ihren pulsierenden Lustpunkt erregte. Sie drängte die Hüften gegen ihn und spannte die Muskeln an, genoss seine quälend süße Berührung.

Calin schloss die Hand um Akiras Brust und begann, einen Pfad aus Küssen über ihren Bauch zu beschreiben – und hörte nicht mit der köstlichen Marter auf, die er ihr zwischen ihren Beinen bereitete.

»Ich muss mich mit den Ältesten treffen.« Er atmete gegen die Locken ihrer Scham.

Akira wand sich, als seine Lippen ihre geschwollene Perle umschlossen. Heiße Lust prickelte unter ihrer Haut. »Ich brauche nicht mehr lange …«, keuchte sie. »Du musst … sehr hungrig sein.«

»Ich bin ausgehungert.« Calin drehte Akira auf den Bauch und küsste ihren Po. Er war froh, dass er nicht mit den anderen Rast gemacht hatte, auch wenn die Innenseiten seiner Schenkel wund vom Sattel waren. Das helle Leuchten des Vollmonds hatte ihm den Weg zurück nach Cànwyck Castle gewiesen, als er durch die Nacht geritten war. Er hatte seine Frau vermisst. Der nicht zu leugnende Schmerz in seiner Brust hatte ihn dazu getrieben, Sirius bis fast zur Erschöpfung zu fordern. Seine Hände brannten vor Verlangen, den Leib seiner Frau an seinen zu pressen und zu spüren, wie ihre Hände sein Herz streichelten.

Ein leerer Magen hatte ihn seit zwei Tagen angefleht, Rast

zu machen, aber er hatte den Hunger ignoriert. Nichts von alldem zählte jetzt. Sie war hier, bei ihm, und nicht einmal die Befehle des Königs würden sie ihm nehmen.

Er presste den Mund auf das blassrosa MacLeod-Wappen, das in ihre milchweiße Haut eingebrannt war. Das Zeichen, das zeigte, dass sie sein war. Er wollte sie mit Leben füllen. Einem neuen Leben. Ein Kind. Er zog Akira auf die Knie und füllte seine Hände mit den weichen Rundungen ihres Pos. Bei allen Heiligen, seine Frau bot einen faszinierenden Anblick. Sie war rosa und geschwollen und feucht vor Verlangen.

Seine Männlichkeit füllte sich augenblicklich mit Blut und richtete sich auf. Er schob seine pralle Lustlanze zwischen ihre seidigen Hügel, während seine Hand zu ihren Schultern hinaufglitt und sie nach unten drückte. Dabei öffnete er ihre Beine weit mit seinem Knie. Er glitt in sie hinein, umfasste ihre Hüften und bewegte sie gegen sich, wieder und wieder. Als sie den Rhythmus aufnahm, reizte er ihre winzige Perle, bis Akira vor höchster Lust schrie.

Die Muskeln seiner Schenkel wurden hart. Die Hitze ihres Höhepunkts und die durch diese Stellung ausgelöste Stimulation erfasste Calin mit einer Kraft, die jegliche Zurückhaltung auflöste, die er noch besessen haben mochte. Ein seltsames, aber wunderbares Gefühl durchströmte ihn, als er Leben in ihren Schoß verströmte. Ein Leben, das sie für immer aneinander binden würde.

Calin ließ Akira los und streichelte zart ihre Hüften, während er zusah, wie die roten Ovale verschwanden, die seine Hände auf ihrer blassen Haut hinterlassen hatten. Er streckte sich neben ihr aus, wandte sich ihr zu und zog sie an sich. Die seidige Weichheit ihres feuchten Körpers schmiegte sich gegen seine raue Haut. Er küsste sie auf die Augenlider und strich den Schimmer von Schweiß von ihrer Oberlippe. Er streichelte den Ansatz ihres Busens mit seinem rauen Handrücken und dachte darüber nach, wie irgendein Teil dieser Frau Laird Kinnon gehören könnte.

Die Antwort auf eine Frage, die ihn sein halbes Leben lang gequält hatte, wurde plötzlich eindringlich klar. Seit achtzehn Jahren fragte er sich, warum sein Vater sich in der Nacht, in der er gestorben war, nicht gewehrt hatte. Warum hatte er den letzten Moment seines Lebens einer Frau geopfert, die nicht einmal seine Ehefrau gewesen war? Jetzt endlich verstand er es. Sein Vater hatte Lena geliebt, so, wie er Akira liebte.

Er würde sterben, um sie an seiner Seite halten zu können, ganz egal, was King James wollte.

Akiras warme Finger berührten seine Wange. Er schob ihre Hand an sein Ohrläppchen. Er wollte, dass sie zugab, dass sie Seelengefährten waren. Er wusste es. Er fühlte es in seinem Herzen. Er wusste nur nicht, wie er es ihr sagen sollte. Oder schlimmer, er fürchtete, dass sie diese Gefühle nicht erwiderte.

Wunderschöne blaue Augen schauten ihn unter flatternden Lidern an, und ihre Stimme streichelte seine Ohren. »*Das* war nicht die Art und Weise, die ich kenne.«

Seine Brust bebte vor Lachen. Er hatte *diese* Art und Weise auch nicht gekannt, aber er war wie wild gewesen, Akira zu haben, und sie hatte noch nie gegen eine Stellung protestiert, die sein kreatives Bewusstsein ersonnen hatte. »Wir werden es bald auf deine Art machen.« Er küsste den Winkel ihrer geröteten Lippen. »Ich habe dich vermisst, meine Geliebte«, flüsterte er in ihr Ohr.

Sie kicherte und spielte mit seinem Ohrläppchen. »Das haben wir schon gesagt, aber ich fürchte, es könnte sein, dass wir noch einmal von vorn anfangen möchten.«

»Gern.« Obgleich erschöpft, schob Calin die Hand zwischen ihre Schenkel. »Vielleicht können wir jetzt deine Art versuchen.«

»Nein, du lüsterner Barbar!« Sie hielt seine voreiligen Finger fest, aber statt seine Hand fortzuschieben, legte sie sie auf ihre Brust und drückte sie aufmunternd. »Wir sollten miteinander reden.«

»Du bist mir zu nackt, um über etwas zu reden. Ich kann mich nicht konzentrieren, mit deiner hübschen kleinen Brust in meiner Hand«, protestierte er und beugte sich vor, um an der rosafarbenen Spitze zu nippen.

»Dann werde ich mich anziehen, so wie du auch.« Akira löste sich aus seiner Umarmung und schlüpfte in ein Gewand aus elfenbeinfarbener Seide. Dann setzte sie sich auf die Bank und wartete, dass Calin es ihr nachtat.

Er stöhnte, zwang sich aber, ein rostfarbenes Gewand aus dem Ankleideraum zu holen. Nachdem er sich den dazu passenden Gürtel um die Taille geschlungen hatte, wollte er sich neben sie setzen, doch Akira hob abwehrend die Hand. »Nein. Du wirst dort drüben sitzen. Ich traue deinen Händen nicht.« Sie zeigte auf den dreibeinigen Schemel auf der anderen Seite des Zimmers.

Verstimmt befolgte er ihre Anweisung und stützte die Ellbogen auf die Knie, wobei er hoffte, der schmale Hocker würde unter seinem Gewicht nicht zusammenbrechen.

»Ich habe angefangen, die Kinder zu unterrichten.« Akira berichtete ihm von Jaime und Isobel, erzählte von den Frauen des Clans, fasste dann ihre Gespräche mit Elsbeth zusammen und erklärte, warum sie vor vier Wochen eine Petition an den König gerichtet und um die Annullierung der Ehe gebeten hatte. Calin barg das Gesicht in den Händen, als sie ihm Catrionas Handlungsweise beschrieb. Wie hatte er gegenüber einer so durchtriebenen Frau nur so blind sein können? Catrionas Verwicklung in Akiras Entführung würde die Dinge mit King James noch schwieriger machen. Trotzdem versicherte er Akira, dass Ian und sein Bruder für ihren Verrat sehr hart bestraft werden würden.

»Und nun sag mir, warum Kendrick meine Familie in Sicherheit bringen musste.« Akira stützte das Kinn auf ihre Hände.

»Laird Kinnon weiß, dass Kendrick die Rebellion anführt. Dein Chieftain hat vor, die Zwillinge an Darach zu geben – um so der Allianz beitreten zu können.«

»Was?« Akira presste die Hand auf die Brust. »Er ist verrückt! Und King James hat zugestimmt, eine solche Verbindung zu unterstützen?«

»Nein. King James hat andere Pläne für die Inseln.«

Akira wartete auf eine weitere Erklärung, und Calin wusste, wie ihre nächste Frage lauten würde, noch bevor sie sie gestellt hatte.

»Pläne, die ein Bündnis mit den Engländern einschließen? Wie sollst du eine Engländerin heiraten können, wenn du bereits vor Gott und der Kirche mein Mann bist?«

Calin hatte King James dieselbe Frage gestellt. Der König hatte seinen Wunsch geäußert, zum Wohle Schottlands mit King Henry Frieden zu halten. An diesem Punkt der Audienz hatte der Erzbischof eine Schriftrolle geöffnet. King James hatte Calins Ehe mit Akira mit einem Federstrich aufgelöst, aber Calin hatte das Schriftstück in Fetzen gerissen und das königliche Dekret Seiner Majestät vor die Füße geworfen. Dieser Akt größter Dummheit hatte ihm drei Wochen Kerker eingebracht.

Die schottischen Könige versuchten schon seit Jahrzehnten, den Titel und die Herrschaft eines Lords of the Isles abzuschaffen. Deshalb weigerte King James sich, eine Allianz der schottischen Clans zu unterstützen, es sei denn, die Chieftains der Inseln erklärten der Krone ihre Treue und heirateten die Töchter englischer Adliger, um in einer Art selbstlosem Akt ihre Treue zu Schottland unter Beweis zu stellen.

»Ich möchte wissen, wie der König von dir verlangen kann, eine Engländerin zu heiraten«, wiederholte Akira, als Calin keine Antwort gab.

Calins Kehle war jetzt wie ausgedörrt, und er räusperte sich. »Ich werde diese Frage in der großen Halle beantworten, bei der Zusammenkunft mit den Ältesten. Vielleicht wirst du in deren Gegenwart keinen Tobsuchtsanfall bekommen.«

Zwei schwarze Augenbrauen hoben sich. »Vielleicht werde ich dir die Glieder zusammenbinden und dich foltern, bis du mir antwortest.« Sie schlug die Beine übereinander; das Gewand klaffte über ihren milchweißen Schenkeln auseinander. Ihr Mittelfinger wanderte zu ihrer Brustwarze, die sich hart gegen den Seidenstoff presste, und umkreiste sie sinnlich.

Sein wunderbarer Drache war in der Tat ein gefährliches Geschöpf. Calin spürte ihre Ungeduld, aber ihre verführerischen Taktiken, um die Wahrheit zu erfahren, schockierten ihn trotzdem.

»Oder vielleicht werde ich meinen Körper im Tausch gegen das anbieten, was ich wissen möchte.«

Hexe! Calin riss seinen Blick von ihr los, zu quälend war es für ihn, ihrem Spiel mit sich selbst zuzusehen. Er genoss ihre Spiele. Das Spiel erregte sein Blut und machte, dass er sie erst recht wollte. Er starrte auf die Verbindungstür. »Was redest du, Frau?«

»Hast du eine Antwort für mich?«

Calin wandte sich um und sah enttäuscht, dass sie die Arme trotzig über ihren süßen Rundungen verschränkt hatte. Er sah sie aus schmalen Augen an. »Streichle dich noch einmal, und ich werde es dir sagen.«

Akira legte den Kopf schief, als dächte sie über seine Bitte nach. Erregung schoss seinen Rücken hinauf, als sich ihr Mundwinkel hob und sie mit dem Finger ihr nacktes Knie berührte. »Nun gut. So. Und jetzt sag es mir.«

»Nein. Du weißt, was ich will.«

Akira steckte die Spitze ihres Mittelfingers zwischen ihre vollen Lippen, dann griff sie in ihr Gewand, um ihre Brustwarze zu streicheln. Ihr Mund war geöffnet, und ihre rosige Zunge schoss hervor, um die herzförmigen Lippen zu befeuchten.

»King James wünscht Frieden zwischen England und Schottland. Er hat ein Edikt verfasst, das die Annullierung unserer Ehe enthält, und er hat mir befohlen, eine Engländerin zu heiraten. Aber ich habe mich geweigert.« Die Worte strömten mit erstaunlicher Leichtigkeit aus seinem Mund, aber der Ausdruck der Niedergeschlagenheit auf ihrem Gesicht ließ das Feuer in seinen Adern erlöschen.

Akira kniff die Augen zusammen, und die Hand, die ihn in spielerischem Geplänkel gereizt hatte, krallte sich jetzt über der Brust in den Stoff ihres Gewands. Sie stand auf und entriegelte die Tür zu ihrem Zimmer. Calin folgte ihr in die dunkelste Ecke des Zimmers, wo sie stand und mit offenem Mund in ihre Hände weinte. Er hasste ihre Tränen, und er hasste sich selbst noch mehr, weil er sie verursacht hatte.

Er legte die Hand auf ihre Schulter und dankte den Heiligen, dass Akira nicht zurückzuckte. »Ich werde dich nicht aufgeben, meine Geliebte. Ich verspreche es dir beim Grab meines Vaters und vor den Heiligen, zu denen ich täglich bete.«

»Was, wenn du keine Wahl hast?« Sie ließ den Kopf auf die

Brust sinken, aber ihre tränennasse Hand legte sich auf seine. Sie zitterte.

»Ein Mann hat immer eine Wahl! Manchmal erfordert diese Wahl ein großes Opfer, aber es bleibt trotzdem eine Wahl. Calin zog sie an sich und strich mit den Lippen über ihre Stirn, dann küsste er sie auf die Schläfe. Er wünschte, sie würde ihm glauben, aber dieses Vertrauen hatte sich noch nicht aufgebaut, und er hatte nicht die Zeit, ein solches Bollwerk zu errichten.

»Du hast deinem König Treue geschworen. Sich seinem Befehl zu widersetzen wäre Verrat. Welche Wahl hat er dir gelassen?«

»Wenn ich mich entscheide, die Annullierung zu akzeptieren und eine Engländerin zu heiraten, wird der MacLeod-Clan die volle Unterstützung Seiner Majestät haben, die Inseln zu vereinen.«

»Und wenn du dich widersetzt?«

»King James hat gedroht, den MacLeods sowohl den Titel als auch das Land abzuerkennen. Meine Sippe wird aus ihren Häusern vertrieben werden, und ich werde wegen Verrats gehängt.«

Akira schlug die Hand vor den Mund, konnte aber ihr Keuchen nicht mehr rechtzeitig unterdrücken. »Ich bin nicht bereit, solch ein Opfer zu bringen.« Sie schlüpfte an ihm vorbei und zog sich rasch an. Ihre Augen mieden ihn, und die Worte, sie zu trösten, kamen ihm nicht über die Lippen.

»Ich treffe Euch in der Halle, M'laird.« Still verließ sie ihr Zimmer.

Kapitel 22

Verdammt, Junge! King James macht dir ein Angebot, das du nicht ablehnen kannst. Ich fürchte, dieses Bauernmädchen hat dich so sehr verhext, dass du nicht mehr klar denken kannst.« Diese schnell dahingeworfene Beleidigung kam von Calins Onkel Kerk. Er strich sich das angegraute Haar über den Schläfen zurück; er versuchte offensichtlich, seiner Anspannung Herr zu werden.

»Deine Worte sind respektlos, Onkel! Vergiss nicht, dass ich jetzt der Laird bin. Ich bitte dich weder um deine Zustimmung noch um deine Hilfe«, entgegnete Calin gebieterisch.

Akiras Geduld war gefordert worden, hatte den Höhepunkt erreicht und war schon vor Stunden erschöpft gewesen. Sie hatte die Haut eines jeden Fingernagels zurückgeschoben und sagte sich jetzt besorgt, dass ihre Blase auch bald bersten könnte, würde sie sich nicht bald erleichtern können. Voller Unruhe saß sie allein am Tisch und hörte zu, wie die Männer Haarspalterei betrieben. In den mehr als drei Stunden der Debatte war nicht ein einziger Punkt geklärt worden, und die Männer hörten sich an wie ein Käfig voller gackernder Hühner. Kendrick hatte den Versuch aufgegeben, Calins Rat der Ältesten zur Vernunft zu bringen, und war jetzt dabei, seine trübe Stimmung in Alkohol zu ertränken.

Drei der fünf Ältesten, deren Gesichter von Falten gefurcht waren, saßen auf dem Podium am Hohen Tisch, an dem der Clan schon seit Jahrzehnten seine Ratssitzungen abhielt. Gordon, der Jüngste der fünf, äußerte seine Überzeugungen häufig und ohne Zurückhaltung. Seine Meinung begünstigte Akiras Heirat mit Calin nicht. Der älteste der Männer nickte von Zeit zu Zeit ein. Speichel rann aus seinem Mundwinkel in einen struppigen weißen Bart. Von Zeit zu Zeit richtete sich der alte Mann auf und rief »Aye«.

Calin und sein Onkel Kerk stritten unbekümmert, und das Wortgefecht war an einem toten Punkt angelangt.

»Du hast jetzt ein größeres Ziel«, sprach Kerk weiter. »Eine Verbindung mit Catriona würde für das Wohl Schottlands von Vorteil sein. Deine Entscheidung, King James zu trotzen, wird nicht ungesühnt bleiben und Folgen haben für jeden, der auf dem Land der MacLeods lebt. Hast du keinen Respekt vor deinen Verwandten? Alle werden wegen deiner egoistischen Weigerung leiden.«

Calin schlug mit der Faust auf den Ratstisch aus Alabaster. Das laute Geräusch hallte von den Steinmauern wider und ließ Akira zusammenzucken. Sie schaute hinauf zu ihrem Mann und sah den Zorn in seiner Haltung – schmale Augen, geballte Fäuste. Noch nie hatte sie ihn so voller Wut gesehen.

»Egoistische Weigerung? Ich habe mein ganzes Leben lang ein Ziel verfolgt, das mich durch meine weltliche Existenz getrieben hat: das Wohlergehen dieses Clans zu schützen.«

»Du hast die Allianz nicht zum Schutze deiner Leute angestrebt«, entgegnete Kerk scharf. Eine buschige Augenbraue hob sich über seinen anklagenden dunklen Augen. »Du hast die Allianz vorangetrieben, um den Tod deines Vaters zu rächen. Bei unserer Fehde mit unserem Nachbarn geht es nicht um Land, und das weißt du sehr gut. Es geht um Blut, das Blut meines Bruders. Hast du so schnell vergessen, dass Laird Kinnon deinen Vater ermordet hat?«

Akira stockte der Atem. Das Ungeheuer hatte Calins Vater getötet? Sie sah Kendrick fragend an.

Ihr Bruder wandte den Blick ab.

»Ich habe es weder vergessen noch habe ich mir vorzuwerfen, es jetzt zu tun.« Calin schaute aus dem Augenwinkel zu Akira. Sie spürte, dass er nicht gewollt hatte, dass die Geheimnisse um den Tod seines Vaters auf diese Weise enthüllt wurden, aber ihr Bauchgefühl sagte ihr, dass sie ihrem Mann vertrauen sollte.

»Dann gehorche deinem König und heirate Catriona. Behalte Akira als deine Geliebte, wenn du das willst.«

Akira spürte ein Würgen in der Kehle angesichts dieser unverhohlenen Abneigung. Kerks Vorschlag war purer Wahnsinn. Kaum war ihr dieser Gedanke durch den Kopf gegangen, reagierte Calin auch schon auf die Worte seines Onkels. Zinnkrüge fielen zu Boden, als er über den Tisch sprang und Kerk mit beiden Händen an der Kehle packte, während er gleichzeitig seine Heiligen um Selbstbeherrschung anflehte.

Unfähig mitanzusehen, dass die Männer sich wie ihre barbarischen Vorfahren aufführten, sprang Akira von ihrem Stuhl auf. »Aufhören!«

Die fünf Ältesten, die am Hohen Tisch saßen, starrten sie an, als wäre sie vom Himmel gefallen. Selbst der alte Dougal war aufgewacht und wischte sich den Speichel vom Kinn. Hatten sie überhaupt bemerkt, dass sie noch da war? Calins Wangen waren rot vor Zorn, und das Gesicht seines Onkels Kerk war unter den Abdrücken der Finger ihres Ehemannes bleich geworden.

»Ich habe einen Vorschlag zu machen. Lasst Euren Onkel los, M'laird, und hört mich an.« Akira versuchte, den unruhigen Schlag ihres Herzens zu kontrollieren, und strich ihre Röcke glatt. Dann verschränkte sie die Hände ineinander, damit sie nicht so zitterten. Calin hatte einen Fehler gemacht. Seine Weigerung, ihre Ehe zu annullieren, brachte zu viele Leben in Gefahr, sein eigenes eingeschlossen. Sie würde die Strafe, die drohte, nicht ertragen können. Akira schluckte mühsam. »Euer Hochmut hindert Euch daran, Euch zu erinnern, Mylords! King James hat den Titel Lord of the Isles vor mehr als einem Jahrzehnt an sich beansprucht. Ihr würdet selbstgerecht handeln, würdet Ihr diesen Umstand ignorieren. Ich will ihm nicht trotzen und dadurch die Zerstörung des Lebens verursachen, wie wir es kennen. King James sucht Frieden, ebenso wie ich. Wenn Ihr zustimmt, meinem Bruder Eure Krieger zu Hilfe zu schicken und den Clan der Kinnons von seinem Laird zu befreien, werde ich der Annullierung zustimmen und zu meinem Clan zurückgehen.«

»Aye«, sagten sechs Stimmen wie aus einem Mund.

»Nein«, lehnte Calin als Einziger ab.

Akira neigte den Kopf und akzeptierte den Beschluss, während ihr Herz entzweisprang. »Euer Rat hat entschieden, M'laird. Ihr müsst seine Entscheidung respektieren.«

Akira hielt sich sehr gerade, als sie die Halle verließ, aber kaum war sie durch die Tür, lief sie, so schnell ihre Füße sie trugen, in die Abgeschiedenheit ihres Zimmers. Tränen tränkten die blau-grüne Schärpe, die sie so stolz getragen hatte.

»Ihr solltet euch schämen!« Calins Tante Wanda betrat die Halle und maß jeden der Männer mit einem durchbohrenden Blick. Dunkelrote Locken umrahmten die Empörung, die auf ihren Wangen brannte. Calin spürte, dass der Zorn, dem sie gleich freien Lauf lassen würde, selbst das Bataillon des Teufels hätte ins Wanken bringen können. Obwohl er nicht wusste, wie lange seine Tante den Beratungen zugehört hatte, konnte er nur hoffen, dass sie auf seiner Seite stand. Er brauchte einen Verbündeten.

»Diese Frau«, Wanda wies auf die Tür, durch die Akira davongegangen war, »ist die Lady von Cànwyck Castle und ihr behandelt sie mit nicht mehr Respekt als eine pockennarbige Bettlerin. Sie hat in den vergangenen zwei Monaten mehr Mut und edle Gesinnung gezeigt als irgendeiner von euch in einem Jahrzehnt!« Wanda füllte ihre Lungen mit Luft, starrte Onkel Kerk an und zeigte mit dem ausgestreckten Finger auf ihn. »Und du! Es macht mich krank, dich meinen Gemahl nennen zu müssen! Du hättest sie ebenso gut gleich als Hure brandmarken können. Ich hätte Lust, ein Messer zu nehmen, dir deine Eier abzuschneiden und sie von Mattie langsam am Spieß rösten zu lassen. Du hast keine Verwendung für sie. Du hast den Titeln, die du trägst, keine Ehre gemacht. Hast den Frauen deines Clans keine Loyalität entgegengebracht.«

Wanda verschränkte die Arme vor der Brust und trat vor den Hohen Tisch. Die Männer starrten sie mit offenen Mündern an. »Hat einer von euch gewusst, dass unsere Elsbeth einen Ehemann hatte, als sie hierherkam?« Wanda ließ ihnen keine Zeit zu antworten. »Nein. Ihr habt euch nicht die geringste Mühe gemacht, danach zu fragen. Ihr habt sie einfach mit einem Mann verheiratet, der Unzucht mit ihrer Schwester treibt. Mit derselben Hure, mit der ihr vermutlich alle im Bett gewesen seid, du eingeschlossen.«

Onkel Kerks Adamsapfel hüpfte auf und ab, während seine Augen sich weiteten. »Liebling, du ...«

»Nenn mich nicht Liebling, du wirrköpfiger Trottel! Ihr denkt, King James ist eine Macht, vor der ihr kuschen müsst? Dann wartet nur ab, bis eure Frauen von eurer Entscheidung erfahren! Ihr alle werdet noch wünschen, ihr hättet euer Schwert gezogen, um für Myladys Platz hier bei uns zu kämpfen! Die Kinder verehren sie, und sie hat unsere Frauen zusammengeführt, um einen Quilt zu nähen. Einen Quilt, den, das wette ich, sich keiner von euch angesehen hat. Nun, ich für meinen Teil finde ihn wunderschön! Und er steht für genau das, was ihr alten Narren verleugnet habt: Aufopferung.« Sie kniff die Augen noch fester zusammen. »Ihr seid wertlose Kreaturen! Ihr denkt mit eurem Schwanz und nicht mit eurem Kopf! Nun, ich hoffe, die Huren werden euch in der Nacht warm halten, denn eure Frauen werden es ganz gewiss nicht tun.« Tante Wanda schloss ihre Tirade mit einer letzten Bemerkung. »Ich denke, bis zum Morgen werden die glänzenden Chiefs der MacLeods den Fehler erkennen, den sie gemacht haben, indem sie den Weg gewählt haben, den unser King James so bequem für sie gewiesen hat. Sollte es aber nicht so sein, dann werde ich die Frauen zusammenrufen. Gehab dich wohl … *Liebling!*« Sie wandte sich um und verließ die Halle mit würdevoller Anmut.

Calin war fassungslos. Frauen hatten in der Spitze ihres kleinen Fingers mehr Macht als jeder Warlord, dem er je begegnet war. Eine leise Hoffnung erwachte in ihm.

Kerk sah krank aus. Sein Gesicht wirkte fahl, als er seine Hände gewölbt über seine Leiste hielt.

Kendrick grinste, und Calin war dankbar für die Anwesenheit des Freundes.

»Nun denn. Was sagst du dazu, Onkel?« Calin verschränkte die Arme und freute sich so diebisch, als hätte er soeben ganz allein die Engländer besiegt. Er hatte Tante Wanda immer gemocht.

»Das ist nichts als dummes Geschwätz«, grummelte Onkel Kerk. »Weiber! Sie werden Schottlands Untergang sein.«

»Aye. Dummes Geschwätz, in der Tat«, stimmte Calin zu. »Aber deine Frau hat dich bei den …«

»Sag es nicht«, schnitt ihm Onkel Kerk das Wort ab. »Ich denke, wir müssen einen Weg finden, dein Mädchen als Teil unserer Sippe zu behalten. Sonst werden wir unsere Eier geröstet am Spieß wiederfinden, genau wie meine *liebe* Frau es so anschaulich beschrieben hat. Was schlägst du vor, Sohn?« Kerk reichte eine Flasche Whisky an einen der Ältesten weiter.

»Wir werden die Bitte um militärischen Beistand an jeden MacLeod-Krieger Schottlands richten – von den Hebriden bis zu den wenigen, die in den Lowlands leben. Laird Kinnons Soldaten sind nicht zu unterschätzen, aber einige der Männer, die unter ihm dienen, sind abtrünnig. Binnen zwei Wochen könnten fünf von unseren Männern auf einen seiner Krieger kommen. Logan Donalds Gefolgsleute brennen darauf, uns zu Hilfe zu kommen. Wir müssen nur die Fackel anzünden, und das Ungeheuer wird seinen Krieg bekommen.«

»Und der König? Welche Zugeständnisse willst du ihm machen?«

»Ich habe mit King James' Drohung nichts zu tun. Die Highland Lords werden sich gegen die Krone zusammenschließen, jede Wette, und dieses Mal werde ich mein Schwert erheben und ohne Schuldgefühl mit den Royalisten kämpfen.«

Onkel Kerk nickte kurz. Die Entschlossenheit in seinen Augen zeigte etwas von dem Krieger, der noch immer in ihm steckte, das wusste Calin.

Ihre Debatte setzte sich fort, bis das rosa Licht der Morgendämmerung durch das bleigefasste Glasfenster von St. Aidan spähte. Zu viele Krieger hatten in den letzten Jahren der andauernden Fehde zwischen den Clans ihr Leben geopfert. Der Rat hatte nicht die Absicht, sich aufs Geratewohl in einen Krieg mit dem Ungeheuer zu stürzen. Auch wenn Kendrick viele Jahre darauf verwandt hatte, den Aufstand zu organisieren, so hielt die Mehrheit der Krieger Laird Kinnons diesem noch immer die Treue. Als ein sogar noch größeres Problem konnten sich die Verwandten Laird Kinnons in den Lowlands erweisen. Weil Laird Kinnon nicht an der Seite der Royalisten gegen die Krone gekämpft hatte, würde er die Unterstützung des Königs bekommen, wenn er darum bat.

Onkel Kerk rieb sich mit einer Hand die Augen. »Wir werden am Vormittag unsere Militärstrategen zusammenrufen und anfangen, uns unsere Taktik zurechtzulegen, sobald sie eingetroffen sind. Sorgt dafür, dass der Schmied Leute hat, um die Artillerie vorzubereiten. Die Jäger werden Vorräte anlegen müssen für eine Wehr von ungefähr fünfhundert Mann. Mit leerem Bauch kann ein Krieger nicht kämpfen.«

»Wenn du nicht vorhast, ihre Bäuche mit rohem Fleisch zu füllen, werden unsere Ehefrauen die Hilfe der Frauen des Clans brauchen, um angemessene Gastfreundschaft zu bieten«, sagte Calin, der darauf bedacht war, die Sitzung zu einem Ende zu bringen.

Sein Onkel stieß ein Schnauben aus, das halb wie ein Lachen, halb wie Entsetzen klang. »Zuerst werden wir unsere Frauen beschwichtigen müssen. Diese Schlacht, fürchte ich, wird die schwerste von allen sein.« Kerk stand auf und streckte sich. »Wir hören jetzt auf. Geh zu deiner Frau, Sohn. Wir werden mittags wieder zusammenkommen.«

Calin widersprach nicht. Seine Augenlider waren schwer und sein Körper schwach vor Erschöpfung. Er hatte seit drei Tagen nicht geschlafen. Als er die Treppe zum Westflügel hinaufstieg, hörte er den Hahn krähen.

Die Tür zu seinem Zimmer knarrte, als er sie öffnete.

Die Vorhänge des Bettes waren nicht zugezogen worden. Akira lag in der Mitte des Bettes, ihr rabenschwarzes Haar breitete sich wie ein Fächer auf dem Kissen aus, und der Kranz ihrer schwarzen Wimpern warf Schatten auf ihre Wangen. Calin ging einen Schritt näher und sah auf ihre nackte Schulter, die unter der Bettdecke hervorschaute. Unter ihrem

Kinn, mit beiden Händen fest umklammert, lag die blaugrüne Schärpe, die Akira am Tag ihrer Hochzeit getragen hatte.

Er nahm sie ihr aus den Händen und glitt neben Akira unter die Decke. Ihre glatte, milchweiße Haut fühlte sich an seinen rauen Händen wie Seide an.

Sie drehte sich zu ihm, ihre Augen weit geöffnet und voller Kummer.

Als er sie küsste, schmeckte er ihre Tränen. Er wollte ihr sagen, dass sie nichts zu fürchten hatte, aber am meisten wollte er, dass sie verstand, wie viel sie ihm bedeutete.

»Ich werde dich nicht aufgeben, meine Geliebte! Wir werden in den Krieg ziehen.«

Kapitel 23

Du faselst da eine Menge Unsinn, Weib!«, stieß Laird Kinnon zwischen seinen verfaulten Zähnen hervor.

Der Geruch seines widerlichen Atems schnitt durch die kalte Luft. Catrionas Magen zog sich zusammen. Mit seiner schmutzigen Hand kratzte sich der Laird den verfilzten Bart, während die andere das Gleiche unter seinem Plaid tat. Dieser Schotte hatte die Manieren eines Ziegenbocks, und sein ätzender Geruch fraß sich in ihre Nase wie Gift.

Catriona hätte nicht um Laird Kinnons Hilfe gebeten, hätte Wanda MacLeod nicht eine Entscheidung vorbeigeführt, die schwer zu ihren Ungunsten wog. Calins Frau besaß die Fähigkeit, die Menschen nach ihrem Belieben für sich zu gewinnen. Diese Hexe hielt Calin und seine Familie unter dem Einfluss schwarzer Magie, und Catriona brauchte einen stärkeren Verbündeten, um das Bauernmädchen loszuwerden. Dann würde sie niemals mehr nach England oder zu ihrem Vater zurückkehren müssen. Catriona sah sich an Calins Seite, nachdem man diese Hexe wegen Ketzerei verbrannt haben würde. Dann würde alles wieder wie vor seiner Hochzeit sein.

Der Sohn des Schlachters war ihr immer treu ergeben gewesen und überdies eine Quelle wichtiger Informationen. Catriona wusste nicht nur, wann und wie Calin angreifen wollte, sondern kannte auch seine Absicht, sie wegen Verbrechen gegen die Sippe und das Land ergreifen und zu King James schicken zu lassen. Ohne eine große Wahl zu haben, war sie mit Ian und dessen Bruder in die Hügel geflüchtet. Aber die verlassene Hütte, in der sie Unterschlupf gefunden hatten, war, verschmutzt durch Fäkalien von Tieren und durch Ungeziefer, keine Unterkunft nach ihrem Geschmack gewesen. Nach einer Woche hatte Catriona ihren Liebhaber überredet, sie auf das Land der Kinnons und zum Laird zu begleiten.

Die Unterkunft hier war nicht besser.

Ian und sein Bruder fristeten ihr Dasein in einem kleinen Verlies unter dem Turm der Kinnon-Burg, wo man sie nackt auf dem Steinboden angekettet hatte. Und Catriona fand sich der Gnade Laird Kinnons und seiner Söldner ausgeliefert. Pechfackeln flackerten entlang der feuchten Mauern der Höhle, und das rhythmische Trippeln von Nagetieren spielte eine schreckliche Melodie in ihren Ohren. Die Ledergurte, mit denen ihr die Hände auf den Rücken gebunden worden waren, machten ihre Finger taub. Catriona befürchtete, einen großen Fehler gemacht zu haben.

Ein Stuhl, wie sie ihn noch nie gesehen hatte, stand in der Mitte der Kammer. Seine Sitzfläche bestand aus spitzen Eisendornen, braun verfärbt von Blut. Messer, Äxte, Sägen, Metallhaken – das alles hing an den Haken, die in die Steinwände eingelassen worden waren. Als Laird Kinnon eine eiserne Klaue aus der Sammlung der Folterinstrumente wählte, schoss Catriona das Entsetzen den Rücken hinauf. Sie zuckte vor ihm zurück und prallte gegen die breite Brust eines Wächters.

»Ich schwöre, dass es die Wahrheit ist, was ich gesagt habe. Der MacLeod plant beim nächsten Vollmond einen Angriff auf Eure Burg.« Catriona sah in Laird Kinnons schwarze Augen und wiederholte die Information in dem Bemühen, seine Aufmerksamkeit von dem Gegenstand abzulenken, den er in seiner von einem Handschuh bedeckten Hand hielt.

»Der MacLeod hat schon früher versucht, mein Land zu plündern, und hat dabei versagt. Ich fürchte seine Truppen nicht. Mit den Informationen, die du mir so eifrig gegeben hast, werden meine Krieger ihn vernichten, bevor er Loch Lomond überquert hat.«

»Der MacLeod verfügt über eine Truppe, die zu stark ist, als dass Eure Krieger sie besiegen könnten. Er bedient sich der Hexenkunst. Eine Hexe. Eine aus Eurem Clan. Sie trägt das Zeichen des Satans, und ihre Kräfte sind unüberwindbar. Ihr werdet nicht der Sieger in Eurer Schlacht gegen ihn sein. Ohne die Hexe werdet Ihr versagen.« Zum ersten Mal, seit er die Kammer betreten hatte, sah Catriona einen Funken Interesse in Laird Kinnons Augen.

»Eine Hexe, sagst du?«

»Ja. Eine Meisterin ihrer Kunst. Sie verlässt die Burg der MacLeods jeden Morgen, um sich in ihrer Kunst zu üben. Nur ich weiß, wohin sie geht.« Bei dieser Lüge fühlte Catriona einen warmen Schweißtropfen über ihre kalte Haut laufen.

»Nun, dann heraus damit, Mädchen! Lass diese schönen feinen Lippen nicht aufhören zu plappern, wenn du endlich etwas Interessantes zu sagen hast.«

Das war Catrionas Chance zu entkommen. »Ich werde diese Information enthüllen, sobald meine Begleiter freigelassen worden und wir in sicherer Entfernung von Eurer Burg sind.«

Laird Kinnons Nasenflügel blähten sich. Schwaden von Grau wirbelten unter seiner Nase wie brodelnde Gewitterwolken. »Deine Begleiter werden bei Einbruch der Dämmerung hingerichtet. Du bist nicht in der Position, mit mir zu verhandeln, Schlampe! Du wirst mir sagen, was ich wissen will. Sofort!«

Laird Kinnon benutzte die wie eine Katzenkralle aussehende Klaue, um den Stoff ihres Mieders aufzuschlitzen. Der Wächter grub seine Finger in ihre Schultern, um sie festzuhalten. Laird Kinnons schmutzige Hand fuhr über Catrionas

Bauch und glitt unter ihren Rock. Seine Hand presste sich auf ihre Scham, dann bahnten sich seine Finger ihren Weg in sie hinein. Catriona unterdrückte einen Aufschrei.

»Rede – oder ich überlasse dich meinen Männern!«

Sie wusste, wie die Männer waren. Ihr Vater hatte ihre Gunst Horden von englischen Adligen angeboten, aber Laird Kinnon weckte eine Angst in Catriona, wie sie sie noch nie gefühlt hatte. Eine Furcht, die so widerlich war, dass sie den Geschmack von Galle auf der Zunge schmeckte. »Ich werde mich von Euren primitiven Taktiken nicht einschüchtern lassen. Ich bin die Tochter des Kronprinzen von Malaga! Ihr werdet den Zorn King Henrys zu spüren bekommen, wenn Ihr mir etwas antut.«

»Dein König macht mir keine Angst!« Laird Kinnon nahm seine Hand von ihrer Scham, aber nur, um ihre Brüste zu begrabschen. Dann legte er ihr die Hand an die Kehle und zwang Catriona auf die Knie. »Sag mir, was du über die Hexe weißt!«

»Lasst mich frei, und ich werde Euch zu ihr bringen.«

Catriona stieß einen Seufzer der Erleichterung aus, als Laird Kinnon von ihr abließ und die Eisenkralle auf den Boden warf. Sie würde ihn zu Akira führen und dann zu Calin zurückkehren. Sie war erleichtert über einen Moment der Ruhe. Ein wohliges Gefühl strömte unter ihrer kalten Haut.

»Es ist dein Glück, dass ich für englische Huren nichts übrig habe«, sagte er sanft und befahl dann seine Wachen zu sich. »Tut, was auch immer nötig ist, um mir diese Hexe zu bringen. Dann richtet die beiden Männer hin und kettet die englische Lady an, bis sicher ist, dass sie die Wahrheit sagt.«

»Nein! Ich werde Euch zu ihr bringen!«, schrie Catriona, als zwei Wächter sie unter den Armen packten und sie auf einen Holztisch banden.

Kapitel 24

»Nur noch fünf, Isobel.« Akira drückte gegen den linken Fuß ihrer Schwester, während sie ihr das Bein vor und zurück bog. Isobels schwerer Atem sagte Akira, dass die körperliche Ausdauer ihrer Schwester an diesem Morgen fast erschöpft war.

»Bitte hör auf, Akira!«, wisperte Isobel und hielt ihre Augen dabei geschlossen.

Sie lagerte Isobels Bein auf ein Federkissen und wischte ihrer Schwester dann den Schweiß von der Schläfe. »Deine Beine werden mit jedem Tag kräftiger.« Akira lächelte auf Isobel herunter. Sie lag auf dem Bett des Heilers, und Akira wünschte, sie könnte ihrer Schwester den Schmerz nehmen.

»Andrew, komm her und arbeite mit Isobels Zehen, bis der Heiler zu deiner Unterrichtsstunde zurückkommt.« Akira führte ihren jungen Wächter zu seiner täglichen Aufgabe.

»Ich möchte kein Heiler sein wie Isobel. Ich bin ein Krieger und Beschützer.« Andrew runzelte trotzig die Stirn, aber er ging zu Isobel, wie er angewiesen worden war.

»Dein Laird will, dass du ein Handwerk lernst, und er erlaubt dir das Training auf dem Übungsfeld nur, wenn du zuvor deinen Unterricht genommen hast. Und jetzt zähle laut auf Französisch bis hundert, während wir jeden von Isobels Zehen zwanzigmal hin und her bewegen.«

»Aye, Mylady.«

Nachdem Andrew sich auf seine Aufgabe konzentriert hatte, ging Akira, um noch ein Stück Torf auf das Feuer zu legen und in dem Eisentopf das Wasser für die Kräuter zu erwärmen, die

Jaime sammelte. Die erste Morgenröte kroch durch die dünne Ochsenhaut, die das Fenster bedeckte, und das eintönige Herunterzählen von Andrews Zahlen ließ ihre Gedanken abschweifen. Ein Faden von schwarzem Rauch hielt ihren Blick gefangen, und der bittere Geruch der Kräuter brachte Akiras Magen in Aufruhr.

Seit zehn Tagen fühlte sie sich jetzt jeden Morgen schlecht. Ein Kind wuchs in ihrem Leib heran, der MacLeod-Erbe. Mehr als alles andere wollte Akira eine ganze Schar von Kindern, die um die Beine ihres Vaters herumspielten. Sie malte sich diese Szene oft aus, und mehr als einmal hatte sie sich vorgenommen, es Calin zu sagen. Aber die Vorbereitungen für den bevorstehenden Krieg schienen den größten Teil seiner Gedanken in Anspruch zu nehmen.

Heute Abend, schwor sie sich. *Heute Abend erzähle ich ihm von dem Baby!* Und bevor er in die Schlacht zog, würde sie ihm gestehen, was sie für ihn empfand. Sie konnte es nicht länger leugnen. Sie liebte ihn.

»Akira, du siehst blass aus.«

Akira hörte die Worte ihrer Schwester, konnte aber jetzt nicht antworten, wenn ihr das Herz, die Kehle und ihr Magen so sehr brannten. »Andrew, zähl weiter. Ich bin gleich zurück.«

Akira rannte durch die schmale Tür der Hütte und übergab sich auf den laubbedeckten Boden. Sie presste die Hand auf den Magen und hielt sich an einer Birke fest, als sie hinter sich Jaime herankommen hörte.

»Brauchst du etwas, Mädchen?«, fragte er, während er ihr mit einer Hand den Rücken rieb, während er die beiden Kräuterbündel in der anderen hielt.

Sie schüttelte zur Antwort den Kopf und atmete tief die kühle Herbstluft ein, bis sich ihr Atmen beruhigt hatte.

»Hast du Calin schon gesagt, dass du ein Kind erwartest?«

Akira schüttelte wieder den Kopf und schwor sich, Isobel nie wieder ein Geheimnis anzuvertrauen.

»Denkst du nicht, der Mann sollte es wissen, bevor er in den Krieg zieht?«

Akira wischte sich den Mund mit dem Handrücken ab und lächelte Jaime reumütig an. »Ich möchte mich nicht auch noch seinen Sorgen hinzufügen, aber ich werde es ihm sagen.«

»Wann?«

»Heute Abend.« Akira erwiderte Jaimes Lächeln.

»Er wird sich sehr freuen. Ebenso wie Tante Wanda.«

Die Übelkeit ließ üblicherweise sofort nach, aber ein anderes Rumpeln grollte durch ihren Bauch. Und was noch seltsamer schien, sie hörte ein Donnern in den Ohren. Sie richtete sich auf und sah Jaime an. Seine zusammengezogenen Augenbrauen sagten ihr, dass auch er das Geräusch gehört hatte, was eigentlich unmöglich war. Wie konnte er die Übelkeit in ihrem Bauch grollen hören?

Aber das Geräusch, das in ihren Eingeweiden vibrierte, war nicht ihr körperlicher Protest. Das Donnern von Pferdehufen ließ den Boden unter ihren nackten Füßen beben. Akira folgte Jaimes Blick über das Tal und sah die Reiter. Eine Wolke aus Staub stieg hinter den Kinnon-Kriegern auf. Es mochten gut ein Dutzend sein.

Binnen Sekunden waren sie nah genug, dass Akira einen der Wächter des Ungeheuers erkannte.

Jaime warf die Kräuter fort und zog sein Schwert. »Geh in die Hütte. Hab keine Angst, Mädchen!«

»Bist du verrückt? Du willst gegen sie kämpfen? Es sind zu viele. Du bist allein.«

»Geh!«, schrie Jaime und gab ihr einen auffordernden Stoß.

Akira lief in die nutzlose Deckung der Hütte.

»Was ist los?«, fragte Isobel, als Akira ihr half, sich aufzurichten, um auf der Bettkante sitzen zu können.

»Kinnon-Krieger.«

»Rebellen?«

Akira schüttelte den Kopf und zwang sich, ruhig zu sein. Das Wasser, das sie aufgesetzt hatte, kochte inzwischen und füllte den Raum mit feuchtem Dampf. Andrew lief zum Fenster, das Holzschwert gezogen. Akira hörte das Schnauben der Pferde, die genau vor der Tür tänzelten.

»Geh zur Seite. Wir wollen die Hexe holen«, verkündete ein Mann.

Hexe.

Das Wort, das sie in der Kindheit verfolgt hatte, dröhnte ihr in den Ohren.

Sie ging näher an die Tür. Eine uralte Angst stieg in ihrer Brust auf.

»Hier gibt es keine Hexe, und ihr befindet euch auf MacLeod-Land«, entgegnete Jaime.

»Wir kommen auf Befehl Laird Kinnons und werden nicht ohne die Hexe gehen. Geh jetzt zur Seite oder stirb.«

Das Klirren von Schwertern, die aus ihren Scheiden gezogen wurden, ließ Akiras Nackenhaare sich aufstellen.

Isobel holte hörbar Luft, bevor sie die Hände auf den Mund presste. »Jaime.«

Das Geräusch eines Aufpralls auf dem strohgedeckten Dach kündigte das Krachen an, das folgte.

Jaime brach durch die Tür, gerade als der Geruch von Rauch durch die Dachbalken in die Hütte eindrang. Er schlang den Arm um Isobel und zog sie an seine Brust, während er sich in dem kleinen Raum umschaute. Als Akira den Ausdruck der Resignation in seinen hellblauen Augen sah, hämmerte ihr das Herz gegen die Rippen. Die Situation, in der sie sich befanden, ließ keine Zeit für Worte. Schon füllte Rauch die Hütte und orangefarbene Stücke von verbranntem Stroh und Asche schwebten wie schwerelos um sie herum.

»Andrew, erheb dein Schwert gegen alles, was sich bewegt.«

Isobel hielt sich an Jaimes Hals fest, als sie auf die Tür zurannten.

»Bleib hinter mir! Ich halte sie auf, während du durchbrichst und zu Calins Pferd läufst«, wies Jaime Akira an.

»Mit Isobel auf deinen Armen?«, entgegnete Akira und spürte, wie die Ausweglosigkeit ihrer Lage sie überwältigte.

»Halt dich an meinem Gürtel fest. Mit Gottes Hilfe werde ich dich beschützen.« Jaime zerrte sie hinter sich und lief aus der brennenden Hütte.

Die Krieger der Kinnons erwarteten sie und bildeten eine undurchdringliche Mauer aus Pferdeleibern. Der Atem der Tiere stieg wie Wolken von Nebel aus ihren Nüstern, was das Chaos noch schlimmer machte. Jaime setzte Isobel auf den Boden und schwang dann weit ausholend sein Schwert, während er versuchte, Akira in die Richtung zu drängen, in der Calins Pferd stand. Inmitten des Krachens der in hellen Flammen stehenden Hütte und dem markerschütternden Gellen von Isobels Schreien, verlor Akira den Halt an Jaimes Gürtel. Andrews kleine Hände ließen ihren Rock los.

Eine Hand zerrte sie an den Haaren zurück. Ein stahlharter Unterarm legte sich unter ihre Arme und hob sie auf ein Pferd. Sie drehte sich um und sah, wie einer der Krieger die flache Seite seines Schwertes gegen Jaimes Schläfe schlug.

Ein Strom von Blut schoss diesem aus dem Mund, bevor er vor Isobels Füßen auf dem Boden zusammenbrach.

In Panik schrie Akira: »Holt Calin!«
Das Pferd bäumte sich auf, dann galoppierte es los.

Vor der Kapelle, in der Father Harrald die Beichte abnahm, schärfte Calin sein Messer an einem flachen Stein. Seelengeläuterte Krieger, die sich auf den Krieg vorbereiteten, gingen seit zwei Tagen in der Kirche ein und aus. Seine Garnison war vorbereitet, und während der vergangenen Woche waren in Scharen MacLeod-Krieger auf Cànwyck Castle eingetroffen. Die Donalds erwarteten das Signal im Nordwesten, und Kendrick hatte Anweisungen an die Mitglieder der Rebellion geschickt. Der Wunsch nach Rache, der sein Leben verzehrt hatte, würde sich bald erfüllt haben, aber er sehnte sich auch danach, seine Geheimnisse offenbaren zu können. Akira musste wissen, dass Laird Kinnon sie gezeugt hatte. Sollte ihm während der Schlacht etwas geschehen, wollte er nicht, dass seine Geheimnisse noch in seiner Seele verborgen waren.

Vom Turm erklang das Horn und unterbrach seine Gedanken. Ein Falke zog über ihm seine Kreise. Beides zeigte an, dass sich ein Reiter näherte.

Sirius sprengte durch das Tor des Torhauses und stürmte in vollem Galopp heran. Calin sprang auf und schaute auf die Szene. Ein Schopf blonder Haare schaute hinter dem Kopf des Pferdes hervor. Andrew beugte sich über die Mähne des Kriegsrosses, umklammerte die Zügel und schrie in höchsten Tönen. Ein Gefühl der Bedrohung durchschoss Calin, und das Unbekannte richtete in seinem Bewusstsein Chaos an.

»M'laird, sie haben Jaime niedergeschlagen mit einem Schwert und haben Mylady geraubt!«, schrie Andrew, und Tränen füllten seine Augen.

Calin nahm sich nicht die Zeit, Fragen zu stellen. Er riss Andrew von dem tänzelnden Pferd herunter und sprang in den Sattel. Er trieb Sirius an, stieß ihm in die Flanken und preschte durch das Tor davon. Wer immer Akira geraubt hatte, sie würden ihn um den Tod anflehen, wenn er mit ihnen fertig war. Es war ihm egal, wer sie waren oder wie viele sie waren, er würde sie alle töten. Er trieb Sirius noch härter durch das Tal, die Zügel gruben Furchen in seine Handflächen.

Ein solches Entsetzen füllte seinen Magen, dass er sich fast bei jedem Schlag der Hufe erbrochen hätte. Grauer Rauch vermischte sich mit den Wolken über der Hütte des Heilers und durchstach die Luft mit einem ätzenden Geruch. Als Calin den Hügel hinunterstürmte, berührten Sirius' Hufe kaum den Boden. Dann tauchte durch den Dunst Jaime auf, Isobel auf den Armen. Ein dunkelroter Fleck bedeckte seine Schläfe, aber er war, den Heiligen sei Dank, am Leben.

Ehe Sirius am Abhang des Hügels zum Stehen kam, war Jaime zweimal unter Isobels Gewicht zusammengebrochen. Calin stieg ab und eilte seinem Cousin zu Hilfe. »Lass mich dir helfen!«

Calin hob Isobel sanft aus Jaimes Armen. »Bist du verletzt, Mädchen?«

Isobel schüttelte den Kopf, Angst lag auf ihrem Gesicht. »Ihr müsst sie zurückholen, M'laird! Sie haben sie eine Hexe genannt!«

»Wer hat sie eine Hexe genannt? Wo ist Akira?« Calin konnte kaum noch atmen.

Jaime wies mit einem Kopfnicken in die entgegengesetzte Richtung. »Kinnon-Krieger haben sie geraubt. Die Wachen des Ungeheuers. Ich habe versucht ...«

»Wie viele?«, unterbrach Calin ihn, jetzt zutiefst entsetzt.

»Ein Dutzend. Vielleicht mehr.«

Bevor Calin eine weitere Frage stellen konnte, tauchten Krieger neben ihm auf. Sowohl die Männer der MacLeods als auch die Kinnon-Rebellen waren bereit und warteten auf Befehle. Gordon führte die Männer an, Kendrick ritt an seiner Seite.

Calin hob die zitternde Isobel zu Alec in den Sattel. »Bring sie und Jaime zurück zum Turm! Schick nach Tante Wanda. Jaime muss versorgt werden.«

»Nein. Ich gehe mit dir«, protestierte Jaime und schlang seine Hände um Isobels Taille, um sie wieder aus dem Sattel zu heben. Er zog sie fest an sich, küsste sie und flüsterte ihr etwas ins Ohr.

»Ich liebe dich auch. Bitte sei vorsichtig und komm zu mir zurück«, erwiderte Isobel leise, und Tränen strömten ihr über die Wangen.

Jaime setzte sie vor Alec in den Sattel, dann wandte er sich zu Calin um und fasste ihn am Arm. Er senkte die Stimme. »Es gibt noch etwas, was du wissen solltest. Ich weiß, es ist Sache der Frau, es ihrem Mann zu sagen, aber wenn Akira meine Frau wäre, würde ich es wissen wollen.«

Calin wandte sich ihm zu, ihre Augen waren auf einer Höhe. »Was ist es?«

»Akira erwartet ein Kind.«

Calin presste die Hand auf seine Brust. »Oh Gott!« Das Gewicht von Jaimes Hand auf seinem Arm fühlte sich an wie eine Mauer aus Stein. Seine Knie zitterten. Er würde Vater werden. Ein Bild von Akira, die sein Kind in den Armen hielt, tauchte vor ihm auf.

Jaime versetzte ihm einen brüderlichen Stoß, der Calin fast auf die Knie geschickt hätte, und stieg auf sein Pferd. »Und jetzt werde ich mit dir reiten.«

Calin nickte zum Einverständnis und wandte sich an die

Männer seines Clans. »Ich werde sie zurückholen. Wer kommt mit?«

Die herausgebrüllte Zustimmung brachte ihn in Bewegung. Er stieg in den Sattel und sah Gordon an. »Bereite den Clan vor. Wenn wir sie nicht einholen können, bevor sie auf Kinnon-Land sind, werde ich MacLeod-Krieger brauchen, die vor Brycen Castle Stellung beziehen. Der Krieg hat begonnen.«

Kapitel 25

Der übelkeiterregende Geruch musste von dem verwesenden Leichnam kommen, der an Armen und Beinen festgebunden an der Mauer hing.

Akira hielt sich ihr Hemd vor Nase und Mund, um ihre Sinne abzustumpfen. Die seltsame Hitze, die die Luft schwer machte, verstärkte den Gestank, der sie jetzt seit fast einer Stunde schon immer wieder zum Würgen brachte. Sie fragte sich, wie es im Kerker von Brycen Castle so heiß sein konnte, ohne dass ein Feuer zu sehen war.

Das Unheimliche dieses schrecklichen Ortes erfüllte sie mit Panik, aber sie war voller Zuversicht, dass ihr Mann bald kommen würde. Wenn er sie doch nur hätte einholen können, bevor Laird Kinnons Männer die Brücke verbrannt hatten. Sie betete, dass Laird Kinnon keine Zeit haben würde, sich weiter mit ihr zu beschäftigen, während Calin um den Loch Lomond herumritt. Zehn Leben würden nicht ausreichen für sie, frei zu sein von der schreckenerregenden Gegenwart dieses Mannes.

Sie zitterte, als sie daran dachte, wie er ihre Röcke hochgehoben hatte, um das Geburtsmal anzusehen. Auch wenn sie dankbar gewesen war, dass dieser Augenblick der Demütigung schnell vorübergegangen war, so beunruhigte sie es jetzt weitaus mehr, wie Laird Kinnon auf sie reagiert hatte. Sie hatte erwartet, er würde befehlen, sie auf der Stelle zu verbrennen, aber er hatte sie mit einem Ausdruck des Erkennens in seinen teuflischen Augen angesehen. Das Entzücken auf dem Gesicht des Ungeheuers hatte sie in Angst und Schrecken versetzt.

Konnte sein wissendes Lächeln davon herrühren, dass er eine perverse Erregung dabei verspürte, wenn er seine Gefangenen folterte? Oder wusste er, dass sie Schwester und Frau der Männer war, die seinen Untergang wollten? Diese erschreckenden Fragen waren zu fürchterlich, um darüber nachzudenken.

Sie musste fliehen.

Doch die eiserne Klammer um ihr Fußgelenk, mit der sie an den Steinboden gefesselt war, machte jeden Gedanken an eine Flucht aussichtslos. Eine einzige Fackel erhellte die unteren beiden Steinstufen der Treppe, die in die Freiheit führte. Auf dem feuchten Boden, der das karge Licht reflektierte, lag eine zusammengekrümmte Frau. Schmutzige nackte Füße schauten unter dem hervor, was von ihrem blutbefleckten Hemd übrig geblieben war. Das Haar war ihr, bis auf wenige Strähnen, die ihr Gesicht und ihren Nacken verbargen, knapp über der Kopfhaut abgeschnitten worden.

Akira hatte den Rücken der Frau nur einen Augenblick zuvor berührt, aber diese einfache Geste des Mitgefühls hatte sie veranlasst, so heftig zusammenzuzucken, dass Akira es bereute, sie erschreckt zu haben.

War es möglich, dass die Frau, die neben ihr weinte, auch der Hexerei angeklagt war?

Akira schüttelte den Kopf, während sie sich ihre Frage selbst beantwortete. Diese Frau war keine Hexe. Auch wenn ihr schmerzerfülltes Murmeln leicht für eine flehentliche Bitte an heidnische Götter gehalten werden konnte, so erkannte Akira diese Worte doch. Das war keine schwarze Magie. Es war ein Gebet. Die Frau betete um Vergebung für ihre Sünden und flehte ihren Schöpfer an, sie fortzuholen aus dieser bösen Welt. Die Hände fromm vor der Brust gefaltet, zuckte ihr Körper, als sie sich vor und zurück wiegte.

Akira sprach die Frau erneut an. Die einzige Antwort bestand darin, dass sie lauter um Vergebung betete.

Die tiefe Stimme eines weiteren Gefangenen hallte durch die Dunkelheit. »Dein Gott kann dich hier drinnen nicht beschützen. Und jetzt hör auf zu jammern, sonst reiße ich dir die Zunge heraus!«

Akira legte schützend die Hand auf ihren Leib. Sie hatte Angst vor dem, was mit dem Kind geschehen könnte. Mit dem Kind, von dem Calin noch nichts wusste und sehr wahrscheinlich auch niemals erfahren würde. Ihre Lage schien aussichtslos. Es gab keinen Weg heraus aus diesem Kerker. Heiße Tränen liefen Akira über das Gesicht, als sie ihre Handfläche auf den Boden neben der Frau drückte. »Gib mir deine Hand, und wir können versuchen, einander zu helfen.«

Die Hand der Frau schob sich unter ihr hervor. Die Spitze ihres kleinen Fingers war am zweiten Gelenk abgetrennt und der Schnitt danach ausgebrannt worden. Akiras Herz machte einen Sprung bei diesem Anblick. Wunden und Schnitte waren dort um ihre Handgelenke, wo sie gefesselt gewesen war, und Dreck saß unter abgekauten Nägeln. Akira schluckte mühsam und ergriff die geschundene Hand, die nass von Tränen war.

»Bist du eine Hexe?«, fragte Akira, wobei ein Teil von ihr hoffte, die Frau besäße die Macht, sie beide aus diesem drückend heißen Gefängnis zu befreien.

Der Kopf der Frau stieß gegen den Steinboden, als sie ihn schüttelte. »Ich bin die Hure meines Vaters.«

»Bitte, komm her zu mir.«

Die Frau kroch über den Boden, ihre schwere Kette klirrte bei jeder Bewegung. Ihre Wange drückte sich gegen Akiras Plaid, und ihre Finger krallten sich in die Falten ihres Hemdes. »Bitte vergebt mir, Mylady, für die Sünden, die ich gegen Euch begangen habe.«

Obwohl diese Worte sie verwirrten, strich Akira der Frau die Haare aus der Stirn und hob ihr Kinn, um sie zu trösten.

Im fahlen Schein der Fackel erkannte Akira Catrionas graue Augen. Der Atemzug, den Akira tat, setzte sich wie eine Glasscherbe in ihrem Hals fest. Sie ließ Catrionas Kinn los. Ihr Atem beschleunigte sich um das Zehnfache. Ihr mitleidiges Herz hatte ihr wehgetan für die Frau, die nach ihrem Vater geweint und ihn gleichzeitig verflucht hatte. Eine Frau, die Gott darum gebeten hatte, sie mit ihrer toten Mutter zu vereinen. Dieselbe Frau, deren Ziel es war, Akiras Leben zu zerstören, klammerte sich jetzt an sie, schluchzte und flehte um Vergebung. Sie war gefoltert und vermutlich auch vergewaltigt worden, und ein Teil von Akira wollte glauben, dass Catriona es verdient hatte.

Eine Flut durcheinanderwirbelnder Gefühle erfüllte Akira, als sie sich fragte, warum Gott sie an einem so schrecklichen Ort zusammengeführt hatte. Und die Antwort traf sie wie eine Offenbarung. Gott. ER prüfte sie, und sie würde Ihn nicht enttäuschen.

Akira würde Catriona nicht wegstoßen. Feindin oder nicht, niemand verdiente eine solch animalische Grausamkeit. Sie verdrängte ihren Hass und fasste Catriona an den Schultern, um sie zu umarmen. »Wenn es meine Vergebung ist, um die Ihr bittet, dann sei sie Euer, aber wir müssen uns zusammentun, um diesen Ort lebend verlassen zu können.«

Catriona hob Akiras Hand an ihre Wange. »Ich habe nichts, für das ich lebe. Ich kann nur um einen gnadenreichen Tod bitten.«

»Wie könnt Ihr so etwas sagen?« Akira zwang Catriona, sich neben sie zu setzen, und trocknete ihr die Tränen.

»Der Ältestenrat hat zugestimmt, mich aus dem Clan der MacLeods auszustoßen. Mein Schicksal liegt in der Hand von

King James. Wenn er entscheidet, mein Leben zu verschonen, wird er mich nach England zurückschicken, zu meinem Vater und meinem König. Ich bin unfruchtbar und für keinen Mann von Wert. Deshalb hat King Henry mich Calin zum Geschenk gemacht. Mein Vater wusste, dass ich niemals einen Erben würde hervorbringen können. Als Calin mich nicht als seine Ehefrau haben wollte, hatte ich Angst davor, nach England zurückkehren zu müssen.«

»Warum wolltet Ihr nicht in Eure Heimat zurück?«

Catriona barg das Gesicht in den Händen. »Mein Vater ist gierig und grausam. Er wird sich für meine Mitgift nicht von seinem Geld oder von seinem Land trennen, weil ich meinem Ehemann keinen Erben schenken kann. Er spart seinen Reichtum für seine Söhne und hat meine Gunst seinen adligen Freunden angeboten. Ich sterbe lieber, als zu ihm zurückzugehen! Ich habe niemals Liebe oder Mitgefühl von ihm oder irgendeinem Mann erfahren.«

Akira quoll über vor Mitleid. Catriona war von ihrem eigenen Vater verkauft und auf eine Weise missbraucht worden, die schlimmer war als die Faust eines Mannes. »Dann ist es vielleicht an der Zeit, dass Ihr Mitgefühl von einer Frau bekommt.«

»Aber ich bin der Grund, warum Ihr hier seid. Ich habe Laird Kinnon gesagt, wo er Euch findet.«

»Es gibt viele Dinge an Euch, die ich nicht verstehe, Catriona. Aber glaubt mir – auch ich hätte meinen Feind verraten, hätte mir jemand die Klinge an den Finger gesetzt.«

Catriona schnaubte undamenhaft und enthüllte damit die Seite von sich, die sie vermutlich am Leben hielt. »Ich bin Eures Lobes nicht würdig, Mylady! Haltet mich nicht für so stark. Ich habe Euren Aufenthaltsort verraten, nachdem sie mir das Haar abgeschnitten hatten und mir eine Klinge auf die

Brust gesetzt haben ... und dann haben sie mich doch vergewaltigt und gefoltert.«

»Sie werden Euch nicht noch einmal verletzen. Das verspreche ich Euch«, versicherte Akira ihr, ohne zu wissen, wie sie diesen Schwur halten sollte.

Catrionas Augenbrauen zogen sich zusammen. Ein hoffnungsvoller Schimmer brachte fast Farbe in ihre Augen. »Dann *seid* Ihr also doch eine Hexe. Besitzt Ihr die Macht der weißen Magie?«

»Nein.« Akira wischte sich den Schweiß von der Stirn und fragte sich flüchtig, ob die Luft noch wärmer geworden war, als sich in der Dunkelheit ein Schatten bewegte. Glühende Katzenaugen blinzelten sie aus den schwarzen Falten der Leere an. Ihr Herz flatterte.

»Aber Ihr habt die Macht, den Laird davon zu überzeugen, dass Ihr eine Hexe seid.« Eine gedämpfte Stimme sprach aus der Schwärze zu ihr.

Catriona fuhr hoch und drängte sich zitternd an Akira.

»Wer seid Ihr? Zeigt Euch«, verlangte Akira.

Eine Gestalt, gehüllt in einen dunklen Wollumhang, tauchte hinter einem Mauervorsprung auf. Katzen strichen um Stiefel aus Hirschleder. Der größte Teil des Gesichts der Gestalt wurde von einer Kapuze verdeckt, aber als die Person sich vor ihnen hinhockte, erkannte Akira, dass es ein Junge war. Vielleicht sogar ein Mann, aber nicht größer als sie, und schlaksig. Geistesabwesend streichelte er die grauen Ohren einer schnurrenden Katze. Seine Hand war von Brandnarben übersät, die die Haut zusammengezogen hatten. Als er die Kapuze zurückschob, keuchte Akira auf. Eine lange Narbe zog eine rosafarbene Linie von seiner Schläfe bis zu seinem Kinn. Dunkles, dünnes Haar lag flach an seinem Schädel, doch es verbarg nicht die Tatsache, dass ihm ein Ohr fehlte.

Der Mann starrte Akira mit glühenden grünen Augen an und lächelte dann. Eine Erinnerung aus der Kindheit schoss ihr durch den Kopf. *Darach*. Der Junge hatte dasselbe verzerrte Lächeln gehabt, bevor er den Karren mit den Steinen den Hügel hinabgestoßen hatte, der Isobel zum Krüppel gemacht hatte.

Catriona wimmerte neben Akira und umklammerte ihren Unterarm mit unbarmherzigen Fingern. Der Mann streckte die Hand aus und strich langsam über Catrionas Kopf, so, wie er es zuvor bei der Katze getan hatte.

»Schsch«, beruhigte er sie, offensichtlich bemüht, ihr Vertrauen zu gewinnen. »Ich bin nicht hier, um dir wehzutun.«

Eine der Katzen stellte sich auf die Hinterpfoten, um ihre Nase an seinem Kinn zu reiben. Sein Gesicht wurde weich, und er konzentrierte sich wieder darauf, die drei Katzen zu streicheln, die jetzt um sie herum maunzten. Akira versuchte, den Hass zusammenzusammeln, den sie für Darach empfand. Er hatte Isobels Leben ruiniert, und sie wollte ihn aus tiefstem Herzen verabscheuen, aber man musste ihn nur ansehen, um zu wissen, dass er seine Buße geleistet hatte. Sie konnte ihn nicht im Mindesten um das Leben beneiden, das er in dieser lieblosen Umgebung geführt haben musste. Aber Darach war der letzte Mensch, von dem sie erwartet hatte, er würde ihr helfen.

»Warum bist du gekommen?«, fragte Akira ohne Angst vor dem Mann, zu dem er geworden war.

»Ich bin gekommen, um dir zu helfen.«

»Zu fliehen?« Catriona wurde munter.

»Nein. An jedem Ausgang stehen Wachen. Der Laird hat die Lowlander an der Grenze zu den Donalds zusammengezogen, und die Kinnon-Krieger bewachen den westlichen Felsen.«

»Lowlander?«, fragte Akira und war sicher, etwas falsch verstanden zu haben.

»Aye. Hunderte von ihnen sind vor einer Woche mit dem Schiff eingetroffen. Der Laird hat sie um Hilfe gebeten, nachdem er vom Aufstand deines Bruders erfahren hat.«

»Himmel!« Sie schluckte hart. »Weiß Laird Kinnon, dass ich Kendricks Schwester bin?«

»Aye. Und die Frau des MacLeods.«

Akira wandte sich an Catriona.

»Ich schwöre es Euch, ich habe dem Laird nicht gesagt, dass Ihr Calins Frau seid. Das habe ich nicht«, protestierte sie und schüttelte den Kopf. »Ihr müsst mir glauben!«

Akira fühlte sich plötzlich, als würden tausend Insekten unter ihrer Haut krabbeln. Sie rieb sich die Arme, um das Kribbeln zu vertreiben, während ihr bange war vor einem Schicksal, das schlimmer als der Tod sein würde. Laird Kinnon würde sie benutzen, um Kendricks und Calins habhaft zu werden. Genau so, wie er es mit Papa gemacht hatte. Dasselbe schreckliche Schicksal, das das Ungeheuer Mam und Neala aufgezwungen hatte. Bei dem Gedanken, dass diese Bestie auch sie anfassen würde, wurde sie fast verrückt. Sie schlug die Hand vor den Mund und schloss die Augen.

Einige schwere Atemzüge später fühlte sie Darachs warme Hand auf ihrer. Als sie ihre tränennassen Augen öffnete, wollte sie weinen. Wollte um Hilfe rufen.

»Ich werde dir helfen«, sagte Darach, als könnte er ihre Gedanken lesen.

»Warum?«

»Vielleicht, um ein Unrecht wiedergutzumachen.«

Um ein Unrecht wiedergutzumachen? Sprach er von Isobel? Konnte sie ihm vertrauen? Hatte sie denn überhaupt eine Wahl?

»Ich wünsche mir, frei zu sein, herauszukommen aus diesen verfluchten Mauern«, fügte Darach hinzu. »Ich möchte im Sonnenschein auf einem Hengst reiten und den Stolz meiner Brüder erfahren.«

Catriona richtete sich auf, drückte Akiras Hand und gab ihr Kraft. Wenn sie vorhatte, zu überleben und ihr Kind auf die Welt zu bringen, brauchte sie innere Kraft. Und ihr verdammter Stolz würde sie nicht davon abbringen, deren Geschenk anzunehmen. »Sag, was ich tun muss.«

Darach lächelte und nickte. »Du musst verhindern, dass Laird Kinnon erkennt, dass du nutzlos für ihn bist. Du musst ihn davon überzeugen, dass du eine Hexe bist.«

»Das kann ich nicht! Das ist Blasphemie! Ich bin keine Hexe. Du legst viel Vertrauen in Fähigkeiten, die ich weder habe noch wünsche, sie vorzutäuschen.« Akira hatte ihr ganzes Leben damit verbracht, Anschuldigungen abzuwehren. Gott würde sie für eine solche Sünde strafen.

»Es ist keine Blasphemie, wenn die heidnischen Worte nicht gesprochen werden. Gott wird die gute Absicht darin erkennen. Du rettest seine Geschöpfe. Es ist eine Sache des Krieges, des Überlebens. Ich werde deine Augen sein, und du wirst die Laird Kinnons sein.«

»Und ich kann Eure Stimme sein«, sagte Catriona mit einer tiefen dunklen Stimme, die wie die eines Mannes klang. »Ich kann meine Stimmlage ändern, seit ich ein Kind war. Ich habe diese Fähigkeit ein oder zweimal benutzt, um meinen Vater zu überlisten. Ich bin sehr gut darin, Mädchen. Denkt Ihr nicht, ich höre mich ein wenig an wie die Leute deines Clans?« Die letzten Worte kamen in einem starken schottischen Akzent heraus, und Akira begann zu glauben, dass es ihnen wirklich gelingen könnte, den alten Laird zu überlisten. Aber sie brauchten Zeit, um sich einen Plan zurechtzulegen.

»Ich weiß, was du sagen musst, damit der Laird dir glaubt. Du wirst seine Angst gegen ihn benutzen«, erklärte Darach.

»Angst?«, fragte Akira und versuchte zu begreifen, was sie denn tun konnte, um einen Mann mit seinem verrückten Verstand zu erschrecken. »Was fürchtet er?«

»*Sie* … dich. Ich habe es in seinen Augen gesehen, als er den Kerker betreten hat.«

»Ich verstehe nicht.«

»Kannst du es nicht spüren? Die Hitze?« Er streckte die Hand aus und wischte Akira den Schweiß von der Schläfe. Die rosa Zunge einer Katze leckte den salzigen Tropfen auf.

»Aye.« Sie wischte sich die schweißnassen Hände an ihrem Hemd ab. »Ich fürchte, Gott hat mich verlassen und mich dem Höllenfeuer ausgesetzt.«

»Nein. Die Hölle in den Highlands sieht anders aus.« Er kicherte und blinzelte langsam mit seinen grünen Augen, gleichzeitig mit denen der Katze. »Wenn Gott in den Highlands einen Mann bestrafen will, setzt er ihn in die Mitte eines zugefrorenen Sees. Die Wärme, die du spürst, ist die Gegenwart des Guten, nicht des Bösen. Fürchte dich nicht, denn das ist *sie*. Ich habe *sie* gesehen, und du bist ihr Ebenbild. Ich bin ihr in die Schatten gefolgt, als ich ein Junge war. Sie hat im Kinderzimmer um ihre toten Töchter geweint. Sie, und nur sie allein, erweckt eine Furcht in Laird Kinnon, die er niemals zugeben würde. Und diese Furcht musst du zu deinem Vorteil nutzen.«

Im Laufe der Jahre hatte Darach offensichtlich den Verstand verloren, was verständlich war. Aber für Akira sprach er in Rätseln, und ihr Verstand kämpfte, um Sinn in seinen Worten zu finden. »Wer ist sie?«

»Laird Kinnons Frau.«

Wie konnte das sein? Die Frau des Lairds war vor vielen

Jahren im Kindbett gestorben. Der Clan sprach nie von ihr, und Akira wusste nicht mehr über sie als den Grund ihres Todes. Akira fühlte, wie sich ihr Gesicht vor Verwirrung verzog, dann wurden ihre Sinne plötzlich lebendig. Ihre Wangen brannten, ihr Puls schlug wie tausend Trommeln in ihren Ohren, und ein Summen schoss wie ein Blitz durch ihren Körper.

Plötzlich machte eine der Katzen einen Buckel, ihr Fell sträubte sich. Eine andere zischte einen Laut der Warnung. Das Fauchen steigerte sich, bis die Tiere sich zerstreuten.

Darach richtete sich auf und starrte suchend in die Dunkelheit. »Er kommt. Sei tapfer, Mädchen! Stelle ihm Forderungen. Wenn er dich schlägt, heb trotzig das Kinn. Er fühlt sich stark, wenn jemand Angst hat. Lass ihn die deine nicht sehen. Ich werde dich finden.«

Erschreckt von seinen Worten, nahm Akira jeden Krümel ihrer Kraft zusammen. Sie strich sich über den Bauch und bat Gott, sie und ihr Kind zu beschützen.

»Bitte, Ihr könnt uns nicht hier zurücklassen«, flehte Catriona und streckte die Hand nach Darach aus, der in dem Augenblick in der Dunkelheit verschwand, als die Holztür aufgestoßen wurde und gegen die Steinmauer knallte.

Laird Kinnon duckte seinen hässlichen Kopf unter dem Türbogen durch, sein Gesicht lag halb im Schatten. Mit ihm kam ein eisiger Hauch von Kälte, der die Winkel des Kerkers füllte und Akira bis ins Mark erstarren ließ.

Kapitel 26

Calin kochte das Blut in den Adern, als er das Land des Kinnon-Clans erreichte. Wenigstens drei Stunden hatte er verloren, weil diese Bastarde die Brücke niedergebrannt hatten. Aber jetzt war er da, stand im knietiefen Seewasser an der Schwelle des Höhleneingangs, und er hatte Angst, seine Glieder könnten vor Erwartung in Flammen aufgehen. Der Pfad vor ihm war so dunkel und schrecklich wie Laird Kinnons Seele, und der kalte Griff seines Schwertes bot ihm wenig Trost. Seine Frau und sein ungeborenes Kind waren irgendwo dort drinnen in der Höhle des Ungeheuers, und auch die tief in seinen Eingeweiden sitzende Vorahnung des Bösen konnte ihn nicht davon abhalten, sie zurückzuholen.

Calin betete, dass Laird Kinnon Akira am Leben gelassen hatte. Er konnte nur hoffen, dass der Bastard sie wollte, weil er glaubte, sie verfüge über magische Kräfte, und nicht, weil sie mit dem Mann verheiratet war, der Krieg gegen ihn führte. Der Gedanke, dass Laird Kinnon unwissentlich seine eigene Tochter vergewaltigen könnte, war eine Möglichkeit, die Calin nicht ignorieren konnte. Er drückte die Hände auf die Augen und drängte das Bild zurück, das sich wie tausend Ratten in sein Bewusstsein gefressen hatte.

Seine ganze Zukunft lag in den Händen des Mannes, der seinen Vater getötet hatte.

Als Calin über die Schulter zurückschaute, erfüllte ihn Stolz. Zwölf seiner Krieger hatten sich mit zwölf weiteren Kinnon-Rebellen zusammengetan. Kendrick stand an seiner Seite und wartete auf seinen Befehl. Calin kämpfte jetzt nicht für eine Allianz der Clans. Das tat Kendrick für ihn. Diese Schlacht galt der Frau, die er liebte.

Calin atmete tief durch, nickte Kendrick kurz zu und führte seine Krieger in den Kerker von Brycen Castle. Eine Kette von Männern folgte ihm, als er sich seinen Weg entlang der schartigen, glitschigen Mauern in die pechschwarze Finsternis ertastete. Die Luft war feucht, und der Geruch des Todes wurde stärker, je weiter sie in die Höhle vordrangen.

Bald erblickten sie eine schwach brennende Fackel. Nur zwei Männer bewachten die Gefangenen. Calin hob die Hand und zeigte auf die beiden Wachen, die nur Sekunden später schon zu Fall gebracht worden waren. Zwanzig weitere Mitglieder des Aufstandes wurden von Calins Männern von ihren Fesseln befreit.

»Sucht sie!« Calin gab den Befehl, und die Suche nach Akira begann.

Calin wandte sich an Kendrick. »Mir gefällt das nicht«, sagte er leise.

»Es geht zu leicht. Zu einfach«, stimmte Kendrick ihm zu.

»Wir sind so gut wie auf keinen Widerstand gestoßen. Ich kann mir nicht helfen, aber ich habe das Gefühl, in eine Falle zu tappen.«

Kendrick zuckte die Schultern. »Vielleicht ist Gott auf unserer Seite.«

»Gott folgt Männern nicht in den Krieg. Das ist die Sache des Teufels.«

Ein Gefangener, hohläugig und ausgemergelt, dessen Hände noch gefesselt waren, humpelte auf Calin zu. »Eure Männer suchen nach nur einem Mädchen, aber da waren zwei. Kinnons Söldner haben beide Mädchen vor ein paar Stunden aus dem Kerker geholt. Kurze Zeit danach haben Kinnons Männer ihre Posten auf der Westklippe verlassen, sind hier durchgestürmt wie eine Bande von Dämonen und haben nur zwei Wachen zurückgelassen.«

Die feuchten Blutspuren unter dem hölzernen Tisch in der Folterkammer hypnotisierten Calin, während der Mann die Informationen enthüllte. Calin schloss die Augen. »Wie ging es ihnen? Den Frauen?«

»Ich habe sie nicht gesehen, aber ich habe gehört, dass die eine die andere getröstet hat. Die, bei der sich mein Arsch gekräuselt hat, als die Wachen sie gefoltert haben. Das Mädchen hat wirklich laut geschrien.«

Calins Arm zuckte. Ein verzweifelter Laut stieg in seiner Kehle auf, kam ihm aber nicht über die fest zusammengepressten Lippen. Er würde den Bastarden die Glieder dafür ausreißen, dass sie seine Frau angefasst hatten.

»Ich bin mir nicht sicher, aber ich glaube, da ist noch jemand gewesen. Vielleicht ein Junge«, sprach der Mann weiter, während Jaime ihn von seinen Fesseln befreite. »Die Stimme war leise und sanft. Wer immer das war, er ist gekommen und ging ungehindert wieder, bevor der Laird die Frauen weggeholt hat.«

Kendrick umklammerte Calins Unterarm. »Akira lebt. Das ist alles, was jetzt zählt.«

Möge die heilige Margaret sie beschützen, meine süße Akira, damit ihr und unserem Kind nichts geschieht! Calin riss sich zusammen und befahl dann zwei Männern, die befreiten Gefangenen aus der Höhle zu führen.

Er musste Akira finden, aber in das Herz dieser Burg zu gehen konnte für ihn und seine Männer den sicheren Tod bedeuten.

»Ich werde Euch zu ihnen bringen.« Auf die Worte, die hinter ihm gesprochen wurden, folgte das zischende Geräusch von Schwertern, die gezogen wurden.

Calin fuhr herum und sah einen kleinen Mann vor sich stehen, bedroht von drei erhobenen Schwertern. Er hielt die Hand ausgestreckt, und sein Kinn hob sich, womit er den Kriegern weiteren Zugriff auf seine Kehle gab.

»Steckt eure Waffen weg! Er ist unbewaffnet«, befahl Calin.

Kendrick umkreiste den Mann, während er ihn aus zusammengekniffenen Augen musterte. Als er ihm die Kapuze abstreifte, die sein Gesicht verbarg, zuckte er beim Anblick des entstellten Äußeren des Fremden zurück. »Wer bist du?«

»Wer ich bin, ist nicht wichtig.« Er zog sich die Kapuze wieder über den Kopf und nickte Calin zu. »Folge mir, wenn du die Frauen finden willst.« Er wandte sich um und verschwand in der Dunkelheit.

Jeder Krieger-Instinkt in ihm warnte Calin davor, diesem geheimnisvollen Mann allein zu folgen. Er würde durch seinen Leichtsinn sterben, wenn er unüberlegte Entscheidungen traf.

Sei's drum.

Calin setzte dem Mann rasch nach und folgte ihm dann durch ein Labyrinth aus verborgenen Gängen, die zum Ratszimmer von Brycen Castle führten. Die Erinnerung an die Nacht, in der er denselben Weg gegangen war, ging ihm durch den Kopf. Die Nacht, in der das Ungeheuer ihm den Vater geraubt hatte. Die Nacht, in der seine Seele ihre Gefährtin gefunden hatte. Damals war er ein feiges Kind gewesen, das sich voller Angst verborgen hatte. Aber dieser Junge existierte nicht mehr. Ein Mann war an seine Stelle getreten. Ein Schatten, der an stinkenden Mauern entlangschlich, das Schwert in der einen, den Sgian Dubh in der anderen Hand, und eine Garnison von über fünfhundert Kriegern hinter sich, die auf sein Zeichen warteten.

Seine Schritte klangen dumpfer, als Calin und seine Männer um eine Biegung gingen. Dann hörte er ihre Stimme. Gedämpft von der Wand, aber ihre Worte klangen in seinen Ohren wie ein süßes Schlaflied. Akira sprach in einer Mischung aus Sprachen und Worten, die er nicht verstand. Dann herrschte Schweigen. Gerade als er weiterging, drang eine andere Stimme an seine Ohren. Eine Stimme, die er ebenfalls kannte – Catriona.

Eine Vielzahl von Fragen stürmte auf Calin ein, die er für den Moment verdrängen musste. Er zwängte sich in eine Nische in der Wand. Der Fremde blieb vor ihm stehen und zeigte auf einen schmalen Spalt in der Wand, durch den Calin aus der Vogelperspektive in das Zimmer sehen konnte. Sein Blick fiel auf Akira, und sein Herz klopfte wie wild. Er wollte zu ihr zu gehen, wollte sie packen und fortbringen von diesem Höllenort.

Sie stand mit ausgebreiteten Armen da, die Handflächen wie zu einem Gebet nach oben gewandt. Obwohl sie blass war, zeichnete keine Wunde ihre helle Haut. Er folgte ihrem Blick zu Catriona, die im Zimmer kniete und ein zerrissenes blutbeflecktes Hemd trug. Es gab keinen Zweifel, wer gefoltert worden war. Umgeben von zehn Kriegern stand Laird Kinnon ganz in ihrer Nähe, und sein Gesicht trug denselben verächtlichen Ausdruck, den es in der Nacht gehabt hatte, als er Da ermordet hatte. Schweiß brach auf Calins Stirn aus.

Sein Fuß zuckte, in das Zimmer zu stürmen und sie alle niederzustrecken, aber der Krieger und der Laird in ihm brachten ihn dazu, sich zu beherrschen. Er würde einen so dummen Versuch nicht überleben, und dann wäre Akiras Schicksal besiegelt. Er musste Geduld haben.

Akira murmelte etwas – eine seltsamer summender Ton

kam tief aus ihrer Kehle. Was tat sie da mit ihren Armen? Sie warf den Kopf hin und her, und ihre Augen waren geschlossen. Dann, mit einem Ruck, versteifte sich ihr Körper, und sie riss die Augen auf. Die Härchen auf Calins Armen richteten sich auf, und ein Schauder durchlief seinen Körper.

»Höre mich, Wächter der Nacht! Ich bringe dir einen unheiligen Geist als Opfer dar, wenn du mir die Gnade deiner Visionen erweist«, sang Akira auf Gälisch und verstummte dann, um tief Luft zu holen, als hätten diese Worte sie ihrer Lebenskraft beraubt. »Höre mich, Wächter der Nacht, damit ich M'laird vor dem Bösen bewahren kann, das ihn verfolgt. Zeige mir den Weg der Krieger. Sprich jetzt durch das Medium.« Die letzten Worte klangen wie ein Bellen. Mit hoch über den Kopf erhobenen Armen und heftig zitternd, sang Akira die Worte aus dem offenen Fenster hinaus, in die Richtung des dunklen Meeres. Der Gesang wechselte in die Sprache, die nur Akira verstand, aber genau in diesem Moment begannen Catrionas Arme zu zucken, und ihr Oberkörper und ihr Kopf fuhren in die Höhe, als würde sich eine Schlange durch sie hindurchwinden.

Calin beobachtete die Szene fasziniert.

Catrionas Augen waren groß und glänzend, als sie antwortete: »Sie kommen mit dem Schiff ... die Mündung des Firth hinauf ... Hunderte. MacLeod führt das erste Schiff ... er gibt den Befehl.«

Hölle und Verdammnis! Calins Puls begann wie wild zu schlagen. Er bekreuzigte sich. *Akira ist eine Hexe?* Wie erstarrt konnte er nur noch zusehen, unfähig, seinen Blick von dem Anblick loszureißen, der sich ihm bot.

Akiras Körper zuckte. Ihre Lippen bewegten sich, als würde sie sprechen, doch kein Laut drang aus ihrem Mund.

Laird Kinnon schien von der Szene ebenfalls fasziniert zu

sein. Die Krieger, die an der Wand standen, warteten in ergebener Treue, aber auch sie machten große Augen.

»Kendrick, du nimmst deine Männer und besetzt das Kliff.« Catrionas Stimme hatte sich verändert – zu einer perfekten Nachahmung von Calins schottischem Akzent. »Die MacLeods rücken zu Fuß vor. Mit den Heiligen, die uns leiten, treffen wir uns zur dunkelsten Stunde vor der Dämmerung im Stall.«

Akira presste eine Hand auf ihre Brust und atmete schwer durch den Mund, dann wandte sie sich an Laird Kinnon. »Ich brauche das Blut von sechs Schweinen, einen Kranz aus Geißblatt, den Urin einer unfruchtbaren Frau und die Knochen einer verwesenden Leiche. All das muss bei Anbruch der Abenddämmerung in einem Kessel gekocht und dem Medium eingegeben werden, bevor der Mond in der Morgendämmerung den Horizont des Meeres berührt. Der Körper meines Mediums muss genährt werden und sich ausruhen, damit es in der Lage ist, die Vision meines Wächters aufzunehmen. In der Morgendämmerung werdet Ihr den Untergang Eures Feindes erleben. MacLeod ist ein Narr, an Hallow E'en anzugreifen! Die Mauern sind dünn, und die Seelen der Toten stärken den Wächter der Nacht. Aber das geschieht nur morgen, von der Morgendämmerung bis zum Abend.«

»Das hast du gut gemacht, kleine Hexe!« Laird Kinnon grinste und strich Akira über das Haar. Er ging an ihr vorbei, um seinen Kriegern die entsprechenden Befehle zu geben.

Calin betrachtete die Szene, und das Herz klopfte ihm noch bis in die Ohren. Gerade als er sich abwenden wollte, sah er, wie Akiras Lippen sich kaum merklich bewegten und sie Catriona zublinzelte. Obwohl Catriona sich noch in einer Art

Trance zu befinden schien, erwiderte sie diese Geste, bevor sie aufschrie und auf dem Steinboden zusammenbrach.

Unfähig zu sprechen und aus Angst, er würde seine Anwesenheit verraten, gab Calin seinem Führer leise das Zeichen, in den Kerker zurückzugehen. Als er in der Sicherheit der Höhle war, wandte sich Calin an Kendrick. Auf seinem Gesicht lag ein Lächeln, so breit wie am Tag seiner Hochzeit. »Meine Frau ist eine Hexe.«

»Das ist Blasphemie!«, stieß Kendrick in einem rauen Flüstern aus und zog seinen Dolch. »Akira ist keine Hexe, und das weißt du auch sehr gut.«

»Ich weiß das, und du weißt das. Aber das Ungeheuer befindet sich in der Macht ihrer kleinen Hand.«

Kendricks Stirnrunzeln vertiefte sich verwirrt. Ein Dutzend Krieger bildete einen Kreis um sie, während der geheimnisvolle Fremde sich seinen Weg in den Kreis hinein bahnte und sich zwischen Calin und Kendrick stellte. »Für den Augenblick ist sie sicher, aber ihr müsst eure Leute vorbereiten.«

»Ich will wissen, wer Ihr seid«, sagte Kendrick und hielt dem Mann die Spitze seines Dolches an die Nase.

»Der Sohn des Lairds.«

»Darach?« Kendrick ließ die Klinge im selben Moment sinken, in dem die versammelten Krieger ihre Schwerter zogen. Calin hob die Hand und befahl seinen und Kendricks Männern, ihre Waffen wegzustecken. Dieser arme Junge stellte keine Bedrohung für sie dar. Eine Sommerbrise würde ihn umwehen können, und er hatte bereits seinen Wunsch bewiesen, ihnen zu helfen. Er sah ganz gewiss nicht so aus wie der Dämon, als den Akira ihn beschrieben hatte.

»Warum solltet Ihr uns helfen?«, fragte Kendrick und tauschte einen misstrauischen Blick mit Calin. »Wisst Ihr nicht, dass wir gekommen sind, um Laird Kinnon zu vernichten und den Titel zu stehlen, den er für Euch gesichert hat?«

»Ich wollte nie Chieftain des Kinnon-Clans sein! Laird Kinnon hat jede Gelegenheit genutzt, mir zu sagen, dass ich nichts als eine Schachfigur bin. Ich bin nicht von seinem Blut, sondern der Sohn einer Hure, die er nach meiner Geburt getötet hat.«

Darach sprach die Wahrheit, doch trotzdem war Calin überrascht, sie vom designierten Erben der Kinnons laut ausgesprochen zu hören. Doch wie dem auch sei, er hatte nicht den Wunsch, Zeit damit zu vergeuden, dass er diesen beiden Männern dabei zuhörte, wie sie über einen Titel redeten, der keinem von beiden zustand. Die Würde des Chieftains gehörte seiner Frau. Er hätte ihr schon vor langer Zeit die Wahrheit sagen müssen.

»Ich kann euch helfen«, sagte Darach nach einem langen Moment des Schweigens.

»Und was wollt Ihr als Gegenleistung haben?«, fragte Kendrick mit offensichtlichem Misstrauen in der Stimme.

»Freiheit. Eine Hütte, vielleicht auf Kinnon-Land. Meine Bedürfnisse sind gering, aber ich werde an eurer Seite kämpfen, um Dalkirth vom Ungeheuer zu befreien.«

Die Krieger in ihrer Begleitung verbargen ihre Belustigung nicht; sie tauschten skeptische Blicke und schnaubten spöttisch. Kendrick runzelte die Stirn. »Ihr seid nicht stärker als ein Welpe. Könnt Ihr überhaupt ein Schwert führen?«

»Nein.« Darach schlug gequält die Augen nieder. »Aber ich bin unsichtbar für den Laird und kann mich innerhalb dieser Mauern frei bewegen. Die Krieger, die eure Frauen bewachen, beachten mich nicht. Wenn ihr eine Nachricht überbracht haben wollt, dann ist das schon so gut wie geschehen.«

»Das ist ein fairer Handel, denke ich. Loyalität gegen Land«, entschied Calin und überlegte bereits die Worte, die er seiner Frau schicken wollte. »Kommt. Wir müssen uns beeilen!«

»Dein Blutgebräu kocht, Seherin, und ich bin in dieser Nacht des Wartens überdrüssig«, lallte Laird Kinnon mit von Alkohol schwerer Stimme.

Er stand auf, schwankte leicht und griff mit seinen schmutzigen Händen in Akiras langes Haar. Ihr Magen rebellierte noch stärker, als er es ohnehin schon tat. Als sie die Augen schloss, um einen weiteren Anfall von Übelkeit abzuwehren, war alles, was sie fühlen konnte, seine widerlichen Hände. Dieselben Hände, die ihre Mutter und Neala vergewaltigt und die Papa getötet hatten. Sie würde stark sein für ihre Familie und für das Kind, das in ihr heranwuchs. Sie hatte keine andere Wahl.

Aber ihr lief die Zeit davon. Die Morgendämmerung würde bald einsetzen, und durch eine List hatte sie Laird Kinnon bereits die Nachtstunden abgerungen. Das Ungeheuer war auf ihren Vorwand hereingefallen, Catriona für ihre Opferung an den Wächter der Nacht vorbereiten zu müssen. Kurz vor Einbruch der Dämmerung hatte er zwei Mädchen geschickt, um Catriona zu baden und anzukleiden. Darach war zurückgekommen, wie er es versprochen hatte. Er war hinter einer Wand, in der keine Tür zu sehen war, in das Zimmer geschlüpft. Als Beweis für Calins Anwesenheit hatte er ihr eine Nadel mit dem Wappen der MacLeods in die Hand gedrückt, und Akira hatte vor Erleichterung weinen wollen. Zu wissen, dass Calin in der Burg war, gab ihr Mut.

Sie hoffte, bald in den Armen ihres Mannes zurück und

sicher unter seinem Schutz zu sein. Aber vorerst musste sie die Nähe des Ungeheuers aushalten und damit fortfahren, ihren Plan umzusetzen. Sie bedachte Laird Kinnon mit dem boshaftesten Grinsen, das sie zustande bringen konnte, und rührte weiter in dem Topf mit Knochen, Blut und Urin, während eine alte orangefarbene Katze ihr um die Füße strich. Es beunruhigte sie, am Abend von Samhain eine Hexe zu spielen. Stumm betete sie zu Gott, er möge ihr vergeben, und sie hoffte, dass Er über die blasphemischen Worte hinweg ihre Gedanken hören konnte.

Akira schaute über die Schulter auf Catriona, die ausgestreckt auf einem Tisch lag. Ihr Haar war sauber geschnitten und mit Öl geglättet worden, und die Seide ihres hellblauen Kleides schmiegte sich an ihre Kurven. Ihre grauen Augen waren weit aufgerissen, und sie blinzelte nur selten, während sie in der Stellung verharrte, die Akira ihr angewiesen hatte.

Laird Kinnon umrundete den Tisch und beäugte Catriona misstrauisch. »Ich habe noch nie eine Frau gesehen, die so still und gehorsam war. Besonders keine, die ihren Tod erwartet.« Laird Kinnon starrte Catriona an, während eine Katze um seine Beine strich. Er hob die Katze auf und setzte sie Catriona auf die Brust.

Catriona zeigte keine Reaktion, als die Katze ihr die Lippen leckte.

Laird Kinnon strich mit gierigen Fingern über ihren Körper, packte ihre Brüste und rieb ihr lüstern die Scham, aber Catriona hielt ihre vorgebliche Trance aufrecht und zuckte nicht einmal.

Ein Krieger der Kinnons betrat das Zimmer. Akira erkannte ihn und hoffte, dass er zu den Rebellen gehörte. Er verschränkte die Hände vor sich. »Die Schiffe kommen den Firth hinauf, genau wie die Hexe gesagt hat. Das erste hat die Flagge mit dem MacLeod-Wappen gehisst.«

»Deine Zauberkraft hat mir genützt, Seherin.« Laird Kinnon entließ den Boten mit einer Handbewegung und warf Akira dann ein hässliches Grinsen zu. Noch ehe die Tür sich hinter dem Boten geschlossen hatte, war er wieder an ihrer Seite und strich ihr über das Haar. »Obgleich ich einer Frau deines Aussehens sonst nicht so schnell traue. Schwarzes Haar. Kalte blaue Augen.« Er zwickte sie mit Daumen und Zeigefinger ins Kinn. »Du erinnerst mich an meine tote Frau.«

Ich habe sie gesehen, und Ihr seht ihr ähnlich.

Laird Kinnon beugte sich zu ihr, bis sein Gesicht fast ihre Wange berührte. »Ich habe meine Frau gehasst. Sie hat mich mit einem MacLeod betrogen.«

Sein fauliger Atem roch schlimmer als das Blut, das Akira umrührte, und seine Worte überrumpelten sie. Laird Kinnon hatte Calins Vater ermordet, aber sie hatte angenommen, bei dieser Fehde wäre es um Landbesitz gegangen, nicht um eine Frau. Akira kontrollierte ihren Gesichtsausdruck. Sie durfte Laird Kinnon nicht ihre Gedanken lesen lassen. Ihn davon zu überzeugen, dass sie Verbündete waren, war ihre einzige Chance. »Dann haben wir etwas gemein, M'laird. Mich hat der MacLeod mit der englischen Hure betrogen.«

»Du missbilligst die Wahl, die dein Bruder für dich getroffen hat?«

»Kendrick ist nicht loyal.« Sie gab Laird Kinnon die Worte, die er hören wollte. »Er hat die Krone ebenso betrogen, wie er Euch betrogen hat. Er hat mich dem MacLeod gegeben, um seinen Aufstand gegen Euch voranzutreiben, M'laird. Ich wollte von Cànwyck Castle fliehen, gerade bevor Eure Männer mich hierherbrachten.«

Laird Kinnon war ihr so nahe, dass sie fürchtete, er könnte das Blut in ihren Adern rauschen hören.

Er wischte ihr die Schweißtropfen von der Oberlippe und hielt den funkelnden Tropfen vor ihr Gesicht. »Dieses Zimmer ist so kalt wie ein jahrealter Leichnam, Mädchen. Aber du schwitzt. Ich denke, das kommt daher, dass du lügst.«

Akira schluckte und fühlte, wie ihre Nasenflügel zu beben und ihre Atemzüge hastiger zu werden begannen. Sie hatte versagt. Sie würde in diesem Zimmer sterben. *Calin, wo bist du?* Sie rief im Stillen nach ihm, wollte ihn herbeizwingen. Ihr Herz fühlte seine Gegenwart, aber sie hatte überall um sich herum Wärme gespürt, seit Darach behauptet hatte, der Geist von Laird Kinnons Frau würde auf Brycen Castle umgehen.

Ich bin ihr in die Schatten gefolgt. Sie macht Laird Kinnon Angst. Ihr müsst diese Angst zu Eurem Vorteil nutzen. Akira musste Darachs Worten vertrauen. »Ich habe nicht gelogen, M'laird. Die Mauer ins Jenseits ist dünn heute Nacht. Ich schwitze, weil ich die Kraft von hundert Seelen in diesem Zimmer spüre. Eure Frau ist eine von ihnen. Ihrer aller Kraft zusammen verursacht meinem Körper Fieber. Spürt Ihr diese Hitze nicht?«

Laird Kinnon zog sich so abrupt von ihr zurück, dass Akira fast gefallen wäre. Er schaute sich im Zimmer um, seine schwarzen Augen musterten jeden Stein in den Mauern und jeden Riss in der Decke.

Akira beobachtete ihn erstaunt. Darach hatte recht gehabt: Laird Kinnon hatte Angst vor seiner toten Frau. Akira bezweifelte plötzlich, dass die Frau im Kindbett gestorben war. Das Ungeheuer hatte sie vermutlich ermordet, und auch sie wollte ihre Rache.

Ein Frösteln lief ihr den Rücken hinauf, aber ihre Zehen und ihre Fingerspitzen brannten.

Die Hand am Griff seines Dolches rief Laird Kinnon seinen Kriegern seine Befehle zu, dann wandte er sich zu Akira um. »Die Hexenstunde ist gekommen. Gib der englischen Lady dein Gebräu zu trinken. Ich muss den nächsten Schritt der MacLeods wissen, um meine Männer in Stellung zu bringen.«

Akira fühlte Panik in sich aufsteigen, und ihr Herz machte einen dreifachen Schlag. Sie hatte nicht erwartet, dass Catriona das Gebräu würde trinken müssen. Die List war zu weit gegangen, aber wenn sie jetzt zögerte, würde sie tot sein.

Die bedrohliche Nähe des Ungeheuers zog sich enger um sie, deshalb schöpfte sie das kochende Gebräu in einen in Ochsenhaut eingeschlagenen Zinnbecher und wandte sich zu ihm. »Bringt uns zum höchsten Punkt des Turmes, und ich werde den Wächter der Nacht anrufen, um seine Vision zu erfahren. »Und Ihr«, sie deutete auf einen der Kinnon-Krieger, »tragt die Frau.«

Laird Kinnon und zehn seiner Krieger schlugen den Weg zur Treppe des Turms ein und erklommen sie, bis sie den steinernen Gang der Brustwehr erreichten. Ein gelblicher Dunst hing über dem östlichen Horizont, und der matte Mond berührte fast die See. Grauer Nebel erhob sich aus dem Tal, und die Brise der Morgendämmerung kühlte Akiras feuchte Haut.

Ein Kinnon-Krieger senkte Catriona vor der zinnenbewehrten Mauer auf die Knie.

Laird Kinnon zeigte auf Catriona. »Sie soll jetzt trinken.«

Akiras Puls bebte in ihrem Nacken, als sie den Becher festhielt. Die verdorbenen Ingredienzen würden einen wilden Eber krank machen. Catriona würde niemals fähig sein, das Gebräu im Magen zu behalten.

Zu ihrer Überraschung nahm Catriona ihr den Becher

aus den starren Fingern und trank die Flüssigkeit, ohne mit der Wimper zu zucken. Akiras Magen verkrampfte sich, und der bittere Geschmack von Galle legte sich auf ihre Zunge.

Akira zuckte zusammen, als Catriona ihr den Becher vor die Füße warf und sie dann anstarrte, als wollte sie ihr befehlen, mit dem Ritual fortzufahren.

Akira hob die Arme zum Himmel und begann zu singen. Sie dehnte ihren Gesang aus, bis sie Laird Kinnons Zorn spürte, dann wechselte sie ins Gälische. »Wächter der Nacht, höre mich! Bring mir deine Vision. Sprich jetzt durch das unheilige Medium, und ich werde dir Fleisch von ihrem Fleisch opfern.«

Der salzige Wind frischte auf und blies Akira das Haar wie ein schwarzes Netz ins Gesicht. Sie schaute zum Himmel über dem Meer – er war ruhig und klar, nur erfüllt vom Wispern der Sterne. Aber über ihrem Kopf zog sich eine Wolke zusammen. Eine dunkle, unheimliche Wolke, die nah genug war, um sie zu berühren.

Akira verharrte in ihrer Haltung und fuhr fort, den Wächter der Nacht anzurufen. Ein greller Lichtblitz schoss aus der Mitte der Wolke heraus. Ein unheimliches Gefühl erfüllte Akira, als der Donner losbrach. Sie tat alles in ihrer Macht Stehende, um hre wachsende Angst zu verbergen.

Eine Angst, die sich vergrößerte, als das Ungeheuer sie anknurrte. »Sprich die Sprache deines Wächters.«

Akira wollte nicht auf die geheime Sprache ausweichen, denn sie sollte der Hinweis für Catriona sein, die Vision zu enthüllen. Und hatte sie erst den letzten Befehl preisgegeben, würden die Kinnon-Krieger angewiesen werden, Catriona über die Brustwehr in den Graben zu werfen, als Opfer für Akiras falschen Wächter der Nacht.

Akira sah die Verzweiflung in Catrionas grauen Augen.

Catriona suchte Frieden – ein Ende für ihr Leiden. Aber Akira konnte es nicht tun. Sie konnte die Worte nicht sagen, die Catrionas Leben beenden würden.

Ein weiterer einschüchternder Blitz schoss vom Himmel.

Catriona zitterte. Und sie machte aus eigenem Antrieb mit dem Plan weiter.

Nein! Tut das nicht! Akira schrie es Catriona durch ihren Blick zu und sann verzweifelt nach einem Ausweg. Der grollende Donner steigerte sich. Akira wandte sich an Laird Kinnon und warf ihm einen finsteren Blick zu. »Der Wächter der Nacht ist erzürnt. Wir müssen ihn besänftigen oder seinen Zorn erleiden.«

Plötzlich brachen aus der Wolke, die sich über ihren Köpfen auftürmte, grellgelbe Blitze hervor. Laute des Leidens krochen die Wände des Turms hinauf und über die Brustwehr. Durch die eckige Zinne sahen Akira und Laird Kinnon gleichzeitig zum Stall. Eine Masse lodernder Flammen verschlang das Gebäude. Die Männer, die darin eingeschlossen waren, schrien um Hilfe.

Das böse Gesicht des Ungeheuers verzerrte sich in Entsetzen. Er riss seinen *sgian dubh* aus seinem Strumpf und presste Akira die scharfe Klingenspitze auf die Brust. »Du verräterische Hexe! Du hast mich überlistet! Das da drinnen sind meine Männer.«

Akiras Haut wurde kalt und feucht, und Angst schnürte ihr die Luft ab. Ihre Augen suchten am Himmel nach Hilfe.

Die zornige schwarze Wolke, die die Morgendämmerung verfinsterte, konnte von niemandem ignoriert werden. Aus ihrer Mitte schoss wieder ein Blitz direkt auf den Turm zu. Mit dem Donner kam das beunruhigende Zischen von Schwertern, die gezogen wurden. Die Krieger von drei Clans tauchten auf der Brustwehr auf – alle angeführt vom Laird des MacLeod-Clans.

»Calin!«, schrie Akira so laut, wie ihre trockene Kehle es zuließ.

Laird Kinnons Krieger griffen an. Das Klirren von Schwertern und das Geräusch von Metall, das Knochen zerschmetterte, erfüllte die Luft. Akira schaute voller Entsetzen auf das Kampfgetümmel. Ein Kinnon griff Kendrick an, aber Gordon schlug dem Mann mit einer Hellebarde den Kopf ab. Jaime trieb sein Claymore durch die Brust des Kriegers, der sie aus dem Haus des Heilers entführt hatte. Reihenweise fielen Männer dem Tod anheim. Blut tropfte von ihren Schwertern, und Akiras Herz zersprang schier in ihrer Brust.

Wo war er?

Aus der Mitte der Metzelei tauchte ihr Ritter auf. Ihr Mann. Ihr Calin. Mit dem gezogenen Schwert stürmte er auf das Ungeheuer zu.

Laird Kinnon schob sich rasch hinter Akira, zog ihren Kopf hart an seine Brust und setzte seine Klinge an ihren Hals. Akira wehrte seinen Arm mit beiden Händen ab und beobachtete, wie das Band der Krieger einen Halbkreis hinter Calin bildete. Ihr Herz füllte sich mit Bildern ihres Mannes. Wie er das neugeborene Baby hielt und sie liebevoll anlächelte, bevor er sich über sie beugte und sie auf die Stirn küsste.

Ihre Zukunft.

Ihre gemeinsame Zukunft.

Der scharfe Dolch des Ungeheuers ritzte ihre Haut im selben Moment, in dem sie einen dumpfen, drückenden Schmerz in ihrem Bauch spürte.

Die dunkelrote Flüssigkeit, die ihren Nacken herunterlief, brachte Calins Angriff zum Stehen. Seine Fingerspitzen brannten. Ein dumpfes Brummen betäubte seine Ohren, aber sein Ton blieb befehlend. »Lasst sie los! Es ist vorbei.«

»Nichts ist vorbei. Ich habe zweihundert Mann im Wald postiert, die auf deine Krieger warten«, zischte Laird Kinnon.

»Deine Armee aus Lowlandern ist überwältigt worden. Du bist am Ende, Ungeheuer, ebenso wie deine Zeit des Herrschens über Dalkirth.« Calin nahm sein Schwert von einer Hand in die andere. »Lass sie gehen und kämpfe mit mir wie ein Mann.«

»Ich bin kein Narr! Ich lasse sie gehen, und dann metzeln mich deine Männer nieder? Nein! Schick deine Männer weg. Sofort.«

Calin stand da wie ein Fels. Er musste seine Gefühle beherrschen. Wenn das Ungeheuer seine Furcht erkannte, würde Calin die wichtigste Schlacht verlieren, die er je geschlagen hatte. »Bringt die Verwundeten in den Turm, und dann geht. Alle! Sofort!«

Nach langem Zaudern machte Gordon den ersten Schritt, dem Befehl zu gehorchen. Er hob Catriona auf die Arme, und die anderen Krieger folgten ihm. Sie zogen sich in den Turm zurück und ließen Calin mit seinem Feind allein.

Seit Jahren hatte er auf diesen Moment gewartet. In seinen Fingern zuckte es vor Verlangen, den Mann zu töten, der seinen Vater ermordet hatte. Aber noch stärker war das Verlangen, ihm die Finger abzuhacken, mit denen er seine Frau berührte.

Akiras Lider flatterten panisch, ihre Lippen waren grau, und sie zitterten. Calin wollte sie den Klauen des Ungeheuers entreißen, aber er war hilflos – genau so hilflos wie in der Nacht, in der sein Vater gestorben war.

»Liebst du deine Frau so sehr, wie du deinen Vater geliebt hast, MacLeod?«, fragte Laird Kinnon und drückte die Klingenspitze tiefer in Akiras Nacken. »Wirf deine Waffe weg, oder ich schneide ihr die Kehle durch.«

Calin zuckte zusammen. Sein Herz klopfte bis in den Magen, als er sein Schwert fallen ließ. *O Gott im Himmel, hilf mir!,* flehte Calin seinen Schöpfer an. »Lass sie los!«

Laird Kinnon lachte dröhnend. »Die Welt ist schlecht, nicht wahr, MacLeod? Du hast diesen Krieg begonnen, hast meine getreuen Männer getötet, und wofür? Um den Tod deines Vaters zu rächen. Aber es wird dich die Seele deiner Frau kosten. Vorausgesetzt, diese Hexe hat eine.« Er packte Akira an den Haaren, riss ihren Kopf nach hinten und strich mit der flachen Klinge über ihre Haut. Sie klammerte sich an seinen Arm und schrie.

»Danach wird der Spielstand ausgeglichen sein, MacLeod«, höhnte er. »Ich nehme dir deine Frau, so, wie dein Vater mir meine genommen hat.«

Calin kämpfte mit sich, gegen jene Ängste, die er als Junge schon ausgefochten hatte. Laird Kinnon würde ihm nicht noch einen geliebten Menschen rauben! Ihn zu überrumpeln schien seine einzige Möglichkeit zu sein. Und wenn die Wahrheit ihn Akiras Vertrauen kosten würde, dann würde er den Rest seines Lebens damit verbringen, ihr Vertrauen zu ihm wieder aufzubauen.

»Du kannst sie nicht töten!«, rief er mit fester Stimme. »Sie ist dazu bestimmt, der nächste Chieftain deines Clans zu sein.«

Akiras Augenbrauen zogen sich verwirrt zusammen, ebenso wie die des Lairds.

»Mein *Sohn* wird der nächste Chieftain, geleitet von meiner Hand. Deine kostbare Allianz wird niemals zustandekommen!«

»Darach kann keinen Anspruch auf den Rang des Chieftains erheben, weil er nicht von deinem Blut ist. Du hast nur Töchter gezeugt. Drei von ihnen liegen unter der Erde, neben deiner Frau. Die vierte habe ich in der Nacht gerettet, in der du meinen Vater umgebracht hast. Erst habe ich sie in die Obhut deines eigenen Clans gegeben, und dann habe ich sie geheiratet.« Calin konnte nur beten, dass er seinen Gegenspieler damit überrumpelte. »Hast du nicht gesehen, dass sie das Ebenbild deiner toten Frau ist? Sie hat Lenas Augen. Sieh sie an, du Ungeheuer!«

Laird Kinnon riss Akira herum und starrte sie an. Calin wusste, er würde sie töten, bevor er seinen nächsten Atemzug machte. Aus dem Augenwinkel nahm Calin die Bewegung eines Kriegers wahr, der verborgen zwischen zwei dicken Zinnen stand. Kendrick trat von der Mauer weg und warf seinen Dolch. Bis zum Heft drang die Klinge Laird Kinnon in den Rücken.

Das Ungeheuer heulte auf. Er riss Akira herum und schleuderte sie gegen die Mauer der Brustwehr. Sie schlug auf der Brüstung auf. Ihr Oberkörper hing über der Mauer, ihre Finger umkrallten die Brüstung, ihre Beine strampelten in der Luft. Sie schrie laut.

Calin zog ein Messer aus dem Lederband um sein Handgelenk und stürzte sich auf Laird Kinnon. Er packte ihn an den Haaren und durchschnitt ihm mit einer einzigen Bewegung die Kehle von einem Ohr zum anderen.

Laird Kinnon brachen die Beine weg. Er sank auf die Knie, dann stürzte er vornüber. Die Herrschaft des Ungeheuers von Brycen Castle war zu Ende.

Akira rutschte von der Mauer und sank in sich zusammen. Calin hob sie auf seine Arme. Ihr Kopf fiel zur Seite, und ihre Augen waren fest geschlossen. Aus ihrem Mund kam ein Wimmern des Schmerzes.

»Akira!«

Ihre Fingerknöchel traten weiß hervor, als sie die Hände auf ihren Bauch presste. »Ich erwarte ein Kind. Calin ...« Akiras Worte endeten in einem weiteren Schrei, dann erschlaffte ihr Körper in seinen zitternden Armen.

Heiliger Aidan! Was habe ich getan?

Kapitel 27

Akiras Bewusstsein kämpfte sich durch einen schwarzen Nebel. Ihr war kalt.

Nein, nicht kalt – sie war wie erstarrt. Als wären ihre Beine in Eis gefangen. Das war seltsam, denn ihre Wangen waren warm, und sie spürte das drückende Gewicht von daunengefüllten Decken. Sie lag in einem Bett.

Sie spürte eine Leere in sich.

»Mein Kind ... Calin ...«, wisperte sie, mehr zu sich, als zu der Gestalt neben ihr.

»Schsch ... alles wird jetzt gut. Macht Euch keine Sorgen.« Eine Frau sprach mit sanfter Stimme zu ihr und strich ihr das Haar aus der Stirn.

»So kalt.« Akira fasste unter die Decke und berührte die kalten, feuchten Tücher, die zwischen ihren Beinen lagen. Dann traf das Begreifen ihres Verlustes sie wie hundert Peitschen mitten ins Herz.

Sie hatte ihr Kind verloren.

Akira öffnete die Augenlider und konzentrierte sich auf das schwach erhellte Zimmer. Ein großer Wascheimer gefüllt mit verfärbten Tüchern, die in Wasser einweichten. Die Frau am Bett presste ein feuchtes Tuch an ihre Stirn. Akira erkannte Gunnie. Sie war die einzige Hebamme des Dorfes, solange sie denken konnte.

Akira schaffte es, eine Frage zu stellen. »Wie lange?«

»Drei Tage, Mylady. Ich habe alles getan, was ich konnte, aber die Blutung wollte nicht aufhören. Es tut mir sehr leid wegen Eures Verlusts. Sehr, sehr leid«, sagte Gunnie und bot Akira ein wenig Honigwein an.

Nein! Akira wandte den Kopf ab, schloss die Augen und versuchte, die Tränenflut aufzuhalten, die unter ihren Lidern hervorströmte. Warum? Warum hatte Gott ihr das Kind genommen? Als Strafe für ihr ketzerisches Handeln?

Ihr Verstand, ihr Körper und ihre Seele trieben in Verwirrung vor sich hin. Ein Kummer, wie sie ihn noch nie empfunden hatte, füllte ihr Herz und ihr Denken. Teile und Stücke von den Ereignissen auf der Brustwehr von Brycen Castle setzten sich vor ihrem geistigen Auge zusammen. Laird Kinnon war ihr Vater. Das Blut des Ungeheuers floss durch ihre Adern! Der Gedanke war so schrecklich, dass er sie körperlich krank machte.

Und Calin hatte es die ganze Zeit gewusst.

»Bitte lasst mich allein! Ich möchte allein um meinen Verlust trauern«, stieß Akira hervor, dann presste sie die Ecke der Decke an ihren Mund und schluchzte sich an einen Ort, den sie nie wieder verlassen wollte. Einen Ort der Dunkelheit und der zerbrochenen Träume. Dieser Ort würde fortan ihr Zuhause sein.

Die Hand streichelte ihre Wange und hielt dann ihre Finger umschlossen. Eine starke Hand, eine, der sie vertrauen wollte. Der starke Duft von gebratenem Fleisch stieg ihr in die Nase. Jemand stützte ihren Kopf hoch und setzte einen heißen Becher an ihre Lippen. Eine salzige Flüssigkeit glitt ihre Kehle hinunter und füllte ihren leeren Magen.

»Du musst trinken. Es sind schon fünf Tage. Bitte wach auf und iss, meine Geliebte! Ich kann dich nicht auch noch verlieren.«

Aus schmalen Augen konnte sie Calin sehen. Im Feuerschein tanzten goldene Punkte in seinen traurigen, kummervollen Augen. Doch sie wollte seinen Schmerz nicht sehen. Sie wollte nur wieder schlafen. Wollte zurück an den Ort, an dem sie sich nicht mit der Wirklichkeit auseinandersetzen musste. Aber es war an der Zeit, sich der Wahrheit zu stellen. Der Mann, den sie liebte, hatte sie getäuscht. Er hatte sie als Mittel benutzt, um Rache für den Tod seines Vaters zu nehmen. Aber was noch stärker in ihrem Kopf widerhallte, war das Wissen um das fehlende Leben in ihrem Leib. Das Leben, das er ihr gestohlen hatte.

Sie ließ sich zurück in die Dunkelheit treiben. Zwang sich in den friedvollen Abgrund, in dem sie nicht zur Kenntnis nehmen musste, wer sie war oder was sie verloren hatte.

Calin zog sie fest an seine Brust. »Bitte komm zurück zu mir, meine Akira!« Seine Lippen berührten ihre Augenlider, seine Stimme klang traurig. »Vergib mir, meine Geliebte! Ich hätte dich und das Baby beschützen müssen. Ich werde es mir nie vergeben, wenn ich dich auch noch verliere.«

Sein Herz schlug an ihrem Ohr, und seine Worte zeigten ihr einen Weg, aus ihrer Qual zu fliehen. Ein Teil von ihr wollte an seiner Brust weinen und Kraft und Trost in seinen Armen suchen, aber ein anderer Teil wollte sich aus seiner Umarmung zurückziehen und ihm die Schuld geben.

Er hätte für ihre Sicherheit sorgen müssen, weit weg von dem bösartigen Mann, der sie gezeugt hatte. Jetzt war ihr Kind tot – das Kind, das sie mehr gewollt hatte als das Leben selbst. Das Kind, das Calin ihr versprochen hatte. Und das er ihr in seinem triumphalen Moment der Rache wieder gestohlen hatte.

Ihr Herz wurde zu Stein, ihr Puls aber raste vor Wut.

Akira versteifte sich und stieß Calin weg, überrascht darüber, wie viel körperliche Kraft sie hatte. Sie starrte in das leere Zimmer. »Ihr habt Eure Allianz, M'laird. Ich bin jetzt nicht mehr von Bedeutung für Euch.«

»Akira, bitte! Ich habe ...«

»Nein! Ich will Eure Worte nicht hören!«, brach es aus ihr heraus. »Ihr habt den Tod Eures Vaters gerächt, aber es ist auf Kosten Eures eigenen Kindes geschehen. Meines Kindes. Ich werde Euch niemals vergeben, dass ihr mich getäuscht habt. Ihr habt mir eine Familie gegeben, ein Leben und dann ein Kind, und alles nur, um es mir wieder zu nehmen. Ich bin nicht Isobels Zwilling, nicht die Schwester oder Tochter jener, die ich so sehr liebe. Ich bin niemand. Ich bin das Ergebnis Eurer Rache gegen das Ungeheuer. Ein Teil Eures geschickt erdachten Plans, sein Blut leiden zu sehen, wie er es getan hat, als er Euch Euren Vater genommen hat.« Ihre Worte hatte sie mit Absicht so gewählt – mit der Absicht, ihm wehzutun, wie er ihr wehgetan hatte.

»Nein!« Seine Stimme brach vor schrecklichem Kummer. »Ich habe nie gewollt, dass das passiert. Ich habe nicht gewollt, dass du es auf diese Weise erfährst.« Calin legte die Hand an ihr Kinn, seine Hand zitterte.

Sie presste die Augen zu und schob seine Hand fort. Sie wollte ihn nicht ansehen, wollte nicht Zeuge der Qual sein, die er vornehmen könnte. »Geht! Ich bin nicht länger Teil Eurer Machenschaften.«

»Bei allen Heiligen, du bist meine Frau!«

Ihr Kopf fuhr zu ihm herum. »Auch Eure Schwester?« Sie hatte nicht über diese Frage nachdenken wollen, nichtsdestotrotz musste sie ausgesprochen werden. »Meine leibliche Mutter hat Euren Vater geliebt. Habt Ihr je die Möglichkeit in Betracht gezogen, dass wir vom selben Blut sein könnten? Oder hat Euch Euer Verlangen nach Rache bis zu dem Punkt getrieben, an dem Euch auch das egal war?«

»Lena kam zu meinem Vater, als sie mit ihrem vierten Kind schwanger war. Ich war dabei an dem Tag, an dem er ihr begegnete. Sie hat ihn angefleht, sie und ihr Kind zu beschützen.« Er sah sie ernst an. »Mein Vater war ihr vor jenem Tag nie begegnet. Ich bin nicht das Ungeheuer, das zu sein du mich anklagst! Ich bin dein Mann. Du musst mir glauben!« Calin schloss die Hände um ihr Gesicht und presste seine Lippen auf ihre.

Akira weigerte sich, seinen Kuss zu erwidern, weigerte sich, es zuzulassen, dass seine Berührung ihre Knie weich werden ließ. Sie wollte ihm nicht glauben, seinen Worten nicht vertrauen. Sie kämpfte gegen die Gefühle an, die an die Oberfläche emporstiegen – die ihr das Herz brachen. Sie wollte ihn hassen. Mit jeder Faser ihres Seins. Sie wollte frei sein von dem Mann, der ihr so viel Schmerz zugefügt hatte. Er hatte sie getäuscht, hatte sie sich Dinge wünschen lassen, die sie niemals haben würde – Glück, Liebe, eine Familie.

Calin erhob sich von der Bettkante und wandte ihr den Rücken zu, aber nicht bevor sie die Tränen auf seinen rauen Wangen sah. »Bitte, lass es mich dir erklären.«

»Es gibt für Euch nichts mehr zu sagen. Ihr habt keine Macht über mich. Als Laird des Kinnon-Clans bin ich Euch ebenbürtig.« Sie hatte den Fehler in seinem Plan gefunden. Den Grund, warum er ihr nicht die Wahrheit gesagt hatte. Er konnte sie nicht besitzen. Sie verschränkte die Arme vor der Brust und bereitete sich auf seinen Protest vor.

Calin fuhr herum, seine Augenbrauen waren in Verwirrung zusammengezogen. »Du wirst Kendrick als Chieftain benennen. Er ist dein Halbbruder und stammt von der Blutlinie ab.«

»Ich trage gegenüber meinem Clan die Verantwortung, Frieden zu bringen und das wieder aufzubauen, was Laird Kinnon an Zerstörung über Dalkirth gebracht hat. Geht zu Eurem King James und fügt Euch seinen Wünschen. Unterzeichnet die Annullierungsurkunde und nehmt Catriona zur Frau oder wählt eine andere und verlasst mich mit ihr. Catriona kann nicht zurück nach England, und für ihre Verbrechen gegen mich ist sie bereits bestraft worden.«

»Das kannst du doch nicht wirklich meinen.« Calin sank neben dem Bett auf die Knie und legte ihr seine Hand auf das Herz. »Hast du denn nie etwas für mich empfunden?«

Akiras Inneres fühlte sich hohl an. Nichts war geblieben, nur eine quälende Taubheit. »Mein Herz ist mit dem Kind gestorben, das Ihr mir genommen habt.«

»Ich kann nicht ohne dich zurückgehen.«

Akira griff nach seiner Hand, und bevor er sie davon abhalten konnte, legte sie ihren Ehering in seine Hand. Sie schlug die Augen nieder, um ihren Schmerz zu verbergen. »Ihr könnt, und Ihr werdet.«

Kapitel 28

Akira starrte in die Kerze, die als Einzige in der Kapelle brannte. Staub tanzte auf den Sonnenstrahlen, die durch die bleigefassten bunten Fenster in das kleine Gotteshaus fielen. Tief in Gedanken versunken, hielt sie ihren Rosenkranz in den Händen und betete um Beistand, wie sie es seit ihrem Gespräch mit der Hebamme jeden Morgen tat. Gunnie hatte Akira nach deren Monatsfluss gefragt und hatte ihr nach vielem Reden erklärt, dass das Kind vermutlich schon gestorben war, bevor Akira nach Brycen Castle entführt worden war.

Eine Träne hinterließ eine Spur auf ihrer Wange, und Akira wischte sie gedankenverloren ab. Weinen zu wollen war nicht länger ein Gefühl, gegen das sie ankämpfte. So viele Menschen war an ihrer Seite gewesen, um sie zu trösten, ihr Mitgefühl zu zeigen und sie zu umsorgen. Anfangs hatte Akira sich dagegen gewehrt, doch dann hatte sie gemerkt, dass sie ihren Verlust leichter akzeptieren konnte, je mehr sie den Geschichten und aufmunternden Worten zuhörte. Viele hatten um die geliebten Menschen getrauert, die sie in Kriegen und Schlachten verloren hatten, während sie bei Akira gesessen und ihr Mut zugesprochen hatten. Dalkirth hatte sich für immer verändert. Aber die Menschen hatten angefangen, sich und den Clan neu aufzubauen – ihre Hütten und ihr Leben, ihren Sinn für Stolz und Wohlbefinden. Selbst Darach, der jetzt außerhalb des Burghofes in einer kleinen Hütte lebte, hatte seinen Frieden gefunden.

Akira schloss die Augen und küsste das Kruzifix ihres Rosenkranzes. Sie wollte auch Frieden finden. Sie betete darum, und sie zwang den Schmerz dazu, ihr Herz zu verlassen. Auch wenn sie seit Wochen von vielen Menschen umgeben war, hatte sie sich nie im Leben einsamer gefühlt. Bilder von Calin blitzten auf, und sie schluchzte. Sie berührte ihre Lippen, spürte fast seinen Kuss. Ihr Herz rief ihr zu, ihn wieder in ihr Leben zu lassen – ihm zu vergeben, was er vor ihr verborgen hatte. Starrsinn war ein schlechter Gefährte.

Der Klang schlurfender Schritte ließ Akira aus ihrem Elend aufschrecken.

Father Harrald stöhnte, als er neben der Kirchenbank niederkniete, sich bekreuzigte und sich dann neben Akira kniete. Jeder seiner keuchenden Atemzüge, der in der Kapelle widerhallte, klang wie sein allerletzter.

»Möchtest du gern beichten, Mädchen?«, fragte er sie in seine gefalteten Hände, wie er es seit mehr als einem Monat jeden Morgen fragte.

»Ich liebe meinen Gemahl«, erwiderte Akira ohne Zögern und fühlte sich schwindelig, weil sie die Worte laut ausgesprochen hatte.

Father Harrald schmunzelte, zog sich die Kapuze seines Habits vom Kopf und setzte sich schwerfällig auf die Bank. Akira folgte seinem Beispiel und gestattete ihm, ihre Hand zwischen seinen kalten schwieligen Händen zu halten. »Es ist keine Sünde, seinen Gemahl zu lieben.«

Akira strich über den nackten Finger, an dem sie einst ihren Ehering getragen hatte. »Er hat mich angelogen.«

»Er hat ein Geheimnis gewahrt, um dich zu schützen, Mädchen. Laird Kinnon war ein zutiefst gestörter Mann. Ich fürchte, ich konnte seine Seele nicht retten. Dein Mann hat dich vor den bösen Absichten des Lairds gerettet, als du ein Säugling warst.« Father Harralds Stimme klang sanft, als er versuchte, es zu erklären.

Akira wandte sich ihm zu. Unter buschigen weißen Augenbrauen blickten seine hellblauen Augen konzentriert und klar. »Calin hat Euch das gebeichtet?«

»Es ist keine Sünde, ein unschuldiges Kind zu retten. Dein Mann war dabei, als du geboren wurdest. Er hatte sich in einer Mauernische des Turms verborgen. Was er mitangesehen hat, kann einen Mann sein ganzes Leben lang verfolgen.« Father Harrald zitterte. »Mich hat es nie wieder losgelassen.«

Akira drückte seine Hand und begriff zum ersten Mal, dass auch der Priester dabei gewesen war.

»Er war damals ein sehr furchtsamer Junge. Er hätte dich auch einfach deinem Schicksal überlassen können«, fügte er hinzu. »Hätte er das getan, hätte ich dich neben deinen Schwestern begraben.«

Akira wischte sich eine Träne von der Wange. Ihr Zorn war schon vor Wochen gestorben und hatte einer so tiefen Trauer Platz gemacht, dass sie sich wie ausgehöhlt fühlte. Sie hatte versucht, Calin aus ihrem Herzen zu verstoßen, aber sie hatte jämmerlich versagt. Er hatte das Geheimnis ihrer Abstammung gewahrt, um sie zu beschützen, und statt es ihm zu danken, hatte sie ihn angeklagt, ihr ihr Leben gestohlen zu haben.

»Ich möchte nach Hause«, gestand sie.

»Dann komm. Ich werde dich begleiten.« Father Harrald wollte aufstehen, aber sie hielt ihn zurück.

»Nein. Ich möchte nach Hause nach Cànwyck Castle.« Sie vermisste ihre Verwandten und ihre Schwester Isobel. Am meisten aber vermisste sie Calin. »Es ist selbstsüchtig von mir. Ich trage eine Verantwortung gegenüber den Menschen von Dalkirth, und meine Weigerung, das Edikt des Königs anzuerkennen, könnte den MacLeod-Clan alles kosten. Aber mein Herz ist bei meinem Mann. Ich bin schrecklich allein ohne ihn.«

»Du lädst dir zu viel Verantwortung auf, Mädchen! Kendrick kann den Clan führen, wenn du es willst, und King James, bei all seiner Macht, kann dich nicht daran hindern, deinen Mann zu lieben.«

Aber erwiderte er ihre Liebe? Calin hatte die Worte nie gesagt, und er war auch nicht gekommen, um um sie zu kämpfen.

Father Harrald stand auf und bot Akira seine Hand. »Vielleicht ist es an der Zeit für dich, nach Hause zu gehen.«

Kapitel 29

Bei Glasgow hatte Calin drei gebrochene Rippen und einen gebrochenen Arm überlebt, bei Drumchatt eine Schwertwunde und in anderen Schlachten so viele Verletzungen, dass sie zu zahlreich waren, um sie zu zählen. Aber ein gebrochenes Herz erwies sich als die schmerzhafteste Wunde, die er in seinem Leben je ertragen musste.

Er saß im Dunkel seines Zimmers und betrachtete den keltischen Ring, den er über seine Fingerspitze gestreift hatte. Es war der Ring, der seiner Frau gehört hatte. Einer Frau, die er seit fast einem Monat nicht gesehen hatte. Aber heute würde Akira kommen, wenn auch nur für einen Besuch. Isobels Hochzeit würde sie nicht versäumen.

Der Ring fühlte sich kalt an seit dem Tag, an dem sie ihn abgelegt hatte. Heute jedoch fühlte sich das Silber warm an, als hätte der Schmied eben erst aufgehört, das Metall zu schmieden.

Calin konnte ihre Nähe spüren, konnte fast ihren süßen Duft riechen. Sich nach seiner Frau zu sehnen schien die Strafe für das übelste aller Verbrechen zu sein. Eine Strafe, die er ohne Einschränkung verdiente. Er hatte dabei versagt, sie zu beschützen. Er hatte ihr Vertrauen verraten, ihre Loyalität ihm gegenüber. Dass er die Wahrheit verschwiegen hatte, hatte ihn seine Frau gekostet, seine Familie, seine Seele.

Und jetzt erwartete ihn eine noch schwerere Strafe. In der Gewissheit, wie sehr sie ihn hasste, würde er ihre Anwesenheit ertragen müssen. Was sollte er ihr sagen? Sie fragen, wie es ihr ging, und ihr etwas Käse und Wein anbieten? Wie könnte er sie ansehen und sie nicht berühren wollen? Calin schloss die Hand und hielt den Ring darin verborgen.

Das leise Klopfen an der Tür schreckte ihn auf.

»Calin, darf ich eintreten?« Tante Wanda war in das Zimmer gekommen, ohne seine Antwort abzuwarten. »Isobel ist bereit, und Jaime ist so zappelig wie eine Fliege in einem frisch gesponnenen Spinnennetz.«

Calin nickte und wandte sich ab, um den Ring zurück in eine verrostete Schatulle zu legen, wo er ihn zwischen einer Feder und einigen bunten Kieselsteinen verwahrte. Ein wenig verlegen legte er die anderen Erinnerungsstücke in die Schatulle und schloss den Deckel. »Ist sie gekommen?«

»Aye. Akira ist vor Kurzem zusammen mit Father Harrald und ihren Verwandten eingetroffen. Sie sind mit der Gemeinde draußen vor der Kirche.«

Calin hörte das Rascheln von Tante Wandas Röcken, dann war sie bei ihm und legte ihm die Hand auf den Arm. Sie war ohne Wenn und Aber für ihn da gewesen. Die Festung, der er seine Seele offenbarte, seinen Schmerz und seinen Kummer. Ihre sanfte Stimme hatte immer seine Dämonen verjagt, als er ein Kind gewesen war – und heute war es nicht anders.

»Sie sieht wohl aus. Es wird gut für dich sein, sie wiederzusehen. Die Tage des Glücks, die wir haben, sind zu wenige, und es ist notwendig für uns, in Frieden miteinander zu leben … es ist notwendig für uns, um zu gesunden. Du solltest an ihrer Seite sein, wenn Isobel durch die versammelte Menge zur Kirche geht.«

Calin wandte sich um, sah seine Tante an und verlor sich im Trost ihrer sanften grünen Augen. »Und wenn sie mich nicht an ihrer Seite haben will?«

»Dann wirst du ihr noch mehr Zeit lassen.« Tante Wanda glättete das Revers seiner Weste und richtete die MacLeod-

Brosche, mit der sein Plaid über der Schulter zusammengesteckt war. Sie strich über seine glatt rasierte Wange, legte ihm ein Pfefferminzblatt auf die Zunge und lächelte. »Nun komm! Du siehst göttlich aus. Sie wird dir nicht widerstehen können.«

Calin rührte sich nicht, als sie ihn am Ellbogen berührte. Jeder Muskel in seinem Körper zog sich vor Anspannung zusammen. »Was soll ich zu ihr sagen?«

Tante Wanda schüttelte den Kopf, verdrehte die Augen zum Himmel und warf Calin einen Blick zu, als hielte sie ihn für einen unwissenden Esel. Es war eine ihrer bevorzugten Titulierungen, die sie für Onkel Kerk bereithielt. »Es ist kein Sakrileg, wenn ein Mann seiner Frau sagt, dass er sie liebt.«

»Aber ich habe diese Worte noch nie gesagt. Nicht einmal zu dir oder Onkel Kerk.«

»Das kommt daher, weil dein Onkel ein Ochse ist und mir nie erlaubt hat, dich mit süßen Worten zu verwöhnen. Er hat gesagt, das würde dich weniger zum Krieger machen, weniger zum Mann. Ich hätte ihm warme Pferdeäpfel zu essen geben und mit dir so reden sollen, wie ich es wollte.« Sie schlug ihre zimtfarbenen Wimpern nieder und spielte mit den Falten seines Plaids. »Jaime und du seid die Söhne, die ich nie hatte, und ich bedaure es, dass ich euch beiden nicht jeden Tag eures Lebens gesagt habe, dass ich euch liebe.«

Calin ergriff ihre Hände. Seine Tante war im Alter noch schöner geworden. »Dann sagt Onkel Kerk dir diese Worte nie?«

Sie lachte auf. »Natürlich tut er das! Jeden Morgen und jeden Abend. Denkst du, ich wäre mit einem Mann verheiratet, der mich nicht liebt?«

Calin beugte sich zu ihr und küsste sie auf die Stirn. Es gab vieles in seinem Leben, das er bedauerte. Nie zärtliche

Worte gesagt zu haben war eines davon. »Danke. Ich bin dankbar, mit dir als meiner Mutter gesegnet zu sein.« Er fing die Träne auf, die über ihre Wange kullerte. »Ich liebe dich, Tante Wanda.«

Tiefe Röte färbte ihr Gesicht, als er die Worte sagte, die er schon vor Jahren hätte sagen sollen. Sie auszusprechen, war gar nicht so schwer gewesen.

Als Calin Akira sah, wollte er zu ihr laufen, sie in die Arme nehmen und nie wieder gehen lassen. Stattdessen fürchtete er, seine Beine würden ihn nicht mehr bis zur Kirche tragen können. Sein Magen brannte mit derselben Intensität, die ihn ergriff, wenn er in einer Schlacht sein Schwert erhob.

Trotz der Kälte lag ein helles Rosa auf ihren Wangen, und ihre klaren Augen funkelten wie Saphire bei jeder herzlichen Umarmung, die ihr zuteil wurde. Sie sah wunderschön aus in ihrem dunkelvioletten Kleid, als sie die Frauen und Kinder des MacLeod-Clans zur lange überfälligen Begrüßung umarmte.

Calin war nicht der Einzige gewesen, der die Lady von Cànwyck Castle vermisst hatte. Die Kinder waren untröstlich gewesen, als Akira nicht mehr zu den Unterrichtsstunden gekommen war, und unter den Frauen hatte während ihrer wochenlangen Abwesenheit eine große Niedergeschlagenheit geherrscht.

Aber jetzt war sie wieder da! Doch Calin konnte seine Beine nicht dazu bewegen, die letzten zehn Schritte zu überwinden, die zwischen ihnen lagen.

Der Geruch von Schnee lag in der frostig kalten Luft. Nebelwölkchen tanzten vor seinem Gesicht, wenn er ausatmete. Als die Dudelsackpfeifer die Melodie zu spielen begannen, mit der die Braut angekündigt wurde, senkte sich erwartungsvolle Stille über die Menge.

Akira sah ihn an.

Er wandte den Blick ab.

Doch dann führte Tante Wanda ihn zu ihr und nahm neben Onkel Kerk Platz. Der kleine Andrew stand zwischen ihnen, ein stolzes Lächeln legte sich um den Daumen in seinem Mund, und seine kleinen Finger lagen sicher in Akiras Hand.

Bei allen Heiligen! Sie ist deine Frau. Hab wenigstens den Mut, sie anzusehen! Calin hielt den Blick auf den Boden gerichtet und ignorierte die Stimme in seinem Kopf. Er gab in der Tat eine armselige Figur von einem Laird ab. Er konnte nicht einmal seine eigene Frau ansehen aus Angst, er würde in Millionen Stücke zerspringen.

Aber er konnte sie spüren. Allein schon ihre Nähe gab ihm irgendwie Frieden. Calin stand mit geballten Fäusten da, als er wie alle anderen um ihn herum auf die Braut wartete.

Sichtlich nervös wartete Jaime, mit Father Harrald zu seiner Rechten, am Eingang der Kirche. In dem Bemühen, etwas von seiner offensichtlichen Anspannung loszuwerden, drehte Jaime den Kopf hin und her und griff an sein Bein, das unkontrolliert zitterte. Er hielt abrupt inne, als die Menschenmenge eine Gasse bildete und Isobel erschien. Sie ging langsam und stützte sich auf einen Holzstock, aber sie ging.

Isobel hatte Calins Angebot angenommen, während Akiras Abwesenheit im Turm zu wohnen. Natürlich hatte niemand erwartet, dass Akira so lange fortbleiben würde. Aileen und Elsbeth hatten großzügig angeboten, Isobel bei ihrer Genesung zu helfen, weil sie wussten, dass sie Jaime nicht heiraten würde, bevor sie in der Lage war, zur Kirche zu gehen. Heute war es das erste Mal seit zehn Jahren, dass Akira ihre Schwester gehen sah. Sie schniefte vor Rührung, und ihren Schwestern, die neben ihr standen, erging es nicht anders.

Zu Calins Schrecken schob der kleine Andrew jetzt die Hand in seine. Doch als er auf den Jungen herunterschaute sah er, dass er nicht Andrews, sondern Akiras Hand hielt. Der Junge hatte in einer unschuldigen Geste Akiras Hand in Calins gelegt und lief jetzt zu seiner Mutter.

Es kostete Calin große Beherrschung, nicht die schlanken Finger zu zerdrücken, die seine Hand hielten. Er atmete durch den Mund, um das Brennen in seiner Brust zu mildern, und hieß die frische Luft willkommen, die seine Lungen füllte. Ihre warme Berührung lähmte ihn, und die Sehnsucht eines ganzen qualvollen Monats brach sich mit voller Macht Bahn. Er schloss die Augen und versuchte verzweifelt, seine Pein zu lindern.

Father Harrald sprach, aber Calin hörte nur wenig von den Worten des Priesters. Was ihm wie eine Ewigkeit vorkam, waren in Wahrheit nur wenige Augenblicke. Er spürte ein sanftes Ziehen an seinem Ärmel, das ihn zum Gehen aufforderte. Die Gemeinde folgte Jaime und Isobel in die Kirche. Akira hielt Calins schweißnasse Hand fest und zog ihn zu sich. Erst jetzt wagte er einen raschen Blick auf sie.

Sie lächelte ihn an, und die Tore, hinter denen sein Schmerz eingeschlossen gewesen war, flogen weit auf.

Er wagte nicht zu hoffen, dass sie ihm vergeben haben könnte. Das war ein Gebet, von dem er sicher war, es würde nicht erhört werden.

Die Zeremonie erwies sich als unerträglich für ihn. Die Worte des Ehegelübdes zu hören, das er und Akira vor gar nicht langer Zeit abgelegt hatten, und zu sehen, wie Jaime Isobel küsste, sprengte seine ohnehin schon angeschlagene Fassung. Er musste Kontrolle über seine Gefühle gewinnen, ehe sie ihn zu einem wehleidigen Narren werden ließen. Als die Menge der Braut und dem Bräutigam in die große Halle folgte, ließ Calin Akira los und ging mit großen Schritten zu den Ställen hinüber. Er konnte gar nicht schnell genug fliehen.

Als er außer Hörweite war, erwachte der furchtsame Junge in ihm zum Leben. Der Junge, der nur weinte, wenn niemand es sah.

Durch die spärlichen Schneeflocken, die aus dem grauen Januarhimmel fielen, sah Akira ihm nach, als er vor ihr davonlief. Sie schlang die Arme um sich, um ein Frösteln abzuwehren. Die plötzliche Kälte in ihrer leeren Hand kroch ihren Arm hinauf. Es waren die gleiche Kälte und das gleiche Gefühl der Verlassenheit, die in ihrem Herzen gewohnt hatten, seit sie ihr Kind verloren hatte ... und ihren Mann.

Sie trocknete sich die Tränen und hieß Tante Wandas tröstenden Arm willkommen, der sich um ihre Taille legte.

»Calin hat sich nicht so gut gefangen wie du.« Wanda umarmte sie. »Er trauert noch um euer Kind, aber noch mehr um dich. Er ist nur ein Mann, Mylady. Ein Mann, der jeden Tag um Erlösung betet.«

Akira hatte seinen Schmerz gefühlt, als sie seine Hand gehalten hatte. Calin hatte gezögert, sie zu berühren, und sie war für diese Fremdheit zwischen ihnen verantwortlich. Die letzten Worte, die sie zu ihm gesagt hatte, waren hart gewesen, aber sie hatte im Zorn gehandelt. Sie wusste jetzt, dass Calin nicht schuld gewesen war, und mehr als alles andere wollte sie ihm das Gefühl der Schuld nehmen, das sie ihm aufgeladen hatte. Welche Schlachten mit King James sie auch immer erwarteten, sie würden sie zusammen kämpfen, als Mann und Frau.

Akira wollte ihm folgen, aber Wanda hielt sie am Arm zurück. »Er würde nicht wollen, dass du ihn so siehst.«

»Ich muss mit ihm reden.«

»Er ist ein Mann, der großen Kummer leidet. Ich weiß, du hast einen schrecklichen Verlust erlitten, aber er hat das auch. Niemand kennt seinen Schmerz besser als ich. Wenn er bereit dazu ist, wird er zu dir kommen. Höre dir an, was er zu sagen hat, und verurteile ihn nicht.« Wanda schwieg und tätschelte sanft Akiras Hand, dann wechselte sie das Thema.

»Nun, deine Schwester feiert heute ihre Hochzeit, und ich denke, sie wäre schrecklich enttäuscht, wenn du die Feier verpassen würdest.«

Akira akzeptierte Wandas Klugheit und beschloss, Calin Zeit zu geben, sich zu fassen. Sie folgte Wanda in die große Halle, wo die heitere Musik der Dudelsäcke und Fideln nur als Hintergrund für die ausgelassene Fröhlichkeit diente. Jaime wirbelte Isobel in einem Tanz herum, und die Schlemmerei war in vollem Gange.

Eine Reihe von Verwandten umarmte Akira ab dem Moment, in dem sie die große Halle betrat. Für mehr als eine Stunde nahm sie von den Frauen Worte des Mitgefühls entgegen und hörte geduldig den Kindern zu, die ihr vom Weihnachtsfest erzählten.

Eine vertraute Hand zupfte an ihrem Rock. Akira wusste, wen sie sehen würde, noch ehe sie sich umgewandt hatte. »Es ist schön, dich wiederzusehen, Andrew.« Sie kauerte sich hin, um mit dem aufgeweckten jungen Burschen auf Augenhöhe zu sein, und küsste ihn auf die Nasenspitze. Aileen stand hinter ihm. Sie strahlte und trug ihr neugeborenes Kind im Arm, dessen winzige rosige Finger aus dem Leinentuch hervorschauten, in das es gewickelt war.

»Ich habe eine neue Schwester, Mylady. Ich durfte ihren

Namen aussuchen, weil ich der Letztgeborene bin«, erklärte Andrew, als hätte er diese Worte schon Hunderte Male gesagt.

Ein wenig weich in den Knien richtete Akira sich auf und zog das Leinentuch fort, das das Gesicht des Kindes bedeckte. Sie war ein Engel. Eine perfekte Nase, runde Wangen, unglaublich blaue Augen und herzförmige Lippen. Es war unmöglich für Akira, nicht an das Kind zu denken, das sie verloren hatte. Die nächsten zwei Schläge lang fühlte sie einen Stich in ihrem Herzen, ehe es ihr gelang, ihren Kummer beiseitezudrängen. »Und welchen wunderschönen Namen hast du für eine so wunderschöne Schwester ausgesucht?«

Andrew grinste so breit, dass seine Wangen sich hochschoben und fast seine blauen Augen zudrückten. »Akira. Ich habe sie Akira genannt. Derselbe Name wie Eurer, Mylady.«

Tränen liefen über Akiras Wangen, während sie Aileens Hand leicht drückte. Wie schaffte es dieser kleine Junge nur immer wieder, sich in ihr Herz zu stehlen?

Als Elsbeth auf sie zukam, versuchte Akira, sich zu fassen und zu beruhigen, dann atmete sie erleichtert aus. Gott sei Dank hatte Gordon Catriona in einem Zimmer untergebracht, das ein wenig abseits lag. Dort würde sie wohnen, bis der Ältestenrat getagt hatte. Während des vergangenen Monats auf Brycen Castle hatte Catriona Akira nichts als Dankbarkeit und Respekt entgegengebracht, aber die MacLeod-Sippe würde möglicherweise nicht verstehen können, was sie beide verband. Akira konnte nur hoffen, dass Elsbeth ihrer Schwester eines Tages würde vergeben können.

Elsbeth mit dickem Bauch neben einem Mann zu sehen, von dem Akira vermutete, dass es ihr englischer Ehemann war, brachte sie ein wenig aus der Fassung. Sicherlich hatte sie nicht erwartet, dass Elsbeth um Ian trauern würde, aber was sie völlig überraschte, war das karierte, in perfekte Falten gelegte Plaid, das der Engländer über seinem königsblauen Doublet trug.

»Mylady, ich möchte Euch meinen Mann vorstellen, Robert MacLeod«, machte Elsbeth sie miteinander bekannt.

Akira reichte ihm die Hand, den Handrücken nach oben um seinen Kuss zu empfangen, neigte dabei aber fragend den Kopf. »Er hat den Namen des Clans angenommen?«

»Aye. In Eurer Abwesenheit ist viel geschehen, Mylady«, erklärte Elsbeth. »Genau eine Woche, nachdem ihr die Burg verlassen hattet, traf hier ein Steward des schottischen Königs ein. King James hatte die Annullierung befürwortet, und der Laird schickte meinem Robert am darauffolgenden Tag eine Nachricht. Da ich, wie Ihr wisst, nicht nach England zurückkonnte, hat mein Robert dem englischen König abgeschworen und Laird MacLeod die Treue geschworen.«

Offensichtlich stolz auf seine neue Tracht grinste Robert breit hinter seinem kurzen schwarzen Bart und küsste Akira die Hand. »Ich stehe auf ewig in Eurer Schuld, Mylady, weil Ihr mich zu meiner Frau und meinem Sohn zurückgebracht habt. Die Informationen, die ich Eurem Mann geben konnte, sind ein geringer Teil der Dankbarkeit, die ich Eurer Familie entgegenzubringen vorhabe.«

Akira begann zu lächeln, aber sie hatte nur zwei der wohlgesetzten Worte des Mannes behalten – *Eurem Mann*.

Wo war ihr Mann?

Eine weitere Stunde verging schmerzhaft langsam. Während Akira sich in müßigem Geplauder mit den Frauen versuchte, beobachtete sie den Eingang zur Halle und hoffte, Calin zu sehen.

Sie musste mit ihm reden und ihn von der Schuld freisprechen, die sie ihm in ihrer Verzweiflung aufgeladen hatte.

Als die Gäste Father Harrald in den schneebedeckten Burghof folgten, wo er das Ehebett segnen wollte, stahl Akira sich davon, um Calin zu suchen.

Der Stall war leer, ebenso die Kirche. Akira kehrte zum Wohnturm zurück und stieg die Stufen zum Westturm hinauf. Eine Welle der Angst rührte sich tief in ihrem Bauch, während sie sich die Worte zurechtlegte, die sie Calin sagen wollte.

Sie stand vor seiner Zimmertür und fragte sich, ob sie anklopfen oder einfach hineingehen sollte. Schließlich stieß sie die Tür auf und flüsterte seinen Namen. Das Herz klopfte ihr bis zum Hals.

Er war nicht da.

Der Wind blies Schneeflocken unter dem Behang hervor, der vor dem Fenster flatterte. Sie ging durchs Zimmer und freute sich über die Wärme des Kamins; er vertrieb die tiefe Kälte, die sich in ihr eingenistet hatte. Sie setzte sich neben den Pfosten auf das Bett und dachte an die Zeit zurück, die sie als Mann und Frau verbracht hatten – verloren in den Armen des anderen in der Hitze der Leidenschaft. Ihr Körper zitterte bei den Bildern, die diese Erinnerungen heraufbeschworen.

Als sie sich der Verbindungstür zu ihrem Zimmer näherte, machte sie der seltsam geformte Stein neugierig, der auf dem Frisiertisch lag. Sie nahm ihn auf, betrachtete das rote Herz, das darauf gemalt worden war, und versuchte sich zu erinnern, warum ihr dieser Stein so bekannt vorkam. Ein Stück altes Pergament schaute unter dem Deckel einer unverschlossenen Schatulle heraus. Die eiserne kleine Truhe schien wie dazu gemacht, kostbare Juwelen zu beschützen. Vorsichtig hob Akira den Deckel und betrachtete den Inhalt – ihr Ehering, eine kleine gelbe Feder, bemalte Steine verschiedener Größe, zwei kleine Holzstücke, mit einer Schnur zu einem Kreuz zusammengebunden. Unter diesem seltsamen Sammelsurium lagen gefaltete Blätter vergilbten Pergaments. Als sie das erste auseinanderfaltete, fühlte sie sich in ihre Kindheit zurückversetzt. Die Zeichnung zeigte ein kleines Mädchen an der Hand eines Jungen. Die Figuren waren von einem Kind gezeichnet worden; die Augen waren nur Punkte, und der Mund ein an den Enden nach oben gebogener Strich, der ein Lächeln darstellte.

Akira nahm ein weiteres Blatt heraus. Ein Brief, geschrieben von ihr und mit ihrem Namen unterzeichnet. Sie konnte nicht älter als sieben oder acht gewesen sein, als sie die Zeilen geschrieben hatte. Der Brief war dumm. Eine Erinnerung daran, wie Papa ihr eine Tracht Prügel verabreicht hatte, weil sie die Zwillinge mit einer Spinne gejagt hatte. Akira lachte leise in sich hinein, legte den Brief zur Seite und nahm einen anderen. Die Handschrift hatte sich verändert. Sie war älter gewesen, als sie diesen Brief geschrieben hatte, wenn auch nicht älter als neun oder zehn.

Lieber Wohltäter,

Ihr würdet stolz auf mich sein. Papa hat uns mitgenommen zum Jahrmarkt in Retterseils. Ich habe ein Band gewonnen für mein Gedicht. Papa hat das Band vor meinen Schwestern hin- und hergeschwenkt und ihnen gesagt, dass ich seine klügste Tochter bin. Ich schicke Euch das Band, damit Ihr es sicher verwahrt, bis Ihr mich holen kommt. Ich habe Angst, meine Schwestern könnten es kaputtmachen.

Ich sende Euch auch diese Zaubersteine. Ich habe sie auf dem Jahrmarkt von einer Zigeunerin gekauft. Sie hat mir gesagt, sie würden mir großes Glück bringen. Sie haben mir aber nichts genützt, und ich dachte, Ihr wüsstet vielleicht, was man mit ihnen machen muss.

Eure höchst ergebene
Akira

Akira lächelte, als sie sich an den Jahrmarkt in Mercat Cross erinnerte. Mam und Papa hatten sie jedes Jahr dorthin mitgenommen, und jedes Jahr hatte sie sich mit ihren Geschwistern über etwas so Triviales gezankt, dass es nicht wert war, sich daran zu erinnern. Trotz der kleinlichen Zwistigkeiten unter den Geschwistern war Akira in einer Familie großgeworden, die sie liebte. Und sie liebten sie auch jetzt noch. Mam und ihre Schwestern waren von den Donalds zurückgekehrt und hatten Akira zur Seite gestanden, als ihre Welt verloren gegangen war. Sie hatte Calin dafür verflucht, ihr ihr Leben gestohlen zu haben, obwohl er es doch gewesen war, der es ihr gerettet hatte.

In ihre Erinnerung versunken, zuckte Akira zusammen, als Calin über ihre Schulter griff und ihr den Brief aus der Hand nahm.

»Was tust du da? Das gehört mir!« Calins Gesicht war starr vor Wut, als er alles in die Schatulle zurücklegte und sie verschloss.

»Du hast all die Dinge aufbewahrt, die ich dir je geschickt habe. Über all die Jahre. Warum?«

»Weil sie von dir waren. Von dem Mädchen, das ich eines Tages zu meiner Braut machen und es für den Rest meines Leben wertschätzen würde. Dem Mädchen, das mir einst ihren wertvollsten Besitz anvertraut hat, ihn zu beschützen.« Er stieß einen tiefen Atemzug aus und stellte die Schatulle beiseite.

Hätte Akira ihn nicht schon geliebt, hätte sie es nach diesem Eingeständnis getan. Welcher erwachsene Mann bewahrte solche Dinge auf? Sie stand mitten im Zimmer und war sprachlos. Ihr Mund öffnete sich, und sie versuchte, etwas zu sagen, aber ihr Verstand konnte keine Worte formen.

»Damals war ich ein dummer Junge. Ich habe deine Zaubersteine beschützt und ein Herz aus Stein, aber ich war nicht Manns genug, dich und dein Kind zu beschützen.« Mit drei großen Schritten durchquerte Calin das Zimmer. »Du kannst beide Zimmer haben. Ich werde Evie sagen, dass sie dir warmes Wasser bringt.«

»Warte. Wohin gehst du?« Akira hielt ihn zurück, kaum dass er über die Schwelle getreten war.

Seine breiten Schultern sackten herunter, und er senkte den Kopf. »Ich kann dir nicht so nah sein, ohne dich berühren zu dürfen.«

Akira lief zu ihm, ehe er in der Dunkelheit des Ganges davongehen konnte. Sie legte die Hand an seine Wange und schaute ihm in die Augen, in denen sein ganzer Schmerz lag. Sie wusste, dass sie ihm diesen Schmerz zugefügt hatte und dass nur sie ihm diesen Schmerz wieder nehmen konnte. »Dann berühr mich! Aber geh nie wieder fort.«

Kapitel 30

Calin zog Akira an seine Brust. Die Kraft seiner Umarmung machte ihr Angst. »Es tut mir so leid! Ich wollte dir nicht wehtun! Ich wollte dich nicht täuschen oder den Tod unseres Kindes verursachen!«

Sie weinte an seiner Brust, und zum ersten Mal spürte sie so etwas wie Freiheit von ihrem Verlust. Sie sehnte sich danach, Calin von seinen Schuldgefühlen zu befreien, deshalb trat sie zurück und trocknete sich mit dem Ärmel die Tränen. Sie legte die Hände um sein Kinn und schluckte. »Du hast ihn nicht verursacht. Ich habe dir die Schuld gegeben, weil ich sie niemandem sonst geben konnte. Ich war verzweifelt, und ich war wütend auf dich. Aber ich gebe nicht mehr dir die Schuld oder Gott oder mir selbst.«

»Das alles wäre nicht geschehen, wenn ich nicht ein solcher Feigling wäre! Ich hätte dich beschützen müssen!«

»Hör mir zu, Calin! Ich hatte schon Blutungen, bevor Laird Kinnons Männer mich entführt haben. Es war mir nicht bewusst, aber ich war dabei, mein Kind zu verlieren. Die Hebamme hat mir vieles erklärt. Du musst nicht dir die Schuld geben, und es war falsch von mir, dich dessen anzuklagen.«

Calin hob ihre Hand an seine Lippen. »Glaub mir, wenn ich dir sage, dass ich dieses Kind wollte – und dass ich es nie wollte, dich leiden zu sehen. Ich habe dich nicht aus Rache geheiratet. Ich hätte dir die Wahrheit sagen sollen, aber ich hatte Angst, dich zu verlieren.«

Akira nahm seine Hand und zog ihn zurück ins Zimmer, weit genug, um die Tür zu schließen. »Dann sag sie mir jetzt.« Sie führte ihn zu der gepolsterten Bank vor dem Kamin, in dem ein Torffeuer brannte. »Ich möchte von meiner Mutter hören. Und von der Nacht meiner Geburt. Father Harrald hat gesagt, dass du dort warst, aber mehr hat er nicht erzählt.«

Calin schloss die Augen und schüttelte den Kopf. »Es ist zu schmerzlich! Ich will dich nicht mit solchen Albträumen belasten. Es genügt, wenn du weißt, dass Laird Kinnon dein Vater ist, aber nur dem Blute nach. Nicht mehr.«

Akira beugte sich vor und strich mit ihrer Fingerspitze über seine eigensinnige Augenbraue. »Bitte, Calin! Ich will es wissen. Halte die Wahrheit nicht länger vor mir zurück.«

Calin dachte nach, während er die weiche Haut zwischen ihrem Daumen und ihrem Zeigefinger streichelte. Dann schließlich kamen die Worte. »Deine Mutter war wunderschön. Du siehst genauso aus wie sie. Die gleichen blauen Augen, das gleiche seidige schwarze Haar. Lena hatte vor dir drei Töchter geboren. Sie alle starben kurz nach ihrer Geburt.«

»Das Ungeheuer hat sie getötet, weil es Mädchen waren?«, fragte Akira. Sie war unfähig sich vorzustellen, was ihre Mutter erduldet haben musste.

Calin zuckte die Schultern. »Das kann ich nicht mit Sicherheit sagen, aber Lena glaubte, dass er es getan hat. Deshalb kam sie zu meinem Vater. Um ihn um seinen Schutz zu bitten.« Er schaute auf den binsenbedeckten Boden. »Ich denke, er hat sich sofort in sie verliebt. So oft sie konnten, haben sie sich heimlich getroffen. So lange, bis ihre Schwangerschaft das nicht mehr zuließ. Lena war immer sehr freundlich zu mir. Ich erinnere mich an das letzte Mal, als sie zu Da kam. Ihr Gesicht war zerschunden, ihre Augen tränennass. Sie flehte Da an, die Allianz zwischen unseren Clans voranzutreiben.«

»Warum?«

»Um dich zu schützen. Lena war überzeugt, wieder eine Tochter zu bekommen. Sie hatte sich wie eine Bäuerin gekleidet und war nach Kilmarnock zu einer Wahrsagerin gegangen. Die Seherin hat Blut aus ihrem Bauch genommen und irgendein Ritual damit durchgeführt. Danach hat sie Lena versichert, wieder ein Mädchen unter dem Herzen zu tragen. Lena hatte Angst, dass Laird Kinnon dich töten würde, und sie glaubte, dass die Allianz der einzige Weg sei, um dich zu retten. Mein Vater musste ihr versprechen, dich zu beschützen, bis wir beide alt genug wären, um zu heiraten. Ich glaube, Lena hat gewusst, dass sie sterben würde. Entweder bei der Entbindung oder durch die Hand ihres Mannes.«

Calin starrte in das leere Zimmer, als sähe er die Szene wieder vor sich. »Laird Kinnon hatte Verdacht geschöpft, was die Beziehung zwischen meinem Vater und Lena anging. Vermutlich stimmte er deshalb einer Verbindung zwischen dir und mir zu – doch er hatte niemals die Absicht, diese Verbindung auch zustande kommen zu lassen. Darach wartete schon im Nebenzimmer, bevor du überhaupt auf die Welt gekommen warst.« Bei jedem Wort sank Calin das Kinn tiefer auf die Brust. Seine strengen Gesichtszüge verhärteten sich.

»Denk nicht, dass dieser Mann den Anstand gehabt hätte, deine Mutter in einem privaten Zimmer entbinden zu lassen. Er hat sie in ihrem Schmerz auf dem Tisch im Ratszimmer vor meinem Vater zur Schau gestellt, bis sie dich zur Welt gebracht hatte. Sobald du geboren warst, befahl Laird Kinnon, meinen Vater und dessen Männer umzubringen. Danach präsentierte er Darach den Bewohnern von Dalkirth als seinen Sohn.«

Akira hatte den Atem angehalten und schluchzte innerlich, aber sie wagte nicht, Calin zu unterbrechen. Mehr als alles andere wollte sie erfahren, was ihr und ihrer Mutter widerfahren war.

»Laird Kinnons Krieger töteten die Männer der MacLeods, und er selbst durchbohrte meinen Vater mit einer Hellebarde, während Da Lena auf die Lippen küsste. Du lagst an ihrer Brust, als sie ...« Er verstummte, eine kleine Ader an seiner Schläfe begann zu pochen.

Sie wischte sich die Augen, schniefte und zog einen zittrigen Atemzug ein. Akira hielt seine Hand, um ihm Trost zu geben. »Sag es mir. Ich muss es wissen.«

»Sie haben deiner Mutter die Kehle durchgeschnitten und haben dann Father Harrald ihre Sünden gebeichtet, bevor sie geflohen sind.« Calins Stimme war zu einem heiseren Flüstern geworden, als wären die Worte, die er bis jetzt gehütet hatte, niemals zuvor über seine Lippen gekommen.

»Ich glaube, meine Mutter hat jetzt ihren Frieden. Sie war da, musst du wissen. In Brycen Castle. Ihr Geist.« Nach Laird Kinnons Tod hatte Darach in der Burg nach der Quelle der Wärme gesucht, die sich überall ausgebreitet und die Kälte vertrieben hatte, die ständig geherrscht hatte. Father Harrald hatte Akira zu Lenas Grab geführt und hatte die Erde geweiht, in der ihre Mutter und ihre Schwestern begraben worden waren.

»Vielleicht hat sie diese Welt nicht verlassen können, bis sie dich in Sicherheit wusste«, sagte Calin.

Akira schenkte ihm ein zartes Lächeln, als sie den von Furcht erfüllten Jungen vor ihrem geistigen Auge sah. Was Calin durchlebt hatte, hätte sein Herz zu Asche werden lassen können, aber er hatte sich entschieden, sie zu beschützen. »Du hast mich beschützt. Wie schon in jener Nacht. Du hast mich gerettet.«

Er küsste die Innenseite ihres Handgelenks. »Es gibt noch

mehr zu erklären.« Calin hielt ihre Hände umschlungen, als könnte das, was er sagen würde, sie veranlassen zu fliehen. »Das Zeichen. Das Mal, das dir so viel Leid eingebracht hat. Es ist nicht das Mal des Teufels. Es ist das Wappen der MacLeods – der Kopf eines Stieres.« Er zog seinen Siegelring vom Finger und legte ihn ihr in die Hand, damit sie ihn betrachten konnte.

Akira hielt den goldenen Ring in der Hand und starrte auf das gehörnte Tier. »Ich verstehe nicht.«

»Meine Mutter starb bei meiner Geburt. Nach ihrem Tod war mein Vater wie besessen von seinem Besitz. Er hat alles, was ihm gehörte, mit diesem Zeichen versehen.« Calin machte eine weit ausholende Geste, die das Zimmer umschloss. »Sein Schild, sein Schwert, sein Vieh. Als ich sieben war, bin ich über die Umfassungsmauer der Burg geklettert, um den Männern meines Vaters in die Nähe von Tobermory auf der Isle of Mull zu folgen. Als Da mich entdeckte, verpasste er mir erst eine Tracht Prügel, und dann brandmarkte er meine Fußsohlen mit diesem Ring.« Er schluckte schwer. »Ich war es, der dir dieses Zeichen eingebrannt hat, weil du mir gehörtest. Du warst meine Verlobte. Mein Vater war gestorben, als er versucht hat, dich zu retten. Und ich wollte an seiner statt die Allianz zustande bringen. Aber mein Triumph hat mir nicht die große Freude eingebracht, die ich erwartet hatte. Ich habe alles verloren. Mein Kind ... meine Frau.«

Und die Wahrheit wird dich frei machen. Diese Zeile schoss Akira durch den Sinn. Sie war keine Hexe. Ein Teil von ihr hatte immer gefürchtet, sie könnte es sein. Der Teil von ihr, der gewusst hatte, dass sie anders war als ihre Schwestern, und der sich immer so sehr danach gesehnt hatte, dazuzugehören.

Calin streichelte ihre Wange. »Ich würde tausend Leben

dafür geben, könnte ich ungeschehen machen, was in jener Nacht geschehen ist.«

Vergib ihm!, rief ihr Herz. *Begrab die Vergangenheit!* Akira nahm seine Hand und steckte den Siegelring auf seinen Finger. Dann erhob sie sich und zog ihn mit sich. Als er vor ihr stand, legte sie ihre Hand auf seine, Handfläche auf Handfläche. »Wir haben aber nur dieses eine Leben, und ich will es mit dir verbringen. Ich möchte nach Hause kommen, Calin.« Er presste die Stirn an ihre. Akira fühlte seinen heißen Atem auf ihrem Gesicht, und eine tiefe Sehnsucht erfüllte sie. »Du bis mein Mann, und ich bin deine Frau.«

»Du bist mehr als meine Frau.« Calin zog ihre Hand an sein Ohr. »Du bist meine Seelengefährtin, und ich liebe dich.«

Für einen endlos langen Augenblick stand ihr das Herz still. Eine unbändige Kraft explodierte in ihr und erfüllte ihr ganzes Sein. Akira schloss die Augen. Als sie ihn küsste, schmeckte sie das Salz seiner Tränen. Oder waren es ihre? Es waren keine Tränen der Trauer, es waren Tränen der Freude.

Calin liebte sie.

Er liebte sie!

Als sie sich aufrichtete, wiederholte sie seine Worte. »Ich liebe dich auch, Calin!«

Calin fragte sich, ob es ein Traum war, der ihn gefangen hielt. Alles kam ihm so unwirklich vor. Ein verwirrendes Gefühl der Zufriedenheit machte ihn schwindelig und trunken vor Glück. Er konnte kaum glauben, dass er seine Frau wieder in den Armen hielt. Eine Frau, die ihn liebte.

Er ging in das Nebenzimmer, um gleich darauf mit ihrem Ehering zurückzukommen. Er steckte ihn ihr auf den Finger.

»Du bist meine Frau, meine Geliebte … meine Akira. Ohne dich war ich innerlich wie tot.«

Er hielt ihr Gesicht umschlossen und streichelte ihre Wange mit dem Daumen. Tief atmete er ihren Duft ein. »Süße Akira«, flüsterte er an ihrem Mund. »Atme meine Seele zurück in meinen Körper.«

Er küsste sie sanft. Ein Kuss so voller Liebe, dass sein Herz brannte.

Akira richtete sich auf, öffnete die Brosche an seiner Schulter und löste die Falten seines Plaids. Calin legte seinen breiten Ledergürtel ab, an dem seine Felltasche und sein Schwert hingen. Dann folgte die Jacke, dann sein Hemd. Sie strich über den neuen blauen tätowierten Ring, der seinen Arm schmückte, den, der ihn immer an den Verlust seines Kindes erinnern würde.

Akira ließ ihre heißen Hände über seine Haut gleiten, über jeden Muskel seines Körpers, ehe sie ihre seidenzarten Lippen auf sein Herz drückte.

Ihre blauen Augen glänzten vor Hoffnung, als sie zu ihm aufsah. »Ich liebe dein Herz, und ich liebe es, dass du sanft zu mir bist. Ich liebe es, dass du Zaubersteine in einer Schatulle aufhebst statt Gold und Rubine.«

Calin hätte bei dieser letzten Bemerkung vor tiefster Beschämung fast geseufzt, aber er konnte nichts anderes mehr tun, als zu atmen, als ihre Hände und Lippen ihn streichelten. Sie vergrub die Finger in dem feinen Haar, das seine Brust bedeckte.

Er richtete sie auf, ohne das Band ihres Blickes zu unterbrechen. Er löste ihre Broschen und ihr Schultertuch auf dieselbe Weise, wie sie ihn entkleidet hatte. Ihre Nacktheit erregte ihn. Aber das Verlangen, sie zu besitzen, schien irgendwie anders zu sein. Er wollte ihre Seele berühren – und seine Seele. Er glaubte, dass sie beide ein und dasselbe waren.

Calin umfasste mit beiden Händen ihre Taille und beugte sich vor, die cremeweiße Haut über ihrem Herzen zu küssen. »Ich liebe dein Herz auch, und ich liebe deine Kraft und deinen Mut.«

Seine Lippen streichelten die Täler ihrer Halsbeuge, glitten ihren Nacken hinauf, bis er an ihrem zarten Ohrläppchen ankam. »Ich liebe es, wie du mein Ohr zwischen deinen Fingern reibst, und ich liebe den süßen Geschmack deiner Haut«, wisperte er in ihr Ohr.

Akira bekam Gänsehaut, und ihre Knospen drückten gegen seine Brust. Calin beugte sich herunter und reizte ihren Brustansatz mit seiner Nasenspitze. Seine Zunge strich über die runde Brustwarze und streichelte die harte Spitze. Akira erzitterte, als sie seinen Atem spürte. Er zollte der anderen Brust die gleiche Aufmerksamkeit, hielt kurz inne und reizte sie dann wieder, bis Akira aufstöhnte.

Calin stellte sich hinter sie und strich ihr das lange schwarze Haar über die Schulter. Seine Lippen wanderten über ihren Nacken, küssten ihren Rücken, und Calin hörte dabei nicht auf, ihre empfindsamen Brüste zu liebkosen. Als sein Mund ihren Po erreichte, legte er die Hände auf ihre Hüften und zog sie an sich, damit sie sein Verlangen spürte. Seine Hände kehrten zu ihren Brüsten zurück. »Ich liebe es, wie du dich selbst berührst, wenn ich dich liebe«, flüsterte er in ihr Ohr.

Ihre einzige Antwort war ein schneller, zittriger Seufzer der Lust.

Er überließ ihre Hände ihrem eigenen Spiel und tauchte erst einen, dann zwei Finger in die heiße feuchte Seide zwischen ihren Beinen. Sein Daumen stimulierte ihre erregte Perle. Sie pulsierte und pochte um ihn herum, und Calin war sicher, er würde gleich explodieren. Akira hatte ihn immer mit einer unerschrockenen Freiheit geliebt. Und auch jetzt bog sie ihre Hüften gegen seine streichelnde Hand, und sie machte diese süßen wimmernden Laute, die ihn in Flammen setzten.

»Calin ... meine Beine tragen mich nicht länger.«

Ein Beben durchlief ihren Körper, bevor er sie zum Bett trug. Der Schein einer Fackel erhellte eine Seite ihres Gesichts und ließ die andere im Schatten. Wellen von schwarzem Haar flossen über das Kissen. Ihre Augen glühten vor Leidenschaft, und ihre rosigen Lippen waren geschwollen von seinen Küssen. Sie war wunderschön, und sie war seine Frau, und er verehrte sie. Es war ihm egal, wenn ihn das weniger zum Mann machte, weniger zum Krieger. Jeden Tag seines Lebens würde er sie mit süßen Worten verderben, wenn sie ihn nur ließ.

Seine Hände schlossen sich um ihre Fußgelenke und folgten dem geschwungenen Weg ihrer Waden. Der Puls in ihren Kniekehlen flatterte mit dem Schlag in seinen Fingerspitzen. Er streichelte ihre Schenkel, bis sie die Hüften gegen ihn drängte und um Erlösung flehte.

Akira war überzeugt, sie würde sterben oder in tausend Stücke zerbersten. Der Hunger, der in ihrem Schoß brannte, schien stärker zu sein als jemals zuvor. Die Spannung, die sich in ihr aufbaute, paarte sich mit ihren flammenden Gefühlen.

Sie grub die Finger in sein zerzaustes Haar und zog ihn zu sich hoch. »Ich brauche dich!«

Für einen kurzen Moment teilten sie des anderen Atem, dann glitt ihre Zunge durch den Saum seiner Lippen, um seinen Mund in Besitz zu nehmen.

Sie stöhnte, und Calin zog sich zurück. »Ist es noch zu früh? Ich will dir nicht wehtun.«

»Es ist nicht zu früh. Ich brauche es, eins mit dir zu sein! Ich will, dass du mich liebst, weil du mich liebst. Ich will hören, wie du diese Worte sagst, wenn du meinen Schoß mit deinem Samen füllst.« Prickelndes Verlangen sammelte sich in ihrem Schoß. Ihre Liebe hatte einen lebenslangen Durst nach Rache überstanden. Es war eine Liebe, die eine Zeit des Leids überdauert hatte, das sie beinahe beide zerstört hätte. Nicht einmal King James konnte ihnen diese Liebe nehmen.

Akira fasste zwischen ihre Körper, und schon glitt die glatte Spitze seiner prallen Männlichkeit in sie hinein. So viel Zeit war vergangen! Er fühlte sich groß und hart an ihr.

Sie schlang die Beine um seine Schenkel und bestimmte den Rhythmus. Er versuchte, langsam zu sein, aber sie verweigerte es ihm. Ihr Schoß umschloss ihn fest, flehte um Erlösung. Aber er fuhr fort mit der köstlichen Qual, zog sich fast ganz aus ihr zurück, um seinen Schaft nur noch langsamer und noch tiefer in sie zu versenken.

Als sie die süße Folter nicht mehr ertragen konnte, schrie sie seinen Namen heraus, und seine Finger streichelten sie zu einem machtvollen Höhepunkt. Ihr Körper bebte. Wellen der Ekstase schlugen über ihr zusammen und linderten die Flammen, die sie zu verbrennen drohten.

Calin stieß ein tiefes Stöhnen aus. Seine Arme zitterten. Schweißperlen glänzten auf seiner Stirn. Er hielt sich tief in ihr und drang immer wieder mit kleinen raschen Stößen weiter in sie ein. Er füllte sie mit einem neuen Leben.

Das Gewicht seines Körpers drückte Akira in das Kissen. Sie blieben vereint, kosteten die Sinnlichkeit ihres Liebesaktes aus. Ihr Atem wurde ruhiger, der Schlag ihrer Herzen langsamer. Akira nahm die Hände von seinem Po und streichelte seinen Rücken.

Calin hob den Kopf aus der Beuge ihres Halses und küsste

sie auf die Nasenspitze. Er wischte ihr die Tränen aus den Augen – Tränen, die sie nicht einmal bemerkt hatte – und zog eine dunkle Augenbraue hoch.

Akira bezauberte ihn mit einem schelmischen Lächeln. »*Das* war die Art, die ich kenne.«

Er strich ihr leicht über die Lippen und rollte sich dann von ihr herunter. Als er aus dem Bett aufstand, fiel sie hinter ihm fast aus demselben, so intensiv starrte sie auf seinen Po. »Himmel! Was, bei allen Schotten, hast du mit deinem Po gemacht?«

Er grinste wie der Teufel und drehte sich auf eine Weise, die es ihm erlaubte, über die Schulter auf sein gut geformtes Hinterteil zu schauen. »Gefällt es dir nicht?« Es klang enttäuscht.

»Was ist das?« Akira streckte die Hand aus und zeichnete die Konturen der Tätowierung nach – ein blau-schwarzer geflügelter Drache. Er befand sich auf der linken Backe an fast der gleichen Stelle, an der Akira das Brandmal trug.

»Das ist dein Zeichen«, sagte er. »Du trägst das Wappen der MacLeods, und ich trage dein Zeichen – den Drachen.«

Sie lachte laut heraus und ließ sich auf das Bett zurückfallen. »Es ist äußerst kleidsam, aber ich denke, das ist nicht die Stelle, an der ein Krieger üblicherweise seine Tätowierung trägt.«

»Aber es ist die Stelle, an der dieser Krieger sie trägt.«

Kapitel 31

Das Geräusch von plätscherndem Wasser drang an Calins Ohren. Ein Geruch wie warmer Nebel über einem kühlen Bach stieg ihm in die Nase. Dann wehte ihr süßer Duft zu ihm herüber.

Hatte er nur geträumt? Oder hatte Akira in seinen Armen gelegen und ihn die ganze Nacht hindurch geliebt? Oder hatte er den Winter verschlafen, nur um wieder allein aufzuwachen? Calin kämpfte sich durch das Spinnennetz der Verwirrung und zwang sich, die Augen zu öffnen, um diese Fragen zu beantworten.

Sie war da. Den Rücken ihm zugewandt stand sie nackt neben dem Kamin. Das Haar trug sie zu losen Zöpfen in ihrem Nacken zusammengesteckt, und einige lose Strähnen küssten ihre Schultern. Das Licht des Morgens schlich sich durch die schmalen Fenster und malte einen rosa und golden schimmernden Glanz auf ihre nasse Haut. Ein Eimer mit dampfendem Wasser stand auf dem Hocker neben ihr. Sie tauchte den Schwamm hinein und strich sich damit über ihre Arme, ihre Seite und dann über ihren herzförmigen Po. Wasserperlen schimmerten auf ihrer makellosen Haut.

Ihr Anblick war nichts als Anmut – ein erotischer Tanz, wie nur sie ihn tanzen konnte.

Sie wandte sich leicht um.

Calin wurde mit einem Blick auf ihre vollkommene Brust belohnt. Er öffnete die Lippen und wusste, dass er etwas sagen sollte, doch dann schloss er den Mund wieder. Zusammen mit seinen Augen, als sie sich umwandte, um ihn anzusehen. Rhythmisch hob und senkte sich seine Brust.

Wieder hörte er das glockengleiche Plätschern des Wassers. Er öffnete ein Auge und spähte durch die Wimpern. Ihre Fingerspitzen wuschen ihren Nacken, ihre Brust, ihren Bauch und verschwanden dann zwischen ihren Beinen. Sie musste seinen Herzschlag hören, der in seinen Ohren dröhnte wie tausend fest gespannte Trommeln.

Bei allen Heiligen, sie war wunderschön! Wie hatte er nie zuvor die Sinnlichkeit ihrer Bewegungen bemerken können?

Akira spülte sich ab und trocknete sich mit einem Tuch ab. Zu seiner großen Enttäuschung ging sie ins Nebenzimmer, um einige Augenblicke später, in ein schlichtes Leinenhemd gekleidet, zurückzukommen.

Seine Finger wurden starr, als er die Schatulle in ihren Händen sah. Sie würde ihn für schwach und närrisch halten, dass er solche Dinge aufbewahrt hatte. Er hätte das niemals tun sollen. Wenn seine Männer wüssten, was sich in dieser Schatulle befand, würde er ihren Spott niemals überleben.

Akira setzte sich mit einer Wolldecke auf die Bank, stellte die Schatulle auf ihren Schoß und atmete tief durch, während sie den Deckel öffnete. Ein Lächeln umspielte ihre Lippen.

Calin beobachtete sie, wie sie die Briefe las, die sie ihm als junges Mädchen geschickt hatte. Eine vorwitzige Haarlocke kitzelte die Haut über ihrer Lippe, und hin und wieder trocknete sie sich mit dem Ärmel des Hemdes ihre Tränen. Gelegentlich verbarg sie ein Kichern hinter der vorgehaltenen Hand und verdrehte die Augen, als wären ihr die eigenen Briefe peinlich. Zwischendurch schaute sie immer wieder zu ihm hin, vergewisserte sich offensichtlich, dass er noch schlief.

Gerade als Calin seinen vorgetäuschten Schlaf beenden wollte, stand Akira auf. Sie legte alles zurück in die Schatulle und zog sich ein blaues Kleid über. Hoffnung schlug eine Saite tief in ihm an, als sie die blau-grün karierte Schärpe über ihre Schulter legte.

Sie würde bleiben. Sie würden ein Dutzend Kinder haben, genauso, wie sie es gewollt hatte. Alles, was sie tun musste, war, auf der Versammlung Kendrick zum Laird zu erklären und mitzuteilen, dass sie nach Cànwyck Castle und zu Calin gehörte.

Die plötzliche Intensität ihres Stirnrunzelns irritierte ihn. »Warum schaut eine Frau, die die ganze Nacht über von Herzen geliebt wurde, so finster drein?«, durchbrach seine Stimme die Stille.

Akiras Kopf fuhr zu ihm herum, dann folgte das Wunder ihres Lächelns. »Du bist wach! Ich fürchtete schon, du wärest in den Schlaf des Todes geglitten. Du erweist dich als sehr fauler Mann.« Sie streckte die Hand aus und zog spöttisch die Augenbraue hoch. »Komm zu mir, mein Gemahl. Ich werde dich waschen und anziehen.«

»Ich würde es vorziehen, du ziehst dich aus und kommst zurück ins Bett, damit ich so aufwachen kann, wie es sich gehört.«

»Ich bin bereits wach, und die Ältesten erwarten uns. Meinst du, ich will, dass mein Mann bei der Ratsversammlung wie ein Ziegenbock stinkt?«

Er lachte, zwang sich aus dem Bett und ging zu ihr. »Seit ich dich kenne, habe ich öfter gebadet als im ganzen letzten Jahr zusammengenommen. Es ist nicht männlich, immer nach Blumen zu duften.«

Sie wusch ihn mit dem Wasser, das noch nach ihr duftete. Ihr Geruch war ein Aphrodisiakum für seine Sinne, und er sog ihn tief ein, während seine Männlichkeit unnachgiebig gegen ihren Bauch drückte.

Sie lächelte und befeuchtete sich die Lippen. »Dein Mannesstolz scheint gegen eine tüchtige Abreibung aber nichts einzuwenden zu haben.«

Seine freche kleine Frau war schon immer sehr direkt gewesen, und gerade, als er sie für ihr undamenhaftes Benehmen tadeln wollte, schloss sie ihre Finger um ihn und massierte ihn mit duftendem dicken Seifenschaum. Selbst wenn Calin eine Erwiderung gelungen wäre, bezweifelte er, dass seine Worte einen Sinn gemacht hätten.

Sie wusch ihm Schultern und Arme und seine Brust. Auf seinem Bauch hielt sie inne. Ihre Berührung entflammte seine Nerven und ließ seinen Körper vor Begehren zittern. Selbst das kalte Wasser, das über ihn lief, konnte die Hitze nicht lindern, die unter seiner Haut glühte.

Er dachte, sie wollte mit ihren Lippen seine heiße Haut streicheln, doch die Realität verschwamm zu einem Nebel, als ihr Mund über seine Erektion glitt und sich darum schloss.

Calin atmete tief ein und vergrub die Hände in ihrem Haar. Sie bereitete ihm brennende Lust. Er stöhnte auf, öffnete die Augen und sah, dass sie zu ihm hochschaute. Große blaue Augen funkelten vor Vergnügen, als das Streicheln ihrer Zunge ihn dazu brachten, seinen Samen jetzt und gleich zu verströmen. Mit einem Keuchen schob er sie von sich fort. »Bei allen Heiligen, Weib! Versuchst du, mich umzubringen? Du bist verrucht. Sehr, sehr verrucht.«

Sie lachte, fuhr sich mit einem Tuch über den Mund und reichte es dann ihm. Es fühlte sich an wie eine Hand voll Stroh, verglichen mit der weichen Seide ihrer Haut. Sobald sein Verstand wieder eingesetzt hatte, würde er versuchen, die Fantasie von der Wirklichkeit zu trennen.

»Vielleicht werde ich mich später von dir dafür bestrafen lassen«, sagte sie und hielt ihm sein Hemd hin, damit er hineinschlüpfen konnte. »Denn jetzt ist es Zeit, dass wir uns mit den Ältesten unseres Clans treffen.« Sie begann, ihn anzukleiden und faltete seinen Plaid zur Perfektion. »Laird Donald hat den Wunsch geäußert, rasch nach Hause zurückzukehren, bevor das Wetter ihn zwingt, die Wintermonate hier zu verbringen. Mir genügt der Eid des Mannes, aber Kendrick besteht darauf, die Allianz formell zu besiegeln.«

Sie legte die Schärpe in den Farben der MacLeods über seine Schulter und steckte die Enden dann mit einer Nadel zusammen. »Dann ist da noch die Sache mit Catriona. Die Anklage gegen sie muss erhoben werden«, sagte sie mit einem traurigen Lächeln und trat dann einen kleinen Schritt von ihm zurück. »Und so sehr mir dieses Thema auch missfällt, aber die Annullierung unserer Ehe muss im Rat der MacLeods beraten werden. King James' Wünsche können nicht unbeachtet bleiben, und ich möchte deinen Leuten keine Probleme bringen.«

»Die Sache mit King James ist erledigt.«

Sie zog ihre Augenbrauen zusammen. »Was meinst du damit? Ist unsere Ehe annulliert worden? Wann war das? Ich habe keine Dokumente unterzeichnet.«

Calin legte den Zeigefinger auf ihren Mund. »Komm, Liebste! Robert wird es dir erklären.«

»Robert?«, fragte sie hinter seinem Finger. »Elsbeths Mann?«

»Aye.«

Das Ratszimmer schwirrte von Reden über den Frieden und die zu fassenden Beschlüsse. Calin, Kendrick und Laird Donald saßen bei den Ältesten ihrer Clans. Pokale mit dunklem Wein standen auf dem steinernen Tisch, zusammen mit reifem Käse und einem Stapel heißer Haferbrote. Father Harrald saß unter dem bunten Glasfenster mit dem Porträt des heiligen Aidan und wartete darauf, seine Pflicht zu tun – die Allianz zu segnen.

Akira stand hinter Calin, eine Hand ruhte auf seiner Schulter, die andere hielt zwei Schriftrollen, die sie vorbereitet hatte. Calin fühlte sich fast schuldig, weil er sie veranlasst hatte, die Formalitäten der Abstimmung der Clans abzuwarten, bevor er Robert auffordern würde, ihr die Neuigkeiten mitzuteilen, die er Calin vor Kurzem überbracht hatte.

Calin leitete das Treffen in formelle Bahnen. »Freunde! Nachbarn! Verehrte Gäste! Es ist mir eine besondere Ehre, den erlauchtesten Chieftains der Inseln meine Ehrerbietung zu erweisen, einem Bündnis, das zusammengehalten wird von Kameradschaft, Freundschaft und Vertrauen. Durch diese Allianz werden unsere Leute die Segnungen eines ewigen Friedens zwischen unseren Clans erfahren und des Versprechens, unsere Erben und Nachfolger zu beschützen.«

Calin machte eine kurze Pause, in der er die Hand auf Akiras legte. »Wenn es den Mitgliedern unserer Versammlung recht ist, werde ich jetzt Laird Kinnon bitten, die Bedingungen des Vertrages zu verlesen, wonach die Abstimmung stattfinden wird.«

Es verging ein Moment, bis Akira realisierte, dass Calin von ihr sprach. Sie strich sich eine feuchte Haarsträhne von der Schläfe und entrollte dann das erste ihrer Schriftstücke. Akira legte das Schriftstück auf den Tisch, fixierte die Ecken des Pergaments mit vier Steinen und sammelte sich. »Dieser Vertrag eint unsere Clans. Sein Inhalt legt fest, dass wir, als verbundene Sippen, die Grenzen der Inseln schützen und als Einheit darum kämpfen werden, unsere Leute und unser Land vor Invasionen zu beschützen.« Ihre Augen richteten sich auf den Vertrag. »An diesem zehnten Tag des Januars im Jahre des Herrn 1503 …«

Sie verlas die Bedingungen, damit diese in den Clans verkündet werden konnten. Nachdem sie geendet hatte, räusperte sie sich und drängte Calin, mit der Abstimmung zu beginnen.

»Jene, die der Allianz zustimmen, mögen dies kundtun.« Seine Stimme riss jeden Mann aus seinen Gedanken, der sich in ihnen verloren hatte.

»Aye!« Die Einstimmigkeit, mit der dieses Wort gerufen wurde, hob fast das Dach von seinen Balken.

»Wer ist dagegen?«

Schweigen.

Calin tauchte die Feder in das Tintenhorn und unterzeichnete den Vertrag, danach reichte er die Feder an Laird Donald weiter, der ebenfalls unterschrieb, bevor er sie Akira gab. Als Chieftain des Kinnon-Clans musste Akira den Vertrag unterzeichnen, um die Gründung der Allianz zu vollenden. Calin wusste nicht, was Akira veranlasste, innezuhalten. Sie biss sich auf die Unterlippe, und ein Hauch von Verzagtheit legte sich über ihre saphirblauen Augen.

Calin wollte ihr beistehen. Stattdessen jedoch kritisierte er ihr Zögern. »Mylady, Ihr müsst den Vertrag unterzeichnen! Oder missfallen Euch Eure eigenen Bedingungen?«

Akira schüttelte den Kopf und atmete hörbar ein, dann entrollte sie das zweite Schriftstück. »Vergebt mir, M'laird! Ich hätte dies schon vor langer Zeit tun müssen.« Das Kinn stolz vorgestreckt, wandte sie sich an die Ältesten der Kinnons. »Mit dem Segen des Rates wünsche ich, den Titel ›Chieftain des Clan Kinnon‹ auf Kendrick Neish zu übertragen. Als legitime Nachfolgerin übergebe ich den Posten des Chieftains an meinen Halbbruder und den Sohn von Baen Kinnon, dem verstorbenen Chieftain des Kinnon-Clans.«

Akira hielt ihrem Bruder die Feder hin, gerade lange genug, um liebevoll seine Hand zu berühren. »Er wird ohne Zweifel ein mutiger und edler Chieftain sein.«

Kendrick küsste sie auf die Stirn. »Es wird mir eine Ehre sein, all jene, die auf Kinnon-Boden leben, zu beschützen und ihnen zu dienen. Vorbehaltlich der Zustimmung der Ältesten.«

Der Rat der Kinnons sprach sich einstimmig für Kendrick aus, der daraufhin seine Unterschrift an das Ende der beiden Rollen setzte.

Mit strahlendem Lächeln streute Akira Sand über die tintenfeuchten Unterschriften. Calins Herzschlag hatte sich beruhigt, und er atmete so hörbar aus, dass es die Aufmerksamkeit aller auf ihn lenkte.

Father Harrald trat an den Tisch und segnete beide Dokumente. Auch der Geistliche hatte viel zu lange darauf warten müssen, die Clans in Frieden vereint zu sehen.

Es war vollbracht. Mit der beschlossenen Allianz und Kendrick als Chieftain konnte nichts mehr seine Zukunft mit Akira verhindern.

Warum wandte sie sich dann ab, um das Zimmer zu verlassen? Er musste doch noch Robert herbeirufen.

»Mylady, nehmt Euren Platz an meiner Rechten als meine Frau und als Herrin von Cànwyck Castle ein! Es gibt noch mehr zu besprechen, was Eure Aufmerksamkeit erfordert.« Er fühlte sich wie ein Falke im Flug. Das Heben seiner Mundwinkel war so unvermeidbar wie der Sonnenaufgang. Selbst der unverhüllte Ausdruck von Feindseligkeit, der auf Akiras Gesicht lag, konnte Calin seine gute Laune nicht verderben.

»Vergebt mir, M'laird! Ich hatte gehofft, die Angelegenheit der Annullierung im Privaten mit Eurem Rat erörtern zu können.« Akira stemmte die Hände in die Hüften und sah Calin aus schmalen Augen an.

Er würde es vermutlich bedauern, ihrer Haltung nicht mehr Beachtung geschenkt zu haben, dennoch ignorierte er sie.

Warum demütigt er mich so? Er behauptet, mich zu lieben, und breitet dennoch unsere persönliche Situation vor all diesen Männern aus. In dem verzweifelten Versuch, die Zahl der Anwesenden um zwei Drittel zu verringern, wandte sich Akira mit einem Lächeln an ihn. »Sollten wir unseren Gästen nicht auf Wiedersehen sagen, M'laird? Ich bin überzeugt, Laird Donald und die Mitglieder seines Rates haben ebenso wie die Ältesten der Kinnons kein Interesse daran, sich die Einzelheiten unseres Ehevertrags anzuhören.«

Laird Donald wurde munter und strich sich eine Locke seiner schwarzen, an den Spitzen grau werdenden Haare aus der Stirn. »Unsinn! Ich bin sehr daran interessiert.«

»Gordon, hol Sir Robert! Er wartet vor der Tür«, befahl Calin.

Was hatte Sir Robert mit ihrer Ehe zu tun? Und warum schien ihr Ehemann so entzückt über die Anwesenheit des Engländers zu sein? Akira ging zu Calin und blieb neben ihm stehen. Er drehte sie herum, damit sie Elsbeths Ehemann ansah. Das Gewicht von Calins Hand auf ihrem Rücken tat wenig, ihren Ärger zu mildern.

»Robert hat dir etwas zu sagen.«

Der Engländer verbeugte sich respektvoll. »Als ich die Nachricht Laird MacLeods erhielt, in der er mich in seinem Clan willkommen hieß, gab es drei Pflichten, die ich zu erfüllen hatte.« Robert hielt einen Finger hoch. »Dem König von England abzuschwören, was ich, wie Ihr wisst, getan habe.« Ein zweiter Finger wurde hochgestreckt. »Dem Chieftain des um Clans MacLeod meine Treue zu schwören, was ich ebenfalls getan habe.« Der dritte Finger wurde hochgehoben, um sich zu den beiden anderen zu gesellen. »Und schließlich sollte ich den Nachweis der Abstammung einer Lena Kinnon erbringen. Ich darf verkünden, dass ich das Privileg genieße, der Großnichte des 6. Earls of Stafford und Enkeltochter der Countess of March gegenüberzustehen. Ihr tragt große Adelstitel, Mylady, aber am wichtigsten ist, dass englisches Blut in Euren Adern fließt. Nun, zur Hälfte, heißt das, und obendrein auch mit einer klitzekleinen Menge irischen Blutes.«

Akiras Augen wurden groß. Fast blieb ihr der Mund offen stehen.

Robert fuhr fort, sie anzulächeln und präsentierte ihr einen mit Brillanten besetzten Ring mit einem großen Rubin. »Ihr habt eine noch lebende Großtante in Queensborough. Sie ist verwitwet und hofft, Ihr werdet die Zeit für einen Besuch finden, nachdem nun unser King James die Tochter König Henrys heiraten wird. Der Vertrag des Immerwährenden Friedens wird seit einem Jahr vorbereitet, und zwischen England und Schottland wird bald Frieden herrschen.«

»Himmel! Ich bin Engländerin?« Akira war wieder einmal außer sich vor Schreck. Sie starrte Calin an. »Du hast das gewusst?«

»Ich habe erst vor Kurzem Anfragen nach England geschickt, um deine Abstammung mütterlicherseits herauszufinden.« Calin lächelte und zuckte mit den Schultern. »King James ist beschwichtigt. Und jetzt hör auf, mich so finster anzusehen, und erlaube mir, meine Freude zu genießen. Ich habe endlich keine Geheimnisse mehr. Bei allen Heiligen, hast du eine Ahnung, wie befreiend das ist?«

»Befreiend?! Ich bin eine verdammte Engländerin!« Akira stieß ihn an – hart. »Meinst du nicht, dein Clan wird etwas dagegen haben, einer englischen Lady zu dienen, die zudem eine klitzekleine Menge irisches Blut in sich hat?«

»Wenn der große King James darüber erfreut ist, dann werden sie gar nicht über deine Abstammung nachdenken.«

Während Akira diesen weiteren niederschmetternden Moment durchlebte, freute ihr Mann sich diebisch. Er dachte, die Entdeckung ihrer Abstammung wäre ein Grund, glücklich zu sein? Erwartete er, dass die Angehörigen seines Clans ebenjenem Blut dienen würden, gegen das sie so hart gekämpft hatten, um ihr Land vor dessen Zugriff zu schützen?

Sie hasste die Engländer. So, wie es jeder Kinnon tat, jeder MacLeod ... zur Hölle, *alle* Schotten hassten die Engländer! Die Engländer waren blutsaugende Bestien. *Sie* war eine blutsaugende Bestie.

Sie biss die Zähne zusammen, und ihre Hände ballten sich zu Fäusten. Sie wollte ihrem Ehemann Verstand einprügeln. Wie, um alles in der Welt, sollte die Sippe des Clans MacLeod sie mit Respekt behandeln? Als Bauernmädchen hatte man sie akzeptiert, aber kein heißblütiger Schotte würde einer Engländerin seinen Respekt zollen.

Calins Lächeln wurde breiter, was Akira nur noch wütender machte.

»Lächelt nur, M'laird! Vielleicht werde ich nach England reisen und diese Tante besuchen. Vielleicht habe ich eine Mitgift. Ein Schloss? Was sagt Ihr, Robert? Besitze ich Land auf englischem Boden, auf das ich versucht sein könnte, mich zurückzuziehen?«

»Genau genommen, Mylady, habt Ihr ...«

»Sir Robert«, schnitt Calin ihm das Wort ab. »Ihr habt uns für den Moment genug Informationen gegeben. Gordon, begleite ihn hinaus.«

»Nein. Ich will, dass er bleibt. Ich will noch vieles wissen.«

»Hütet Eure Zunge, Frau!«

Akira wollte eine weitere spitze Bemerkung anbringen, als Gordon den Streit unterbrach. »M'laird, es gilt noch, die Sache mit Catriona zu regeln.«

Bei diesem Hinweis empfand Akira so etwas wie Schuld, weil sie vergessen hatte, dass eine vermutlich ängstliche Catriona draußen auf dem Gang stand und auf ihr Urteil wartete.

»Bring sie herein!«, befahl Calin.

Akiras bereits entzündete Wut explodierte, als Catriona in das Zimmer geführt wurde. Sie trug eiserne Schellen um die Handgelenke. Das klirrende Geräusch erinnerte sie an ihre Zeit, die sie zusammen im Kerker von Brycen Castle verbracht hatten.

Sie ging zu Catriona und sah Gordon befehlend an. »Löst ihre Fesseln.«

Als Gordon seinen Laird um Erlaubnis bittend ansah, verlor Akira fast die Beherrschung. »Seht nicht ihn an! Ich habe gesagt, Ihr sollt ihre Fesseln lösen. Ihr werdet tun, was ich sage, oder Ihr werdet wegen Verweigerung eines Befehls bestraft werden.«

Gordon senkte den Blick und befreite Catriona von den Handfesseln.

»Catriona ist von adligem englischen Blut«, sagte Akira in wehrhaftem Ton zu den Ältesten. »Sie ist angeklagt worden wegen ihrer Verbrechen gegen Schottland. Ich glaube, sie hat inzwischen für ihre Verbrechen gesühnt, und plädiere dafür, sie in meine Obhut zu geben, bis ich einen Ehemann für sie gefunden habe, der sowohl von King James als auch King Henry akzeptiert wird. Weiterhin möchte ich ...«

»Ich werde sie nehmen«, erklärte Laird Donald, bevor Akira ihren Satz beenden konnte.

»Laird Donald, Euer Angebot ist höchst freundlich, aber

ich muss Euch darüber in Kenntnis setzen, dass Catriona unfruchtbar und nicht fähig ist, Euch einen Erben zu gebären.«

»Ich habe alle Erben, die ich brauche, und noch einige mehr. Meine Frau ist im letzten Frühjahr gestorben und hat mich mit drei Söhnen zurückgelassen, die alle verheiratet sind, und mit vier Töchtern, denen die Mutter fehlt. Mein ältester Sohn hat vor Kurzem seine Frau im Kindbett verloren. Meine Enkeltochter wächst bei mir auf, und ich würde sehr gern eine Frau haben, die sich um sie kümmert, bis mein Sohn wieder eine Frau findet.«

Akira sah Catriona an, um ihre Reaktion auf dieses unerwartete Angebot abzuschätzen. Catrionas graue Augen blickten schüchtern, aber die nach oben gezogenen Lippen verrieten Akira, dass sie über das Angebot nachdachte. Dennoch fragte Akira: »Ihr schwört, sie nicht mit anderen zu teilen?«

Laird Donalds Kopf fuhr ebenso schnell in die Höhe wie seine Hand. »Ich teile meine Frau mit niemandem. Seid Ihr verrückt, Frau? Ich würde einem Mann eher die Hand abhacken, würde er sie berühren, als sie einem anderen zu überlassen.«

Akira sah den Glanz in Catrionas Augen und stimmte Laird Donalds Angebot zu. »Dann ist es abgemacht! Ihr werdet heiraten, bevor Ihr aufbrecht.«

Calin schloss die Versammlung, woraufhin die Horde von Clansmännern zum Hohen Tisch drängte, um die Allianz zu feiern. Akira nutzte aus, dass ihr Mann in dem Gedränge feststeckte, und floh in ihr Zimmer, um allein zu sein.

Sie verbrachte den Rest des Vormittags in der Kapelle, wo sie darum betete, akzeptiert zu werden, danach ging sie zu der großen Eiche, unter der sie so viele Tage damit verbracht hatte, die Kinder des Clans MacLeod zu unterrichten. Der nasse Boden schmatzte unter ihren Schuhen, während die Sonne alle Spuren des ersten Schnees wegschmolz. Die Luft lag feucht auf ihrem Gesicht, als sie über den See schaute, der sich hinter Cànwyck Castle erstreckte. Sie hatte die Schönheit Schottlands immer geliebt. Unglücklicherweise machte ihre Liebe zu ihrem Land sie nicht weniger englisch.

Sie hatte fast ihr ganzes Leben lang damit gelebt, von den Leuten ihres Clans gemieden zu werden, und fragte sich jetzt, ob sie in Zukunft ein ähnliches Leben würde führen können. Würde sie anfangen, jedes Flüstern, jeden Blick zu hinterfragen?

Ihre Sorgen klebten an ihr wie der Nebel des Hochlands. Die Tatsache, dass englisches Blut in ihren Adern floss, würde die Art und Weise verändern, wie die Sippe der MacLeods sie behandelte. Würden sie insgeheim über sie reden? Würden die Frauen ihr weiterhin ihre Kinder anvertrauen, damit sie sie unterrichtete? Könnte sie für den Rest ihrer Tage damit leben, sich zu fragen, ob sie ihr gegenüber loyal waren?

Akira atmete tief ein und nickte dann, beantwortete sich ihre Frage. Calin liebte sie! Das war alles, was wirklich zählte. Seine Liebe würde sie stark genug machen, allen Spott zu ertragen, der ihr entgegengebracht werden würde.

Die kleine Hand, die an ihrem Rock zupfte, riss sie aus ihren Gedanken. Als Akira sich umwandte, wäre sie fast erstickt an dem Kloß, der ihr plötzlich in der Kehle saß. Sie war so in ihre Gedanken versunken gewesen, dass sie die Kinder nicht gehört hatte, die sich hinter ihr eingefunden hatten. Fünf junge Mädchen machten alle zusammen einen perfekten Knicks. Hoffnung schimmerte in ihren Augen.

»Ist es Zeit für den Unterricht, Mylady?«, fragte eine von ihnen, die Hände sittsam vor sich gefaltet.

Ehe Akira antworten konnte, liefen Scharen von Kindern

herbei, sprangen, hüpften an ihre Seite, brachten den Hügel zum Leben. Eine kleine Armee von Kriegern, dazu bereit, für ihre Ehre zu kämpfen. Akiras Abstammung war den Kindern egal. Sie waren Unschuldige in diesem politischen Streit.

Nur Augenblicke später tauchten die Frauen der MacLeods auf der Kuppe des Hügels auf, begleitet von den Kriegern – Kriegern mit glatt rasiertem Kinn. Akira bekam große Augen. Das Herz klopfte ihr in der Brust, als die Männer näher kamen und sich um sie versammelten. Sie hatten ohne Zweifel den Verstand verloren. Sie konnte nicht mehr tun, als zuzusehen, wie sie sich das Kinn rieben und ihre glatte Haut zeigten. Akira erkannte kaum einen von ihnen wieder. Was hatten sie sich nur dabei gedacht?

Sie schüttelte verwirrt den Kop und öffnete den Mund, um nach ihrem Begehr zu fragen, als die Menge sich in der Mitte teilte. Andrew schritt stolz und majestätisch durch die Menge. Das Holzschwert hing an seinem Gürtel, und er trug einen Kranz aus gelben Blüten auf den ausgestreckten Händen. Hoch hinter ihm aufragend folgte Calin dem Jungen.

Unfähig, Andrews Gegenwart zu ignorieren, beugte Akira sich zu ihm herunter und erlaubte ihm, sie mit den süß duftenden Blumen zu krönen. Tränen sammelten sich in ihren Augen, während der Wunsch, die Akzeptanz dieser Menschen zu gewinnen, einen schmerzhaften Druck in ihrer Brust verursachte.

»Mylady, es ist nicht wichtig, ob ihr Engländerin seid! Wir lieben Euch!« Andrew beugte das Knie vor ihr und neigte den Kopf – ein Zeichen seiner grenzenlosen Loyalität.

Calin stellte sich neben sie, küsste sie auf die Stirn und verflocht seine Finger mit ihren. Er sagte kein Wort, aber sein breites Lächeln hob seine Lippen, und Stolz strahlte aus seinen bernsteinfarbenen Augen, als er auf die Menschen sah, die zu seinem Clan gehörten. Wenn Akiras Argwohn unberechtigt sein sollte, würde sie sagen, dass Calin ebenso überrascht war wie sie, aber sie war noch nicht bereit, ihn für unschuldig an diesem Aufmarsch zu halten. »Bist du dafür verantwortlich?«

»Nein. Ich bin ihnen nur gefolgt. Ich denke, sie befürchten, du könntest wieder fortgehen.«

»Wollt Ihr uns etwa Eurer Anwesenheit berauben, jetzt, da wir uns für Euch verunstaltet haben?«

Akiras Blick suchte den Mann, der das gesagt hatte, denn sie hatte Gordons tiefe Stimmer erkannt. Sie hatte ihn noch nie lächeln sehen und konnte jetzt nicht anders: Sie musste lachen, als sie das Bild betrachtete, das sich ihr bot. Diese Menschen scherten sich nicht darum, ob englisches oder irisches Blut oder das des Ungeheuers in ihren Adern floss. »Wie könnte ich so närrische Leute verlassen? Habt ihr alle denn keinen Verstand? Euch der Wärme Eurer Bärte zu berauben, wenn der Winter vor der Tür steht?«

Calin strich ihr mit dem Handrücken über die Wange. »Hier ist dein Zuhause, Akira, und dies sind die Menschen, die dir treu ergeben sind. Bleib für immer hier.«

Sie lächelte. »Davon wird mich niemand in ganz Schottland abhalten.«

Epilog

Das Leben könnte nicht vollkommener sein, dachte Akira. Gegen den Stamm der knorrigen Eiche gelehnt, hatte Calin die Arme um ihren geschwollenen Leib geschlungen. Ihr Rücken ruhte an seiner Brust, und eine Brise strich durch die Laubkrone über ihnen. Ihre jüngste Tochter, Coira, schlief friedlich auf dem Bauch auf einem bunten Quilt, nahe genug bei Akira, dass sie ihr über die kurzen schwarzen Locken streichen konnte. Zwei kleine Katzen schliefen zu Coiras Füßen. Sie hatten dem kleinen Mädchen ein Schlaflied vorgeschnurrt.

»Habe ich dir schon gesagt, wie glücklich du mich machst?«, flüsterte Calin, und sein warmer Atem streifte ihren Nacken.

»Nicht, seit du mich heute Morgen geliebt hast«, neckte Akira ihn und legte seine Hand auf ihren Bauch, wo ein winziger Fuß gegen ihre Rippen trat.

Calin drehte sie in seinen Armen zu sich herum und zog neckend seine Augenbraue hoch. »Vielleicht werde ich heute Abend erfolgreicher sein.« Er strich mit einem sanften Kuss über ihre Lippen, nicht einmal, sondern zweimal, und ihr Herz flatterte bei seiner schlichten Berührung. Nicht ein Tag verging, an dem er sie nicht küsste und ihr sagte, dass er sie liebte.

»Mammie! Mammie!«

Das vertraute aufgeregte Rufen ihrer ältesten Tochter Makendra brach in das friedvolle Intermezzo ein. Akira spannte sich an und schaute nach Coira, aber, wie es typisch war, hatte das Kind nicht einmal gezuckt.

Kendrick kam den Hügel herauf mit Makendra auf seinem

Rücken. Sie hatte ihre kleine Hand um seinen Hals geschlungen, während die andere ein Kätzchen festhielt, das so weiß war wie der Schnee im Januar. Akira holte hörbar Luft und schüttelte den Kopf. Das war die dritte Katze, die Makendra in den letzten vierzehn Tagen mit nach Hause brachte.

Die Eichenblätter, die im kastanienbraunen Haar ihrer Tochter hingen, verrieten Akira, dass Kendrick ihre Tochter vermutlich von irgendeinem Baum geholt hatte. Allerdings empfand sie kein Mitleid mit ihrem Bruder, weil er es gewesen war, der bei seinem letzten Besuch Makendra das Klettern beigebracht hatte.

Akira hatte vor, ihre Tochter dieses Mal ernstlich auszuschimpfen, aber der Schmollmund, den sie zog, war bestens dazu geeignet, jegliche Ermahnung von ihr abzuhalten. Akira setzte sich auf und wartete, dass Calin ihr auf die Beine half. Sobald sie Boden unter den Füßen hatte, stemmte sie die Fäuste in die Hüften. Es war eine Haltung, die sie auch einnahm, wenn sie nicht wütend war.

»Du wirst sie doch nicht dafür ausschimpfen wollen, dass sie das Kätzchen gerettet hat, das sie so stolz trägt«, sagte Calin, der ihren Nacken mit den Fingerspitzen streichelte. Es linderte den Schmerz ein wenig, der sie in den letzten Monaten plagte. Akira konnte sich nicht erinnern, dass die Anspannung bei ihren beiden Töchtern so konstant gewesen war, und sie hoffte, dieser Unterschied bedeutete, dass sie ihrem Mann dieses Mal einen Sohn schenken würde. Vielleicht würde er Calins sanftes Wesen haben. Ihre Töchter schienen eher Akiras rebellischen Geist mitbekommen zu haben.

»Wenn wir ihren Heldentaten nicht ein Ende machen, wird Cànwyck Castle bald von vierbeinigen Geschöpfen wimmeln«, murmelte Akira, als Makendra von Kendricks Rücken sprang.

»Mammie, sei nicht böse auf Onkel Kendrick! Ginny saß

auf einem Baum fest, und ich musste sie retten.« Makendra schmiegte sich an Calins Bein und zeigte ihm das Kätzchen. Ihr blau-grün kariertes Kleid schleifte bis auf den Boden, was Akira nur noch besorgter um die Sicherheit ihrer Tochter sein ließ.

Sein Handeln nicht einmal rechtfertigend, entfernte sich Kendrick von der Szene und lehnte sich mit dem Rücken gegen den Baumstamm. Er hob die schlafende Coira an seine Brust und rettete damit sich selbst vor Akiras Standpauke.

Kendrick mit ihrem Kind zu sehen, machte Akira das Herz schwer. Sie wünschte, er würde eine Frau finden, die ihm eigene Kinder schenkte. Dieses Gebet war bisher nicht erhört worden.

Calin kniete sich vor Makendra hin und streichelte die kleine Katze. »Ginny?«

»Ich habe sie Saint Geneviève genannt. Sie sind Schwestern und sollten ähnliche Namen haben. Maggie habe ich nach Saint Margaret genannt, und Bonnie hat ihren Namen nach Saint Bonifaz. Alle heißen nach Heiligen, Da.«

»Und woher weißt du, dass Ginny die Schwester der anderen beiden ist, die du mit nach Hause gebracht hast?«, fragte Akira, die bereits vergessen hatte, ihre Tochter dafür zu schelten, dass sie wieder auf einen Baum geklettert war.

»Weil sie es mir gesagt hat.«

»Sie? Du musst mir sagen, wer *sie* ist, damit ich sie bitten kann, damit aufzuhören, dir Kätzchen zu schenken.«

»Aber sie ist jetzt fort, Mammie!« Makendra sah Akira mit gerunzelter Stirn an, als wollte sie sagen, dass sie das doch eigentlich wissen müsste. »Sie musste fortgehen und ist mit einem Mann mitgegangen, der genauso aussah wie du, Da, nur dass er einen Bart hatte.«

Akira sah Calin an, der die Schultern zuckte. Makendra

hatte eine lebhafte Fantasie und sprach mehr mit ihren Tieren als mit den anderen Kindern.

»Wie sah die Frau denn aus, Liebling?«, fragte Calin.

»Genau wie Mammie.«

Ein seltsames Prickeln lief Akira den Rücken herunter. Niemand im Clan sah aus wie sie. Verrückte Gedanken schossen ihr durch den Sinn. Nach Makendras Geburt hatte Akira die Anwesenheit ihrer Mutter gespürt, so, wie sie sie vor Jahren auf Brycen Castle gespürt hatte. Sie hatte es auf die Krankheit geschoben, die sie nach der Entbindung gehabt hatte, aber jetzt sehnte ihr Herz sich danach zu glauben, dass die Frau, von der Makendra sprach, ihre Mutter war. »Makendra, hat diese Frau dir ihren Namen genannt?«

Makendra nickte. »Ihr Name war Lena.«

Tränen strömten über Akiras Gesicht. Calin war sofort an ihrer Seite und trocknete sie, bevor sie zu Boden fielen.

Dann gab er Makendra einen Klaps auf den Po. »Bleib von den Bäumen weg oder ich werde Andrew wieder auftragen, dir überallhin zu folgen. Meinst du, dein Cousin würde Ginny gern kennenlernen?«

Makendra nickte wieder, und ihre kristallblauen Augen funkelten.

»Onkel Jaime muss noch eine Ziege melken, damit sie frische Milch bekommt.«

Makendra hüpfte davon, und Calins Blick glitt über Akira. Ehe sie protestieren konnte, zog er sie mit sich in die Abgeschiedenheit des Kräutergartens. Er fand einen alleinstehenden Baum, drückte sie gegen den Stamm und küsste sie leidenschaftlich. Es war ein verlangender Kuss, den sie mit aller Leidenschaft erwiderte.

Zu bald schon richtete Calin sich auf und schaute auf Akira herunter. »Glaubst du ihr?«

»Ja.« Akira lächelte und rieb sein Ohrläppchen. »So, wie ich glaube, dass du mein Seelengefährte bist und dass wir auch im Jenseits zusammen sein werden, wenn unsere Zeit gekommen ist, diese Welt zu verlassen.«

Calin beugte sich wieder zu ihr und knabberte an ihrem Ohrläppchen. »Und ich werde dich immer lieben, mein kleiner Feuer speiender Drache! Bis in alle Ewigkeit.«

»Eine hypnotische und kraftvolle Geschichte«
ROMANTIC TIMES

Patricia Potter
IN DER FEURIGEN
UMARMUNG DES
HIGHLANDERS
Roman
Aus dem amerikanischen
Englisch von
Ulrike Moreno
432 Seiten
ISBN 978-3-404-16754-8

Die temperamentvolle Spanierin Juliana soll einen Mann heiraten, den sie nicht liebt. Sie wurde ihm versprochen und muss nun schweren Herzens nach England übersiedeln. Auf hoher See kommt es zu einer Meuterei, angeführt von dem charismatischen Rebellen Patrick McLean. Er nimmt Juliana als Geisel und verschleppt sie in seine schottische Heimat. Schon bald erliegt Juliana dem rauen Charme des Highlanders, und auch Patrick kann ihrer Schönheit nicht lange widerstehen. Doch schaffen es die beiden, ihre feurige Liebe gegen alle Widerstände zu verteidigen?

Bastei Lübbe Taschenbuch